WENN DER VISCOUNT LOCKT

REGELN FÜR HALUNKEN

BUCH DREI

DARCY BURKE

Übersetzt von
PETRA GORSCHBOTH

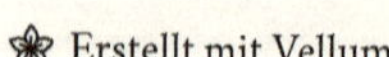 Erstellt mit Vellum

WENN DER VISCOUNT LOCKT

Als eine junge Lady ruiniert wird, schwören ihre
Freundinnen, dass keine von ihnen sich jemals wieder von
einem Herzensbrecher umgarnen lässt. Sie werden dem
Charme eines jeden Gentleman widerstehen, selbst – und
vor allem – wenn dies bedeutet, sich damit den Ruf zu
erwerben, unmöglich zu erobern zu sein. Es braucht schon
außergewöhnliche Herzensbrecher, um ihre Regeln zu
brechen ...

Nach einem katastrophalen Debüt bei Almack's ist die
bücherliebende und unbeholfene Gwendolen Price fest
entschlossen, ihren Ruf aufzupolieren und ihre Eltern stolz
zu machen. Viscount Somerton, ein Freund ihres Bruders
und einer der begehrtesten Junggesellen der Gesellschaft,
bietet ihr seine Hilfe an. Sie ist überzeugt, dass ihr Ansehen
allein durch seine Aufmerksamkeit eine Steigerung erfährt
– auch wenn er genau die Sorte von Halunke ist, die zu
meiden sie sich geschworen hat.

Lazarus Rowe, der überaus unseriöse, aber sehr stattliche
Viscount Somerton, hat sein ganzes Leben lang ein
schändliches Geheimnis vor anderen verborgen: Er kann
einfach nicht gut lesen. Da ihm nun eine Rede vor dem
Parlament bevorsteht, sieht er sich genötigt, dieses Manko
auf Biegen und Brechen zu beheben. Die Gelegenheit, der
Schwester seines Freundes zu helfen, die ein hoffnungsloser Blaustrumpf ist, scheint der perfekte Tauschhandel
zu werden – seine Präsenz als ihr ergebener Begleiter im
Austausch für ihre Hilfe als seine Tutorin.

Obwohl es bei jeder Unterrichtsstunde zwischen den
beiden knistert, sträubt Gwen sich vehement, sich in einen
Halunken zu verlieben. Lazarus beginnt hingegen, seine
verwegenen Methoden zu überdenken. Als eine Frau aus
seiner jüngsten Vergangenheit eine schockierende Enthüllung publik macht, befürchtet Lazarus schon, es sei alles
verloren. Wird Gwen sich wieder in die Sicherheit ihrer
Bücher zurückziehen oder hat sie mit diesem beinahe
bekehrten Halunken eine Chance auf ein echtes
Happy End?

REGELN FÜR HALUNKEN

Bleibe nie mit einem Halunken allein.
Flirte nie mit einem Halunken.
Gewähre einem Halunken nie eine Chance.
Zweifle nie am Ruf eines Halunken.
Glaube nie an die Liebesschwüre oder
Ergebenheitsbekundungen eines Halunken.
Vertraue nie einem Halunken, der verspricht, sich zu
ändern.
Lasse nie zu, dass ein Halunke dein Herz sieht.
Ruiniere einen Halunken, bevor er dich ruiniert.

KAPITEL 1

Der Magen von Gwendolen Price spielte vor lauter Angst und Vorfreude verrückt, als sie sich in Begleitung ihrer Mutter dem sagenumwobenen Eingang von Almack's näherten. Lange hatte Gwen von diesem Abend geträumt – von ihrem triumphalen Einzug in diesem geheiligten Gral, an dem sie zum Diamanten der Saison erhoben werden würde.

Ihr später eintreffender Vater nickte ihr mit stolzerfülltem dunklem Blick zu, während ihre Mutter dasselbe Gefühl ausstrahlte. Gwen stolperte nicht und stieß niemanden mit dem Ellbogen an, und sie langweilte auch keinen Zuhörer mit der Beschreibung des letzten Romans, den sie verschlungen hatte.

Letzteres erwies sich als erheblich einfacher als Ersteres. Obwohl eigentlich beides schwierig genug sein konnte, wenn man den Zustand von Gwens Nerven mit in

Betracht zog. Ihr war so sehr daran gelegen, die Leute zu beeindrucken, und insbesondere ging es ihr darum, ihre Eltern stolz machen. Gelegentlich geriet dabei allerdings die korrekte Modulation ihrer Sprechweise und die Koordinierung ihrer Bewegungen in Vergessenheit, und da war das Unglück auch schon geschehen.

Sie hatte ihre Präsentation vor der Königin mit schockierender Anmut vollzogen. Bis zu dem Moment, in dem ihr der Kopfschmuck verrutscht war. Bei ihrem Bemühen, ihn wieder geradezurücken, war sie an eine junge Lady gestoßen, die neben ihr stand, woraufhin diese das Gleichgewicht verloren hatte und auf die junge Lady neben ihr gefallen war, und so ging es mit mehreren jungen Ladys weiter. Natürlich hatte das für Aufregung gesorgt, während andere junge Ladys noch vorgestellt wurden. Die Königin hatte die Vorstellung unterbrochen, bis Gwen ihren Kopfschmuck wieder zurechtgerückt hatte, wozu sie die Hilfe ihrer Mutter *und* der Mutter einer anderen jungen Lady in Anspruch nehmen musste.

Und dann waren da noch die beiden Bälle, die sie im Laufe dieser Saison bisher besucht hatte. Auf dem ersten hatte sie schlicht vergessen, nicht über Bücher zu sprechen. Das war allerdings nicht ihr Verschulden gewesen. Ihr war einfach so langweilig geworden. Auf dem zweiten Ball war sie zweimal zum Tanzen aufgefordert worden, und beide Male war sie anderen auf die Füße getreten oder mit ihnen zusammengestoßen, weil ihr ein Fehler bei den Schritten unterlaufen war. Nachdem sie über eine Stunde an der Wand gestanden hatte, war ein Gentleman erschienen, der sie schließlich zu einem Spaziergang aufgefordert hatte, wofür sie ihm sehr dankbar gewesen war. Sie konnte ohne Zwischenfälle normal gehen. In der Regel. Solange sie es unterließ, mit den Armen zu fuchteln, während sie angeregt redete, oder ihren Begleiter anzusehen, anstatt den Blick dorthin zu richten, wohin sie ging. Und genau das war dann auch passiert.

Sie hatte sich so sehr während ihrer Unterhaltung ereifert – die sich natürlich um Bücher drehte – und war so auf ihren Begleiter konzentriert gewesen, dass sie die Herzoginwitwe von Sale übersehen hatte und geradewegs mit der etwa siebzigjährigen Frau zusammengestoßen war, wobei sie sie fast umgeworfen hätte. Glücklicherweise hatte ihr Begleiter geistesgegenwärtig und schnell gehandelt, was die Herzogin vor dem sicheren Tod bewahrt hatte. Gwen und ihre Mutter waren daraufhin nach Hause gegangen.

All diesen Missgeschicken zum Trotz hatte Gwen dennoch eine Eintrittskarte für das Almack's erhalten. Ihre Mutter hatte jeden geschuldeten Gefallen eingefordert, und Gwens Vater hatte seine Position im Finanzministerium genutzt, um Druck auf diejenigen auszuüben, die seiner Tochter behilflich sein konnten, indem sie die Gönnerinnen auf sie aufmerksam machten – und zwar auf eine wohlwollende Art und Weise. Wie durch ein Wunder erhielt Gwen eine Einladung von Lady Sefton, die generell als die aufgeschlossenste der Ladys galt, die über die Aufnahme in die Gesellschaft befanden. Allerdings galt diese Einladung nur für den Monat April, und nicht für die gesamte Saison. Offenbar war es eine Art Probe, die Gwen mit aller Entschlossenheit bestehen wollte.

»Bist du sicher, dass du das wagen willst?«, fragte ihre Mutter. »Vergangene Woche hast du nicht einmal mehr tanzen geübt, seit Monsieur Leclerc deinen Unterricht eingestellt hat.«

Gwen erschauderte innerlich beim Gedanken an ihren *dritten* Tanzlehrer, der zu dem Urteil gekommen war, dass Gwen ein hoffnungsloser Fall sei und aus ihr nie eine gute Tänzerin werden würde. Er hatte es gerade einmal zwei

Wochen mit ihr ausgehalten, und das war bislang die kürzeste Zeit. »Ich habe geübt, Mama. Mit Badge.«

»Deine Kammerzofe ist als Tanzpartnerin nicht geeignet.« Mama schüttelte den Kopf, aber ein Lächeln zuckte um ihren Mund. »Du gibst dir so viel Mühe, mein Schatz. Es tut mir leid, dass es für dich nicht einfacher ist.«

Die Kutsche blieb stehen. »Wahrscheinlich ist Tanzen keine meiner Stärken, aber ich habe andere Qualitäten. Es ist tatsächlich ein Jammer, dass ich beim Besuch eines Balls nicht meine Aquarelle ausstellen kann.« Sie seufzte, als die Tür aufging. Es war Zeit, nach drinnen zu gehen.

Ein Diener war ihrer Mutter beim Aussteigen behilflich und leistete dann Gwen denselben Dienst. Gwen holte tief Luft, als sie mit ihrer Mutter zum Eingang schritt und sprach ein stilles Gebet, das helfen sollte, schreckliche Ereignisse von vornherein abzuwenden. Nicht heute Abend.

»Das ist nun deine letzte Gelegenheit, deine Meinung zu ändern«, meinte ihre Mutter und blickte zu ihr hinüber. Gwens Mutter war eine atemberaubende Schönheit, mit vollem, zobelfarbenen Haar, in dem nicht eine einzige graue Strähne zu finden war. Ihre Augen waren von einem leuchtenden Haselnussbraun und sie besaß eine samtige olivfarbene Haut. Obwohl Gwen das gleiche Haar hatte, war sie blasser und ihre Augen waren von einem schlichten Braun. Ein uninteressantes, nichtssagendes Braun ohne Mamas grüne und goldene Flecken. »Wir können uns jederzeit nach Bath zurückziehen«, setzte Mama noch hinzu.

Die Frage, ob Gwen eine Londoner Saison oder eine Saison in Bath haben sollte, war lange diskutiert worden. Ihre Eignung für London stand bereits seit mehreren Jahren in Frage, und so hatte Gwen um mehr Zeit gebeten, damit sie an ihrem letzten Schliff arbeiten konnte. Schließlich hatten ihre Eltern vergangenen Sommer eingewilligt und zugestimmt, dass sie in diesem Jahr in London debütieren würde. Leider hatten die Dinge keinen günstigen Verlauf genommen, aber Gwen war fest entschlossen, dies zu ändern.

»So weit bin ich noch nicht«, gab Gwen entschlossen zurück. Sie wusste, dass ihre Mutter nur ihr Bestes im Sinn hatte und ihrer Tochter ersparen wollte, sich schlecht zu fühlen oder sich gar als Versagerin zu sehen. Gwen wollte ihre Eltern aber stolz auf sie machen, und aus diesem Grund setzte sie alles daran, erfolgreich zu sein.

»Ich liebe dich«, meinte Mama mit einem sanften Lächeln. »Ganz gleich, was passiert.«

»Ich liebe dich auch, Mama. Und wenn der heutige Abend zu einer Katastrophe wird, werde ich noch einmal über euer Angebot nachdenken. Das wird aber nicht passieren. Der heutige Abend wird *spektakulär*.«

Am Ende wurde er aber nicht spektakulär gut. Sondern spektakulär langweilig.

Eine Stunde nach ihrer Ankunft war Gwen noch kein einziges Mal zum Tanzen aufgefordert worden. Für einige junge Ladys, die ihr Debüt feierten, hatten die Patroninnen zumindest einen Tanz arrangiert, doch Gwen genoss diesen Vorzug nicht. Ihrer Vermutung nach wusste jeder, was für eine schlechte Tanzpartnerin sie war.

Sie drehte sich zu ihrer Mutter, die nicht im Geringsten beunruhigt schien, weil Gwen keinen Tanzpartner hatte. Ihre Mutter galt aber auch als eine Meisterin der Gelassenheit. »Ich trinke ein Glas Orgeat. Möchtest du ebenfalls eines?«

Ihre Mutter rümpfte die Nase. »Davon würde ich dir abraten. Ich dachte, ich hätte erwähnt, wie furchtbar sauer das Getränk hier schmeckt.«

»Das hast du, doch mich plagt der Durst, und scheinbar

muss ich die Abscheulichkeit wohl selbst einmal geschmeckt haben.«

Kichernd neigte Gwens Mutter den Kopf zu den Räumen mit den Speisen und Getränken. »Dann bediene dich. Und Gwen, mach dir keine Gedanken darüber, dass du noch nicht getanzt hast. Wir sind sehr früh angekommen.«

Das stimmte allerdings. Der Ballsaal war bei ihrer Ankunft deutlich leerer gewesen. In der letzten Stunde waren viele Neuankömmlinge hereingeströmt, doch der Raum war noch immer nicht überfüllt. Auch Gwens Vater und ihr Bruder waren noch nicht eingetroffen, und sie hatte auch noch keine ihrer Freundinnen entdeckt.

Gwen suchte sich ihren Weg am Rande des Ballsaals entlang, wobei sie darauf achtete, niemanden mit dem Ellbogen anzustoßen. Im Speisesaal war die Menge spärlich. Die Gruppe der Menschen, die sich dort aufhielt, ließ sich nicht einmal als Menge bezeichnen. Der Hauptteil der Anwesenden tanzte entweder oder hatte sich auf den Sofas niedergelassen, die am Rande des Raums aufgestellt waren, und unterhielt sich.

Als sie auf den Tisch mit dem Orgeat zuging, schwang Gwens Abendkleid um sie herum. Sie warf einen Blick auf die pfirsichfarbene Seide und freute sich, zumindest wie eine junge Lady der Gesellschaft auszusehen, wenn sie auch nicht alle Eigenschaften verkörperte.

Offensichtlich verweilte ihr Blick nach unten auf ihr Kleid ein wenig länger als ein normaler Blick, denn als sie aufsah, stieß sie nahezu frontal mit einem Gentleman zusammen.

»Vorsichtig«, warnte Viscount Somerton.

Gwen atmete erleichtert auf, so froh war sie, dass dieser Zusammenstoß beinahe mit einem Bekannten passiert war. Der Viscount, der von breitschultriger Statur und mit prächtigen blondem Haar sowie einem atemberaubenden Lächeln gesegnet war, war ein guter Freund ihres Bruders. In Weston, wo sie sich vergangenes Jahr mit ihrer Mutter und ihrem Bruder den August am Meer erholte, hatte sie in Gesellschaft ihrer Freundinnen einige Zeit mit Somerton verbracht. Somerton und ihr Bruder hatten zusammen mit anderen jungen Gentlemen einen Großteil ihrer Zeit auf Grove, einem Anwesen, im Besitz des Duke of Henlow zugebracht. Seine beiden Kinder, der Earl of Shefford und Lady Minerva, lebten im August dort. Min war eine enge Freundin von Gwen. Sie war sogar eine der Freundinnen, die an diesem Abend noch nicht eingetroffen waren.

»Ich bitte um Verzeihung, Mylord«, entschuldigte Gwen sich und vollführte einen kleinen Knicks. Ihr Großvater war zwar ein Viscount, aber sie gehörte dem Adelsstand nicht an.

»Bei mir müssen Sie nicht so förmlich sein«, entgegnete Somerton, wobei er mit seiner behandschuhten Hand abwinkte. »Knicksen ist nicht gestattet.« Als er ihr dann noch zuzwinkerte, trat seine Schalkhaftigkeit voll zutage.

Zusammen mit ihren Freundinnen hatte Gwen vor anderthalb Jahren die »Regeln für Halunken« aufgestellt, wobei es sich um einen Leitfaden handelte, der helfen sollte, sich von verwegenen Gentlemen und deren skandalösem Verhalten fernzuhalten. Dieser Leitfaden war als Konsequenz aus eine Begebenheit entstanden, als eine der jungen Frauen aus ihrem Freundeskreis einem besonders abscheulichen Schuft zum Opfer gefallen war. Der Earl of Banemore, einst Mitglied der elitären Männerfreundesgruppe, die auf Grove weilten, hatte Gwens Freundin Pandora Barclay ruiniert. Pandora hatte mit einem Heiratsantrag gerechnet, doch als Bane und sie in einer kompromittierenden Situation erwischt worden waren, hatte er sie wissen lassen, dass er bereits mit einer anderen verlobt sei. Diese andere Frau hatte er dann nicht lange nach diesem schrecklichen Vorfall geheiratet.

Die Regeln für Halunken waren für ihren eigenen Schutz offenbar unverzichtbar, und alle Freundinnen hielten sich im Allgemeinen strikt daran. Gwen legte besonderes Augenmerk auf die ersten beiden Regeln: Bleibe nicht mit einem Halunken allein und flirte nicht mit einem Halunken. Nicht, dass sie bislang die Gelegenheit dazu gehabt hätte, eine dieser beiden Dinge zu tun. Die dritte Regel lautete, einem Halunken nie eine Chance zu gewähren, was sie zwar zu befolgen gedachte, aber zugegebenermaßen mit Skepsis betrachtete. Zwei Mitglieder ihres Freundeskreises, Pandoras Schwester Persephone und Tamsin, die jetzt Duchess of Wellesbourne und Lady Droxford waren, hatten vermeintliche Halunken geheiratet. Tatsächlich war allerdings Tamsins Ehemann kein Halunke, und ihr erschien es als ungerecht, ihn als solchen zu bezeichnen.

Somerton jedoch war eindeutig ein Halunke. Er flirtete mit einer vollkommenen Unbeschwertheit, und aus jedem seiner Worte und Blicke schien sein Charme zu triefen. Gwen fragte sich, ob das Kichern und die Ohnmacht von Frauen stammten, die Zeit mit Halunken wie ihm verbrachten. Es fiel ihr nicht schwer, sich das vorzustellen.

»Keinen Knicks zu machen, ist schwierig«, sagte Gwen. »Wir sind bei Almack's, und ich will einen guten Eindruck machen.«

»Nun, ich würde sagen, Sie machen Ihre Sache gut.« Nun betrachtete er sie voller Aufmerksamkeit und sein Blick schweifte dabei von der obersten Spitze ihres Kopfschmucks bis zur Spitze ihres Tanzschuhs, der unter dem Saum ihres Kleides hervorschaute. »Sie sehen ganz reizend aus. Pfirsich ist eine sehr ansprechende Farbe an Ihnen.«

»Ich danke Ihnen. Das Kompliment von Ihnen bedeutet mir sehr viel.« Gwen war aufgefallen, dass der Viscount einen ausnehmend guten Geschmack für Mode besaß. Von allen Gentlemen, die sich jeden August in Weston trafen, schien immer er derjenige zu sein, der so gekleidet war, dass er am ehesten in einen Londoner Ballsaal schlendern würde.

Auch heute Abend war er tadellos. Er trug einen dunkelgrünen Frack zu einer schwarzen Hose, eine goldbestickte Weste und unglaublich glänzende Reitstiefel. Er lachte über ihre Bemerkung. »Ach ja? Ich kann mir nicht vorstellen, dass meine Meinung so wichtig ist, aber ich bin froh, sie äußern zu dürfen. Sie sehen wirklich hinreißend aus.« Sein Mund verzog sich. »Vergessen Sie, dass ich das gesagt habe. das ist eine unpassende Wortwahl für die Schwester eines Freundes. Sie sehen sehr hübsch aus.«

Gwen lächelte. »Nochmals vielen Dank, und ich werde Evan nicht erzählen, was Sie gesagt haben. Ich hole mir ein Glas Orgeat. Wollen Sie mir Gesellschaft leisten?«

Er verzog das Gesicht. »Dieses giftige Gesöff? Ich würde lieber Käfer schlucken.«

Sie blinzelte. »Das ist eine erstaunlich ... eigentümliche Alternative.«

Nun neigte er sich dichter zu ihr hin und sprach mit leiser Stimme. »Einmal habe ich einen Käfer eingeatmet. Damals war ich ungefähr acht Jahre alt. Das Insekt hatte sich im Fell meines Pferdes eingenistet, und als ich ritt, löste es sich irgendwie von dem Tier, wurde vom Wind erfasst und ich saugte es direkt in meinen Mund. Es war durch und durch ekelerregend.«

Gwen machte den Mund auf, den sie allerdings wieder schloss, als sie sich den Horror vom Einsaugen eines Käfers vorstellte. »Das ist wahrscheinlich die schlimmste Anekdote, die mir je zu Ohren gekommen ist.«

»Weshalb ich Sie Ihnen ja auch im Vertrauen erzähle.« Er wölbte die Brauen und schenkte ihr ein verschmitztes Lächeln.

Gwen kam der Gedanke, dass er vielleicht tatsächlich flirtete, aber konnte man überhaupt über das Inhalieren von Käfern flirten? Oder gar mit dem Cousin einer Freundin? Somerton war der Cousin von Gwens guter Freundin Tamsin.

»Ich bin auf dem Weg in den Ballsaal«, meinte Somerton und richtete sich auf. »Ich werde nicht mehr lange bleiben, aber wenn Sie das nächsten Set tanzen möchten, bin ich gerne Ihr Partner.«

Gwen starrte ihn an. »Wahrhaftig?« Ihre Augen verengten sich leicht. »Ist das ein Mitleidstanz?«

Er neigte den Kopf zur Seite, und sein Zögern war die Antwort auf die Frage.

»Das ist in Ordnung«, sagte sie. »Ich nehme die Einladung gern an. Wie Sie sicher sehen können, bin ich bereits ganz verzweifelt.«

»Sie machen aber gar keinen *verzweifelten* Eindruck«, meinte er sanft, und seine Augen drückten dabei Freundlichkeit aus. »Sie sehen wie eine junge Lady aus, der ein Tanz gebührt.«

»Danke.«

»Ich werde Sie gleich aufsuchen.« Er verbeugte sich kurz vor ihr und begab sich dann zum Ballsaal. Gwen war für die Freundlichkeit des Viscounts dankbar und nahm sich einen Becher Orgeat vom Tisch. Sie trank einen Schluck, und lieber Himmel, sauer war als Beschreibung nicht stark genug. Das Getränk war bitter. Wie das Herz einer verschmähten Frau.

Bei diesem Vergleich kam ihr Pandora wieder in den Sinn, und Gwen weigerte sich auf der Stelle, ihr Getränk mit einer ihrer Freundinnen zu vergleichen.

Sie kehrte in den Ballsaal zurück, während ihre Gedanken bei Pandora und der Frage waren, ob ihre Freundin sich jemals von dem Skandal erholen würde, und sich wieder in die Gesellschaft eingliedern oder einen Ehemann finden würde. Allerdings war Gwen sich reichlich sicher, dass ihr nach Letzterem gar nicht der Sinn stand. Bis jetzt wollte sie vor allem Ersteres nicht, was Gwen ihr auch keineswegs verdenken konnte.

Irgendwie vergaß Gwen darüber, wie furchtbar der Orgeat schmeckte, und trank noch einen Schluck, als sie den Ballsaal wieder betrat. Sie kniff die Augen zusammen, als sie sich zwang, die bittersaure Flüssigkeit zu schlucken. In diesem kurzen Moment geschah die Katastrophe. Und dieses Mal war es kein Beinahe-Zusammenstoß.

Sie stieß frontal mit einen Gentleman zusammen und verschüttete ihr abstoßendes Getränk auf seinen makellosen blauen Frack und seine kanariengelbe Weste. Der Rest schwappte auf den Boden und bespritzte sein strahlend weißes Hemd und den unteren Teil ihres Rocks.

»Passen Sie auf, wo Sie hinlaufen«, fuhr der Gentleman sie an und strich mit der behandschuhten Hand über die Tropfen, die auf seiner Stirn prangten. »Sie könnten diese Weste ruiniert haben. Sie ist aus *Seide*. Und ich habe sie erst heute Nachmittag in der Savile Row abgeholt.«

Gwen zuckte zusammen und wedelte mit den Händen, als wolle sie ihm helfen, sich wieder in Ordnung zu bringen, doch dann hielt sie sich gerade noch davon ab. Dabei spritzte sie allerdings den restlichen Inhalt ihres Glases auf die Weste des Mannes. Entsetzt starrte sie auf den Fleck, der die kanariengelbe Seide verdunkelte. »Es tut mir so leid.«

Er stotterte. »Sie sind eine Bedrohung!« Dann stakste er davon.

Gwen drehte sich auf ihrem Tanzschuh um und tat

einen Schritt hinter ihm her – was sollte sie nur unternehmen –, wobei sie prompt ausrutschte. Sie war mit ihrem neuen Tanzschuh, dessen Sohlen noch ganz glatt waren, direkt in die verschüttete Flüssigkeit getreten, und es gab einfach keine Rettung. Sie würde stürzen.

Ihr Fuß rutschte nach vorne, und ihre Arme schlenkerten, als sie auf dem Hintern landete. Ihre Röcke rutschten bis zu den Knien hoch und entblößten ihre Unterschenkel. Irgendwie gelang es ihr dabei, das alberne, inzwischen reichlich leere Glas festzuhalten.

Während die Musik weiterging, schienen alle anderen Geräusche im Ballsaal zum Stillstand gekommen zu sein. Natürlich waren auch die Gespräche verebbt. Ein kurzer Blick in die Runde verriet, dass alle Augenpaare in Gwens Nähe auf sie gerichtet waren. Eilig zog sie ihre Röcke über die Beine und versuchte krampfhaft, ihre entblößten Waden und Knöchel zu bedecken. Schamesröte überlief ihren Hals und ihr Gesicht. Sie betete, dass ihre Mutter sie nicht beobachtet hatte, was natürlich der Fall war. Also betete Gwen stattdessen, dass ihr Vater und ihr Bruder noch nicht eingetroffen waren.

Eine kräftige Hand fasste sie um ihren Arm und eine weitere Hand legte sich auf ihren Rücken. »Erlauben Sie mir, Ihnen aufzuhelfen«, murmelte ein Mann mit vertrauter Stimme.

Als Gwen den Kopf zu dem Sprecher umwandte, erblickte sie die fesselnden Züge des Viscount Somerton, der sie mit seinen grünen Augen aufmerksam und mitfühlend anschaute. Seine Kieferkonturen waren fest und seine Lippen unglaublich geschmeidig. Konnte ein Mann geschmeidige Lippen haben? Somerton besaß ganz sicher solche Lippen.

Er half ihr rasch und ohne große Mühe auf die Beine, ehe er ihr dann das leere Glas abnahm. Mit einer fließenden Bewegung stellte er es auf dem Tablett eines Dieners ab, der im Hintergrund stand. Die Handbewegungen des Viscount waren so anmutig, und mit einer solchen Leichtigkeit ausgeführt, dass Gwen vor Neid weinen wollte.

»Zeit für unseren Tanz«, meinte er und zog sie auf die Tanzfläche.

»Aber es ist mitten in einem Set.«

»Er wird in einer Reihe getanzt. Wir können uns einfach einfügen.« Er schenkte ihr ein zuversichtliches Lächeln, und Gwen musste ein absurdes Lachen zurückhalten, das sich Bahn brechen wollte.

»Das mag für Sie einfach sein«, murmelte sie, als er sie an das Ende der Reihe der Ladys führte.

»Keine Sorge«, flüsterte er. »Wir sind so spät dran, dass wir vielleicht gar nicht mehr an die Reihe kommen, ehe das Set zu Ende ist.«

Als sie daraufhin den Blick auf ihn richtete, fühlte sie sich von einem Gefühl der Dankbarkeit durchströmt. »Sie sind einfach brillant«, flüsterte sie zurück.

Aus unerklärlichen Gründen überschattete sich seine Miene daraufhin. »Das bin ich nicht. Die Mechanik und den Takt eines Tanzes zu begreifen, zeugt keinesfalls von einer überdurchschnittlichen Intelligenz, aber ich weiß es zu schätzen, dass Sie so denken.« Dann ließ er ein Lächeln aufblitzen, und sie wunderte sich, ob die die kurzzeitige Düsternis vielleicht nur Einbildung gewesen war.

Unglücklicherweise kamen sie doch noch vor Ende des Sets an die Reihe, und Somerton tat sein Möglichstes, um Gwen von einem Verlust des Gleichgewicht zu bewahren oder davor mit jemanden zusammenzustoßen. Der Tanz gelang ihr leidlich gut, obwohl man ihre tänzerische Darbietung nicht gerade als elegant beschreiben würde. Als sie das Ende erreichten, erstarb die Musik.

Von der Anstrengung schwer atmend, knickste Gwen wie die anderen Ladys vor ihren Partnern, und Somerton verbeugte sich. Er reichte ihr den Arm und begleitete sie von der Tanzfläche.

»Wohin soll ich Sie begleiten?«, fragte er.

»Meine Mutter ist dort drüben.« Gwen wies mit dem Kopf in die Richtung der Stelle, an der sie ihre Mutter vorhin zurückgelassen hatte, in der Hoffnung, dass sie noch immer dort stand. Ihr stand ganz und gar nicht der Sinn danach, auf der Suche nach ihr durch den ganzen Ballsaal zu wandern. Die Blicke und geflüsterten Kommentare um sie herum waren augenblicklich schon schwer genug zu ertragen.

»Halten Sie einfach den Kopf hoch«, meinte Somerton leise. »Und lachen Sie. Als ob ich gerade etwas furchtbar Witziges gesagt hätte.«

Sie tat, was er sagte, und lachte. Wenigstens war ihr das Lachen nicht peinlich.

»Jetzt schauen Sie mich an«, sagte er.

Sie folgte seinem Befehl und stolperte fast, denn er blickte sie bereits an und in seinen Augen glomm eine besondere Hitze, das sie plötzlich in ihrem Innersten spürte. Er legte seine Hand auf ihre, die auf seinem Arm lag. »Ganz ruhig«, flüsterte er. »Lächeln.«

Als sie merkte, dass ihre Lippen geöffnet waren, schloss sie sie fest und lächelte. Ihr Puls hatte nach dem Tanz allmählich angefangen, sich wieder zu beruhigen, doch nun beschleunigte er sich aber wieder.

Er ließ seine Hand weiter auf der ihren liegen, und seine warme Präsenz vermittelte ihr ein beruhigendes Gefühl der Sicherheit. Sie fühlte sich beschützt, als der Viscount neben ihr schritt, und sie hatte keine Mühe, den Kopf oben zu halten.

Sie kamen bei ihrer Mutter an, deren Haut ein bisschen

blass wirkte. Sie lächelte, als sie die beiden auf sich zukommen sah. »Guten Abend, Lord Somerton.«

»Guten Abend, Mrs. Price. Ihre Tochter und ich haben einen herrlichen Tanz genossen.«

»Ich danke Ihnen für Ihre Aufmerksamkeit, die sie Gwen entgegengebracht haben«, entgegnete Gwens Mutter.

Somerton nahm seine Hand von Gwens Hand, und widerstrebend löste sie ihren Griff um seinen Ärmel. Ihr charmanter Rettungsanker war nun verschwunden, und sie spürte die Kälte des Ballsaals bis in jede Faser.

Er verbeugte sich vor Gwen. »Danke, Miss Price.«

Sie knickste noch einmal vor ihm, obwohl er sie gebeten hatte, das zu unterlassen. »Danke, Mylord.«

Dann war er fort und Gwen machte sich auf die Besorgnis ihrer Mutter gefasst. Natürlich wäre sie enttäuscht, aber trotzdem würde sie sich bemühen, das nicht zu zeigen.

Mit einem leicht aufmunternden Lächeln meinte Gwens Mutter: »Ich bin ein bisschen müde. Sollen wir nach Hause fahren?« Es war so typisch für sie, dass sie den Vorfall nicht erwähnte, zumindest nicht hier. Und wenn ihre Mutter, doch noch die Sprache darauf bringen sollte, was sie in diesem Fall ganz bestimmt noch tun würde, dann geschähe dies bestimmt mit dem größten Feingefühl.

»Ja, aber Papa und Evan sind noch nicht angekommen.«

»Nicht, dass ich wüsste.« Ihre Mutter ging auf die Tür zu, die in die Eingangshalle führte. Gwen war erleichtert, das zu hören.

Als sie sich endlich in der Kutsche niedergelassen hatten, entspannte sie sich vollkommen. Allerdings nahm sie weiterhin ein schwaches Zittern der Aufregung wahr, das von Somerton herrührte. Seine Hilfe und die Art und

Weise, wie er sie gerettet hatte, war überraschend und absolut wunderbar gewesen – das würde sie niemals vergessen.

Allerdings sollte sie dabei nicht außer Acht lassen, dass er ein Halunke war, und zu genau der Art von Gentlemen gehörte, zu denen sie und ihre Freundinnen Abstand hielten. Trotzdem war ein Halunke offenkundig fähig, ein großes Maß an Freundlichkeit zu besitzen.

»Morgen können wir uns darüber unterhalten, ob es sinnvoll ist, nach Bath umzusiedeln«, meinte Gwens Mutter.

Gwen holte tief Luft und sammelte ihren Mut zusammen, um zu fragen, was sie unbedingt wissen wollte. »Bist du enttäuscht, Mama?«

Gwens Mutter tätschelte ihr die Hand und sah sie mit einem liebevollen Lächeln an. »Nein, natürlich nicht. Was heute Abend passiert ist, war ein Unfall. Ich weiß aber, dass du so klug bist, um zu erkennen, dass es trotzdem ... unglücklich war.«

Das war ein schönes Wort. Nachteilig oder katastrophal wäre aber vielleicht zutreffender gewesen.

»Meiner Ansicht nach wäre es sinnvoll, nicht zu Almack's zurückzukehren, aber ich hoffe, dass meine Saison fortgesetzt werden kann«, meinte Gwen vorsichtig.

Noch einmal wurde Gwens Hand von ihrer Mutter getätschelt und dann zog sie ihre Hand in ihren Schoß zurück. »Wir werden es besprechen, Liebes. Ich weiß, dass du für alles offen sein wirst, was dein Vater und ich entscheiden.«

Denn das war sie schon immer gewesen. Welche andere Wahl stand Gwen denn auch sonst offen? Wenn ihre Eltern eine Fortsetzung ihrer Saison nicht befürworteten, würde sie auch nicht stattfinden. So wie Gwen bislang keine Saison gehabt hatte – das war die Entscheidung ihrer

Eltern gewesen, und nicht ihre eigene. Da Gwen die Weisheit ihrer Eltern respektierte und sie niemals etwas verlangen würde, was diese nicht unterstützen, hatte sie sich einfach damit abgefunden.

Aus diesen Gründen würde sie sich nach Bath zurückziehen. Genau das wurde von ihr erwartet.

KAPITEL 2

Lazarus Rowe, der Viscount Somerton, hatte seiner Mutter zwei Besuche des Almack's pro Saison versprochen, von denen er den ersten am heutigen Abend absolvierte. Und was für ein Abend das gewesen war.

Während seine Mutter inständig hoffte, er würde sich eine Frau suchen, suchte Lazarus diese Veranstaltung nur auf, um sie zu beschwichtigen, und in Wahrheit litt er in der Regel den gesamten Abend dort. Heute Abend jedoch war er der Schwester eines Freundes behilflich gewesen und er war froh, das getan zu haben. Seine Mutter hielt sich allerdings derzeit nicht in London auf, und wurde somit leider nicht Zeugin seiner guten Taten. Sie kümmerte sich um seine mittlere Schwester, die erst vor wenigen Wochen ein weiteres Kind bekommen hatte.

Die arme Miss Price. Er konnte nicht aufhören, an sie zu denken, wie sie auf dem Boden des Ballsaals ausgeglitten und gefallen war, wobei ihr die Röcke bis zu den Knien hochgerutscht waren, sodass jeder einen Blick auf ihre Unterschenkel erhaschen konnte. Sie besaß tatsächlich wundervoll geformte Waden, nicht dass er so etwas bei der Schwester seines Freundes bemerken würde.

Nachdem er sich seiner Verpflichtung bei Almack's entledigt hatte, machte er sich auf den Weg zur Coventry Street, wo sich das Siren's Call befand, eine wohlbekannte Spielhölle, die von Frauen geführt wurde. Als er das vertraute Innere mit dem üppigen lila-goldenen Dekor betrat, wurde Lazarus sofort von einer der Frauen begrüßt, die dort arbeiteten. Becky war eine hochgewachsene Schottin mit leuchtend rotem Haar und einem Dialekt, der so schwer wie ein alter Baum war.

»N'Abend, Somerton«, meinte sie. »Sheff sitzt drüben an Ihrem Stammtisch.« Becky neigte den Kopf in Richtung des hinteren Teils des Hauptraums.

»Danke, Becky. Du siehst reizend aus wie immer«, fügte er grinsend hinzu und betrachtete ihr verführerisches smaragdgrünes Kostüm. Die Frauen im Siren's Call kleideten sich verführerisch, aber die Gäste durften sie nicht anfassen. Ihr Ziel war es, die Männer in die Hölle zu locken, damit sie um Geld spielen – ein wahrer Sirenenruf.

Sie knickste und schenkte ihm ein freches Lächeln. »Danke, Mylord. Sie sind immer so freundlich.« Sie klimperte mit den Wimpern, und Somerton lachte leise, als er sich zu seinem Freund, dem Earl of Shefford, begab.

»Wie war's bei Almack's?«, fragte Shefford und blickte mit seinen dunkelblauen Augen auf, um Lazarus zu begegnen. Als Erbe eines Herzogtums war Shefford eher zurückhaltend, was das Prestige und die Privilegien seines Ranges anbelangte. Er hatte die Schultern nach hinten gezogen, und sein kantige Kinn stand ein bisschen vor.

Lazarus ließ sich auf den Stuhl neben Shefford gleiten. »Weitaus unterhaltsamer als gewöhnlich.«

Shefford wölbte eine Augenbraue und betrachtete ihn mit Interesse. »Sag mir bloß nicht, du hättest eine Braut

gefunden. Ich kann nicht noch einen Freund an den Traualtar verlieren.«

Der Traualtar hatte bereits den Duke of Wellesbourne,
den Baron Droxford und den Earl of Banemore, drei ihrer
engsten Freunde, eingefordert. Lazarus dachte gar nicht
daran, wie seine Freunde in die Ehefalle zu tappen.

»Unterhaltsam ist wohl nicht gerade die beste Wortwahl«, meinte Lazarus mit einer leichten Grimasse. »Price´
Schwester war da, und es ist zu einem überaus unglücklichen Zwischenfall gekommen.«

Auch Shefford zog eine Grimasse. »Dafür ist sie anfäl-
lig, fürchte ich. Was ist passiert?«

»Sie hat Orgeat über diesen Dandy Eberforce verschüt-
tet. Angesichts dieses Missgeschicks war er nicht gerade
freundlicher Gesinnung. Ich nehme an, er wird sie bei
jeder Gelegenheit verleumden.«

»Aufgeblasener Hanswurst«, murmelte Shefford, bevor
er einen Schluck Ale trank. »Er wird alles sagen, um
Aufmerksamkeit zu erlangen. Price wird nicht gerade
erfreut sein.«

»Meinst du Evan?«, fragte Lazarus. »Oder ihren
Vater?« Er war ein Lord Commissioner des Finanzminis-
teriums und ein hoch angesehenes Mitglied des
Parlaments.

»Beide vermutlich«, antwortete Shefford. »Die arme
Miss Price. Bestimmt wird sie nach Bath zurückgeschickt.
Oder vielleicht zurück nach Hause, nach Bristol. Evan hat
mir erzählt, ihre Saison sei nicht gut gelaufen und ihr
Debüt heute bei Almack's sei ausschlaggebend für ihren
Erfolg.«

Lazarus wollte der Gedanke ganz und gar nicht gefallen, dass die charmante Miss Price aus London fortmusste,
weil sie in Verlegenheit war. Gab es keinen Platz in der
Gesellschaft für jemanden, der nicht völlig koordiniert

war? »Nachdem sie Eberforce mit ihrem Getränk besudelt hatte, rutschte sie in ihrer Unbeholfenheit auf dem Boden aus und fiel. Ich eilte ihr zu Hilfe und führte sie zum Tanz, damit sie den Kopf hochhielt.«

Shefford richtete seinen Blick auf Lazarus. »Das war verdammt heldenhaft von dir. Pass auf, sonst giltst du bald als ihr Verehrer.«

Lazarus zuckte mit den Schultern. »Es gibt Schlimmeres, aber trotzdem bin ich das nicht.«

»Wie war der Tanz?« Shefford sah ihn voller Mitleid an. »Sie ist nicht gerade ... anmutig.«

»Sie hat sich sehr gut geschlagen«, entgegnete Lazarus. »Ich würde sogar wieder mit ihr tanzen.«

»Wenn ich dir so zuhöre, würde ich dich kaum für den Halunken halten, der du bist.« Josephine Harker, die Tochter des Besitzers des Siren's Call, welche die anderen Ladys beaufsichtigte und ein konservativeres Kleid trug, schlenderte auf ihren Tisch zu und stellte einen Humpen Ale vor Lazarus ab.

Lazarus ergriff den Humpen. »Guten Abend, Jo. Ich danke dir.«

»Verzeiht, dass ich gelauscht habe«, sagte sie. »Ich gebe mir Mühe, das nicht zu tun, aber es ist verdammt schwierig, so etwas hier zu vermeiden, und ich höre gerne, was ihr euch zu erzählen habt. Sie lachte, wobei sich ihr breiter Mund öffnete und bemerkenswert gleichmäßige, weiße Zähne offenbarte. Jo richtete ihren Blick auf Lazarus. »Das war sehr nett, Miss Price in ihrer Notlage zu helfen.«

»Kennst du sie?«, fragte Lazarus. Jo hatte viele Freunde in der Gesellschaft, auch wenn sie selbst kein Mitglied war.

Jo schüttelte den Kopf. »Ich weiß nur, was ihr Bruder über sie erzählt hat. Ich habe den Eindruck, dass sie darum kämpft, die Erwartungen der Gesellschaft zu erfüllen, denen sie meiner Meinung nach hervorragend entspricht.«

Shefford lachte. »Weil du dich sehr zum Leidwesen deines Vaters weigerst, sie zu erfüllen.«

Während Jos Mutter das Siren's Call besaß, war Jos Vater Künstler und Wissenschaftler, der dank seiner Intelligenz und seines Charmes von einigen Mitgliedern der Gesellschaft akzeptiert worden war. Soweit Lazarus wusste, hatten sich Jos Eltern entfremdet, da sie unterschiedliche Lebenswege für sich gewählt hatten.

Jo sah ihn ausdruckslos an. »Weil die Regeln der Gesellschaft lächerlich sind. Und tu auch nicht so, als würdest du sie befolgen. Wenn du sie befolgen würdest, wärst du verheiratet und hättest nicht nur einen Erben, sondern obendrein auch einen Ersatz.«

Shefford verzog das Gesicht, als der Schatten des Widerwillens über seine Züge glitt. »Du kennst mich zu gut, Jo.«

Ein schwaches Lächeln umspielte Jos volle Lippen. »Ich bin nur froh, dass du dich nicht über Miss Price lustig machst. Das wäre so einfach. Stattdessen setzt du dich für sie ein.« Sie richtete ihren Blick wieder auf Lazarus. »Vielleicht hat sie dein Interesse geweckt. Oder etwas in der Art.« Sie lachte leise, bevor sie sich abwandte, um ihre Runde durch den Raum fortzusetzen.

»Ist das etwa passiert?«, fragte Shefford mit einer Spur von Besorgnis in seiner Stimme.

»Nein«, versicherte Lazarus ihm. »Ich habe kein Auge auf Evans Schwester geworfen. Da sie jedoch mit einem von uns verwandt ist, betrachte ich sie ebenfalls als zugehörig, und ich konnte bei ihrem unweigerlich bevorstehenden Untergang nicht einfach tatenlos zusehen.«

»Du bist ein ausgezeichneter Freund«, sagte Shefford. »Was auch nie in Frage gestanden hat.« Er hob seinen Humpen zu einem stummen Trinkspruch, und Lazarus tat es ihm gleich.

»Guten Abend, meine Herren.« Evan Price nahm auf dem freien Stuhl neben Lazarus Platz. Evan war von schlanker Statur und muskulös, und er galt als Sportsmann. Er war ein hervorragender Reiter, Schwertkämpfer, Scharfschütze und Faustkämpfer. Sein Talent auf diesem Gebiet war beinahe beschämend. Das dunkles Haar fiel ihm in die Stirn, und die goldenen Sprenkel in seinen braunen Augen schienen im Lampenlicht zu glitzern. Er besaß einen sehr durchdringenden Blick.

»N'Abend, Price«, meinte Lazarus. »Ist alles in Ordnung?«

Evan wandte sich Lazarus zu und sagte: »Wie ich höre, ist es dir zu verdanken, dass meine Schwester vor dem endgültigen Ruin bewahrt wurde, obwohl ich zu behaupten wage, dass sie fast am Ziel angekommen ist.« Er runzelte kurz die Stirn. »Sie tut mir sehr leid.«

»So schlimm war das doch gar nicht.« Das war zumindest Lazarus' Hoffnung, wobei er allerdings insgeheim befürchtete, dass Evan recht hatte.

»Kurz nachdem meine Mutter mit meiner Schwester gegangen war, kam ich beim Almack's an«, meinte Evan. »Als ich erfuhr, dass die beiden bereits fort waren, bin ich auch nicht länger geblieben.«

»Wir müssen uns in dem Gedränge verpasst haben«, bemerkte Lazarus. »Ich bin eine Weile später gegangen.«

»Kein Wunder, dass die Leute sich nach meiner Schwester erkundigt haben und mich gleichzeitig warnten, mich von Eberforce fernzuhalten, der weiterhin im Ballsaal seine Runden drehte und sich über seine ruinierte Weste beschwerte.« Evan runzelte die Stirn.

»Verdammt, dein Blick kann sich wirklich mit einem von Droxfords finsteren Blicken messen«, stellte Shefford fest und bezog sich dabei auf ihren Freund, den Baron, der für seine distanzierte Art bekannt war. Seit er jedoch vor mehr als sechs Monaten geheiratet hatte, machte er einen durchaus aufgelockerten Eindruck. Scheinbar gefiel ihm seine Ehe sehr gut.

Evan grunzte. »Man hätte Eberforce besser warnen müssen, sich von *mir* fernzuhalten.«

Shefford nippte an seinem Ale. »Da du nicht mit ihm zusammengetroffen bist, kannst du wohl davon ausgehen, dass dies passiert ist. Oder vielleicht ist Eberforce nicht so dumm, wie wir glauben. So dumm, um mit dir einen Streit anzufangen, kann er gar nicht sein.«

»Eberforce ist ein Gernegroß«, meinte Lazarus. Er blickte zu Evan. »Es tut mir nur leid, dass er es war, der dem Getränk deiner Schwester im Wege gestanden hatte, weil er so ein Idiot ist. Ich wünschte, ich wäre es gewesen, denn ich hätte darüber gelacht.«

Evans Blick behielt seine Intensität. »Du hast danach mit ihr getanzt. Ich kann dir nicht genug danken. Das wird die Auswirkungen des Geschehens gemildert haben, dessen bin mir sicher. Die Leute haben sich über euren Tanz fast in dem gleichen Maße ausgelassen, wie über ihr Missgeschick. Möglicherweise ist das aber auch nur mein Wunschdenken«, murmelte er.

Becky brachte einen Humpen Ale für Evan, doch sie verweilte nicht lange. Lazarus nickte ihr zu, als sie sich entfernte.

»Ich war gerne bereit, ihr zu helfen«, meinte Lazarus. »Deine Schwester ist ein guter Mensch. Hoffentlich wird sie sich von diesem Vorfall erholen.«

»Es geht dabei aber nicht nur um heute Abend.« Evan trank einen großen Schluck von seinen Ale und stellte den Humpen dann auf den Tisch zurück. »In dieser Saison hat sie eine schwere Zeit gehabt. Ich bin mir fast sicher, dass unsere Mutter bereits Pläne gemacht hat, sich mit ihr nach Bath zurückzuziehen. Vermutlich wird unser Vater sogar vorschlagen, dass die beiden nach Bristol zurückkehren und vielleicht nächstes Jahr ein weiterer Versuch gemacht wird.« Evan seufzte. »Obwohl ich mir keineswegs darüber im Klaren bin, was das bringen soll. Gwen ist schlichtweg erbärmlich, wenn es darum geht, das Spiel der Gesellschaft zu spielen. Wie du sicher bemerkt hast Somerton, ist sie eine furchtbare Tänzerin.«

»So schlecht war sie auch wieder nicht.« Allerdings war es auch der einfachste aller Tänze gewesen. »Nicht jeder muss die Anmut eines Schwans besitzen.«

»Und sie wird nervös«, fuhr Evan fort, »wenn sie sich mit zu vielen Leuten unterhalten soll, die sie noch nicht kennt. Ganz allein in einer Bibliothek fühlt sie sich weitaus wohler. Unserem Vater zufolge verbringt sie tatsächlich deutlich zu viel Zeit mit dem Lesen von Büchern. Sie kann mehrere Bücher an einem Tag verschlingen. Ich habe vergessen, wie viele sie schafft.« Ungläubig schüttelte er den Kopf.

Mehrere Bücher an einem Tag? Wieso wusste Lazarus das nicht?

Die Antwort war, dass er sie zwar ein bisschen kannte, aber nicht sehr gut.

Lazarus schaffte nicht einmal ein Buch pro Woche, geschweige denn mehrere an einem Tag. Ach, wenn er doch nur halbwegs mühelos lesen könnte! Immer wieder raubte es ihm so viel Zeit und Mühe, auch nur eine einzige Seite eines Briefes zu lesen. Sein Sekretär glaubte, Lazarus mangelte es an der Lust zum Lesen – nicht, dass er sich überhaupt damit herumschlug – und somit übermittelte eben dieser Sekretär den Inhalt schriftlicher Nachrichten und andere relevante Informationen zu Lazarus′ Erleichterung in mündlicher Form.

In wenigen Wochen sollte Lazarus eine Rede vor dem Obersten Rat halten. Er konnte sie auswendig lernen – was

er auch vorhatte –, doch wenn er auf die niedergeschrie-
bene Rede zurückgreifen müsste, wäre er verloren.
Außerdem musste er jemanden finden, der ihm beim
Auswendiglernen half, indem er den Wortlaut laut vorlas
und Lazarus ihn dann wiederholte. Das wäre erheblich
leichter, als zu versuchen, alles selbst zu lesen und
auswendig zu lernen. Die ganze Situation lastete auf ihm
und er war drauf und dran, seinen Abschied einzureichen.

Das wollte er aber eigentlich gar nicht. Sein Vater wäre
so stolz gewesen, ihn sprechen zu hören. Er war der
einzige Mensch, der Lazarus´ Schwäche kannte und alles
Erdenkliche getan hatte, um ihm bei der Überwindung
behilflich zu sein. Dass Lazarus überhaupt lesen konnte,
war der Verdienst seines Vaters und seiner Liebe und
Hingabe. Lazarus war gerade siebzehn gewesen, als sein
Vater bei einem Reitunfall ums Leben gekommen war, und
der Verlust war das Schmerzlichste, was er je erlitten hatte.

»Haben wir dich verloren, Somerton?«, fragte Shefford.
»Oder willst du mit uns in das Rogue´s Den kommen?«

Das Rogue´s Den war ein Bordell, das nur ausgesuchten
Gäste vorbehalten war, deren Besitzerin jedoch die
Bezeichnung »Freudenhaus« vorzog. Normalerweise
würde Lazarus sich seinen Freunden anschließen, doch er
war mit seinen Gedanken gerade ganz woanders.

»Vielleicht gehe ich in den Phoenix Club«, meinte
Lazarus. »Das trifft heute Abend eher meinen
Geschmack.«

Shefford nickte. »In Ordnung.«

»Eigentlich klingt das auch für mich viel attraktiver«,
meinte Evan zu Lazarus. »Was dagegen, wenn ich mich dir
anschließe?«

»Ganz und gar nicht.« Vielleicht gelang es Lazarus
dann, einige weitere Informationen über seine Schwester
aus ihm herauszulocken, denn Lazarus hatte einen Plan,

der Gwen mit einbezog. Ihm war eine Idee gekommen, wie sie sich gegenseitig helfen könnten. Gwen könnte ihm beim Lesen unterstützen, und er könnte ihre Chancen auf eine erfolgreiche Saison verbessern. Wenn seine Aufmerksamkeit heute Abend eine Hilfe für sie gewesen war, konnte er in diesem Sinne weitermachen.

»Seid ihr beiden nicht ein bisschen langweilig?«, brachte Shefford mit einem Grunzen vor. »Na schön. Dann gehe ich eben auch in den Phoenix Club. Aber lasst uns erst unser Ale austrinken. Das Siren's Call hat einige der besten.«

»So ist es«, stimmte Evan zu.

Lazarus hielt sein Lächeln zurück, als er den nächsten Schluck trank. Morgen würde er Miss Price aufsuchen und ihr seinen Vorschlag unterbreiten. Es überraschte ihn ein bisschen, dass er nicht im Geringsten nervös war, ihr sein peinliches Geheimnis zu offenbaren, aber er wusste, dass sie nicht über ihn urteilen würde. Er war im Gegenteil zuversichtlich, dass sie die Freundlichkeit und Verständnis in Person sein würde.

Sie könnten einander sehr helfen. Hoffentlich würde sie zustimmen.

~

Am nächsten Nachmittag ließ Gwen sich in dem ihrer Ansicht nach gemütlichsten Sessel im Salon nieder, um sich der Lektüre eines ihrer Lieblingsromane zu widmen. Das wäre eine willkommene Abwechslung nach dem Malheur des vergangenen Abends und den Diskussionen mit ihren Eltern heute Morgen, die sich um die Frage drehten, was sie als Nächstes unternehmen würden.

Als sie gerade zwei Seiten weiter war, betrat ihre

Mutter den Salon und sah in ihrem schmucklosen blauen Tageskleid eleganter aus als viele Frauen in ihrer Abendgarderobe. »Dein Vater ist gerade gegangen.«

Gwen klappte ihr Buch zu und legte es auf ihren Schoß. »Hast du also eine Entscheidung getroffen?« Zusammen hatten sie die Frage erörtert, ob Gwen in London bleiben und versuchen sollte, sich von dem Debakel der vergangenen Nacht zu erholen, oder ob sie sich nach Bath oder sogar nach Bristol zurückziehen sollte. Gwen versuchte, nicht zu zappeln, während sie auf die Entscheidung über ihr zukünftiges Los wartete.

»Dein Vater und ich halten es für das Beste, wenn wir nach Bath zurückkehren. Dort haben wir sehr viele Bekannte, und alles ist einfach ... weniger streng.« Mama schenkte ihr ein hoffnungsvolles Lächeln. »Wir haben auch darüber gesprochen, ob du für eine arrangierte Ehe offen wärst. So könntest du dem Druck der gesellschaftlichen Erwartungen aus dem Wege gehen. Dein Vater und ich würden ein solches Unterfangen nur mit deiner Zustimmung und deinem Einverständnis in Angriff nehmen.«

Eine arrangierte Ehe.

Gwen war über diese Worte nicht überrascht, aber trotzdem waren sie entmutigend. Denn die Erkenntnis, aus eigener Kraft, keinen Bräutigam erobern zu können, vermittelte ihr das Gefühl, mangelhaft zu sein. Und sie glaubte nicht, dass *es ihr an etwas mangelte*. Aber was wusste sie schon?

»Du musst auch nicht unbedingt heiraten«, schlug ihre Mutter vor. »Deine Tante Araminta war nie verheiratet.«

Tante Araminta war die ältere Schwester ihres Vaters, und obwohl sie als alte Jungfer mit einer Menagerie von Tieren ein leidlich zufriedenes Leben zu führen schien, konnte sich Gwen ein solches Leben für sich selbst nicht vorstellen. Sie wünschte sich eine eigene Familie, die ebenso liebevoll und innig wie ihre jetzige war, in der sie großgeworden war.

»Ich hatte gehofft, ich würde eines Tages heiraten«, meinte Gwen leise. Mehr noch, hatte sie aber gehofft, sich zu verlieben, was nun aber ein unerreichbarer Traum zu sein schien. Noch nie hatte sie einen Mann kennengelernt, mit dem sie sich so wohlfühlte, dass sie an eine Freundschaft mit ihm gedacht hatte, geschweige denn Liebe.

Aus irgendeinem Grund kam ihr dabei Somerton in den Sinn und wie er ihr gestern Abend geholfen hatte. Er *hatte* sie erst besänftigt, doch dann hatte er sie gerettet, als sie es am nötigsten gehabt hatte. Wie dem auch sei, kam er als potenzieller Verehrer, geschweige denn als Bräutigam nicht in Betracht.

Gwens Mutter trat auf sie zu, und ihre Züge wirkten vor Mitleid ganz sanft. »Ich weiß, Liebes. Ich hoffe so sehr für dich, dass du dich auch verlieben wirst, so wie ich mich in deinen Vater verliebt habe. Möglicherweise geschieht das noch – wenn auch vielleicht nicht gerade während deiner Londoner Saison.«

Das konnte schon sein, aber Gwen war zweiundzwanzig und bislang war das noch nicht passiert. Weder in Bristol, wo sie lebte und die meiste Zeit verbrachte, noch in Weston, wo sie sich jeden August aufhielt. London war für sie wahrscheinlich zu überwältigend, und Bath könnte ein besserer Ort sein, um zu finden, wonach sie suchte.

Es war nicht so, dass es ihr an Interesse gemangelt hätte. Sie hatte an Bällen in Bristol teilgenommen, und bei zwei verschiedenen Gelegenheiten hatten übereifrige Gentlemen versucht, ihr im Garten einen Kuss zu stehlen. Diese Männer hatten allerdings kein Interesse gehabt, ihr den Hof zu machen und Gwen hatte das gewusst. Es waren Halunken, die sich genau wie Halunken benahmen.

Ehe Gwen zustimmen konnte, nach Bath zu reisen, trat ihr Butler Lake über die Schwelle des Salons. »Lord Somerton hat vorgesprochen. Empfängt Miss Price?«, fragte er Gwens Mutter und blickte dann zu Gwen.

»Ich glaube schon.« Gwens Mutter sah Gwen fragend an.

Gwen nickte. »Ja. Ich kann ihn hier empfangen.«

Der Butler neigte den Kopf, drehte sich weg und entfernte sich.

Instinktiv fuhr sich Gwen mit der Hand über die Frisur und hoffte, dass sie vorzeigbar aussah. Aber warum sollte sie das nicht sein? Die Treppe auf und ab zu laufen, war das Anstrengendste, was sie heute geleistet hatte.

»Du siehst wunderschön aus«, meinte ihre Mutter lächelnd. »Der Viscount hat gestern Abend mit dir getanzt und jetzt stattet er dir einen Besuch ab. Man muss sich über seine Motive wundern«, fügte sie mit einem Augenzwinkern hinzu.

Gwen hätte ihrer Mutter gleich die Wahrheit sagen sollen – dass Somerton der Schwester seines Freundes bei Almack's nur aus Freundlichkeit zur Hilfe gekommen war. Aber warum besuchte er sie?

»Ich werde ins Wohnzimmer gehen und die Tür offen lassen«, meinte Mama und nickte in Richtung der Tür im hinteren Teil des Salons.

Lake kehrte zurück und kündigte den Viscount an. Sobald Somerton in den Raum schlenderte, schien sich die Luft lebendiger und heller zu werden. Vielleicht war es sein strahlendes Lächeln oder sein überschwänglicher Charme, der von ihm auszustrahlen schien, obwohl er noch kein Wort über die Lippen gebracht hatte.

Er verbeugte sich vor den beiden Frauen und sprach zuerst Gwens Mutter an. »Es ist mir eine Freude, Sie wiederzusehen, Mrs. Price.« Dann richtete er seinen Blick auf Gwen. »Und Sie, Miss Price.«

»Guten Tag«, entgegnete Gwen und vollführte einen Knicks.

»Wir freuen uns sehr über Ihren Besuch«, meinte Gwens Mutter. »Hat es Ihnen gestern Abend bei Almack's gefallen?«

»Soweit das möglich ist, ja«, scherzte der Viscount.

Gwens Mutter lachte leise. »Da ist Durchhaltevermögen vonnöten. Ich lasse euch beide allein, damit Sie sich mit Gwen austauschen können.« Sie drehte sich um und lenkte ihre Schritte zum Wohnzimmer, wobei sie, wie angekündigt, die Tür offen stehen ließ.

Somerton zog eine dicke blonde Augenbraue hoch, ehe er dann zur Tür des Wohnzimmers blickte. »Ihre Mutter ist sehr vertrauensvoll.«

»Haben Sie etwa vor, mich hier im Salon zu verführen, während meine Mutter nebenan sitzt?«

Er zog eine kleine Grimasse und legte dabei seine Hand auf seine Brust. »Ist mein Ruf so miserabel? Antworten Sie besser nicht darauf.«

Gwen grinste. »Ich war diejenige, die die Frage gestellt hat, und das heißt, dass ich im Zweifelsfall für Sie spreche. Sorgen Sie dafür, dass ich das nicht bereue. Ich breche bereits eine Regel, wenn ich mit Ihnen hier allein bin, obwohl ich nicht behaupten würde, dass wir wirklich *allein sind*.« Sie sprachen in gemäßigtem Ton, und somit war es unwahrscheinlich, dass ihre Mutter sie hörte, aber es war auch nicht so, dass sie irgendetwas zu verbergen hätten.

»Ich gebe zu, dass sich mein schurkisches Verhalten nicht auf die Verführung junger Ladys unter ihrem eigenen Dach erstreckt, während ihre Mütter im Nebenzimmer sitzen. Auf welche Halunkenregel berufen Sie sich?«

Obwohl Gwen und ihre Freundinnen ihr Regeln für Halunken niemals als privat erklärt hatten – sie waren von Pandora gestickt und den beiden Frauen, die geheiratet hatten, zum Geschenk gemacht worden – war sie sich nicht sicher, ob sie diese Regeln mit einem der schurkischsten unter den Halunken erörtern sollte. »Äh, nur ein paar Richtlinien, die wir jungen Ladys befolgen, damit wir nicht unvorbereitet erwischt werden.«

»Es gibt mehr als eine?« Er lächelte amüsiert. »Wie lauten die anderen Regeln?«

Es waren acht, aber Gwen erwähnte nur ein paar. »Flirte nie mit einem Halunken und gib einem Halunken nie eine Chance.«

Nun zuckte er richtig zusammen und fasste sich mit seiner Hand an die Stirn, als würde er in Ohnmacht fallen. »Sie haben mich verletzt. Ich bin heute in der Hoffnung hierhergekommen, Sie würden mir eine Chance gewähren.«

Gwens Puls beschleunigte sich. Von welcher Art von Chance sprach er? »Um was zu tun?«, fragte sie.

»Dürfen wir uns setzen?« Sein Blick schweifte in Richtung einer Sitzgruppe in der Nähe der Fenster, die auf die Straße hinausgingen. Damit wären sie so weit vom Wohnzimmer – und ihrer Mutter – entfernt, wie es nur ging.

»Gewiss.« Sie ging zu einem kompakten Sofa, das mit einem Blumenmuster auf dunkelgrünem Grund bezogen war. Dort setzten sie sich und er setzte sich zu ihr, sodass sie es gemütlich hatten. Ihr Herz raste weiter.

»Ich hoffe, Sie halten mich nicht für übermäßig dreist«, fing er an und seine Augen funkelten, als er lächelte.

Nur zu. Gwens Fantasie begann zu kreisen.

Er wandte sich ihr zu und fuhr fort: »Ich habe mich gefragt, ob wir einander helfen könnten.

Sie scheinen in dieser Saison etwas ... Unterstützung

gebrauchen zu können, und ich brauche jemanden, der mir in einer ... heiklen Angelegenheit behilflich ist.« Er zuckte zusammen, sein Nacken bebte und sein Kopf neigte sich leicht. Es war eine Bewegung des Unbehagens. Was auch immer es war, es beunruhigte ihn.

»Ich kann mir nicht vorstellen, inwiefern ich Ihnen behilflich sein könnte«, entgegnete sie mit einem leichten Lachen. Somerton schien ... perfekt zu sein.

»Es ist etwas sehr Persönliches«, antwortete er leise. »Tatsächlich gibt es niemanden, der über dieses ... Problem Bescheid weiß. Zumindest nicht in vollem Ausmaß.«

Besorgnis und Mitgefühl verdrängten alle anderen Gedanken aus Gwens Kopf, als sie sich noch näher zum Viscount beugte. Wie kann ich helfen?«

Er schien sich zu entspannen, und seine Schultern erschlafften, aber nur für einen kurzen Moment. Als er erneut zu sprechen anfing, kehrte die Anspannung zurück und er begegnete ihrem Blick nicht. »Ich bin kein guter Leser.« Er atmete aus, und sein Pulsschlag war an seiner Kehle als ein Pochen erkennbar, als ob er aufgeregt wäre. Er lenkte seinen Blick kurz zu ihr. »Es war schwer, das laut zuzugeben.«

Das konnte Gwen ohne Schwierigkeiten erkennen und sie verspürte einen sofortigen und notwendigen Drang, ihn zu trösten. Außerdem fühlte sie den Wunsch in sich aufsteigen, ihm zu helfen, wenn sie konnte. »Es ist sehr mutig von Ihnen, das zu tun«, murmelte sie. Aber sie hatte auch Fragen. »Was bedeutet das genau? Können Sie lesen?«

»Ja, aber es ist die reinste Mühsal. Ich bin entsetzlich langsam. Normalerweise lasse ich meinen Sekretär alles lesen und mir eine mündliche Zusammenfassung geben. Er glaubt, ich wolle einfach nicht lesen, wie alle anderen auch.« Kleine Furchen zogen sich über Somertons Stirn.

»Und niemand stellt das in Frage, wenn man meinen Ruf bedenkt.«

Gwen war sich nicht sicher, wie weitreichend dieser Ruf war, und sie wusste nur, dass er ein Halunke war. Vielleicht hatte er unter seinesgleichen einen anderen Ruf. »Geht das über deine schurkischen Neigungen hinaus?«

Er schaute aus dem Fenster, ohne sich dabei auf etwas Konkretes zu konzentrieren. »Ich gelte im Allgemeinen als leichtfertiges Mitglied des Oberhauses, das sich mehr um seine Garderobe kümmert oder darum, welches Pferd ich reite oder welche Kutsche ich benutze.« Sein Blick wanderte nun zu ihr zurück, und sie konnte sehen, dass er alles andere *als* leichtfertig war. »Ich wäre gerne ein aktiveres Mitglied des Oberhauses, was aber schwierig ist.«

»Weil Sie so langsam lesen«, sagte sie. »Und das verheimlichen Sie.«

Besorgnis überschattete seine Züge. »Können Sie sich vorstellen, was die Leute sagen würden, wenn sie davon wüssten?«

Gwen wusste, dass die Leute über ihre ... Schwächen sprachen. Würden sie das auch bei einem Viscount tun? Wahrscheinlich. Menschen konnten grausam sein.

»Niemand braucht davon zu wissen.« Sie sah ihn mit einem aufmunternden Lächeln an. »Aber ich bin mir nicht sicher, ob ich Ihnen wirklich helfen kann.«

»Ihr Bruder behauptet, Sie könnten mehrere Bücher an einem Tag lesen. Ich hatte gehofft, Sie könnten mir helfen. Vielleicht könnten Sie das zumindest versuchen.« Er klang hoffnungsvoll, aber sein Blick blieb zurückhaltend, als ob er sich auf eine Enttäuschung vorbereiten würde.

»Natürlich. Das kann ich versuchen. Es wäre mir ein Vergnügen.« Und das meinte sie ernst. »Ich hätte meine Hilfe auch ohne Ihre Hilfe gerne angeboten.«

»Das ist sehr nett von Ihnen«, sagte er leise. »Ich bin

sicher, dass ich das nicht zu sagen brauche, aber diese Vereinbarung muss unter uns bleiben.«

Sie legte den Kopf schief. »Wie genau wollen Sie mir denn helfen? Indem Sie zur Stelle sind und mich vor zukünftigen Katastrophen bewahren? Indem Sie mit mir tanzen?«

Er stützte seinen Arm auf die Rückenlehne des Sofas. »Indem ich Ihnen Aufmerksamkeit schenke und der feinen Gesellschaft zeige, was für eine höchst begehrenswerte junge Lady Sie sind.«

Gwen war sich seiner bloßen Hand so dicht an ihrem Kopf bewusst. Offensichtlich hatte er seinen Hut bei einem der Diener abgegeben und auch seine Handschuhe. Aus den Augenwinkeln sah sie, dass seine Hände groß waren, die Finger lang und schlank. Sie würden sicher über die Tasten eines Klaviers fliegen. Im Gegensatz zu ihren, die sich nie so geschmeidig bewegten, wie sie es sich wünschte. Zumindest nicht mit dem Musikinstrument. Mit einem Pinsel konnte sie Kunst schaffen. Oder etwas, das dem nahekam.

Sie legte die Hände in den Schoß und sagte: »Meine Mutter hat mir gerade mitgeteilt, dass wir für den Rest der Saison nach Bath fahren werden.«

Seine Augen weiteten sich und seine Nasenlöcher blähten sich. »Wie können Sie dann zustimmen, mir zu helfen?«

»Ich werde meine Mutter davon überzeugen, dass wir bleiben sollten, denn noch ist nicht alles verloren.« Gwen warf einen Blick in Richtung Wohnzimmer und erinnerte sich an die Neugierde ihrer Mutter bezüglich Somertons Besuch. »Meine Mutter fragt sich wahrscheinlich, ob Sie mir den Hof machen wollen, da Sie mich besucht haben. Und gestern Abend haben Sie mit mir getanzt.«

»Ich verstehe.« Mit nachdenklicher Miene blickte er

wieder zum Fenster. »Ich *könnte* Ihnen den Hof machen, doch es wäre mir nicht recht, böses Blut zu stiften, wenn wir nicht heiraten. Mein Ziel ist es jedoch, dafür zu sorgen, dass Sie sehr begehrt sind und viele Verehrer haben. Sie werden sich Ihren Ehemann aussuchen können.«

»Ich teile Ihre Zuversicht nicht, zumal ich gedenke, anspruchsvoll zu sein. Ich werde nicht jeden akzeptieren.«

Seine Hand wanderte vom Sofa zu ihrem Kinn, wo er sie mit den Fingerspitzen leicht berührte. »Das sollten Sie auch nicht, Miss Price. Verkaufen Sie sich nicht unter Wert. Sie sind schön, geistreich, und ich weiß aus zuverlässiger Quelle, dass Sie ganz passabel tanzen können.«

Obwohl Gwen sich durch seine Berührung leicht aus dem Konzept gebracht fühlte – und zwar auf eine nette, aber auch ein wenig verwirrende Weise, da er ein Freund ihres Bruders war, der ihr keinerlei romantische Absichten entgegenbrachte, lachte sie über seine Beschreibung. »Sie schmeicheln mir. Oder vielleicht wollen Sie mich auch nur aufziehen. Nichts von alldem, was Sie da gesagt haben, ist wahr.«

Er keuchte in gespielter Verzweiflung. »Alles ist wahr und wenn Sie etwas anderes denken, werde ich beleidigt sein.«

Daraufhin konnte Gwen nicht anders, als die Augen zu verdrehen. »Ich kann mich nicht entscheiden, was Sie sind. Eine schreckliche Nervensäge oder ein Halunke.«

»Ich fürchte, ich kann beides sein. Meine Ansicht über Sie meine ich aber ernst. Sie sind schön und geistreich, und mein einziger Tanz mit Ihnen hat mir bewiesen, dass Sie passabel sind. Der Grund für Ihr Straucheln besteht eventuell darin, dass Sie diese Dinge nicht selbst so sehen können.« Das Gesicht zu einer leichten Grimasse verzogen setzte er hinzu: »Ich meine das nicht böse.«

»Das nehme ich auch nicht an.« Als sie dann über seine

Ansicht nachdachte, musste sie zugeben, dass sie stichhaltig war. Ihre Selbstzweifel und die ständigen Missgeschicke hatten in ihr ein Gefühl der Unzulänglichkeit erwachen lassen. Vielleicht konzentrierte sie sich zu sehr auf ihr Vorhaben. »Werden Sie also mein Selbstbewusstsein stärken?«

Damit legte er seine Hand wieder auf das Sofa, was sie als eine Erleichterung erachtete, denn seine Berührung war eine schreckliche – oder zauberhafte – Ablenkung. »Ich werde Sie zur selbstbewusstesten jungen Lady Londons machen und dazu noch zur begehrtesten.«

»Wenn ich nur die Hälfte Ihres Selbstvertrauens entwickele, werde ich mehr als genug davon haben.« Für einen Moment ließ sie den Blick auf ihm ruhen – auf seinem schneidigen Aussehen und seiner autoritären Ausstrahlung. »Oder handelt es sich etwa um Arroganz?«

»Dieses Urteil bleibt einzig und allein Ihnen überlassen«, entgegnete er lachend.

»Wie machen Sie das?«, fragte sie mit aufrichtigem Interesse. »Ihre Leseschwäche macht Ihnen zu schaffen, und trotzdem stolzieren Sie herum, als könnte nichts auf der Welt Ihnen etwas anhaben.«

Er zog eine Schulter hoch. »Dieses Manko habe ich mein gesamtes Leben lang verheimlicht. Nur mein Vater hat davon gewusst.« Er verstummte und sein Blick wanderte erneut zum Fenster.

Gwen beobachtete seinen Kehlkopf, da sie den Verdacht hegte, dass er versucht war, die Gefühle zu verbergen, die ihn beim Gedanken an seinen Vater überkamen. »Standen Sie Ihrem Vater sehr nahe?«

Er nickte und musste dabei schlucken. Als er sie wieder anschaute, war sein Gesichtsausdruck ausgeglichen, und was für Empfindungen ihn auch immer gerade überkommen hatte, so waren sie nun verschwunden. »Wann sollen wir beginnen? Wir könnten heute Nachmittag einen Spaziergang unternehmen, wenn Sie Lust dazu haben.«

»So bald schon?«, frage Gwen blinzelnd und ihr Verstand raste.

»Ist es nicht besser, wenn wir uns sputen, da Ihre Mutter vorhat, mit Ihnen nach Bath zu reisen?« Damit hatte er ein gutes Argument.

»Wie werden wir Ihren Unterricht absolvieren?«, fragte sie. »Ich glaube nicht, dass ich das hier bewerkstelligen kann, ohne dass Mutter davon erfährt.«

Nachdenklich fuhr er sich mit der Hand über den Kiefer und trommelte mit den Fingern der anderen Hand auf die Rückenlehne des Sofas. Als er den Blick wieder auf sie richtete, nahm sie das Aufleuchten einer Idee in seinen grünen Augen wahr. »Was ist mit den Droxfords? Sie sind mit meiner Cousine Tamsin befreundet, ist es nicht so?«

»Das bin ich.« Gwen hatte sich während ihrer gemeinsamen Zeit in Weston in den letzten beiden Augustmonaten mit Tamsin angefreundet. Im September war Gwen sogar bei ihrer Hochzeit in Cornwall gewesen.

»Ich denke, es wird wunderbar funktionieren«, brachte er mit Begeisterung in seiner Stimme hervor. »Sie werden Tamsin besuchen, und ich werde Droxford zu einem vorher verabredeten Zeitpunkt aufsuchen. Wir müssen das Ganze nur mit den beiden absprechen – denn wir brauchen dort einen diskreten Platz, an dem wir arbeiten können.«

»Das ist für uns ein guter Grund, uns dort zu treffen«, meinte sie. »Aber was wird unser Ziel sein? Sie wollen doch nicht, dass die beiden von Ihrem Problem Wind bekommen.«

»Wir sagen ihnen, Sie würden mir bei meiner Rede helfen. Das wird Droxford sehr gefallen. Er hat mich bedrängt, mehr Engagement im Oberhaus zu zeigen und er wird alles, was damit zu tun hat, gerne unterstützen.«

Somerton formte den Mund zu einem breiten Grinsen, das einem das Herz erweichen konnte. Gütiger Himmel, er sah einfach so hinreißend aus, dass sie sich fragte, wie sie nur verhindern konnte, ihn bei ihren Treffen einfach anzustarren. »Also, was mich betrifft haben wir einen Plan.«

»Den haben wir allem Anschein nach. Aber lassen Sie uns erst morgen beginnen. Ich muss mir heute Gedanken darüber machen, mit welchem Ansatz ich Ihr Leseproblem beheben kann. Ich werde meiner Mutter ausrichten, dass Sie mich morgen zu einem Spaziergang eingeladen haben. Das sollte unsere Abreise aus London verzögern.«

»Ausgezeichnet.«

»Dort seid ihr ja«, ließ Gwens Mutter hören, als sie in den Salon schritt. »Es war so still, dass ich sehen musste, was ihr macht.« Weder ihr Tonfall noch ihr Gesichtsausdruck enthielt Anschuldigungen oder Unterstellungen, sondern er drückte nur echte Neugierde aus.

Gwen stand auf. »Lord Somerton wollte sich gerade verabschieden, Mama.«

Der Viscount erhob sich. »Wir treffen uns dann morgen im Park.« Ein weiteres umwerfendes Lächeln umspielte seine Lippen. Nach einer höflichen Verbeugung vor ihr wiederholte er die gleiche galante Geste vor ihrer Mutter. »Es ist mir ein Vergnügen, Mrs. Price.«

»Guten Tag, Lord Somerton.«

Mama sah ihm nach, wie er hinausging, und sobald er außer Sichtweite war, eilte sie zu Gwen, deren Augen vor Freude leuchteten. »Du musst mir alles erzählen.«

»Da gibt es nicht viel zu erzählen. Er hat mich für morgen zum Promenieren eingeladen.«

»Du brauchst einen neuen Hut.« Mama presste die

Lippen aufeinander und Gwen erkannte, dass ihre Mutter in Gedanken bereits bei der Planung ihrer Garderobe war.

»Das halte ich nicht für notwendig.«

»Ein Viscount hat dir einen Besuch abgestattet, Gwen. Das ist großartig.« Mama grinste. »Vermutlich müssen wir wohl doch nicht nach Bath fahren.«

Gwen gefiel es gar nicht, das sie ihrer Mutter nicht die Wahrheit gesagt hatte. Mama würde enttäuscht sein, wenn sie erfuhr, dass keine ernsthafte Brautwerbung stattfinden würde und ihre Verbindung mit Somerton nur als ein Spektakel für andere gedacht war.

Vielleicht sollte Gwen ihrer Mutter einen Teil der Wahrheit anvertrauen, und zwar denjenigen Teil mit dem Angebot des Viscounts, der Schwester seines Freundes zu helfen. Bevor sie jedoch dazu kam, hatte ihre Mutter sich schon umgedreht und war davongeeilt. »Wir müssen sofort in die Bond Street fahren. Wir treffen uns in der Eingangshalle.«

Gwen wusste, das jeder Protest sinnlos war, und so fügte sie sich dem Einkaufsbummel, den sie nicht brauchte. Hüte besaß sie mehr als genug. Als würde ein neuer Hut einen Viscount anlocken. Oder irgendeinen anderen Mann.

Nein, das musste Gwen aus eigner Kraft schaffen. Was allerdings nicht mehr ganz stimmte – denn sie hatte Hilfe. Konnte sie mit Somertons Anleitung und seiner Aufmerksamkeit wirklich tun, was er vorausgesagt hatte? Könnte sie sich ihren Ehemann am Ende aussuchen?

Sie wünschte, sie könnte zu Hause bleiben und sich ihren Plan erarbeiten, wie sie für Somerton eine Verbesserung seiner Lesefähigkeit herbeiführen konnte, und stapfte aus dem Salon. Sie würde eine Möglichkeit finden, ihm zu helfen, was unabhängig davon war, ob sein Plan, sie für andere begehrenswert zu machen, erfolgreich wäre oder nicht. In Wahrheit war ihre Aufgabe gewiss erheblich leichter als seine.

KAPITEL 3

Am nächsten Nachmittag spazierte Lazarus beschwingt und mit großem Optimismus in den Hyde Park. Wenn ihm jemand helfen konnte, endlich die Kunst des Lesens zu meistern und sich dabei sicher zu fühlen, eine Rede zu halten, dann war das Miss Price. Ihr Eifer, behilflich zu sein, hatte ihn sowohl erfreut als auch mit einer gewissen Unruhe erfüllt. Weder war sie voreingenommen gewesen, noch hatte sie Mitleid gezeigt. Er hätte keine bessere Person finden können, die ihm genau bei der Sache half, bei der er den dringendsten Bedarf hatte.

Heute ging es jedoch zunächst einmal um ihre Belange. Lazarus war sehr darauf bedacht, damit zumindest bei einigen Gentlemen Neid zu erzeugen.

Auf seinem Weg vom Grosvenor-Tor zum Ring tauschte Lazarus mit vielen Menschen Höflichkeiten aus. Er blieb nicht stehen, um sich auf Unterhaltungen einzulassen. Allerdings setzte er jeden, der ihm über den Weg lief, darüber in Kenntnis, dass er im Begriff war, sich mit einer besonderen jungen Lady zu treffen. Das würde den Klatsch in Gang bringen.

Als er sich dem Ring näherte, entdeckte er Miss Price sofort. Sie stand bei ihrer Mutter, und ihr Mund formte sich zu einem Lächeln, sobald sie ihn erblickte. Um ehrlich zu sein, *war* sie attraktiv und garantiert hübsch genug, um die Aufmerksamkeit einiger junger Männer auf sich zu ziehen. Wären da nicht ihr Hang zur Ungeschicklichkeit und ihre offensichtlichen Tanz...probleme, wäre sie wahrscheinlich auch beliebt. Ihr Vater war ein prominentes Mitglied der Regierung, und ihr Großvater war ein Viscount. Dies allein sollte sie bereits in die Nähe eines angemessenen Gentleman befördern.

Lazarus wurde plötzlich bewusst, dass er praktisch die Rolle des Heiratsvermittlers spielte. Der Gedanke, dass ein Halunke sich darum bemühte, eine Verbindung für Menschen herbeizuführen, die keine Schurken waren, entlockte ihm ein Schmunzeln. Schnell unterdrückte er allerdings seine Regung.

»Guten Tag«, begrüßte er die beiden Ladys, als er bei ihnen ankam. Er bemerkte Miss Price´ ausnehmend hübsches Kostüm – es handelte sich um ein elegantes dunkelblaues Ausgehkleid in Kombination mit einem passenden Spencer, dessen Goldknöpfe einen besonderen Blickfang darstellten. Obendrein trug sie einen bezaubernden Hut. »Ihr Hut ist außerordentlich raffiniert, Miss Price. Er ist über die Maßen modisch.« Mit Sicherheit würde sie die neidischen Blicke der anderen Ladys auf sich ziehen und darauf würde er eine Wette abschließen.

»Er ist neu«, murmelte Miss Price mit einer freudig dankbaren Miene. Sie warf ihrer Mutter einen Blick zu, sie strahlte nur so vor Stolz.

Lazarus beschlich das Gefühl, dass die beiden eine

innige Beziehung zueinander hatten. Das erinnerte ihn an seine Verbundenheit zu seinem Vater und daran, wie schmerzlich er ihn vermisste.

»Sollen wir einen Spaziergang unternehmen?« Er bot Miss Price seinen Arm an.

»Viel Vergnügen.« Mrs. Price schaute besorgt zum grauen Himmel auf. »Hoffentlich bleibt der Regen aus.«

»Für den Fall, dass er nicht auf sich warten lässt, sind wir rasch wieder zurück«, versprach Lazarus, als Miss Price ihre Hand auf seinen Ärmel legte. Ihre Hände waren klein und zierlich. Sehr feminin.

Was für eine sonderbare Feststellung das für ihn war. In der Regel interessierte er sich mehr für andere körperliche Eigenschaften einer Frau. Allerdings sah er Miss Price nicht mit den gleichen Augen an, wie die meisten anderen Frauen. Sie war die Schwester seines Freundes und nun war sie seine Freundin.

Sie schlenderten den Ring entlang, und Gwen schaute zu ihm auf. »Haben Sie mit Lord Droxford das Arrangement abgesprochen, das wir uns überlegt hatten?«

»Bislang habe ich das noch nicht getan, aber das habe ich vor. Haben Sie mit Tamsin gesprochen?«

»Das werde ich morgen in Angriff nehmen«, entgegnete Miss Price. »Sie will mich besuchen kommen.«

»Hervorragend. Dann werde ich mich heute Abend mit Droxford in Verbindung setzen. Wenn ich die Gelegenheit dazu bekomme. Er pflegt, eher selten auszugehen, insbesondere jetzt, da er verheiratet ist.« Lazarus nickte einer Gruppe von Ladys zu, an denen sie vorbeigingen. Er bemerkte, wie die Frauen Miss Price´ Hut in Augenschein nahmen. Das Modell besaß eine maskuline Form, war mit prächtigen Pfauenfedern geschmückt und die Verzierung war in Gold und Grün gehalten. Auf eine besondere Weise hatte der Hut etwas Protziges, aber gleichzeitig war er auch auf eine geschmackvolle Weise elegant. Als sie an der Gruppe vorbei waren, neigte er den Kopf ein bisschen weiter zu ihr. »Ihr Hut erregt Aufsehen. Er ist wirklich außerordentlich.«

»Meine Mutter hat auf die Anschaffung eines neuen Huts bestanden. Nachdem Sie sich gestern verabschiedet hatten, sind wir in die Bond Street gefahren, und heute Morgen wurde der Hut dann gebracht.«

»Ich kann ihnen versichern, dass Morgen Nachahmungen davon angefertigt werden«, meinte er darauf.

»Ich bezweifle, dass so etwas passieren wird. Meine Mutter hat dieses Modell ausgesucht und der Hutmacherin strikte Anweisungen für Anpassungen gegeben. Mit der Inhaberin des Ladens hat sie eine Vereinbarung, dass alles, was für meine Mutter – oder mich – dort angefertigt wird, nicht für andere kopiert wird.«

»Das überrascht mich. Meiner Annahme nach müsste ihr Interesse doch darin liegen, ihre Gewinne zu steigern.«

»Die Hutmacherin wird für eine andere Kundin vielleicht etwas Ähnliches anfertigen, aber nicht exakt das Gleiche. Die Kenntnis, dass sie diesen Hut gefertigt hat, ist für andere Anreiz genug, um bei ihr zu kaufen. Das ist die Meinung meiner Mutter.« Miss Price zog die Nase dabei ein wenig kraus. »Das Thema Mode zählt, wie ich gestehen muss, nicht zu meinen Stärken. Es ist ein Glück und eine Freude für mich, den Einfluss meiner Mutter zu genießen. Ich denke, dass jeder Ladenbesitzer in der Bond Street sie kennt«, fügte sie lachend hinzu. »Gleiches gilt allerdings für mich und die Buchhändler in der Paternoster Row.«

»Bringen Sie viel Zeit in Buchhandlungen zu?« Wieder nickte Lazarus einer Gruppe von Ladys zu, von denen eine bei seinem Anblick kichernd errötete. An solche Art von Aufmerksamkeiten war er gewöhnt. Wenn er nicht in Gesellschaft von Miss Price gewesen wäre, dann hätte er sich ihnen genähert, um Konversation mit ihnen zu machen und wahrscheinlich zu flirten.

»So ist es«, entgegnete Miss Price eifrig. »So viel Zeit, wie mir erlaubt wird. Ich habe ein Taschengeld für den Kauf von Büchern, und ich muss gestehen, dass ich immer alles ausgebe.«

»Sie müssen eine große Bibliothek haben.«

»Mein Vater hat mir einen Teil der Bibliothek zu Hause in Bristol überlassen. Ich bin zum ersten Mal in London, und zu meinem Leidwesen stapeln sich die Bücher in einer Truhe. Papa hat mir versprochen, dass er ein Bücherregal für mein Schlafzimmer anfertigen lassen wird.«

»Miss Price, hoffentlich halten Sie mich nicht für dreist, aber unterhalten Sie sich mit allen Gentlemen auf diese Weise?« Als er sie ansah, bemerkte er, dass sie die Stirn runzelte.

»Ich denke ja.« Sie klang ein wenig unsicher. »Mache ich etwas verkehrt?«

Lazarus verwendete allergrößte Sorgfalt auf seine Wortwahl. Schließlich wollte er nicht, dass sie sich schlecht fühlte. »Es ist im eigentlichen Sinne nicht verkehrt, aber die Pläne für Ihr Schlafzimmer zur Sprache zu bringen, ist möglicherweise nicht das beste Gesprächsthema, ebenso wenig wie Ihre Passion für Bücher und das Lesen. Jedenfalls nicht beim ersten Spaziergang.«

Sie drehte ihm ihr Gesicht zu und ihre Augen waren weit aufgerissen. »Mir war nicht bewusst, dass ich mich Ihnen gegenüber auf eine festgelegte Art und Weise zu verhalten habe. Damit meine ich, dass Sie ja kein echter Bewerber sind.«

Sie hatte recht damit, denn das war er nicht und er hatte auch keine Erwartungen in ihren heutigen Spaziergang gesetzt oder irgendwelche Anforderungen gestellt. Letzteres hätte er wahrscheinlich tun sollen. »Sie haben zwar recht, aber wahrscheinlich sollten wir üben, wie Sie mit einem potenziellen Verehrer sprechen. Es sei denn, Sie unterhalten sich wirklich auf eine ganz andere Art mit mir, da sie bereits wissen, was Sie nicht sagen dürfen.«

»Ähm, nein.« Ein rosiger Farbton leuchtete auf ihren Wangen auf. »Ich habe ja schon erwähnt, dass ich ein Bücherregal für mein Schlafzimmer plane und mein ganzes Budget in Bücher investiere.« Sie seufzte. »Welcher Gentleman wünscht sich schon eine Frau, die ihr Geld für Bücher ausgibt?«

»Ein kluger Mann wird wissen, dass Sie so etwas unterlassen werden. Schließlich haben Sie nicht gesagt, Sie würden jede Menge Schuldscheine in der Paternoster Row hinterlassen.«

Das brachte Miss Price zum Lachen. »Das weiß ich nicht. Würde man einer jungen Lady wie mir überhaupt zugestehen, einen Schuldschein auszustellen?«

»Das kann ich mir nicht vorstellen.« Misstrauisch kniff er ein Auge zu. »Ich habe Sie doch nicht auf dumme Gedanken gebracht, oder?«

»Nein, ganz und gar nicht. So dumm, Geld auszugeben, das nicht meins ist, bin ich nicht. Mein Vater ist auf seine Sparsamkeit und sein finanzielles Geschick sehr stolz.« Sie senkte ihre Stimme. »Für seine Kinder hat er tatsächlich ein beträchtliches Vermögen angehäuft. Ehrlich gesagt dachte ich, dies allein würde schon etliche Bewerber anlocken, doch sein Wohlstand ist, wie ich glaube, weithin unbekannt. Ich denke auch, dass es meinem Vater so lieber ist.«

Jetzt war es an Lazarus, kurz aufzulachen. »Auch das sollten Sie nicht erzählen, insbesondere nicht, wenn Ihr Vater nicht will, dass andere davon erfahren.«

Sie sah ihn mit einem entschuldigenden Blick an. »Es

ist so leicht, sich mit Ihnen zu unterhalten. Ich habe das Gefühl, ich könnte Ihnen alles offenbaren.«

»Daran trage nur ich allein die Schuld«, meinte er. »Wir haben bislang noch keine Regeln aufgestellt. Also erstens: Alles, was wir sagen bleibt unter uns.«

Miss Price nickte. »Das gilt auch für mich, insbesondere, was Ihren Teil unserer Vereinbarung anbelangt.«

»Es beruhigt mich, das zu wissen«, antwortete er mit leiser Stimme und einem schwachen Lächeln. »Zweitens sollten wir bestimmte Zeiträume festlegen, in denen Sie sich einem potenziellen Bewerber gegenüber so verhalten, wie es sich gebührt. Das könnte zum Beispiel immer dann sein, wenn wir zusammen sind, außer vielleicht während unserer Treffen bei den Droxfords.«

Ihre Antwort erfolgte nur zögerlich. »Für den Rest unseres Spaziergangs werde ich mir Mühe geben, mich danach zu richten. Warum fühle ich mich mit einem Mal so nervös dabei?«

»Das müssen Sie nicht.«

»Sie haben leicht reden. Es bereitet Ihnen keine Schwierigkeiten, Menschen zu bezaubern oder sich mit Eleganz und Leichtigkeit zu bewegen.« Das sagte sie so leicht dahin, doch er konnte ihre unterschwellige Sorge spüren.

»Sie besitzen viele wundervolle Eigenschaften. Damit meine ich nur, dass es mir nicht recht wäre, wenn Sie sich in meiner Gegenwart nervös fühlten. Niemals. Können Sie das schaffen?« Ihre Blicke trafen sich und sie nickte. »Wunderbar. Ich bin hier, um zu Ihnen helfen. Wollen wir mit passenden Gesprächsthemen den Anfang machen?«

Sie schloss ihre Hand fester um seinen Arm, was ihm einen Schreck versetzte. »Bitte sagen Sie, dass ich über Bücher sprechen darf.«

»Das kommt darauf an.« Er strengte sich an, sich weiter

auf ihre Unterweisung zu konzentrieren, anstatt auf die irritierende Reaktion seines Körpers auf den ihren. »Ich würde nicht über Liebesromane sprechen, wenn die Ihr Interessengebiet sind.«

»Das sind sie allerdings, doch Gleiches gilt ebenso für Krimis und Biografien. Ich mag jedes Buch, das eine gute Geschichte erzählt.«

»Keine Gedichte oder wissenschaftlichen Abhandlungen für Sie?«

»Aber ja. Denn sowohl Gedichte als auch Abhandlungen können eine gute Geschichte erzählen. In der Bibliothek meines Vaters sind mehrere Schriften des Wissenschaftlers Edmond Halley zu finden. Ich lese seine Werke mit Freuden. Und Poesie erzählt fast immer eine Geschichte.«

Lazarus konnte spüren, wie ihm nun eine leichte Hitze ins Gesicht stieg. Eigentlich sollte es heute um ihre Belange gehen, doch nun hatte sie ihm in Erinnerung gerufen, wie gering seine Kenntnisse über Literatur waren. »Ich habe nichts von alldem gelesen«, meinte er nun leise und wollte sich sogleich wieder darauf konzentrieren, ihr zu helfen, anstatt sich über seine persönlichen Unzulänglichkeiten Gedanken zu machen.

»Ich bitte um Verzeihung«, flüsterte sie. »Sie werden Halleys Schriften lieben, insbesondere die über den Kometen. Ich verspreche, dass wir sie lesen werden. Soll ich das Thema Bücher einfach vermeiden?«

Erleichtert, dass sie das Gespräch wieder zurück auf ihre eigene Person gelenkt hatte, antwortete er: »Ich denke nicht. Seien Sie einfach maßvoll und achten Sie auf das Engagement der Person in Ihrer Gesellschaft. Wenn ihm daran liegt, das Thema weiterzuverfolgen, sollten Sie auf jeden Fall weitermachen. Falls seine Augen allerdings glasig werden oder er einen Versuch unternimmt, das

Thema zu wechseln, rate ich Ihnen, das Gespräch fallen zu lassen.

»Das ganze Gespräch? Kann ich mich entschuldigen?« Sie klang fast, als würde ihr schwindlig werden. »Denn ich kann mir nicht vorstellen, mit jemandem zu verkehren, der sich nicht für Bücher und Lesen interessiert.«

Das würde ihn mit einschließen, kombinierte Lazarus. Obwohl es ja nicht so war, als würden sie Gefahr laufen, zu einem ernsthaften Liebeswerben überzugehen. Wenngleich das Interesse am Lesen gar nicht sein eigentliches Problem darstellte. Ihm fehlte die Fähigkeit, dieses Interesse zu verfolgen. Deshalb hatte er nie einen Gedanken daran verschwendet. Er konnte sich kein Urteil darüber bilden, ob er Bücher mochte oder nicht, denn Lesen bedeutete für ihn eine lästige Pflicht, und kein Vergnügen.

»Es gibt Möglichkeiten, sich mit aller Freundlichkeit aus einem Gespräch zurückzuziehen. Das kommt ganz auf den Ort des Geschehens an oder darauf, was man gerade unternimmt. Beim Tanzen kann man natürlich nicht so einfach wieder davongehen.« Er lachte, und sie fiel mit ein.

»Wie ist es bei einem Spaziergang wie diesem?«, fragte sie.

»Auch hier ist es nicht möglich, einfach zu gehen, ohne eine Szene zu provozieren. Mein Vorschlag wäre, zu einem anderen Gesprächsthema zu wechseln, bis Sie wieder bei Ihrer Mutter sind.«

»Ich könnte auch ein schnelleres Tempo anschlagen«, schlug sie mit einem verschmitzten Lächeln vor.

Lazarus lachte erneut auf. »Das könnten Sie bestimmt.«

»Allerdings würde ich dann wahrscheinlich ins Stolpern geraten und damit eine noch größere Szene verursachen«, meinte sie seufzend. »So sehr wir uns auch bemühen, meine Fähigkeiten auf dem Gebiet der Konversation zu perfektionieren, fürchte ich, dass meine Ungeschicklichkeit und mein miserables tänzerisches Können nicht zu beheben sind.«

Es ging ihm gegen den Strich, wie sie sich selbst verunglimpfte, aber noch mehr war ihm daran gelegen, dass sie die Hoffnung nicht aufgab, sich ändern und entwickeln zu können. Wenn sie das überhaupt wollte. »Glauben Sie, meine Leseschwäche ist nicht zu beheben?«, fragte er.

Ruckartig lenkte sie ihren Blick auf ihn. »Ganz und gar nicht.« Ihre Augen verengten sich. Dann lachte sie. »Sie sind sehr klug, Mylord.«

Lazarus war wirklich nicht als tollpatschiger Mensch zu bezeichnen, aber um ein Haar wäre er gestolpert. Nun hatte sie sich zum zweiten Mal zu seiner Intelligenz geäußert. Auf eine positive Art. Ein Lächeln konnte er sich daraufhin nicht verkneifen. »Ich will damit nur sagen, dass wir Dinge an uns verbessern können, wenn uns wirklich etwas daran liegt.«

»Dem stimme ich zu, und ich mag zwar die Tanztechnik erlernen, aber ich bin nicht überzeugt, je die Anmut oder Eleganz einer Tänzerin zu besitzen. Und vielleicht ist das akzeptabel. Jedenfalls für mich.«

Er konnte ihre plötzliche Anspannung deutlich fühlen und sah zu ihr hin. Ihre Aufmerksamkeit galt dem Gehweg, der rechts von ihr verlief.

Virgil Eberforce stand mit ein paar Dandys zusammen, deren grelle Anzüge nach Aufmerksamkeit schrien. Als Lazarus und Miss Price näher kamen, drehte Eberforce ihnen den Rücken zu und sprach laut genug, dass sie ihn hören konnten. »Das ist die ungeschickte Person, die den Ruin meiner Weste bei Almack's zu verantworten hat. Sie sollte aus öffentlichen Räumlichkeiten ferngehalten werden, wie sie sicherlich auch aus privaten Räumlichkeiten ferngehalten wird. Wie ich höre, wurden ihr die verbliebenen Eintrittskarten für Almack's entzogen.«

Miss Price schnappte heftig nach Luft und fing tatsächlich an, ihre Schritte zu beschleunigen. Lazarus hingegen wollte stehen bleiben und Eberforce den Kopf zurechtrücken. Nein, das war nicht ganz richtig. Er wollte den Mann am liebsten in den Boden stampfen.

»Warum bleiben Sie stehen?«, flüsterte sie eindringlich.

»Eberforce verdient eine gehörige Rüge.«

»Wenn es nicht gerade um besudelte Ehre geht, muss ich darauf bestehen, dass wir weitergehen. Ich möchte kein weiteres Wort mehr hören.«

Sie hatte es nicht erfasst. Eberforce hatte laut und mit grausamer Absicht gesprochen. Sie hatte jedes Wort hören sollen. Deshalb wollte Lazarus ihn in seine Schranken weisen. »Ich würde ihm gerne eine Ohrfeige verpassen«, bot Lazarus an.

»Ich habe im Scherz gesprochen«, meinte sie und zog an ihm, damit er sich ihrem schnelleren Tempo anpasste. »Sie können ihn nicht schlagen. Ich mag in vielerlei Hinsicht naiv sein, aber sogar mir ist klar, dass mir das nicht im Geringsten helfen wird. Sie erinnern sich doch, was mit Tamsin und Droxford passiert ist?«

»Gewiss.« Droxford hatte einen Mann geschlagen, der Tamsin in der Absicht gepackt hatte, sie wegzuziehen. Der Mann war gewarnt worden, dies kein zweites Mal zu wagen, doch dann hatte er versäumt, sich entsprechend zu verhalten. Wäre Lazarus dabei gewesen, hätte er seine Cousine auf gleiche Weise beschützt. Dafür hätte er dann mit Sicherheit Beifall geerntet, und niemand hätte erwartet, dass er sie heiratet.

Dass Droxford diesen Schritt für sie getan hatte, war ein Hinweis auf die innige Beziehung zwischen den beiden. Es wären Gerüchte aufgekommen, und ihr Ruf wäre in Mitleidenschaft gezogen worden. Aus diesem Grund hatten die beiden geheiratet. Zu ihrer beider Glück war alles gut ausgegangen, denn inzwischen waren sie sehr ineinander verliebt.

»Ich werde Ihnen nicht versprechen, dass ich mir Eberforce nicht anderes Mal vorknöpfen werde«, beteuerte Lazarus. »Oder ich sorge dafür, dass Ihr Bruder sich seiner annimmt.« Ja, das wäre weitaus angemessener, und Evan würde Eberforce gewiss mit Freuden davon abhalten wollen, seine Schwester zu verunglimpfen. »Er ist eine Bedrohung«, fügte er hinzu.

»Da stimme ich Ihnen zu«, meinte Miss Price. »Ich bin Ihnen für Ihre Unterstützung sehr dankbar. Es bedeutet mir sehr viel.«

Er warf ihr einen Seitenblick zu und war von der Aufrichtigkeit in ihrem Blick gefesselt. »Sie sollten diese Unterstützung haben – und zwar immer.« Der gleiche Schock, den er vorhin bei ihrem festeren Griff verspürt hatte, ereilte ihn erneut. Beinahe übermannte ihn sein Bedürfnis, Miss Price zu beschützen.

Sie lenkte ihren Blick nach vorne. »Dort ist meine Mutter. Nun haben wir fast gar nicht geübt, auf welche Weise ich mich mit einem Verehrer unterhalten soll, aber ich fühle mich diesbezüglich ein wenig erhellt. Wenn ich Sie das nächste Mal sehe, werde ich mich ganz so verhalten, als wären Sie ein potenzieller Verehrer. Wissen Sie schon, wann das sein wird?«

»Werden Sie in zwei Tagen auf den Oxley-Ball gehen?«

»Ja. Also dort.«

Er nickte. »Hoffentlich sehen wir uns vorher noch – ich meine wegen unserer anderen Absprache.«

»Das hoffe ich auch, obwohl ich dann nicht mit Ihnen reden werde, als wären Sie ein potenzieller Verehrer.« Sie strahlte ihn mit einem gewinnenden Lächeln an. »Ich möchte bezweifeln, dass dies Ihren Interessen dienlich sein würde.«

Wie er feststellen musste, konnte er es kaum erwarten. Weil er dann endlich Fortschritte beim Lesen machen würde – was er zumindest hoffte.

~

Am folgenden Nachmittag erwartete Gwen die Ankunft ihrer Freundinnen. Mindestens einmal pro Woche trafen sie sich, um Neuigkeiten auszutauschen und heute war Gwen an der Reihe, sie bei sich zuhause zu empfangen.

Als Erstes traf Tamsin Deverell, Lady Droxford, ein, da Gwen ihr gestern eine Nachricht mit der Bitte um früheres Erscheinen geschickt hatte. Auf diese Weise hatte Gwen sich die Gelegenheit verschafft, ihr die Idee über die geheimen Treffen mit Somerton zu unterbreiten.

Nun, da der Moment der Entscheidung bevorstand, hoffte sie, Tamsin würde nicht ablehnen. Aber warum sollte sie das tun? Tamsin war, wie Gwen Somerton versichert hatte, der großzügigste Mensch, den sie kannte.

In einem bezaubernden altrosafarbenen Kleid mit einem dunkelblauen Saum als Verzierung und ihrem kunstvoll frisierten hellbraunen Haar sah Tamsin ganz wie Lady Droxford aus. Sie schloss Gwen in eine kurze Umarmung, ehe sie sich auf zwei nebeneinander stehenden Sesseln der zentralen Sitzgruppe des Salons niederließen.

»Dein neues Kostüm ist wunderschön«, schwärmte Gwen. »Es würde auch dem Geschmack meiner Mutter entsprechen, die es wohl ebenfalls ausgewählt hätte.«

»Isaacs Tante Sophia hat sich um die Anschaffung meiner Garderobe gekümmert, die ihrer Meinung nach vollständig erneuert werden musste. Meiner Vermutung nach sind die meisten meiner Kleidungsstücke für London ungeeignet.«

»Ist London denn so überwältigend?«, fragte Gwen.

Tamsin zog eine Schulter hoch. »Nicht so sehr. Isaac davon zu überzeugen, ein Minimum an Einladungen anzunehmen, stellt meine größte Herausforderung dar«, meinte sie lachend, und ihre blaugrünen Augen funkelten. »Er begleitet mich nicht überall hin, was auch in Ordnung ist. Ich gehe mit Sophia oder mit Min und Ellis oder einer Anstandsdame, Mrs. Dalwhimple aus.« Sie warf Gwen einen mitfühlenden Blick zu. »Ich habe erfahren, dass die Dinge für dich ungünstig gelaufen sind, und das tut mir leid.«

Gwen wedelte mit der Hand durch die Luft. »Das können wir besprechen, wenn die anderen hier eintreffen.« Nun hielt sie den Kopf ein wenig schräg. »Ich habe dich um früheres Erscheinen gebeten, weil ich deine Hilfe brauche. Der Gefallen, um den ich dich bitten werde, ist sowohl unumgänglich als auch von geheimer Natur. Ich zweifle nicht daran, dass du mir voll vertraust, aber Droxford muss ebenfalls in das Geheimnis eingeweiht werden. Hoffentlich spricht Somerton heute mit ihm, wenn das nicht schon passiert ist.«

Tamsin schüttelte den Kopf, als ob sie Spinnweben abschütteln wollte. »Ich bin verwirrt. Warum spricht Somerton mit Droxford? Und was hat das mit deinem Geheimnis zu tun?« Plötzlich machte Tamsin große Augen. »Wirst du mit Somerton eine Affäre haben?« Sie kicherte, und Gwen erkannte, dass sie das als Scherz gemeint hatte.

»Nein!« Gwen fiel in ihr Kichern ein.

»Ich habe gehört, dass er dir bei Almack's zur Hilfe geeilt ist. Das hat sich sehr schnell herumgesprochen.« Sie verzog das Gesicht, als sie hinzufügte: »Es tut mir so leid, dass wir nicht vor deinem Aufbruch angekommen sind.«

»Das macht nichts. Es tut mir leid, dass du Droxford ohne Grund dorthin geschleppt hast«, meinte sie lachend.

Tamsin schien erleichtert zu sein. »Es ist gut für ihn, ab und zu mal unter die Leute zu kommen. Ich bin nur froh, dass mein Cousin dir beigestanden hat.«

»Er war sehr liebenswürdig«, meinte Gwen. »Und er hat meinen Tanz ganz wunderbar ertragen. Er wollte mir unbedingt helfen, weil er Evan kennt.«

»Nun, dich kennt er auch aus Weston«, meinte Tamsin.

»Ja, aber nicht sonderlich gut. Er gehört zu der Art von Halunke, um den man besser einen Bogen macht.« Und doch beabsichtigte Gwen, ihm in den nächsten Wochen nahe zu sein. Dabei würde sich allerdings nichts Unvorhergesehenes ereignen. Als Halunke hatte er nicht das geringste Interesse an ihr, und sie fühlte sich absolut *nicht* auf romantische Weise zu ihm hingezogen.

»Das stimmt wirklich«, meinte Tamsin. »Meine Tante hegt die Hoffnung, dass er sich bald binden wird, wohingegen Großmutter der Ansicht ist, dass das noch nicht passiert. Ihrer Prophezeiung nach wird er nicht heiraten, bevor er mindestens dreißig ist, und es sind noch einige Jahre bis dahin.« Tamsins und Somertons Großmutter wohnte in einem Cottage in Weston. Im August waren die beiden bei ihr zu Gast.

»Es ist sehr liebenswert von Somerton, im Haus deiner Großmutter zu wohnen und nicht im Grove«, bemerkte Gwen und bezog sich auf das Anwesen außerhalb Westons, das Sheffords und Mins Vater, dem Duke of Henlow, gehört. »Ich hätte erwartet, dass ein Halunke bei seinen Freunden logiert.«

»Er hat Großmutter ebenso gern wie sie ihn. Somerton ist kein Halunke, aber als seine Cousine bin ich wohl voreingenommen.«

»Oder du bist überaus optimistisch und willst nur das

Beste von ihm glauben«, schlug Gwen mit einem leichten Lachen vor.

»Da ist etwas Wahres dran«, entgegnete Tamsin grinsend, ehe sie Gwen dann erwartungsvoll ansah. »Und jetzt verrate mir dieses Geheimnis, bevor ich vor Neugierde vergehe.«

»Somerton hat mich um Hilfe bei der Ausarbeitung einer Rede gebeten, die er vor dem Oberhaus halten soll.«

Tamsin blinzelte, und demonstrierte unverhohlene Überraschung war offensichtlich. »Hat er das? Ich bin ebenso überrascht über den Umstand, dass er eine Rede hält, da er bislang in seiner Position nicht so engagiert gewirkt hat, wie darüber, dass er deine Hilfe in Anspruch nehmen will. Verzeih mir die Unverschämtheit, aber warum sollte er dich darum bitten?«

»Ich habe wohl zu viel über das Lesen gesprochen«, meinte Gwen beiläufig. »Das hat uns zu seiner Rede geführt, und er hat mich um Hilfe gebeten.« Die Ausführung schien ein bisschen weit hergeholt, doch Gwen konnte schlecht die Wahrheit sagen. Somit schmückte sie die Notwendigkeit ihres Treffens fantasievoll aus und später würde sie dann Lazarus berichten, was sie gesagt hatte. »Er will mir zudem helfen, eine Verbesserung meines Status auf dem Heiratsmarkt herbeizuführen. Um dieses Vorhaben zu verfolgen, möchten wir uns in regelmäßigen Abständen in aller Abgeschiedenheit treffen. Beim Ersinnen eines Plans, wie wir das bewerkstelligen können, ohne dass er mich hier zu oft besucht, haben wir überlegt, ob wir uns bei euch zu Hause treffen können. Ich würde dich besuchen, und er würde Droxford ungefähr zur gleichen Zeit besuchen. Es würde alles ganz harmlos aussehen.«

»Ist es harmlos?« Tamsin stieß die Luft aus. »Vielleicht bin ich doch nicht so blind für die Schalkhaftigkeit meines

Cousins, wie ich dachte. Natürlich ist es harmlos, denn sonst würdest du ja gar nicht mitmachen. Wie will er dir helfen? Mit dem Tanzen?«

»Nun, ja. Es ist Mama noch nicht gelungen, einen neuen Tanzlehrer für mich unter Vertrag zu nehmen.« Leider eilte Gwen der Ruf voraus, eine hoffnungslose Schülerin zu sein. Ihre Unfähigkeit, etwas beim Unterricht zu lernen, könnte ein schlechtes Licht auf die Lehrer werfen, was diese zaudern ließ.

Tamsin warf ihr einen ernsten Blick zu. »Du weißt, dass ich dir helfen werde, wo ich nur kann. Aber ich muss zuerst mit Isaak sprechen, denn das betrifft auch ihn.«

»Somerton will mit ihm reden, wenn er das nicht schon getan hat.«

»Das wird das Beste sein«, meinte Tamsin und Erleichterung flackert in ihrem Blick auf. »Isaac wird keine Einwände haben, aber er wird keine Aktivitäten unterstützen wollen, die den Ruf einer Person in Gefahr bringen können. Er ist in dieser Hinsicht sehr *rigoros*.«

»Manchmal frage ich mich, wie Droxford so eng mit diesen anderen Gentlemen, einschließlich meines Bruders, befreundet sein kann«, meinte Gwen. »Aber das ist wohl eine lange Geschichte.«

»In gewisser Hinsicht ist das so. Isaac hat eine besondere Bindung zu Shefford entwickelt, als die beiden noch in Oxford waren. Ich glaube, er fühlt sich von Sheff beschützt. Das ist liebenswert.«

»Sheff scheint der ältere Bruder zu sein, der alles in die Hand nehmen will«, überlegte Gwen und dachte daran, wie er ihren Bruder Evan in der letzten Saison unter seine Fittiche genommen hatte. Min hatte Gwen erklärt, dies wäre ihr Ersatz für den Verlust von Banemore, der mit seiner neuen Frau in den Norden verschwunden war. Was auch immer der Grund war, hielt Evan große Stücke auf seinen Freund, und Shefford schien es mit Evan ebenso zu ergehen.

»Alle mit Ausnahme von Min!«, meinte Tamsin lachend. »Ich scherze. Die Geschwister scheinen sich aufrichtig gern zu haben, obwohl sie einander unbarmherzig aufziehen.«

»Wo wir gerade von Min sprechen.« Gwen warf einen prüfenden Blick zur Tür. »Können wir, bevor sie eintrifft, das erste Treffen zwischen mir und Somerton für morgen Nachmittag ansetzen?«

»Ich habe damit kein Problem, und Isaac wird bald heimkehren«, antwortete Tamsin. »Wenn du später oder morgen früh nichts anderes von mir hörst, kannst du dich darauf einrichten.«

»Brillant!« Sie waren keinen Augenblick zu früh fertig, als der Butler die Ankunft von Lady Minerva Halifax und ihrer Begleiterin, Miss Ellis Dangerfield, ankündigte.

Die elegante und tadellos gekleidete Min rauschte in den Salon. Ihr dunkles Haar war zu einer raffinierten Frisur geflochten, und über dem Mieder ihres elfenbeinfarben und blassgelb gestreiften Kleides prangte ein wunderschönes mit Granaten verziertes Kreuz auf ihrer blassen Haut. Ellis war Mins Anstandsdame und sie kleidete sich stets weitaus dezenter. Sie trug ein hellbraunes, hochgeschlossenes Ausgehkleid mit einem filigranen Blumenmuster. Ihr blondes Haar hatte sie zu einer schlichten, strengen Frisur zusammengenommen.

Die beiden Neuankömmlinge nahmen gegenüber von Gwen und Tamsin auf einem Sofa Platz. »Wir sind also alle da«, stellte Min fest.

Zu Beginn der Saison hatten sie sich bei Persephone getroffen, die damals die Geburt ihres Kindes erwartete, und vor zwei Wochen hatte sie dann einen wunderschönen Sohn zur Welt gebracht. Es würde noch einige

Zeit dauern, bis sie wieder an ihren Treffen teilnehmen würde.

»So ist es«, stimmte Gwen ihr zu. »Möchte jemand Tee?« Auf einem Tisch in der Nähe standen eine Kanne und eine kleine Auswahl an Kuchen.

»Gleich«, antwortete Min. »Wir müssen erst besprechen, was neulich Abend bei Almack's passiert ist.« Sie sah Gwen mitfühlend an. »Ich hätte dich schon früher aufsuchen sollen, aber in Henlow House ging es so hektisch zu. Wir haben eine neue Haushälterin.« Min legte die Hände auf den Schoß und schaute Gwen besorgt an. »Es geht das Gerücht um, dass du im Ballsaal ungeschickt hingefallen bist und Eberforce die Weste ruiniert hast. Dann soll dir ausgerechnet Somerton zur Hilfe geeilt sein und dich mitten im Set auf die Tanzfläche gebracht haben?« Sie warf Ellis einen Blick zu, die seit fast fünfzehn Jahren ihre Anstandsdame war. »Es war ein schrecklicher Abend für uns, weil wir zu spät gekommen sind.«

»Das ist eine einigermaßen genaue Beschreibung«, entgegnete Gwen langsam. »Eberforce war ziemlich unhöflich.« Sie überlegte, ob sie ihren Freundinnen von dem gestrigen Vorkommnis im Park erzählen sollte, was ihr aber peinlich war.

»Er ist schrecklich«, brachte Min vehement hervor. »Und ich habe gehört, dass er dich gestern im Hyde Park direkt geschnitten hat, um dann beleidigende Bemerkungen zu machen. Ich überlege, ob ich Sheff bitten soll, ihn in seine Schranken zu weisen. Aber ich denke, dein Bruder sollte das übernehmen.«

Oder Somerton.

Woher kam dieser Gedanke?

Gwen wusste ganz genau, woher – nämlich von ihm. Somerton hatte nicht hinter dem Berg damit gehalten, dass er Eberforce körperlichen Schaden zufügen wollte. Das bedeutete allerdings nicht, dass er ihn herausfordern wollte. Oder sollte. Das sollte er ganz bestimmt nicht. Wieder dachte Gwen an Tamsin und wie sie mit Droxford verlobt worden war. All das war nur passiert, weil der Baron sie vor einem übereifrigen Verehrer hatte schützen wollen. Es war beunruhigend und frustrierend, dass der Schutz einer Frau Anlass für einen Skandal gab. Der Skandal gebührte dem Gentleman, der ein schlechtes Benehmen an den Tag gelegt hatte. Dem Halunken. Immer wieder ging es auf den Halunken zurück.

»Hat er nicht!«, entgegnete Tamsin mit echtem Entsetzen. »Ich glaube nicht, dass ich Eberforce kenne, und ich will ihn auch nicht kennenlernen.«

»Er versuchte, mir während meiner ersten Saison vor zwei Jahren einen Heiratsantrag zu machen«, meinte Min. »Ich habe einmal mit ihm getanzt. Am nächsten Tag stattete er mir einen Besuch ab, und ich glaube, wir sprachen zehn Minuten lang miteinander. Er war unglaublich aufgeblasen. An gleichen Abend noch fing er meinen Vater vor dem Brooks's ab – weil er selbst kein Mitglied war – und fragte, ob er am nächsten Tag einen Besuch abstatten könne, um einen Ehevertrag auszuhandeln.«

»Ich kann mir nicht vorstellen, dass dein Vater davon begeistert war.« Gwen hatte genug Anekdoten über den Duke of Henlow gehört, um zu wissen, wie jähzornig er war und allen, die er für unter seiner Würde hielt, keine Zeit erübrigte.

»Das war er nicht«, murmelte Ellis mit einem kleinen Lächeln. »Er erzählt diese Geschichte immer noch, wenn er darauf hinweisen will, dass die Menschen nicht versuchen sollten, sich über ihren Stand zu erheben.«

»Es ist schockierend, dass Eberforce weiterhin unverheiratet ist«, schmunzelte Gwen.

Min grinste. »Ganz und gar. Das bin ich allerdings

auch«, fügte sie hinzu. »Und bis jetzt scheinen meine Aussichten in dieser Saison düster zu sein, denn viele Matronen haben mich als baldige Jungfer abgeschrieben.«

»Du bist erst zweiundzwanzig«, wandte Tamsin ein.

»Und ich bin gerade zweiundzwanzig geworden«, sagte Gwen. »Bin ich schon fast am Ende?«

»Nein«, sagte Min fest. »Das bin ich auch nicht.«

»Du stehst allerdings in dem Ruf, so anspruchsvoll zu sein, dass du deine Chancen beschneidest«, bemerkte Ellis. »Das kann ich nicht unterstützen.«

»Ist das wahr?«, fragte Gwen. »Leidet dein Ruf?«

»Die Dinge sind vermutlich nicht mehr ganz so prickelnd wie in der vergangenen Saison. Das könnte daran liegen, dass ich so viele Verehrer zurückgewiesen habe, die mir Avancen gemacht hatten«, antwortete Min seufzend. »Mir widerstrebt es einfach, einen Halunken zu heiraten. Meine Ansprüche sind recht hoch.«

Gwen nickte ihr aufmunternd zu. »Das sollte auch so sein. Auch mir steht nicht der Sinn danach, einen Halunken zu heiraten. Falls der Heiratsantrag eines Halunken allerdings der einzige ist, den ich überhaupt bekomme, werde ich wahrscheinlich meinen Stolz herunterschlucken müssen.«

»Nein!« Alle drei Freundinnen drehten daraufhin zu ihr hin und widersprachen ihr buchstäblich wie aus einem Mund.

Min bedachte sie mit einen ernsten Blick. »Wir müssen unseren Stolz und unsere Selbstachtung bewahren. Schließlich liegt dir nichts daran, in einer unglücklichen Ehe gefangen zu sein.«

Ellis sah Min mit einem mitfühlenden Blick an, und nicht zum ersten Mal keimte in Gwen der Verdacht auf, dass die Ehe von Mins Eltern unglücklich war. Noch nie hatte sie die beiden zusammen gesehen, wobei allerdings gesagt werden musste, dass sie erst vor sechs Wochen nach London gekommen war.

»Dem muss ich beipflichten«, meinte Tamsin leise. »Die gleiche Befürchtung hatte ich anfangs auch, da Isaac und ich durch die heiklen Umstände zur Heirat gezwungen waren. Bislang habe ich das niemanden gesagt, doch nach der Hochzeitszeremonie eröffnete er mir, dass er nur an einer Ehe auf dem Papier interessiert sei.«

Gwen schnappte nach Luft. »Warum hast du uns nichts davon gesagt?«

Eine leichte Röte überzog Tamsins Wangen. »Meines Glaubens war ich einfach zu schockiert. Er hatte eingeschränkt, dass es ›vorläufig‹ sei, und so rechnete ich mit einem Sinneswandel seinerseits – der zum Glück auch eingetreten ist. Ich habe mit Persey darüber gesprochen. Da sie verheiratet ist, hegte ich die Hoffnung, sie könnte mir einen Rat geben, ob ich das schaffen könnte.«

»Was hat sie gesagt?«, fragte Min.

»Sie meinte, ich würde enttäuscht sein, wenn ich keine richtige Ehe führen könnte. Und sie hatte recht. Es tut mir leid, zu keiner von euch ein Wort gesagt zu haben.«

»Es besteht kein Anlass, sich zu entschuldigen«, entgegnete Min freundlich. »In Persey hast du genau die richtige Person, um dir Rat zu holen. Aber auch ich hätte dir sagen können, dass eine Heirat, die nur auf dem Papier Bestand hat, eine große Enttäuschung wäre. Vermutlich hängt das allerdings auch davon ab, welche Bedeutung man ihr beimisst. Ich glaube sogar, ich könnte ohne Liebe existieren, solange die körperlichen Aspekte annehmbar wären.«

Tamsin lachte. »Davon solltest du eigentlich nichts wissen.«

»Wenn der Bruder ein berüchtigter Halunke ist, erfährt

man Einzelheiten, die man nicht erfahren sollte.« Mins Blick und Tonfall waren zutiefst sardonisch.

Gwen fand dieses Gespräch sehr interessant. »Also ist es vorteilhafter für mich, einer Heirat mit einem Mann zuzustimmen, mit dem ich Spaß am Bettsport haben kann, auch wenn wir uns nicht lieben?«

»Diese Entscheidung musst du selbst treffen«, meinte Ellis. »Min ist ein bisschen zynisch.« Sie warf ihrer Freundin einen vielsagenden Blick zu. »Ich selbst glaube allerdings noch immer an die Liebe – für einige Menschen. Schau dir Tamsin an. Und Persey. Beide sind glücklich verheiratet und obendrein verliebt. Und ich wage zu behaupten, dass sie das Glück haben, auch den Bettsport zu genießen – man bedenke, wie sie von ihren Ehemänner angeschaut werden.«

Min schnaubte. »Wie rehäugige Welpen, die ihrer Herrin folgen.«

»Es ist eigentlich ganz unterhaltsam.« In Tamsins Blick lag eine fast schon süffisante Freude, die Gwen für sie sehr glücklich machte.

»Also gut, dann werde ich mich auf die Suche nach einem vom Bettsport faszinierten Gentleman machen, den ich lieben kann oder mit dem ich wenigstens im Schlafzimmer meinen Spaß haben werde«, beschloss Gwen.

»So ist es recht«, meinte Min mit einem breiten Grinsen. »Ganz im Ernst Gwen, du hast nichts anderes verdient. Das gilt für uns alle.«

Alle Frauen nickten. Das Gesprächsthema wechselte dann zu den bevorstehenden gesellschaftlichen Ereignissen, wozu der Oxley-Ball und der wöchentlich stattfindende Ball des Phoenix-Clubs gehörten. Obwohl die Themenbälle in der Regel für die ersten Freitage des Monats reserviert waren, sollte es diese Woche ein mittelalterliches Fest geben.

Als Gwens Freundinnen sich verabschiedeten, fühlte sie sich in Bezug auf ihre Saison schon viel besser. Noch bedeutsamer war allerdings ihre Vorfreude auf ihr morgiges Treffen mit Somerton. Hoffentlich war es ihm gelungen, mit Droxford zu sprechen und ihr Treffen würde morgen tatsächlich stattfinden.

Sie konnte es kaum abwarten ihren Teil zu ihrem Arrangement beizutragen. Eiligen Schrittes suchte sie ihr Wohnzimmer auf, um sich darauf vorzubereiten, wobei sie hoffte, ihr Plan würde seine Zufriedenheit finden.

KAPITEL 4

Droxfords Butler führte Lazarus in die im hinteren Teil des Erdgeschosses gelegene Bibliothek. Mehrere mit Büchern gefüllte Schränke säumten die Wände, die mit einer grün gemusterten Tapete geschmückt waren. Es gab eine Sitzgruppe beim Kamin, eine Lesenische und einen Tisch in der Nähe des zum Garten hinausgehenden Fensters.

Lazarus konnte sich vorstellen, wie er dort mit Miss Price saß und sie ihn schulte, sodass er sich in einen großartigen Leser verwandeln würde. Wenn sie dann das nächste Mal das Gespräch auf Gedichte oder wissenschaftliche Werke brachte, konnte er vielleicht behaupten, sie gelesen zu haben. Wie ungemein unbehaglich war ihm dieser Moment mit ihr vorgekommen. Noch nie zuvor hatte er sich mehr geschämt, weil er nicht besser lesen konnte.

Dann betrat Droxford die Bibliothek. »Guten Tag, Somerton. Miss Price ist natürlich noch nicht erschienen.«

Sie hatten vereinbart, dass Lazarus und Miss Price mit mindestens einer Viertelstunde zeitlichen Abstands voneinander eintreffen sollten, damit sie nicht zur gleichen Zeit hier ankamen oder wieder gingen. Es war allerdings nicht so, als würde irgendjemand ihre Ankunft oder ihren Aufbruch bemerken.

Droxford bedachte seinen Freund mit einem seiner seltenen Lächeln und trat vor ihn. »Mir ist bewusst, dass ich dies bereits gesagt habe, und trotzdem muss ich es noch einmal wiederholen – ich freue mich über deinen Entschluss, dein Engagement bei den Lords zu erhöhen.«

Miss Price hätte sich zu Verfügung gestellt, hatte Lazarus Droxford erzählt, ihm bei der Ausarbeitung seiner Rede über die aus dem Krieg heimkehrenden Soldaten und deren bestmögliche Förderung behilflich zu sein. Als er von ihrem besonderen Interesse an diesem Thema erfuhr – was Lazarus genaugenommen gar nicht wissen konnte –, hatte er sie um ihre Hilfe gebeten, zumal sie überaus wortgewandt war. Das zumindest hatte Lazarus seinem Freund erzählt. Unter keinen Umständen wollte er die Wahrheit, nämlich seine Leseschwäche eingestehen, die hinter ihrem Treffen stand.

»Es wurde auch langsam Zeit«, setzte Droxford hinzu. »Mir war schon die Befürchtung gekommen, dass es dir schlichtweg an der notwendigen Leidenschaft mangelt, deine Pflicht zu erfüllen.«

Lazarus wusste wohl, dass Droxfords Worte gutgemeint waren, aber sie stießen ihm trotzdem sauer auf. Droxford wertete seine eigene Position, die ihm erst nach dem Tod mehrerer Familienmitglieder durch Erbrecht zugefallen war, als Ehre und Verantwortung – wie ein großes Privileg.

Dahingegen war Lazarus von Geburt an mit dem Wissen darüber erzogen worden, was einmal von ihm erwartet wurde. Von seinem Vater war er angeleitet worden, eines Tages den Stand des Viscounts zu bekleiden.

Eine Tragödie war allerdings, dass es weitaus früher dazu gekommen war, als erwartet.

Sein Vater wäre ungemein froh darüber gewesen, mitzuerleben wie Lazarus endlich den Mut aufbrachte, sich mehr zuzutrauen, und sich nun seinen Ängsten stellte. Tatsache war allerdings, dass Lazarus von Sheffords Vater, dem Duke of Henlow, die Einwilligung zu dieser Rede buchstäblich abgenötigt worden war. Es war nicht etwas so, als hätte Henlow ihn überredet, sondern Lazarus stand der Haltung des Duke in dieser Frage zutiefst kontrovers gegenüber und sah sich somit gezwungen, eine Gegenrede zu halten.

»Die Leidenschaft war mir schon immer eigen gewesen«, entgegnete Lazarus leise. »Bislang hatte ich nur noch nicht das Bedürfnis danach verspürt.«

Droxford nickte. »Das ist nur gerecht. Tamsin brachte auch zur Sprache, dass du einen anderen Grund für deine Treffen mit Miss Price hast, der in deiner Absicht besteht, ihr in gewisser Weise bei ihrer Saison behilflich zu sein.«

»Hat sie das?« Lazarus fragte sich, warum Miss Price diesen Teil ihrer Vereinbarung verraten hatte, doch seiner Vermutung nach, musste sie einen guten Grund dafür gehabt haben. »Ich muss wohl versäumt haben, dir davon zu erzählen. Wahrscheinlich liegt das daran, dass ich überzeugt war, du würdest dich mehr für meine Rede interessieren.«

»Du kennst mich gut«, entgegnete Droxford mit dem seltenen Aufblitzen eines Lächelns. »Du genießt meine volle Unterstützung, und das sage ich nicht, weil wir eine Familie sind.«

Mehr als alles andere wollte Lazarus seinen Vater stolz auf sich machen. Es musste als annehmbarer Ersatz genügen, dass ihm zumindest einer seiner Freunde den Rücken deckte.

Weibliches Stimmengemurmel kündigte Tamsins und Miss Price´ Ankunft an. Die beiden Frauen schritten in den Raum und Lazarus bemerkte, wie Droxfords Gesichtszüge sich sofort aufhellten, als sein Blick auf seine Frau fiel. Lazarus freute sich so sehr, dass die beiden ihr gemeinsames Glück gefunden hatten. Das hatte niemand mehr verdient als Tamsin. Mit Ausnahme von Droxford vielleicht.

»Guten Tag«, meinte Lazarus.

»Guten Tag«, wiederholte Miss Price. Sie trug eine kleine Stofftasche mit rosa Blumen und einem dunkelbraunen Holzgriff bei sich. Die Tasche harmonierte mit ihrem rosafarbenen Kleid, das mit schlichter elfenbeinfarbener Spitze verziert war. Sie trug keinen Hut, und seiner Vermutung nach hatte sie diesen wohl in der Eingangshalle gelassen. »Ich bin froh, dass wir uns heute treffen können.« Sie warf einen Blick auf ihre Gastgeber. »Ich danke euch beiden, dass ihr bei unserem Plan zugestimmt habt.«

»Ich freue mich, der Sache dienlich zu sein«, meinte Droxford. »Dann lassen wir euch jetzt in Ruhe.« Er warf Lazarus einen beredeten Blick zu, wohl um ihn an sein Versprechen zu erinnern, dass nichts Unangemessenes geschehen würde.

Zur Antwort nickte Lazarus stumm und dann sah er zu, wie Droxford mit Tamsin die Bibliothek verließ. Sie zogen die Tür weitestgehend zu, aber nicht ganz. Das wäre nicht schicklich.

Lazarus ging an Miss Price vorbei zur Tür und zog sie dann fest, aber leise ins Schloss. Als er sich umdrehte, meinte er: »Droxford hat mich informiert, dass Sie Tamsin gesagt haben, wir würden uns auch treffen, damit ich Ihnen bei Ihrer Saison behilflich sein kann.«

»Das stimmt. Hoffentlich macht Ihnen das nichts aus.

Als ich sagte, ich würde Ihnen bei Ihrer Rede helfen, war Tamsin überrascht und vielleicht sogar ein wenig skeptisch. Nun, es war ihr seltsam vorgekommen, dass ausgerechnet ich Ihnen behilflich bin. Also habe ich kurzerhand den anderen Teil unserer Vereinbarung als Grund angeführt.«

»Das scheint vernünftig zu sein. Ich muss Sie für Ihre blitzschnelle Kombinationsgabe loben.« Mit einem Blick auf die Tasche, die sie bei sich trug, fragte er: »Was befindet sich dort drin?«

»Ich habe einiges an Materialien mitgebracht, um mir ein Bild über Ihre Fähigkeiten zu machen.«

»Dort drüben steht ein Tisch, an dem wir arbeiten können.« Noch einmal ging er an ihr vorbei, aber diesmal auf die andere Zimmerseite, zu dem rechteckigen Tisch. Vier Stühle, einer auf jeder Seite, waren um ihn gruppiert.

Miss Price stellte ihre Tasche auf einer Ecke des Tisches am entfernten Ende ab und zog ihre elfenbeinfarbenen Ziegenlederhandschuhe aus. Diese legte sie neben die Tasche, die sie öffnete und neben zwei Büchern noch einige Bögen Papier und einen Bleistift herausnahm.

»Ich habe auch etwas mitgebracht«, meinte er. »Meine Rede.« Nun zog er das zusammengefaltete Papier aus einer Innentasche seines Fracks und reichte es ihr.

»Oh, das ist gut. Aber heute werden wir, glaube ich, nicht dazu kommen. Wir haben nur eine Stunde Zeit.« Sie nahm die Rede in die Hand und blickte darauf hinab, bevor sie seinen Blick erwiderte. »Ist das eine Kopie für mich?«

»Ich hatte gar nicht daran gedacht, eine mitzubringen.« Jetzt kam er sich ein wenig töricht vor.

»Ich hätte darum bitten können«, meinte sie verlegen, wobei ihre dunklen Wimpern kurz über ihre Augen strichen. »Wenn Sie sie nicht sofort wieder brauchen, kann ich sie später abschreiben und Ihnen bei unserem nächsten Treffen zurückgeben.«

»Das wäre schön.«

Lächelnd verstaute sie das Schriftstück in ihrer Tasche.

»Sie werden die Rede nicht lesen?«, fragte er.

Ihre Augen weiteten sich kurz. »Das werde ich, aber soll ich das jetzt tun?«

»Nein, das ist nicht notwendig.« Er erkannte, dass er ihre Meinung zu seiner Rede hören wollte. Das konnte allerdings warten.

»Ihre Handschrift ist sehr ordentlich«, bemerkte sie.

Er stellte sich neben den Stuhl an das Ende des Tisches, der sich ihrer Tasche gegenüber befand. »Das ist nicht meine. Leider kann ich auch nicht besonders gut schreiben – mir fällt es schwer, die Worte zu buchstabieren. Ich habe meine Überlegungen dazu mit meinem Sekretär besprochen, und er hat sie zu einer Rede verfasst. » Warum fühlte er sich mit einem Mal so nervös?

Sie schob die Bücher so weit über den Tisch, bis sie an einer der Längsseiten vor dem Stuhl lagen. »Verfassen Sie so Ihre Korrespondenz?«

»Ja. Da mein Sekretär der Annahme ist, ich würde nicht gern lesen, habe ich erklärt, meine Gedanken würden besser fließen, wenn ich sie laut formuliere, was keine Lüge ist.«

»Das ist faszinierend«, meinte Miss Price und zog den Stuhl vor den Büchern hervor.

Lazarus beeilte sich, ihn für sie zu halten. »Ich bitte um Verzeihung«, murmelte er.

Sie setzte sich auf den Stuhl und über ihre Schulter hinweg blickte sie zu ihm auf. »Nicht nötig.«

Er wählte für sich den Stuhl vor Kopf, und sie drehte ihren Oberkörper zu ihm hin. »Wie ist es Ihnen in Oxford ergangen? Sie waren doch in Oxford, oder vertausche ich Sie mit einem anderen Gentleman?«

»Ich habe zwar in Oxford studiert, doch es war die reinste Qual für mich. Ich habe meine Unzulänglichkeiten überspielt, indem ich mich als unseriöser Student ausgab.«

»Das waren Sie aber gar nicht, oder?«

»In Oxford schon. Ich konnte ja nichts anderes sein. Weder war ich in Eton noch auf einer anderen Universität. Vor meiner Zeit in Oxford hat mein Vater mich persönlich unterrichtet.« Lazarus geriet ins Zaudern. Nie sprach er darüber, wie sein Vater ihm geholfen hatte. Das lag allerdings daran, dass kaum jemand von seinen Unzulänglichkeiten wusste. »Ich wusste bereits alles, was uns gelehrt wurde, denn mein Vater hatte mir das schon vorher beigebracht. Allerdings war ich kaum imstande, meinen Wissensstand angemessen unter Beweis zu stellen, und ich habe meinen Abschluss nur knapp geschafft.«

»Warum haben Sie dann überhaupt die Mühe auf sich genommen, dorthin zu gehen? «, fragte sie mit aufrichtiger Neugier, während sie sich ein wenig zu ihm hinunterbeugte.

»Mein Vater meinte, es sei ein Übergangsritual. Er wollte verhindern, dass sich irgendjemand wunderte, warum ich weder nach Oxford noch nach Cambridge oder auf eine andere Universität gegangen bin. Ich war mir sicher, dass mein Vater spezielle Vorkehrungen für mich getroffen hatte. Es tat mir nur leid, dass er meinen Abschluss nicht mehr miterleben konnte.« Lazarus zeigte daraufhin ein schwaches Lächeln, das allerdings rasch wieder verblasst war.

Für einen winzigen Augenblick berührte Miss Price ihn am Unterarm, und ihre Finger wirkten auf dem dunkelblauen Tuch seines Fracks ganz blass. »Es tut mir so leid. Ich bin sicher, dass er sehr stolz auf Sie ist.«

»Das hoffe ich. Mehr will ich auch gar nicht. Das ist auch der Grund, warum ich mir mit dieser Rede so viel Mühe gebe. Ich muss sie auswendig lernen, wozu ich Ihre Hilfe brauche.«

»Ja, dafür sind wir hier.« Sie sah ihn mit einem aufmunternden Lächeln an. »Sollen wir anfangen?« Sie schlug eines der Bücher auf einer bestimmten Seite auf, drehte es um und legte es Lazarus vor die Nase. »Ich möchte einen Eindruck gewinnen, wie Sie lesen. Können Sie mir dieses Sonett vorlesen?«

Lazarus holte tief Luft und legte die Hände zu beiden Seiten des Buches auf den Tisch. Dann richtete er seine Aufmerksamkeit auf das Sonett und versuchte sich am ersten Wort. S-o-l-l.

»Sol«, begann er, ließ aber schnell ein »Soll ich dich mit einem Sommertag vergleichen. Du bist bezaubernder und lieblicher. Raue Winde zerren an den zarten Knospen im Mai und der Ausbruch des Sommers—«

»Halt.« Miss Price sah ihn aus großen Augen an. »Sie sind ein ausgezeichneter Leser. Sie haben langsam angefangen, doch wahrscheinlich sind Sie nur nervös?«

Er antwortete ihr mit einem verlegenen Lächeln. »Dieses Sonett kenne ich. Nachdem ich die ersten Worte erkannt habe, konnte ich es aus dem Gedächtnis rezitieren. Weshalb ich auch möchte, dass Sie mir beim Auswendiglernen der Rede helfen.«

»Auf welche Weise haben Sie das Sonett denn auswendig gelernt?«

»Immer wieder hat mein Vater mir etwas vorgelesen. Irgendwann konnte ich mir dann etwas von den Worten einprägen. Dann habe ich angefangen, die mir bekannten Wörter in meinem Kopf mit ihrem Aussehen abzugleichen. Wenn dasselbe Wort allerdings an einer anderen Stelle steht, gelingt es mir nicht immer, es sofort zu erkennen.«

Er verabscheute dieses Gefühl – er kannte das Wort, ohne es aber in seinem Kopf richtig formulieren zu können. Das schaffte er zwar, aber nur sehr langsam.

»Diese Kenntnis ist faszinierend und sie wird mir sehr helfen. Sich Wörter merken zu können, um sich diese Fähigkeit dann zunutze zu machen, wenn man sie erkennt, ist eine hervorragende Leistung zur Anpassung. Vielleicht können wir gezielt an der Verbesserung dieser Fähigkeit arbeiten.« Miss Price wirkte sehr engagiert und begierig darauf, ihm zu helfen, ja sie war über diese Aussicht nahezu beflügelt.

Zum ersten Mal fühlte Lazarus sich seit dem Tod seines Vaters wohl, mit jemandem zusammen zu lesen. Er konnte sein Gefühl der Erleichterung und sogar seine Freude nicht genug hervorheben. Er erwiderte ihren Blick voller Dankbarkeit. »Ich danke Ihnen.«

Sie lächelte. »Gestatten Sie mir, ein Sonett zu finden, das Sie nicht kennen.« Sie wackelte mit den Augenbrauen, zog das Buch wieder vor sich hin und schlug einige Seiten um, wobei ihre Augen geschwind über die Wörter huschten.

»Lesen Sie auch so schnell, wenn Sie allein sind?« Er konnte die Ehrfurcht in seiner Stimme nicht verbergen.

»Ähm, ja.« Rosa Flecken blühten auf ihren Wangen auf, als sie ihn anschaute. »Allerdings kenne ich dieses Buch sehr gut. Ich liebe die Sonette von Shakespeare.« Sie blätterte noch ein bisschen weiter, bis sie abrupt innehielt. Sie schob ihm das Buch zu und warf ihm einen scheinbar strengen Blick zu. »Dieses hier, aber Sie müssen mir unverzüglich sagen, wenn Sie es kennen.«

Er lachte leise. »Das verspreche ich.« Ernüchtert konzentrierte er sich auf den vor ihm liegenden Text. Im ersten Moment kamen ihm die Buchstaben fremd vor, was allerdings normal war. Die ersten paar Worte waren zum

Glück einfach. »Von dir bin ich ... bin ... ich ... geschickt im ...« Er hasste Wörter wie das nächste. Mehrere Buchstaben, die zusammengesetzt schwierig zu lesen waren. »Fr–«

»Frühling«, sagte sie leise in einem freundlichen und ermutigenden Tonfall. »Es ist ein schwieriges Wort, denke ich. F, r und ü ergeben einen komplizierten Klang. Frü. Können Sie das wiederholen?«

»Frü. Frühling. Fröhlich. Früh. Früchte. Ich kann die Worte aussprechen. Er runzelte die Stirn. »Ich kann sie nur nicht so gut lesen.«

»Das werden Sie.« Damit zog sie einen Bogen Papier und den Stift zu sich heran und schrieb die Buchstaben FRÜ »Ich mache mir Notizen, woran wir arbeiten sollten. Sollen wir fortfahren?«

Er setzte seine Bemühungen das Sonett zu lesen fort, wobei er oft ins Stocken geriet. Weder drängte sie ihn, noch bot sie ihm ihre Hilfe zu schnell an, die sie ihm aber nicht verwehrte, wenn er sie wirklich brauchte. Sie war der Inbegriff von Geduld und sanfter Unterstützung.

»Sie lesen wundervoll«, lobte sie ihn. »Ihre Stimmlage ist ein schöner Bariton. Ich wünschte, ich könnte Ihre Rede vor dem Oberhaus hören.«

»Bis dahin werden Sie sie wahrscheinlich satthaben«, sagte er mit einem halben Lächeln. Damit rechnete er, aber das war auch gut so. Er musste sie in- und auswendig kennen.

Sie schrieb eine weitere Notiz auf ihr Papier und legte den Bleistift zwischen ihnen an der Tischkante ab. »Wollen Sie das für mich schreiben, oder sollen wir uns ein anderes Mal diesem Thema zuwenden?«

Der Bleistift rollte vom Tisch, und Lazarus bückte sich sofort, um ihn aufzuheben.

Miss Price tat es ihm gleich, und ihre Köpfe stießen zusammen.

»Au!, rief sie aus, während Lazarus grunzte.

Noch immer war ihre Haltung ein wenig vorgebeugt, ihre Gesichter befanden sich ganz nahe beieinander, als ihre Blicke sich trafen. »Es tut mir so leid«, entschuldigte sie sich. »Ich bin der ungeschickteste aller Menschen. Aber das wissen Sie ja schon.«

»Das sind Sie keineswegs. Das hätte jedem passieren können.«

»Das kann schon sein, aber mir wird das immer passieren.« Sie formte ihre Lippen zu einem charmanten, schiefen Lächeln. Anscheinend hatte sie sich damit abgefunden, dass sie nicht so anmutig wie andere war, doch Lazarus wollte nicht, dass sie sich selbst so sah.

»Ich halte Sie keineswegs für ungeschickt«, entgegnete er sanft. »Schauen Sie nur, wie schön Sie lesen. Und mit welcher Freundlichkeit Sie Unterricht erteilen.«

»Sie schmeicheln mir, Mylord.« Sie richtete sich auf. »Wenn mir doch nur meine Bücherlust einen Ehemann bescheren würden«, setzte sie lachend hinzu.

»Ist das Ihr größter Wunsch?«, fragte er. »Ein Ehemann?«

Sie zog eine Schulter hoch. »Das würde meine Eltern glücklich machen. Und stolz. Genau wie Sie bin auch ich bestrebt, meine Eltern glücklich zu machen.«

»Das sind Ihre Eltern bereits, dessen bin ich mir gewiss.« Falls das nicht der Fall war, wären ihre Eltern dumm. Ihre Tochter besaß mehr Anmut und Großherzigkeit in ihrem Wesen, als viele der jungen Frauen, die auf den Heiratsmarkt geschickt wurden.

»Werden Sie dies nun für mich schreiben?«, fragte sie.

Das wollte er eigentlich nicht, aber seiner Vermutung nach blieb ihm wohl nichts anderes übrig. »Ich werde jetzt den Bleistift aufheben.« Er sah sie einen Moment lang an, und sie nickte ihm zu. Noch einmal bückte er sich und nahm den Bleistift, ehe er sich wieder aufsetzte. Dann schrieb er seinen Namen und ihren Namen – Miss Price. Er dankte dem Himmel, dass sie keinen derart langen und lächerlichen Namen wie Featherstonehaugh trug. »Was soll ich noch schreiben?«

»Können Sie das Sonett niederschreiben, das Sie auswendig gelernt haben? Ein paar Zeilen genügen.«

Er sagte sich die Worte im Kopf vor und brachte sie dann zu Papier. Vorhin, als sie noch nicht wusste, dass es nicht seine Handschrift war, hatte sie sie gelobt. Nun würde sie die Wahrheit zu sehen bekommen und entsetzt sein.

Sobald er fertig war, lehnte er sich zurück und rümpfte die Nase, als er seine ungleichmäßigen Buchstaben betrachtete. Sie waren miserabel *und* ihre Niederschrift hatte unverhältnismäßig viel Zeit beansprucht.

»Üben Sie das Schreiben?«, fragte sie.

»Das habe ich früher getan. Als mein Vater noch lebte und ich in Oxford war. Ich gestehe, dass ich seitdem nachlässig geworden bin.« Zu allem Überdruss ärgerte er sich nun auch noch über sich selbst. Allein schon um seines Vaters Willen hätte er seine Übungen beibehalten sollen.

»Machen Sie sich keine Vorwürfe«, sagte sie fest. »Das kann ich an Ihren Augen sehen. Es gibt viel zu bewältigen. Ich möchte, dass Sie jeden Tag fünf Zeilen schreiben. Können Sie das schaffen?«

»Ja.« In diesem Moment fasste er den Entschluss, alles zu tun, was sie ihm auftrug. »Was soll ich schreiben?«

»Sie sollten den Wortlaut Ihrer Rede abschreiben.«

Die Aufgabe erschien unmöglich. Aber natürlich war sie das nicht. »Nur fünf Zeilen?«

Sie nickte. »Allerdings, und das ist der schwierige Teil an der Aufgabe, müssen Sie sie erst lesen und dann schreiben. Sie dürfen die Buchstaben nicht einfach abschreiben, ohne sie im Kopf zu haben.«

Er stieß die Luft aus und fragte sich im Stillen, wie lange er wohl für dieses Vorhaben brauchen würde. Dann biss er die Zähne zusammen und schwor sich, dass er nicht verzagen würde, und schon gar nicht, solange er es noch nicht einmal probiert hatte. Er würde dies für seinen Vater tun. Und für Miss Price. Er freute sich schon jetzt auf ihr Lob, wenn er ihr seine erbrachten Leistungen präsentieren würde.

»Das werde ich.« Er warf einen Blick auf die Uhr. »Unsere Stunde ist beinahe um.«

Überraschung flackerte in ihren Zügen auf. »Meine Güte, das ging aber schnell. Wann können wir uns wiedersehen?«

»In zwei Tagen?«, schlug er vor.

»Perfekt. Bringen Sie dann Ihre Schreibübungen mit.« Ihre dunklen Augen rundeten sich. »Oh, einen Moment. Ich muss Ihnen die Rede zurückgeben, damit Sie Ihren Text schreiben können. Ich kann sie Ihnen heute Abend auf dem Oxley-Ball zurückgeben.«

Beide erhoben sich und Miss Price verstaute ihre Unterlagen wieder in ihrer Tasche. »Ich freue mich darauf, Ihre Rede zu lesen«, meinte sie.

»Ich bin auf Ihre Meinung gespannt und ich bin für Verbesserungsvorschläge offen.«

»Sind Sie das?« Sie klang überrascht. »Nun, ich kann mir nicht vorstellen, was ich beitragen könnte, aber ich werde es im Hinterkopf behalten.«

»Sie sind sehr klug, Miss Price. Ich habe nicht den geringsten Zweifel, dass Sie jede Menge beitragen können. Das sollten Sie nie in Zweifel ziehen.« Dann warf er einen Blick zur Tür. »Ich sollte wohl zuerst gehen, da ich zuerst hier war. Wir sehen uns dann heute Abend.«

Sie nickte, und widerstrebend verließ Lazarus die Bibliothek, wobei er die Tür offen ließ und ihr einen letzten Blick zuwarf, ehe er sich auf den Weg in die Eingangshalle machte.

»Ich hoffe, ihr hattet ein erfolgreiches Treffen«, meinte Droxford, der aus einem anderen Zimmer in die Eingangshalle kam.

»Das hatten wir. Wir würden uns gerne in zwei Tagen wieder treffen. Zur gleichen Zeit, wenn das passt.«

»Das wird es, da bin ich sicher.«

Lazarus sah Droxford mit einem dankbaren Blick an. »Ich danke dir. Wahrhaftig. Das ist eine große Hilfe für mich.« Der Mann konnte nicht ahnen, wie groß diese Hilfe tatsächlich war.

»Das freut mich zu hören. Ich bin für dich da, was immer du brauchst.« Droxford klopfte ihm auf die Schulter.

Als Lazarus Hut und Handschuhe von einem Diener in Empfang nahm, kam ihm zu Bewusstsein, dass er sich beim Lesen noch nie so optimistisch gefühlt hatte. Er war sich nicht sicher, ob er Miss Price je auf eine derart sinnerfüllte Weise eine Hilfe sein konnte, wie sie ihm. Doch er wollte es versuchen. Wenn sie einen Ehemann wollte, würde er Sorge dafür tragen, das sie den besten bekam, den London zu bieten hatte.

~

»Ich bin so froh, dass ich diesen smaragdfarbenen Samt für dein Kostüm für den Phoenix Club-Ball morgen Abend ausgewählt habe«, schwärmte Gwens Mutter neben ihr in der Kutsche. Sie hielten in einer endlosen Schlange von Fahrzeugen, die sich dem Oxley-Ball näherten. »Und ich habe die Modistin auch gebeten, einen Reif für dich zu entwerfen. Du wirst wie eine Prinzessin aus alten Zeiten aussehen.« Der Grund dafür war, dass der Ball unter dem Motto eines mittelalterlichen Jahrmarkts stand.

»Ich dachte nicht, dass wir uns solche Mühe machen müssten.« Gwen hatte noch nie ein ähnliches Interesse für die passende Garderobe aufbringen können wie ihre Mutter.

»Ein Viscount hat mit dir getanzt, dich besucht und ist mit dir im Park spazieren gegangen«, brachte ihre Mutter nun mit einem stolzen Glitzern in ihren Augen hervor. »Die Leute werden dich jetzt genau beobachten. Du musst dich von deiner allerbesten Seite präsentieren.«

Ihre Mutter war von der Aussicht, dass Gwen sich einen Viscount angeln könnte, ganz aus dem Häuschen. Was natürlich nicht der Fall wäre.

Zwischen dem Wunsch, ihre Mutter nicht zu enttäuschen, und dem Abscheu, sie anzulügen hin- und hergerissen, wollte es Gwen einfach nicht gelingen, die passenden Worte zu finden, um ihr die Wahrheit zu sagen. Das musste sie allerdings tun – und zwar bald. Vielleicht sollte sie damit warten, bis ein oder zwei andere Verehrer auf sie aufmerksam geworden waren. Hoffentlich würde das im Laufe des heutigen Balls passieren.

Es sei denn, die Leute schenkten der abfälligen Art, mit der Eberforce über sie sprach, mehr Gehör, als sie der Art und Weise Beachtung schenkten, wie Somerton ihr fast den Hof machte. Sollte das so sein, würde Gwens Saison, egal was der Viscount auch versuchte, nicht mehr zu retten sein.

Sie dachte an ihr Treffen an diesem Nachmittag zurück. Der Unterricht mit ihm war zufriedenstellender, als sie ursprünglich erwartet hatte – sie hatte allerdings damit gerechnet, dass er sehr aufregend verlaufen würde.

Es war allerdings noch mehr als das. Somerton hatte sich ihr in einer Weise geöffnet wie wahrscheinlich niemandem sonst, und das ehrte sie sehr. Mit aller Macht wollte sie alles für ihn tun, was sie vermochte.

Sie hatte seine Rede gelesen, sobald sie zu Hause angekommen war. Die Rede war wundervoll, und sie konnte seinen Bariton im Geiste hören, wie er sie im House of Lords mit Nachdruck vortrug. Das Original hatte sie gefaltet und in die kleine Tasche ihres Kleides gesteckt, damit sie es ihm zurückgeben konnte, wenn sie ihn auf dem Ball traf.

Als die Kutsche näher zum Eingang des Hauses der Oxleys vorgerückt war, sah Gwen zu ihrer Mutter hinüber. »Mama, ich hoffe, du rechnest nicht mit einer Verlobung seitens des Viscounts. Wir haben noch gar nicht entschieden, ob wir zueinander passen.«

»Ich verstehe, meine Liebe. Man muss sich sicher sein, insbesondere bei einem Mann wie Somerton.« Sie hatte Gwen vor seinem berüchtigten Ruf gewarnt – es war ihm mit dem Heiraten noch nicht ernst und er war ein schrecklicher Frauenheld –, was aber ihrer Begeisterung für sein Interesse an Gwen keinen Abbruch getan hatte. »Ich gebe zu, dass ich mich frage, ob er der richtige Ehemann für dich wäre, aber seine Aufmerksamkeit ist in dieser Phase deiner Saison ganz bestimmt außerordentlich willkommen.«

Es hatte den Anschein, als würde es ihre Mutter nicht stören, dass Somerton ihr nur helfen wollte und sein Interesse keinesfalls romantischer Natur war. Erleichtert öffnete Gwen den Mund, um ihrer Mutter die Wahrheit zu sagen, doch dann ging die Tür auf und ein Lakai half ihnen aus der Kutsche. Der Abend war kühl, aber trocken. Eine Gänsehaut überzog Gwens Haut, als sie raschen Schrittes in die Eingangshalle gingen.

Kurze Zeit später betraten Gwen und ihre Mutter den Ballsaal. Der Duft dutzender Blumen erfüllte die Luft, und das Licht hunderter Kerzen ließ alles erstrahlen. Die Paare bewegten sich gerade auf der Tanzfläche, als das Orchester, das in einer Nische mit Blick auf den Ballsaal saß, eine Melodie anstimmte.

Obwohl es nicht Gwens erster Ball war, ließ sie sich noch immer von dem Spektakel beeindrucken. Möglicherweise würde sich daran nie etwas ändern. Die Vorstellung, dass sie eines Tages als Gastgeberin eine solche Veranstaltung ausrichten sollte, erschien ihr ungemein entmutigend. Es war nicht nur ihr Unwissen darüber, wo sie überhaupt einen Anfang machen sollte, sondern weil sie sich aufrichtig mit der Frage auseinandersetzte, ob sie es langweilig finden würde.

Den guten modischen Geschmack ihrer Mutter hatte sie leider nicht geerbt und auch nicht ihre Versiertheit bei der Planung von Dinners und Soireen. Noch nie hatte ihre Mutter einen Ball ausgerichtet, aber Gwen war sich sicher, dass sie dazu problemlos imstande wäre. Allerdings war sie sich auch sicher, dass ihr Vater niemals mit den damit verbundenen hohen Ausgaben einverstanden wäre.

Tamsin und Sophia, oder Lady Droxford, womit die Tante ihres Ehemannes gemeint war, kamen auf sie zu und sie tauschten eine Begrüßung aus. Als die beiden älteren Frauen eine Unterhaltung zwischen sich entspannen, stahl sich Tamsin näher an Gwen heran.

»Was hat Somerton heute Abend für dich im Sinn?«, wollte Tamsin wissen.

»Nichts Außergewöhnliches«, entgegnete Gwen. »Ich soll mich ihm gegenüber so verhalten, als ob er ein Verehrer wäre, was bedeutet, dass ich nicht über Bücher sprechen soll und auch nicht zu viel über meine Familie oder mich selbst. Ich habe leider die Neigung zu viel zu plappern.«

»Gerade das gefällt mir so an dir, aber ich bin auch kein Verehrer«, gab Tamsin mit einem leisen Seufzen zurück. »Ich freue mich so sehr für dich, dass Somerton dir behilflich ist. Um ehrlich zu sein, habe ich ihn für viel zu schurkisch gehalten, um so eine gute Tat zu vollbringen.« Für einen winzigen Augenblick verzog sie ihr Gesicht zu einer Grimasse. »Das zu sagen ist nicht nett von mir, denn schließlich ist er mein Cousin.«

»Aber er *ist* doch ein Halunke, nicht wahr?«, fragte Gwen und erinnerte sich an ihre Definition von Halunken, die sie mit ihren Freundinnen vor fast zwei Jahren beim Aufstellen der Regeln für Halunken festgelegt hatten. »Er flirtet über die Maßen, besucht Spielhöllen und er ist sogar dafür bekannt, dass er regelmäßigen Kontakt zu gewissen *Witwen* hält.«

Tamsin machte große Augen. »Das mit den Witwen war mir ganz entfallen. Allerdings nicht das Rogue´s Den. Vergiss nicht, dass er auch dort ein regelmäßiger Gast ist.«

Als ehrbare junge Ladys sollten sie beide eigentlich gar nichts über Witwen oder Etablissements wie das Rogue's Den wissen. Gwen hatte jedoch einen Bruder, und sie war Ohrenzeugin geworden, als ihr Vater Evan über seine Besuche in eben diesem Bordell belehrte, das von den vornehmsten Männern der Londoner Gesellschaft frequentiert wurde.

»Geht er wirklich in die Spielhölle oder nur in das Rogue´s Den?«

Mit gerunzelter Stirn zauderte Tamsin einen Moment nachdenklich. »Würdest du mich bitte daran erinnern, was das ist?«

»Es ist eine Spielhölle im Besitz einer Frau und sie wird von Frauen geleitet. Von attraktiven Frauen. Es handelt sich allerdings nur um eine Spielhölle. Das zumindest hat Evan mir erzählt. Ihm persönlich gefällt es dort sogar sehr gut. Er lobt die Angestellten für ihren Charme und er meint, sie seien auch angenehme Gesprächspartnerinnen. Zudem seien die Speisen und Getränke dort von ausgezeichneter Qualität.«

»Ich habe meine Zweifel, dass Isaac jemals dort gewesen ist, jedenfalls nicht zum Spielen«, meinte Tamsin. »In seinem gesamten Leben hat es nicht einen einzigen Tag gegeben, an dem er gewettet hat. Es klingt allerdings nach einem brillanten Unternehmen.«

»Sollte ich unverheiratet bleiben, könnte ich mir vorstellen, ein eigenes Unternehmen zu besitzen«, sinnierte Gwen. »Allerdings würde es sich dabei um eine Buchhandlung handeln.«

Tamsin kicherte. »Freilich würdest du das. Es ist aber so, dass du nicht unverheiratet bleiben wirst, es sei denn, du willst es.«

»Es ist nicht so, dass die Heiratsanträge in Massen eingingen«, entgegnete Gwen ironisch. »Mit Somertons Hilfe könnte sich dies allerdings ändern.«

»Dabei geht er allerdings ein Risiko ein, nicht wahr?«, überlegte Tamsin. »Sein Interesse an dir könnte andere schlussfolgern lassen, dass er heiratswillig sei, wobei in Wirklichkeit das Gegenteil zutreffend ist. Im letzten Brief meiner Großmutter hat sie sich über seine Verschwendung einer weiteren Saison ausgelassen, da er gar nicht daran denkt, zu heiraten.«

»Bist du der Ansicht, er ist der Empfänger endloser Aufmerksamkeit junger Ladys samt ihren Müttern, die auf der Suche nach eine Bräutigam sind?«, fragte Gwen. Nun war sie ihm sogar noch dankbarer, denn es konnte nicht in seinem Interesse liegen, sich einer solchen Aufmerksamkeit zu verweigern. »Hoffentlich beeinträchtigt ihn das nicht. Das würde ich nur ungern zu verantworten wissen.«

»Ihm wird es sicher an nichts fehlen«, versicherte Tamsin ihr. »Für dich wird sich das Ganze als wunderbar erweisen. Hier kommt Miss Gwendolen Price, die einen der schurkischsten aller Londoner Halunken in Verzückung versetzt hat«, endete sie grinsend.

Gwen konnte nur auf eine gutes Gelingen ihres Plans hoffen. Für einige Zeit unterhielt sie sich mit Tamsin, und währenddessen näherte sich ihnen nicht ein einziger Gentleman.

Schließlich meinte Gwens Mutter zu ihr, dass die Zeit für einen Rundgang durch den Ballsaal gekommen war. Gwen wünschte Tamsin und Droxfords Tante einen guten Abend und umarmte ihre Mutter.

»Wie kann es sein, dass du noch nicht getanzt hast?«, fragte ihre Mutter. »Ich war mir sicher, dass du schon bald nach unserer Ankunft aufgefordert werden würdest.«

»Es besteht die Möglichkeit, dass ich keine Aufforderung zum Tanzen erhalten werde, Mama. Dieses Gebiet ist nicht meine Stärke.«

»Ich werde noch einen guten Tanzlehrer für dich finden, da bin ich ganz zuversichtlich«, versicherte Mama voller Überzeugung. »Erst heute Nachmittag hab ich einen neuen Namen erhalten. Wir müssen beten, dass er dich annimmt.«

Gwen konnte keinen Sinn darin erkennen. Allmählich fragte sie sich sogar, warum sie überhaupt nach London hatte kommen wollen.

Was für eine entsetzlich entmutigende Einstellung. Wenn Somerton imstande war, seine Leseschwäche zu verbessern, sollte ihr das Gleiche beim Tanzen gelingen. Wie sollte sie ihn zu harter Arbeit an sich selbst ermutigen und dazu, sich weiter anzustrengen, wenn sie das nicht auch tat? Sie würde sich doppelt anstrengen, denn wenigstens einen Versuch zu unternehmen, wenn es auch noch so hoffnungslos schien, war sie sich selbst schuldig.

»Dort kommt Lord Somerton«, bemerkte Gwens Mutter in einem eindringlichen Flüstern und legte den Arm um Gwen, ehe diese sich losmachen konnte. »Meine Güte, er macht wirklich eine gute Figur. Der Knoten seines Krawattenschals sitzt perfekt.«

Somerton schritt geradewegs auf sie zu, und sein kunstvoll gebundener Krawattenschal war tatsächlich überaus eindrucksvoll. Gleiches galt für den Schnitt seines mitternachtsschwarzen Fracks.

»Guten Abend, meine Ladys«, begrüßte Somerton sie, während er eine anmutige Verbeugung vollführte.

Würde Gwen ein solches Manöver probieren, hätte dies wahrscheinlich zur Folge, dass sie umfiele. Es war für sie äußerst schwierig gewesen, den Knicks beherrschen zu lernen, in den sie vor einigen Wochen vor der Königin gesunken war. Schließlich hatte Mama ihr geraten, sich nicht so tief wie die anderen jungen Lady zu verneigen. Dann hatte Mutter mehreren Leuten von einer Verstauchung erzählt, die Gwen sich am Vortag am Knöchel zugezogen hatte. Genaugenommen war das eine Lüge, die aber Gwens Unzulänglichkeiten erklärte.

»Guten Abend, Lord Somerton«, eröffnete Gwens Mutter die Unterhaltung.

»Ich hatte gehofft, einen Spaziergang mit Ihrer charmanten Tochter unternehmen zu können.« Er lächelte Gwen zu.

Gwens Mutter strahlte. »Wunderbar. Bitte amüsiert euch.«

Gwen legte die Hand auf Somertons angebotenen Arm und nickte ihrer Mutter zum Abschied zu. Als sie beide sich ein Stück entfernt hatten, murmelte sie: »Ich muss

Mutter wirklich sagen, dass Sie mir in Wahrheit nicht den Hof machen.«

»Gibt es ein Problem?«, wollte er wissen.

»Kein ernsthaftes. Ich denke nicht, dass meine Mutter Ihre Aufmerksamkeit mir gegenüber als Beginn für eine echte Brautwerbung erachtet.« Gwen schaute zu ihm auf. »Das meine ich wegen Ihres Rufs. Sie haben keine Andeutung gemacht, dass Sie an einer Heirat interessiert wären.« Gwen hielt das für eine höflichere Art, als rundheraus zu sagen: *»Sie sind ein schrecklicher Halunke.«*

»Ich verstehe.«

»Hoffentlich wird sich dieser Plan nicht als nachteilig für Sie auswirken«, meinte Gwen daraufhin. »Ich fürchte, Sie könnten im Fokus einer ganzen Schar junger Ladys – samt ihren Müttern – stehen, die für sich einen Ehemann mit Adelstitel ergattern wollen.«

»Das werde ich schon überstehen«, meinte er leichthin, und ein Lächeln umspielte seinen Mund. »Ich möchte Ihnen für unser Treffen von heute Nachmittag danken.«

»Hoffentlich hat es Ihnen geholfen.«

»Das wird die Zeit zeigen, aber zum ersten Mal seit Jahren fühle ich mich von Hoffnung erfüllt. Zudem habe ich mich entschlossen, alles zu bewältigen, was Sie mir auftragen.« Als er seinen Blick auf sie richtete, war dieser von einer aufrichtigen Wärme erfüllt. »Ich stehe Ihnen zu Diensten, Miss Price.«

Gwen fühlte, wie ihr Brustkorb vor Stolz schwoll. Sie würde alles in ihrer Macht Stehende daransetzen, um ihm eine Enttäuschung zu ersparen. Sie zog die zusammengefaltete Rede aus ihrer Tasche und schob sie in seine Hand. »Ich fand Ihre Rede wundervoll.«

Er nahm die Rede in seine freie Hand und verstaute sie in seiner Fracktasche. »Ich bin erfreut – und es erfüllt mich gleichzeitig mit Demut – das zu hören.«

»Guten Abend, Lord Somerton.« Eine weibliche Stimme zu Gwens Linken veranlasste sie, ihren Spaziergang zu unterbrechen. Die Blicke zweier Ladys, beide jung und schön, waren auf Somerton gerichtet. Es war, als ob Gwen Luft wäre.

»Guten Abend«, antwortete er.

»Ich habe meinen Fächer fallen lassen«, bemerkte eine der beiden und formte die Lippen dabei zu einem Schmollmund.

»Gestatten Sie.« Der Viscount beugte sich vor – ohne auch nur daran zu denken, Gwen loszulassen – und las den Fächer auf. Er hielt ihn der Schmollenden hin, deren Lippen nun ein kokettes Lächeln zeigten.

Sie klimperte ihn mit ihren dunklen Wimpern an. »Ihr seid sehr freundlich, Mylord.«

»Es ist mir ein Vergnügen, Ihnen behilflich zu sein.«

»Vielleicht sehen wir uns später?«, schlug die andere junge Frau mit einem hoffnungsvollen Unterton vor.

»Man kann nie wissen.« Er grinste sie an und Gwen konnte förmlich sehen, wie den beiden der Puls flatterte und ihnen der Atem stockte.

»Jetzt ist es passiert«, bemerkte Gwen.

»Was? Diese jungen Ladys?« Er zog die Schulter hoch. »Das ist vollkommen typisch und das war schon so, bevor ich angefangen habe, Ihnen zu helfen.«

Und warum auch nicht? Somerton war ein überaus charmanter und attraktiver Viscount, woran auch sein verwegener Ruf nichts ändern konnte.

»Ich bin also kein Störfaktor bei dem, was Sie in der Regel tun würden?«, erkundigte sie sich.

»Was genau soll das sein?«

»Flirten?«

Er lachte. »Ich kann mit Ihnen flirten, nicht wahr?« Er wackelte mit den Augenbrauen und dann durchbohrte er sie mit seinen grünen Augen, die eine scharfe Intensität besaßen. In diesem Moment kam Gwen die heftige Wirkung seines Flirts zu Bewusstsein und sie spürte auch ihren Puls flattern und ihren Atem stocken.

»Das können Sie, aber zu welchem Zweck?«, fragte sie nervös und schickte noch ein Lächeln hinterher, damit er nicht merkte, wie ernst ihre Frage eigentlich gemeint war. Warum sollte er mit ihr flirten, wenn seine beinahe Werbung um sie nur vorgetäuscht war?

Er blieb stehen und drehte sich ein Stück zu ihr hin. »Zu dem Zweck, jedem in Sicht- und Hörweite deutlich zu machen, dass Sie eine Frau sind, mit der zu flirten sich lohnt. Genau das sind Sie.« Nun kam er ganz dicht an sie heran und raunte: »Glauben Sie niemals, dass ein Mann nicht mit Ihnen flirten sollte. Und jetzt klimpern Sie mit den Wimpern. Und lächeln Sie. Jeder wird sich fragen, was ich Ihnen gerade zugeraunt habe.«

Das tat sie und als er sich aufrichtete, warf sie einen verstohlenen Blick in die Runde, wobei sie feststellen musste, dass sie tatsächlich von einigen Umstehenden beobachtet wurden. »Möglicherweise hat Ihr Plan etwas Gutes.«

»Auf dem morgigen Ball im Phoenix Club werden Sie mindestens drei Tänze und zwei Promenaden genießen. Allerdings nicht mit mir.«

»Wie können Sie das nur prophezeien?« Immer wieder war sie über seine Zuversicht erstaunt. Das galt wenigstens für diesen Aspekt. Am Nachmittag war er verändert erschienen und ihr verletzlicher vorgekommen. Im Stillen dachte sie für sich, dass sie diese Version des verwegenen Viscounts vorziehen würde.

»Vertrauen Sie mir, Miss Price?«

Sie konnte nicht anders als das zu bejahen – wenn er

sie anschaute, als hätte er die Regentschaft der feinen Gesellschaft inne. Vielleicht war es auch tatsächlich so.

»Mir ist ganz entfallen, dass ich mich mit Ihnen ja so unterhaltene sollte, als wären Sie ein potenzieller Verehrer«, meinte sie mit einer leichten Grimasse.

»Daran haben wir beide nicht mehr gedacht. Also schön, beim nächsten Mal vielleicht – wenn dazu überhaupt noch eine Notwendigkeit besteht«, meinte er. »Gestatten Sie mir, Sie zu ihrer Mutter zurückzubringen.«

Als sie einige Minuten auseinandergingen, musste sie feststellen, dass ihr Puls noch immer flatterte und ihr sie wahrscheinlich ein bisschen kurzatmig war.

KAPITEL 5

Der Phoenix Club, Londons führender Club für Ladys und Gentlemen, richtet während der Saison immer freitags einen Ball aus. Dabei waren die Bälle, die am ersten Freitag des Monats stattfanden, einem bestimmten Motto unterworfen. Obwohl heute bereits die Monatsmitte erreicht war, stand auch die heutige Veranstaltung unter einem bestimmten Motto, und zwar dem eines mittelalterliches Festes.

Der Freitagabend war der einzige Abend in der Woche, an dem beide Geschlechter im Club sich vermischten, wobei aber auch der Dienstag eine Ausnahme bildete, da die Ladys dann auf die Seite der Gentlemen eingeladen waren. Die Gentlemen kamen nicht auf die Seite der Ladys und übertraten die Grenze zu deren Hälfte nur bei den Bällen, denn dann erstreckte sich der Ballsaal über beide Seiten des Erdgeschosses.

Der Club beging inzwischen seine dritte Saison und seine Beliebtheit war noch weiter gestiegen. Der Besitzer des Clubs, Lord Lucien Westbrook, galt als einer der charmantesten Gentlemen Londons. Jeder wollte sein Freund sein oder eine Affäre mit ihm anfangen. Sehr zum Leidwesen der Damenwelt hatte Lord Lucien kürzlich geheiratet und war seiner neuen Frau absolut treu ergeben.

Lazarus erreichte den Club und betrat ihn durch den Eingang für Gentlemen. Anstatt sich direkt in den Ballsaal zu begeben, suchte er zuerst den Mitgliederbereich auf, wo er sicher war, dass er zumindest einige der von ihm gesuchten Herren antreffen würde. Er wurde nicht enttäuscht. Shefford saß mit einem gemeinsamen Freund zusammen, der erst vor kurzem wieder in die Londoner Gesellschaft eingetreten war, nachdem er zwei Jahre zuvor seine Frau verloren hatte. Roman Garrick, der Marquess of Keele, hatte lange Zeit darauf verwendet, den angeschlagenen Ruf seiner Familie wiederherzustellen und ihr verprasstes Vermögen zurückzugewinnen, doch seit dem Tod seiner Frau hatte es den Anschein, als würde er seine Bemühungen noch verdoppeln.

»Guten Abend, Somerton«, meinte Shefford. »Trinkst du einen Schluck mit uns?«

Keele blickte von seinem Stuhl zu Lazarus auf, seine stahlgrauen Augen waren scharf auf ihn gerichtet. »Der Whisky ist ausgezeichnet.«

»Der Phoenix Club bietet immer nur die besten Spirituosen.« Shefford schwenkte sein Glas und inspizierte die bernsteinfarbene Flüssigkeit. »Ich würde ja Lord Lucien fragen, wie ihm dieses Kunststück gelingt, aber soweit ich weiß, ist Lady Evangeline dafür verantwortlich.« Er bezog sich damit auf die Geschäftsführerin des Clubs.

»Ich muss herausfinden, woher sie diesen Tropfen hat«, murmelte Keele, bevor er einen weiteren Schluck trank. »Solltet ihr beiden nicht zum Ball gehen?«

Lazarus bemerkte nun Keeles unpassenden Aufzug zu dem Motto mittelalterlicher Gewänder. Shefford hingegen hatte ein Kostüm angezogen. Er trug ein schwarzes, mit Silberfäden durchzogenes Wams.

Wie nicht anders zu erwarten zog Shefford die Nase kraus. »Ich gehe schon noch. Irgendwann. Oder vielleicht auch nicht. Er blickte zu Lazarus auf. »Setz dich zu uns.«

»Das geht nicht. Ich habe etwas zu erledigen.« Er deutete auf sein eigenes Kostüm, das aus einem dunkelgrünen, goldumrandeten Gipon bestand. »Außerdem würde ich diesen Aufzug niemals unbeachtet verschwenden wollen.«

»Das würdest du natürlich nicht. Denn du könntest diese altertümliche Kleidung ja vielleicht in Mode bringen.« Shefford runzelte die Stirn. »Es wird gemunkelt, du hättest Evans Schwester praktisch den Hof gemacht. In Dreiteufels Namen, was soll das?«

Lazarus setzte sich zu ihnen an den Tisch und sprach in leisem Ton. »Ich helfe ihr, Verehrer zu gewinnen. Wenn ich ihr Aufmerksamkeit schenke, habe ich mir überlegt, werden andere das ebenfalls tun. Mein Ziel für heute Abend besteht darin, dass sie drei Tänze tanzt und zu zwei Promenaden aufgefordert wird.« Er war nicht ganz sicher, ob alles gelingen würde, aber er würde nichts unversucht lassen.

»Das ist sehr nett von dir«, meinte Keele.

»Du solltest ihren Bruder davon unterrichten. Gestern Abend hat er erzählt, dass du mit seiner Schwester auf dem Oxley-Ball promeniert bist, und er fragt sich, ob du ihr etwa einen Heiratsantrag machen wirst.«

Lazarus zog insgeheim eine Grimasse und fragte sich, ob Miss Price ihre Mutter bereits ins Bild gesetzt hatte. Falls das nicht der Fall war, sollte sie das wohl besser tun. Lazarus wollte keinesfalls die Schuld an unrealistischen Erwartungen tragen oder Disharmonie stiften.

»Besteht die Möglichkeit, dass du dich mit dem Gedanken trägst, ihr den Hof zu machen?«, fragte Keele.

»Er hat keine Heiratsabsichten«, entgegnete Shefford und warf einen Blick auf Lazarus, um sich zu vergewissern.

»Die habe ich nicht«, bestätigte Lazarus. Aber dennoch dachte er häufig an Miss Price. Er mochte ihre Gesellschaft, er hatte sie eine Seite von sich sehen lassen, die er nur seinem Vater gegenüber in vollem Ausmaß offenbart hatte. Miss Price hatte diese Seite nicht nur gesehen, sondern sie auch akzeptiert und bedingungslos unterstützt.

Gestern Abend auf dem Ball hatten zwei junge Ladys ihre Promenade gestört, worüber er sich in dem Moment geärgert hatte. Er hatte den Fächer nicht aufheben wollen, den eine der beiden hatte fallen lassen, denn er hatte sie dabei beobachtet, als er sich mit Miss Price genähert hatte, doch der Höflichkeit halber hatte er es dann doch getan. Er hatte die junge Lady angelächelt und dazu sogar geflirtet, weil das eben so seine Art war. Im Nachhinein hatte er sich deshalb aber unbehaglich gefühlt. Das hatte insbesondere an Miss Price´ Kommentar gelegen, dass sie sich eines Flirts mit ihm als unwürdig erachtete. Sie war viel mehr wert als diese nichtssagenden Titeljägerinnen, die ihre Fächer fallen ließen, um sich Aufmerksamkeit zu verschaffen.

Keele verzog den Mund zu einem schiefen Lächeln. »Bist du da sicher, Somerton?«

»So wahr mir Gott helfe, wenn du dich entschließt zu heiraten, werde ich dich abschreiben müssen«, drohte Shefford. »Ich kann nicht noch einen Freund vor dem Traualtar opfern.«

»Du hast deine Freunde doch gar nicht verloren«, entgegnete Somerton mit einer gewissen Verärgerung.

»Außer Bane vielleicht, aber wer weiß schon, was der so treibt.«

»Er erwartet ein Kind«, wusste Keele zu berichten und schwenkte sein Whiskyglas. »Es könnte jederzeit so weit sein, um genau zu sein. Oder vielleicht ist es sogar schon auf der Welt.«

»Das habe ich nicht gewusst«, meinte Shefford. »Woher weißt *du* davon?«

»Meine Schwiegermutter ist die Cousine seiner Schwiegermutter«, antwortete Keele. »Sie weiß, dass ich seit einiger Zeit mit Bane bekannt bin.«

»Nun, das sind erfreuliche Neuigkeiten«, stellte Somerton fest, obwohl er sich Bane als Vater nur schwer vorstellen konnte. Dann warf er einen Blick auf die Uhr. »Ich muss nach unten zum Ball.« Er stand auf. »Seid ihr sicher, dass ich keinen von euch beiden dazu überreden kann, mich zu begleiten?«

»Unter keinen Umständen«, weigerte sich Keele entschieden. »Ich mag in die Gesellschaft zurückkehren, aber meine Zeit auf Bällen ist vorbei. Das Glück sei auf deiner Seite, mein Freund.«

»Ich komme nach unten, sobald ich meinen Whisky ausgetrunken habe«, antwortete Shefford, der allerdings nicht gerade begeistert klang. »Und sei es nur, um mich zu vergewissern, dass du keine Dummheit begehst, indem du dich in einer kompromittierenden Situation mit Evans Schwester erwischen lässt und zu einer Heirat genötigt wirst.«

»Das kann unmöglich noch einmal passieren, nicht nach Droxford und Bane«, schnaubte Lazarus.

»Vergiss nicht, einfach *vorsichtig* zu sein«, bat Shefford.

Lazarus nickte und winkte den beiden zum Abschied, als er sich von ihnen abwandte, um die Treppe hinunterzu-gehen. Beim Betreten des Ballsaals, war er erstaunt, wie prächtig alles aussah. Am heutigen Abend hatte sich der Club mit der Dekoration zum Thema Mittelalterfest selbst übertroffen. Es gab Blumen und Tannengrün und ein Podium mit zwei Stühlen, die wie Throne aussahen. Welche Funktion sie haben sollten, war ihm schleierhaft, aber so etwas hatte er hier noch nie gesehen. Das musste irgendwie mit dem Thema im Zusammenhang stehen.

Außerdem hatten sich zahlreiche der Anwesenden dem mittelalterlichen Aspekt unterworfen und ihre Kostüme schienen aus einer anderen Zeit zu stammen. Es gab mehr Frauen als Männer, in angemessener Kleidung, doch das war ja auch zu erwarten gewesen.

Suchend blickte er sich im Ballsaal um, bis er Mrs. Price entdeckte. Es war nicht schwer sie auszumachen, denn sie war von höherem Wuchs als die meisten Ladys und stets eine der am elegantesten gekleideten. Auch heute Abend war ihre Erscheinung tadellos, und sie trug einen außergewöhnlichen mittelalterlichen Kopfschmuck zu einem goldenen Samtkleid mit wallenden Ärmeln. Miss Price war jedoch nicht bei ihr. Lazarus fragte sich, ob sie vielleicht tanzen würde.

Er drehte sich um, schaute zur Tanzfläche und fand sie. Sie tanzte. Auch ihre Aufmachung war spektakulär, und sie bestand aus einem smaragdgrünen Kleid mit einem passenden Reif auf dem Kopf. Ihr zobelfarbenes Haar hing ihr in einer atemberaubenden Locken- und Zopffrisur unter einem durchsichtigen Schleier über den Rücken. Lazarus stellte fest, dass ihre Kostüme bestens miteinander harmonierten, was sie natürlich gar nicht geplant hatten.

Er erkannte, wie sie die Stirn in Falten legte, während sie sich auf die Schrittfolge konzentrierte. Er ertappte sich dabei, wie er ihr leise Anweisungen zumurmelte, als könnte sie ihn hören. Wahrscheinlich hätten sie bei ihrem gestrigen Treffen tanzen üben sollen. Das würde er ihr morgen vorschlagen.

Plötzlich drehte sie sich in die falsche Richtung und stieß mit einer der anderen Personen in ihrer Gruppe zusammen. Lazarus zuckte zusammen. Er sollte sich abwenden, denn es quälte ihn, ihr zuzusehen – er wäre am liebsten zu ihr gestürzt, um sie zu retten. Dann blieb er jedoch wie angewurzelt stehen und dachte die Schritte in seinem Kopf weiter, als könnte er sie direkt in ihr Gehirn übertragen.

»Somerton.«

Als Lazarus den Kopf drehte, sah er, wie Gwens Bruder Evan auf ihn zukam. Er hatte einen fast olivfarbenen Teint wie seine Mutter und auch das gleiche tintenschwarze Haar. Auch er trug ein mittelalterliches Kostüm, auf das wahrscheinlich seine Mutter bestanden hatte.

»N'Abend, Price«, entgegnete Lazarus.

Price blieb neben ihm stehen und folgte seinem Blick. »Siehst du meiner Schwester beim Tanzen zu?«

»Nicht deiner Schwester im Besonderen, aber ich sehe sie.«

Price runzelte die Stirn. »Machst du ihr den Hof?«

Lazarus war bemüht, nichts zu verraten. Er konzentrierte seinen Blick weiter auf die Tanzfläche. »Im Moment nicht.«

»Das ist eine seltsame Antwort.« Price wandte sich ihm direkt zu. »Ich dachte, wir wären Freunde. Ich würde liebend gern erfahren, was du mit meiner Schwester vorhast.«

Lazarus stieß die Luft aus und schaute Price an, um dann mit dem Kopf in Richtung Wand zu zeigen. Schweigend wechselten sie an den Rand des Ballsaals. »Ich versuche lediglich, deiner Schwester zu helfen, indem ich ihr Aufmerksamkeit zukommen lasse. Es liegt keineswegs in meiner Absicht, ihr den Hof zu machen.«

Die goldenen Flecken in Price′ Augen schienen aufzulodern. »Sie denkt, das würdest du.«

Glaubte sie das? *Verflixt.* Lazarus warf einen Blick auf die Tanzfläche. Nein, das stimmte nicht. Das konnte sie nicht. Sie beide hatten eine Abmachung. Sie durfte nicht missverstehen, worauf sie sich geeinigt hatten. »Hat sie das gesagt?«

Price runzelte die Stirn. »Nein. Aber meine Mutter spricht ständig von deinem Interesse.«

»Deine Schwester erwartet nicht, dass ich um sie werbe. Sie weiß, dass ich ihr helfe. Ich bin nur bestrebt, Sorge dafür zu tragen, dass ihre Saison nicht zu einem Reinfall wird.«

Price blinzelte und wirkte verblüfft. »Warum machst du das?«

»Weil ich es will.«

»Es ist nur … du setzt deinen eigenen Ruf aufs Spiel, in dem du ihr so viel Aufmerksamkeit schenkst.«

»Ich habe die Zeit, die wir miteinander verbracht haben, mit Bedacht bemessen«, erklärte Lazarus. »Ich habe nicht vor, heute Abend mit ihr zu tanzen oder sie auch nur anzusprechen.« Warum hatte er sie beim Tanzen dann so angestarrt, als wäre er ein hungriges Kätzchen, das gerade eine Schale mit Sahne entdeckt hatte?

Er hatte sie nur aus Sorge beobachtet. Ihm war bloß an ihrem Erfolg gelegen.

Auf welche Weise wollte er das denn durch seine Beobachtung sicherstellen?

»Ich muss zugeben, es überrascht mich, dass du all diese Mühe auf dich nimmst, um meiner Schwester zu helfen«, meinte Evan amüsiert. »Allerdings weiß ich deine Hilfe sehr zu schätzen. Das setzt natürlich voraus, dass wirklich nichts zwischen euch beiden ist. Ohne dir zu nahe treten zu wollen, wage ich zu behaupten, dass ihr beiden nicht zueinander passen würdet.«

Lazarus wollte nach dem Grund dafür fragen, doch er kannte ihn bereits. Da war zum einen sein Ruf. Und sie tat sich durch ihre Brillanz hervor, wohingegen ihm eine generelle Zwielichtigkeit und vielleicht sogar Leichtsinnigkeit nachgesagt wurden. In Wahrheit sollte sie literarische Salons besuchen. Dort könnte es ihr aller Wahrscheinlichkeit nach gelingen, den passenden Ehemann für sich zu finden. Lazarus machte sich Gedanken, auf welche Weise er sie am besten mit Leuten aus diesen Kreisen bekannt machen könnte. Bestand für junge unverheiratete Ladys mit Heiratsabsichten überhaupt die Möglichkeit solche Salons zu besuchen?

»Du kannst versichert sein, dass ich keinerlei Absichten in Bezug auf deine Schwester hege, die auf eine Heirat hinausführen würden«, entgegnete Lazarus. »Wenn du mich jetzt bitte entschuldigst. Denn ich muss noch eine Runde drehen, damit ich heimlich Komplimente über deine Schwester machen und ihre außerordentlichen Eigenschaften hervorheben kann.«

Lazarus begab sich an das andere Ende des Ballsaals und versuchte währenddessen das hartnäckige Gefühl einer Irritation abzuschütteln, die Price mit seiner Bemerkungen hervorgerufen hatte. Stimmte es wirklich, dass er keine gute Partie für Miss Price sein konnte? Er trug immerhin den Titel eines Viscounts. Zudem mangelte es ihm auch nicht an Charme und Esprit. Er war kein *kompletter* Halunke.

Das war eine absurde Überlegung. Lazarus fühlte sich nicht gewillt, irgendjemanden zu heiraten, und auch Miss Price nicht.

Aus welchem genauen Grund war das eigentlich so?

Seine gewohnten Ausreden, er sei bislang nicht zum Heiraten inspiriert worden oder er hätte noch keine Frau getroffen, die ihn zu einer Aufgabe seines derzeitig exzessiven Lebensstils bewegt hätte, hatten nun einen leeren Klang für ihn. Den heutigen Abend sollte er am besten im Rogue's Den in den Armen der schönen Thomasina verbringen. Doch sogar das klang im Augenblick irgendwie geschmacklos.

Das lag wohl daran, dass er sich darauf konzentrieren musste, Miss Price zu unterstützen. In der nächsten halben Stunde drehte er eine Runde durch den Ballsaal und den Erfrischungsbereich. Er plauderte mit den jungen Ladys, die auf dem Heiratsmarkt waren und wo immer er konnte, ließ er über Miss Price nur Positives verlauten.

Gerade wollte er den Ballsaal verlassen und sich in das Mitgliederrefugium zurückziehen, als er zwei jungen Grünschnäbeln begegnete, von denen, soweit er wusste, zumindest einer auf der Suche nach einer Frau war. Lazarus kannte die beiden nicht näher – der größere der beiden, ein Anwalt namens Markwith, war der Gentleman, der auf Brautschau war. Den Namen des anderen, kleineren Gentleman, hatte Lazarus vergessen. Die beiden waren dem Anlass angemessen wie mittelalterliche Ritter gekleidet, allerdings ohne eine Rüstung.

»Guten Abend, Gentlemen«, sprach Lazarus sie an. »Amüsieren Sie sich auf dem Ball?«

»Erheblich mehr als auf gewöhnlichen Bällen«, entgegnete Markwith. »Ich bin erst seit kurzem Mitglied im Phoenix Club, und dies ist mein erster Ball. Wird bei diesen Veranstaltungen immer so extravagant dekoriert?«

Lazarus lachte. »Durchaus. Ich bin allerdings noch nicht hinter die Bedeutung des Podiums mit den Thronen gekommen.«

»Das Podium ist für den König und die Königin vorgesehen, die um Mitternacht gekrönt werden«, antwortete der kleinere der beiden. »Neben dem Podium können Sie Ihre Stimme für die Wahl abgeben.«

Dort stand tatsächlich ein kleiner Tisch, der von zwei Dienern flankiert wurde – oder vielmehr einem Diener und einer Dienerin, die auf der Seite arbeitete, die den Ladys vorbehalten war. Sie waren wie mittelalterliche Pagen gekleidet und beaufsichtigten eine große Schatulle. Einige der Ballgäste schrieben gerade ihren Favoriten auf die Stimmzettel.

»Haben Sie Ihre Stimme schon abgegeben?«, fragte Lazarus.

Der kleinere Mann schüttelte den Kopf. »Ich habe mich noch nicht entschieden. Zumindest nicht, was die Königin anbelangt. Natürlich werde ich für mich selbst als König stimmen.« Er lachte.

Markwith stimmte mit ein, und Lazarus lächelte.

»Ich werde für Miss Gwendolen Price stimmen«, bemerkte Lazarus. Was für ein Segen es für sie wäre, wenn sie gewählt werden würde! Er wünschte, er hätte früher von der Wahl gewusst, weil er dann eine gezielte Kampagne hätte starten können. Es war allerdings noch nicht zu spät. Anstatt sich nach oben zu begeben, würde er nun alles in seiner Macht Stehende tun, um ihr die meisten Stimmen zuzuschanzen. Den Anfang wollte er mit seinem Gang zum Wahltisch machen.

»Warum Miss Price?«, erkundigte sich der kleinere Mann. »Sie ist außerordentlich hübsch und ihre Familie genießt ein hohes Ansehen, aber haben Sie ihr einmal beim Tanzen zugesehen?« Er schüttelte den Kopf. »Sie stellt sich so ungeschickt an, wie ein betrunkener Soldat. Obendrein hat sie die kostspielige neue Weste des armen Eberforce ruiniert. Ich war bei ihm, als er sie in der Savile Row abholte.«

»Das ist nicht gerade wohlwollend«, tadelte Markwith mit einem leichten Stirnrunzeln.

Lazarus war froh, dass Markwith etwas gesagt hatte, denn auf diese Weise konnte er sich einen Moment Zeit nehmen, um seine eigene Antwort zu formulieren. Ansonsten wäre er dem kleineren der beiden an die Gurgel gegangen. »Ich habe mit Miss Price getanzt, und sie ist eine reizende Partnerin. Sie ist außerordentlich intelligent und über die Maßen geistreich. Sie werden keine ansprechendere Partnerin auf der Tanzfläche finden.«

»Intelligent, sagen Sie?«, fragte Markwith. »Genau das, was mich an einer Braut am meisten interessiert. Ich werde ihr unverzüglich meine Aufwartung machen.«

»Schieb mir nicht die Schuld zu, falls sie dir auf den Fuß tritt«, meinte der kleinere Gentleman. Dann lenkte er seinen Blick auf Lazarus. »Ich will Miss Price nicht herabsetzen. Es ist leider eine Tatsache. Einer meiner Freunde hat den gesamten nächsten Tag hinken müssen, nachdem er vor ein paar Wochen mit ihr getanzt hatte.«

Lazarus wollte einwenden, dass das unmöglich war, doch das konnte er nicht, da er über den Vorfall nichts Genaues wusste. »Sie mit einem betrunkenen Soldaten zu vergleichen, ist per sé eine Verunglimpfung.« Er warf dem Mann einen bösen Blick zu. »Bessern Sie sich.«

Lazarus nickte Markwith zu und schlenderte in Richtung des Wahltisches. Er besänftigte seine Verärgerung, indem er sich vorstellte, wie erfreut der Mann wäre, wenn er Zeit mit Miss Price verbrachte und dabei selbst feststellen würde, dass sie sehr klug war. Vielleicht wäre ja Markwith derjenige, der sie bezaubern und erobern würde.

Anstatt Lazarus zu beruhigen, besaß dieser Gedanke leider die gegenteilige Wirkung. Er fachte seinen Unmut an.

Oder er weckte seine Eifersucht.

Es stand ihm nicht zu, eifersüchtig zu sein. Er würde Markwith und andere Gentlemen wie ihn auf Miss Price aufmerksam machen. Das war seine Abmachung mit ihr.

Lazarus sah sich suchend nach Miss Price um, ohne sie jedoch entdecken zu können. Das Set war zu Ende, doch es bestand die Möglichkeit, dass sie bereits ein anderes tanzte. Vielleicht hatte ein glücklicher Gentleman sie auch zu einer Promenade in den Garten geführt.

Am Wahltisch notierte er seine Wahl sorgfältig auf ein Stück Papier, das er dann in den Schlitz der bereitstehenden große Schatulle schob. Die nächste Viertelstunde verbrachte er dann damit, anderen den Vorschlag schmackhaft zu machen, für Miss Price zu stimmen. Anschließend forderte er alle Freunde und einige Bekannte auf, für Miss Price zu stimmen, falls sie es noch nicht getan hätten.

Damit zufrieden, genug getan zu haben und mit dem Gefühl, vollkommen ausgedörrt zu sein, machte er sich auf den Rückweg zur Tür, die zur Seite der Gentlemen des Clubs führte. Er schlüpfte durch die durch einen Vorhang verdeckte Schwelle und erkannte sofort einen Hauch von grüner Seide.

Miss Price trug grün.

Lazarus trat in eine Nische und hielt kurz inne, denn Miss Price hatte sich darin versteckt. »Was machen Sie hier?«, flüsterte er eindringlich. »Sie dürfen sich in diesem Teil des Clubs nicht aufhalten.«

Sie sah zu ihm auf, und obwohl sie im Schatten standen, konnte er ihre dunklen Augen erkennen. »Ich weiß, aber ich hatte von einem geheimen Zugang zur Seite der Gentlemen gehört, und ich dachte, ich könnte ihn finden.«

»Zu welchem Zweck?«

Als sie daraufhin ihre Schulter hochzog, stahl sich ein

verlegener Ausdruck in ihre Züge. »Ich wollte mich nur mal umsehen.«

»Man würde Sie erwischen. Eine Frau, und insbesondere eine Schönheit wie Sie heute Abend fällt auf.«

Sie schlug den Blick nieder. »Finden Sie, dass ich schön aussehe?«

Ihr smaragdfarbenes, in einem mittelalterlichen Stil gehaltenes Kleid war atemberaubend, wobei der ovale Ausschnitt einen vorzüglichen Rahmen für ihr Schlüsselbein bildete. Eine Perlenkette schimmerte auf ihrer glatten Haut. Es waren jedoch ihre dunklen Locken, die ihn fesselten. Er verzehrte sich danach, sie zu berühren und zu fühlen, ob sie wirklich so weich waren, wie sie aussahen. Bei ihrem Anblick mit dem offenem Haar, fiel es ihm leichter, sie sich entkleidet vorzustellen. Was er tunlichst unterlassen sollte.

»Objektiv gesehen sind Sie wunderschön«, antwortete er, wobei er allerdings fand, dass seine Stimme ein wenig steif klang. Das schob er allerdings auf die Anspannung, hier mit ihr allein zu sein und es war nicht nur so, dass sie an einem Ort war, an dem sie nicht sein sollte – auf der Männerseite des Clubs –, sondern sie standen zusammen in einer dunklen Nische, wo Lazarus sich einen Kuss oder eine Liebkosung stehlen könnte.

Himmel, er war allen Ernstes in Versuchung.

Auf eine für ihn unerklärliche Weise duftete sie wie ein strahlender Sommertag nach Sonne und Zitrusfrüchten.« Kurz schloss er die Augen und sog ihren Duft in seine Nase, ließ ihn auf sich wirken und befriedigte seine Sinne.

Schnell wurde aus der Versuchung schiere Verzweiflung.

»Sie müssen zum Ball zurückkehren«, raunte er.

»Sie können mich begleiten.«

»Nein, von hier aus kann ich das nicht. Sie können von

Glück sagen, wenn es Ihnen gelingt, sich unbemerkt in den Ballsaal zurückzuschleichen.«

»Da haben Sie wohl recht.« Sie seufzte. »Mein Vorhaben war wirklich nicht durchdacht. Es ist nur so, dass ich eine Verschnaufpause gebraucht habe. Der Abend ist sehr anstrengend. Noch nie habe ich so viel getanzt.«

»Ich bin erfreut, das zu hören.« Doch sogleich machte sich dieser lästige Stachel der Eifersucht wieder bemerkbar.

»Nun ja, es war nicht alles perfekt. Noch immer bin ich eine furchtbare Tänzerin, doch es ist mir wenigstens gelungen, nur zweimal jemanden anzurempeln und nur einmal bin ich jemandem auf die Füße getreten. Dann habe ich auch einmal die Schritte vergessen. Vielleicht ist es auch zweimal passiert.« Sie klang so bezaubernd besorgt und doch war sie es auch nicht. Es war, als wüsste sie, dass sie ihren geringen tänzerischen Fähigkeiten keine große Bedeutung beimessen sollte, aber letztendlich gelang ihr dies nicht ganz. Ihn beschlich das Gefühl, als wäre sie bestrebt, Letzteres vor den meisten Leuten zu verheimlichen. Allerdings galt das nicht für ihn.

Anscheinend waren sie beide ehrlich zueinander.

»Ich möchte Ihnen noch sagen, dass ich mit Ihrem Bruder gesprochen habe«, meinte Lazarus, indem er die Ehrlichkeit erwiderte. »Vielmehr war es so, dass er mich ansprach und sich erkundigte, ob ich Ihnen den Hof mache. Ich hielt es für unumgänglich, ihn darüber zu informieren, dass dies nicht der Fall ist, und ich Ihnen stattdessen behilflich bin, Verehrer anzulocken.«

»Ich bedauere, dass Sie in solch eine Situation geraten sind«, entgegnete sie. »Mir ist bekannt, dass Evan und Sie Freunde sind. Ich verspreche, schnellstmöglich mit meiner Mutter zu reden und ihr zu erklären, dass Sie mir geholfen haben und Ihr Interesse nur vorgetäuscht ist.«

»Das klingt beinahe gefühllos«, murmelte er, wobei er insgeheim dachte, dass sein *Interesse* in diesem Moment beinahe schmerzhaft echt war.

Sie legte ihre bloße Hand – denn Handschuhe gehörten nicht zu ihrem Kostüm – sanft auf seine Brust. Lazarus sog bei dieser Berührung die Luft ein. Unmöglich konnte sie eine Ahnung haben, was ihre unschuldige Berührung auf einmal in ihm bewirkte. Alle erdenklichen leidenschaftlichen Gedanken schossen ihm durch den Kopf und dazu noch stellte sich eine Hitze ein, die seinen Körper erfasste. Sein Schaft begann hart zu werden.

Das war *schrecklich*.

»Sie sind nicht gefühllos«, stellte sie fest, und als ihr Blick auf seinen traf, hielt sie ihn fest. »Ihnen habe ich den Wandel meines Schicksals zu verdanken. Morgen werde ich mindestens zwei Bewerber haben, und somit könnte also gut möglich sein, dass unsere List beinahe zu Ende ist.«

Eine aufkommende Panik wollte Besitz von ihm ergreifen. Sie konnten noch nicht miteinander fertig sein. Gerade erst hatte sie begonnen, ihm bei der Verbesserung seiner Lesestörung behilflich zu sein.

»Das muss allerdings nicht heißen, dass ich Sie nicht weiter unterrichten werde«, meinte sie rasch. »Auf jeden Fall werde ich Ihnen weiter helfen, ganz gleich, wie lange wir brauchen werden.«

Lazarus stellte sich vor, wie sie mit einem anderen verheiratet war und sich aber weiterhin heimlich mit ihm traf. Das würde unglaublich riskant sein. Unter keinen Umständen würde er dies von ihr verlangen.

Nun musste sie aber dringend zum Ball zurückkehren. »Sie müssen gehen«, drängte er.

»Ja.« Sie löste ihre Hand von seiner Brust und verließ

die Nische. Dann trat er genau in dem Moment heraus, als sie durch den Vorhang schlüpfte.

Er wollte ihr folgen, doch dann hielt er sich zurück. Alsdann hörte er ihren Namen im Ballsaal laut werden.

Sie war zur Königin gewählt worden!

Lazarus kehrte ebenfalls in den Ballsaal zurück, wobei er sich jedoch im Hintergrund hielt. Wäre ihr Name auch nur einen Moment früher gerufen worden, dann hätte sie ihn vielleicht nicht gehört. Jemand würde sich auf die Suche nach ihr begeben haben, und damit hätte das Unglück zugeschlagen, denn sie war zusammen mit ihm in einem Versteck gewesen.

Miss Price schritt auf das Podium zu, auf dem Lord Lucien stand. Er half ihr auf die Bühne und blickte dann noch einmal in den Ballsaal. »Und unser König ist der Viscount Somerton!«

Verdammter Mist. Nicht ausgerechnet *er* hätte das werden sollen. Warum war es dann so?

»Gehen Sie nicht zum Podium?«, fragte jemand zu seiner Linken.

Lazarus durchquerte den Ballsaal und gesellte sich zu den anderen auf die kleine Bühne. »Guten Abend, Lord Lucien«, murmelte er.

»Versuchen Sie doch bitte nicht, den Eindruck zu erwecken, als seien Sie auf dem Weg zum Galgen«, meinte Lord Lucien lächelnd.

Lazarus hob die Mundwinkel und ließ seinen Blick durch den Ballsaal schweifen.

»Viel besser«, flüsterte Lord Lucien. »Zeit für die Krönung!«, verkündete er. »Schauen Sie nur, wie wunderbar Sie harmonieren. Es hat ganz den Anschein, als hätten Sie das mit Ihren aufeinander abgestimmten Kostümen im Voraus geplant.«

So sah es wirklich aus. Das wäre Miss Price bei ihren

potenziellen Verehrern keine Hilfe, jedenfalls nicht, wenn diese sie als bereits vergeben wähnten.

Als Lord Lucien in den Hintergrund auf dem Podium trat, stellte sich Lazarus zu Miss Price. Sie lächelte breit.

»Das ist eine Überraschung«, freute sie sich mit vor Begeisterung geröteten Wangen.

»So ist es.« Lazarus sorgte sich indessen weiter über den Eindruck, den die ganze Situation machte. Ihm war nicht daran gelegen, dass man sie für ein Paar hielt oder die Leute ihre Verlobung für eine vollendete Tatsache erachteten. Er wollte erreichen, dass die Gentlemen, die ihren Besuch morgen bei Miss Price angekündigt hatten, sie auch tatsächlich aufsuchen.

Aber was sollte er diesbezüglich unternehmen? Sollte er seinen Entschluss, nicht um sie zu werben, etwa öffentlich bekanntgeben?

Wenn er ihr nur nicht wieder in den Ballsaal gefolgt wäre. Er hätte die Flucht aus dem Club ergreifen sollen, sobald er gehört hatte, wie sein Name aufgerufen worden war, denn damit hätte er die ganze Situation einfach vermeiden können.

Im Nachhinein betrachtet, hätte er unverzüglich den Rückzug antreten sollen, sobald Lord Lucien seinen Namen ausgerufen hatte, aber den umstehenden Menschen war seine Anwesenheit nicht entgangen. Seine Flucht hätte Fragen laut werden lassen. Aller Wahrscheinlichkeit nach hätte dies auch kein gutes Licht auf Miss Price geworfen.

»Nehmen Sie beide Ihren Thron ein, wenn es Ihnen beliebt«, wies Lord Lucien sie an.

»Spielt es eine Rolle, welchen?«, fragte Miss Price und betrachtete beide Stühle.

Einer der beiden war ein wenig größer und breiter als

der andere. »Meiner Vermutung nach ist der größere für den König vorgesehen«, meinte Lazarus.

»So ist es«, entgegnete Lord Lucien mit tiefer Stimme. Dabei hielt er eine bemalte Holzkrone in der Hand. »Nehmen Sie bitte Platz, damit ich Ihnen Ihre Krone aufsetzen kann.«

Lazarus wartete, bis Miss Price ihren Platz eingenommen hatte, um sich dann neben sie zu setzen. Das war wirklich albern.

»Ich kröne Euch zum König Somerton des Reiches«, verkündete Lord Lucien laut, als er Lazarus die Krone auf das Haupt setzte. Dann blickte Lazarus zu Lord Lucien hinüber, der nun die Krone der Königin in den Händen hielt. Sie war deutlich filigraner. Doch wie sollten sie beide sich mit gekrönten Häuptern fortbewegen? Bestimmt würden die Kronen herunterfallen.

Lord Lucien setzte Miss Price die Krone auf den Kopf. »Ich kröne Euch zur Königin Gwendolen des Reiches.«

»Passt sie über den Haarreif?«, fragte Miss Price lachend. Sie neigte den Kopf, als ob sie die Krone sehen könnte, und alles geriet ins Wanken.

»Vorsicht«, warnte Lazarus.

Sie streckt die Hand nach oben und berührte die Krone. »Hoffentlich fällt sie nicht herunter. Ich könnte jemanden verletzen.« Nach ihrem Lächeln und dem Funkeln in ihren Augen zu urteilen, meinte sie das als Scherz. Lazarus wollte allerdings nicht, dass sie sich für eine wandelnde Bedrohung hielt.

»Das werden Sie nicht«, versicherte er ihr. »Halten Sie Ihren Kopf einfach erhoben. Schauen Sie auf alle herab, als ob sie Ihre Untertanen wären. Was sie für den restlichen Abend ja auch sind.« Er grinste sie an.

Mit hochmütiger Miene musterte sie nun die vor dem

Podium versammelte Menge und blickt von oben auf sie herab. Dann konnte sie ihr Kichern nicht zurückhalten, und die Wirkung war dahin.

Lazarus lachte auch. »Sie haben sie beherrscht, bis Sie Ihren Humor nicht mehr im Zaum halten konnten.«

»Das ist alles so albern. Aber auch irgendwie ... wunderbar.« Sie sah ihn von der Seite an. »Ich bin froh, dass ich das mit Ihnen erleben kann.«

Damit befanden sie sich auf gefährlichem Terrain. Lazarus sollte dringend die Flucht ergreifen, doch da er König war, wurde aller Wahrscheinlichkeit nach von ihm erwartet, dass er ausharrte. Verflixt, aber so hatten sich die Dinge nicht entwickeln sollen.

»Dort ist meine Mutter«, bemerkte Miss Price leise. »Sie wirkt so glücklich.« Dann drehte sie ihren Kopf zu Lazarus und erwiderte seinen Blick mit tiefer Dankbarkeit. »Danke.«

Sie konnte unmöglich wissen, was er unternommen hatte, damit sie Königin wurde. »Das haben Sie verdient«, antwortete er.

»Ich weiß nicht, ob dem wirklich so ist, aber ich weiß dies sehr zu schätzen. Von so etwas habe ich noch niemals zu träumen gewagt.«

»Und nun werden wir mit dem Tanzen fortfahren«, erklärte Lord Lucien. »Ein Walzer, der von unserem König und unserer Königin angeführt wird.«

Jetzt sollte er mit ihr Walzer tanzen? Lazarus stöhnte innerlich, obwohl sein Körper bei dem Gedanken, sie in die Arme zu schließen, in freudige Erregung geriet.

Er erhob sich und reichte ihr die Hand. »Meine Königin«, murmelte er.

Sie legte ihre bloße Hand in seine, und die Verbindung besaß die Wirkung eines Blitzschlags. Er wusste nicht wie, aber es gelang ihm, keine äußerliche körperliche Reaktion zu zeigen. Doch im Gegensatz zu dem Blitz, der ihn niedergestreckt hätte, wollte er sie an sich ziehen und seine Lippen auf ihr verlockendes Schlüsselbein drücken.

Als er sie vom Podium führte, setzte sie ihren Fuß auf die erste Stufe. Dann verfing sich ihr anderer Fuß in ihrem Kleid und Lazarus umklammerte ihre Hand fester und hielt sie aufrecht. »Alles in Ordnung?«

»Ja. An diese Art von Kleid bin ich nicht gewöhnt. Der Rock ist eine Idee zu lang, und dann ist da auch noch die Schleppe. Das ist eine Gefahr, müssen Sie wissen.« Sie schenkte ihm ein Lächeln, und um ein Haar wäre Lazarus ins Stolpern geraten.

Sobald sie das Podium ohne weitere Zwischenfälle sicher verlassen hatten, führte er sie in die Mitte der Tanzfläche. »Wie steht es um Ihren Walzer?«, fragte er.

»Er ist genauso gut, wie Sie vermuten«, entgegnete sie mit einem schiefen Lächeln, als sie ihre Plätze einnahmen.

Lazarus drückte seine Hand auf ihren Rücken. »Schauen Sie mich einfach an und halten Sie sich fest. Ich werde Sie einfach ganz fest führen.«

»Was ist mit meinen Füßen? Sie können mich doch nicht einfach hochheben und über die Tanzfläche tragen.«

»Das könnte ich, wenn ich müsste.«

Sie lachte, und er konnte sich ein Grinsen nicht verkneifen. »Ganz bestimmt werde ich Ihnen auf die Füße treten, also entschuldige ich mich lieber jetzt.«

»Denken Sie nicht zu viel. Machen Sie kleine Schritte. Ich werde den Schwung für uns beide beisteuern. Und niemand wird Ihre Füße sehen, denn, wie Sie schon sagten, ist der Rock zu lang. Sorgen Sie sich also nicht darüber, was die Leute sehen könnten.«

»Da haben Sie recht, aber wir sind hier die Einzigen.

Alle schauen zu.« Sie blickte sich auf der leeren Tanzfläche um. »Warum tanzt denn sonst niemand?«

»Vermutlich gebührt der Moment nur dem König und der Königin.« Wieder befürchtete Lazarus, dass dies alle Aussichten für Miss Price ruinieren könnte.

Die Musik setzte ein, und Lazarus schwang sie in den Tanz. Sie behielt ihren Blick mit seinem verhaftet, und es dauerte nicht lange, bis er merkte, dass er die Schritte im Kopf mitzählen musste, um sich nicht vollständig in ihren Augen und ihren Armen zu verlieren.

Wie war es dazu gekommen? Heute Abend hatte er nicht einmal die Absicht gehabt, mit ihr zu sprechen, und nun war er der König für seine Königin, und hielt sie in seinen Armen, während der ganze Ballsaal zusah.

Zum Glück hatten inzwischen auch andere Paare zu tanzen angefangen. Er spürte, wie sie sich in seinen Armen entspannte. Dann trat sie ihm auf den Fuß.

Sie errötete leicht. »Tut mir leid.«

»Sie müssen sich nicht entschuldigen. Hören Sie zu, denn nach dem Tanz werde ich nicht mehr mit Ihnen sprechen. Ich werde mit anderen Frauen flirten und versuchen, die Leute stillschweigend davon zu überzeugen, dass wir nicht umeinander werben.«

Ihre wunderschönen Augen rundeten sich kurz. »Nehmen die Leute etwa an, dass wir das tun?«

»Meiner Vermutung nach wird es einige geben, die zu diesem Schluss gelangen, denn dies ist nicht unser erster Tanz und obendrein sind wir im Park spazieren gegangen. Jetzt sind wir hier König und Königin des Mittelalterballs in passender Kostümierung.«

»Das sieht wirklich ... verdächtig aus.«

»Sie sollten versuchen, Dinge zu sagen, die Ihre Freude darüber zum Ausdruck bringen, viele Gentlemen kennen-zulernen. Sagen Sie alles, was Sie nur können, um zu betonen, dass Sie nicht vergeben sind, denn das wird Ihnen sehr helfen. Und wenn es Ihnen gelingt, die beiden Gentlemen zu sprechen, die ihren Besuch morgen angekündigt haben, dann berufen Sie sich noch einmal darauf, wie sehr Sie sich darauf freuen.«

Sie nickte. »Das werde ich tun.« Dann wurde ihr Blick wieder weicher. »Sie waren so unglaublich freundlich und hilfsbereit. Wenn es mir gelingt, einen Heiratsantrag zu bekommen, dann habe ich das nur Ihnen zu verdanken.«

»Blödsinn. Ich mag einen kleinen Beitrag geleistet haben, aber wenn die Gentlemen Sie erst einmal ein wenig kennen, und merken, wer Sie wirklich sind, werden sie die Augen nicht davor verschließen können, dass Sie ein funkelnder Diamant sind, und diese Gentlemen werden sich glücklich schätzen, dass sie sich für Sie entschieden haben.« Lazarus wurde bewusst, dass er von sich selbst sprach. Sie *war* ein Diamant, und das hätte er niemals erkannt, wenn er sich nicht die Zeit genommen hätte, dies zu entdecken.

Er musste wirklich Abstand zwischen ihnen schaffen. Allerdings wäre er morgen schon wieder allein mit ihr, wenn sie sich zu einer weiteren Unterrichtsstunde im Lesen treffen.

Die Musik endete, und er begleitete sie von der Tanzfläche. »Danke«, sagte sie. »Für alles. Ich sehe Sie dann morgen.«

Enthusiasmus funkelte in ihren Augen, doch ihm war nur zu bewusst, dass er nicht mit seinen übereinstimmte. Sie war eifrig dabei, ihm das Lesen zu erleichtern, während er nur all die Möglichkeiten durchdachte, wie er sie berühren konnte, wenn sie morgen allein waren. Er war schlimmer als ein Halunke. Aber er würde sich im Zaum halten.

Etwas anderes kam einfach nicht in Frage.

»Genießen Sie den restlichen Abend, Miss Price.« Damit verbeugte er sich und ging davon.

Dann verbrachte er seine restliche Zeit auf dem Ball damit, mit jeder Frau zu flirten, der er begegnete. Noch nie hatte er sich so ausgehöhlt gefühlt.

KAPITEL 6

Am darauffolgenden Tag nach dem Ball im Phönix-Club kam Gwen bereits vor Somerton beim Haus von Tamsin und Isaac an. Sie wurde von Tamsin in die Bibliothek begleitet, um dort auf Somertons Ankunft zu warten. Auf ihrem Weg dorthin erzählte Gwen ihrer Freundin, dass sie zur Königin des mittelalterlichen Balls im Phoenix Club auserkoren worden war.

»Ach, ich wünschte, ich wäre dabei gewesen«, meinte Tamsin. »Es war bestimmt spektakulär.«

»Das Ereignis hat meine Vorstellungskraft überstiegen.« Gwen fühlte sich noch immer ganz schwindelig – und das nicht nur, weil sie im Mittelpunkt der Aufmerksamkeit aller gestanden hatte, sondern weil ihre Mutter so glücklich war. Mehr hatte Gwen nicht gewollt. Den Stolz und die Freude in den Augen ihrer Mutter zu erkennen, hatte ihr alles bedeutet. »Und heute hatte ich *drei* Besucher.«

Tamsin strahlte sie an. »Das ist wunderbar, Gwen! Es scheint, als würde der Plan mit Somerton funktionieren.«

»Ja, ich kann es kaum fassen.«

Gwen stellte ihre Tasche auf dem Tisch ab, bevor sie sich zu Tamsin umdrehte.

»Erzähl mir von deinen Besuchern«, bat Tamsin und ging auf die Sitzgruppe zu.

Sie setzten sich zusammen auf das Sofa, und Gwen berichtete ihr von jedem einzelnen, wobei sie mit Mr. Thaddeus Markwith den Anfang machte. Bevor sie jedoch zu Ende erzählen konnte, erschien Somerton.

»Von dem letzten erzähle ich dir später«, meinte Gwen zu Tamsin, als sie aufstanden.

»Der letzte was?«, fragte Somerton gutgelaunt, als er in die Bibliothek schritt. Heute trug er einen flaschengrünen Frack, eine braun-goldene Weste und dunkelbraune Kniehosen, die bei jedem anderen Mann eine Vielzahl von Unvollkommenheiten offenbart hätten.

»Meine heutigen Besucher.« Gwen lächelte ihn breit an. »Dank Ihnen hatte ich drei!« Sie lachte und konnte ihre Freude nicht zurückhalten. »Meine Mutter war außer sich. Es hat sie nicht einmal interessiert, als ich ihr eröffnete, dass Sie mir eigentlich gar nicht richtig den Hof machen.«

»Ich freue mich, das zu hören. Sollen wir anfangen?« Er blickte zu Tamsin.

»Tut mir leid, Cousin!«, meinte Tamsin zum Viscount. »Ich bin schon auf dem Weg hinaus.« Damit drehte sie sich um und schritt aus der Bibliothek, wobei sie die Tür hinter sich schloss.

Sobald sie allein waren, betrachtete Somerton Gwen einen Moment. »Drei Besucher also?«

»Ja, können Sie das glauben? Mir will das einfach nicht gelingen.«

»Das kann ich ganz bestimmt«, entgegnete er. »Nun benötigen Sie meine Hilfe vermutlich nicht mehr.«

»Ich bin mir nicht sicher ob ich so weit gehen würde, doch es stellt ganz sicher eine enorme Verbesserung dazu dar, wie ich vor einer Woche dastand. Ich kann Ihnen nicht genug danken.« Sie ging auf ihn zu und wollte ihn umarmen, doch im letzten Moment hielt sie sich zurück.

Er kniff kurz die Augenbrauen zusammen. »Was ist?«

»Ich wollte Sie umarmen, doch dann ist mir klargeworden, dass das wohl unangemessen wäre.«

»Wäre es denn noch intimer als ein Walzer?«, fragte er daraufhin mit seinem typischen koketten Lächeln.

»Flirten Sie etwa mit mir?«, stichelte sie.

Ein nüchternerer Ausdruck trat in seine Züge, was seinem gutem Aussehen allerdings keinerlei Abbruch tat. Gwen war sich nicht sicher, ob er dieses auch dann noch behielt, wenn er sich im Schlamm suhlte. »Wahrscheinlich. Und das sollte ich nicht tun.« Als er den Blick nun von ihr abwandte, konnte sie eine Veränderung in ihm spüren.

»Was stimmt nicht?«

»Ich sorge mich, dass wir uns wahrscheinlich nicht mehr so oft treffen können, wenn Sie meine Hilfe nicht mehr benötigen. Wegen meines ... Problems.«

Gwen berührte ihn am Ärmel, und wieder trafen sich ihre Blicke. Sie konnte das Aufflackern seiner Besorgnis in seinen ausdrucksstarken grünen Augen erkennen. »Ich werde Ihnen helfen – und zwar jetzt und solange Sie Hilfe benötigen.«

Der Moment zwischen ihnen zog sich in die Länge und Gwens Puls schlug schneller. Es lag an irgendetwas, das der Viscount an sich hatte, und jedes Mal bekam sie davon ... ein anderes Gefühl. Wenigstens war es nicht mit dem Gefühl vergleichbar, das andere Gentlemen in ihr hervorriefen. Lag es daran, dass er ein Halunke war? Welchen Grund auch immer das hatte, war seine Aufmerksamkeit einfach aufregend. Selbst wenn es sich dabei nur um eine List handelte. Seine Anwesenheit reichte schon aus, um ihr Herz höherschlagen zu lassen.

Er zog eine dunkelblonde Braue hoch. »Wird Ihr Verlobter nichts gegen unsere heimlichen Treffen einzuwenden haben?«

Sie lächelte über seinen Sarkasmus – sie hielt es zumindest für Sarkasmus – und wich von ihm zurück. »Ich habe keinen Verlobten, und somit sollten wir das Pferd nicht von hinten aufzäumen. Kommen Sie, fangen wir an. Wir haben nur eine Stunde Zeit.«

Somerton hielt ihr den Stuhl, als sie sich setzte. Gwen beugte sich zu ihm, als er Platz nahm. »Wie ist es mit Ihren Schreibübungen gelaufen?«, erkundigte sie sich.

»Langsam. Den ersten Teil habe ich sechsmal abgeschrieben. Drei Mal pro Abend.«

Gwen war beeindruckt. »Wie lange haben Sie dafür gebraucht?«

Er schaute an die Decke und verzog das Gesicht, als würde er nachdenken. »Ich weiß es ehrlich gesagt nicht. Je öfter ich die Übung wiederholte, umso schneller ging es.«

»Das ist hervorragend! Genau das wollen wir erreichen, damit es einfacher wird.« Sie holte einen Bogen Papier aus ihrer Tasche. »Heute möchte ich zuerst am Lesen arbeiten, und anschließend können wir uns dann mit Ihrer Rede beschäftigen. Wie hört sich das an?«

Er lehnte sich gegen die Stuhllehne zurück. »Ich füge mich wie immer Ihren Vorschlägen.«

Seine Art, diese Worte zu betonen und dazu die Art, wie er sie mit seinem Blick zu verschlingen schien, ließ sie erschaudern. Sie hatte keinerlei Mühe, zu verstehen, wie es ihm gelang, sich bei nahezu jeder Frau einen Kuss zu stehlen. Obwohl Gwen einigermaßen sicher war, dass er sie nicht zu stehlen brauchte. Er würde sie freiwillig von den Frauen bekommen.

Hieß das etwa, dass sie ihn küssen wollte?

Sie musste gestehen, dass sie neugierig war. Noch nie

hatte sie jemanden geküsst, und sie stellte sich vor, dass die Erfahrung mit Somerton überwältigend sein musste.

Sie musste auf der Stelle aufhören, an solche Dinge zu denken! Es gab freundliche Gentlemen, die ihr Interesse gezeigt hatten, wenn auch noch keiner um sie warb, und sie gab Somerton Unterricht – das war alles.

»Miss Price?«, stieß er hervor und riss Gwen aus ihren abschweifenden Gedanken. »Hängen Sie etwa Ihren Gedanken nach?«

»Ich fürchte, ja«, antwortete sie, wobei sie den Kopf schüttelte, als ob sie ihn damit frei bekommen könnte. Sie musste sich auf ihre gegenwärtige Aktivität konzentrieren – die darin bestand, dem Viscount zu helfen. Sie legte das Papier vor ihm auf den Tisch und sagte: »Wir werden jetzt das Lesen üben. Ich habe für heute ein neues Gedicht ausgesucht, das ich auf eine bestimmte Weise auf dieses Papier abgeschrieben habe. Ich habe Wörter unterstrichen, von denen ich glaube, dass Sie sie schon kennen, und andere in Teile zerlegt, damit sie leichter zu lesen sind. Ich weiß nicht, ob das funktionieren wird, aber ich hielt die Idee für einen Versuch wert.«

Somerton nickte, während er sich auf das Papier vor ihm konzentrierte. »Sie haben das sehr gut vorbereitet.«

»Natürlich.«

Er sah zu ihr hinüber, und sein Gesichtsausdruck war … ehrfürchtig? »Ich danke Ihnen.«

»Es ist mir ein Vergnügen. Ich freue mich, dass wir uns gegenseitig helfen können. Sie waren so wundervoll. Der gestrige Abend war besonders hervorragend. Ich glaube, Ballkönigin zu werden hat alles für mich zum Besseren verändert.« Sie legte den Kopf schief. »Hatten Sie dabei etwa ihre Hand im Spiel?«

Er zuckte mit den Schultern. »Ich habe die Schatulle bestimmt nicht mit Stimmzetteln für Sie gefüllt. Vielleicht habe ich einigen Leuten suggeriert, dass Sie eine gute Wahl wären.«

Ihr Herz machte einen Sprung. So viel hatte er für sie getan. »Für einen Halunken sind Sie sehr nett.«

Er runzelte die Stirn. »*So* nett bin ich nicht. Denken Sie daran, dass ich Ihnen helfe, weil Sie mir im Gegenzug helfen.«

»Was könnte dagegen einzuwenden sein?«, argumentierte Gwen. »Wir profitieren beide davon, wie es auch vereinbart war. Hoffentlich wissen Sie, dass ich Sie als Freund betrachte.«

»Ich betrachte Sie auch als meine Freundin. Sie dürfen allerdings nicht vergessen, wer ich in Wirklichkeit bin, Miss Price – ein Halunke, der eine Abmachung einhält.« Ihre Blicke verschmolzen und wieder erschauderte sie. »Es mag eine Zeit kommen, in der Sie sich von mir trennen wollen«, fuhr er fort. »Und ich werde es Ihnen niemals verübeln, wenn Sie das tun.«

Er sprach so freimütig. Fast hörte es sich so an, als würde er ihr ein Versprechen geben.

Abrupt richtete er seine Aufmerksamkeit auf das vor ihm liegende Schriftstück. »Sollen wir anfangen?«

»Ja.« Inzwischen hatten sie wirklich schon zu viel Zeit mit Plaudern vergeudet anstatt sie dem Lesen zu widmen. Daran trug allein sie die Schuld. Heute fand sie den Viscount ganz besonders ablenkend.

Somerton holte tief Luft und fing zu lesen an. Gwen verdrängte alle anderen Gedanken, obwohl sich ein Gefühl nicht ganz beiseiteschieben ließ, und zwar dass ihre Freundschaft mehr als ein Geschäft war, da konnte er sagen, was er wollte. Und keinesfalls konnte sie sich vorstellen, ihre Freundschaft zu beenden, aus welchem Grund auch immer.

Später am Abend saß Lazarus in einem schummrigen Winkel des Schankraums im Siren's Call und genehmigte sich einen Humpen Ale. Leider war ihr Stammtisch bereits besetzt.

Er war mit dem Verlauf seines Treffens mit Miss Price zufrieden, obwohl er sich ein bisschen frustriert gefühlt hatte, als sie am Auswendiglernen seiner Rede gearbeitet hatten. Er war der Meinung gewesen, die ersten paar Zeilen bereits gut zu beherrschen, da er sie ja so oft abgeschrieben hatte, doch mit der mündlichen Widergabe hatte er sich schwergetan.

Miss Price war ihm eine unerschütterliche Unterstützung gewesen, die ihn mit ihrer ruhigen Art von einer Kapitulation abgehalten hatte. Bis ihre Stunde abgelaufen war. Ihr nächstes Treffen war für übermorgen geplant. In der Zwischenzeit hatte er die Aufgabe, seine Schreibübungen fortzusetzen. Zudem hatte er sich vorgenommen, die von ihr angewandte Technik des Unterstreichens bestimmter Wörter und die veränderte Darstellung anderer Wörter anzuwenden und sie in einzelne Segmente zu zerlegen.

Inzwischen hatte er bereits die Hälfte der Rede neu geschrieben. Das hatte ihn den gesamten Abend gekostet. Somit war er zu dem Schluss gekommen, dass er sich einen Humpen Ale im Siren's Call und eine Erholungspause mit seinen Freunden verdient hatte. Diese waren allerdings nicht hier, und Lazarus fühlte sich über sein Alleinsein gar nicht unzufrieden.

Zwei Gentlemen traten gerade aus einem der Spielsäle, und Lazarus erkannte seinen Freund Shefford in Begleitung von Bedingfield, der sich ihrer Gruppe gelegentlich anschloss. Während Bedingfield den Raum mit Blicken absuchte, lachte Shefford kurz auf, ehe dann Lazarus in sein Blickfeld geriet.

Shefford machte eine Bemerkung zu Bedingfield, der zur Tür weiterging. Shefford drehte sich um und kam auf den Tisch zu, an dem Lazarus saß. »Warum setzt du dich klammheimlich in diesen schummrigen Winkel?«

Lazarus zog eine Augenbraue hoch und legte seine Hände um seinen Humpen. »Klammheimlich? Ich bin nicht Droxford. Ich wollte ein Ale.«

»Nun, dann trink es aus und begleite uns in das Rogue's Den. Bedingfield besorgt eine Droschke.«

Lazarus konnte nicht den geringsten Gefallen daran finden, sich in eine Droschke zu quetschen und den Abend mit Ausschweifungen zu verbringen. Sein Gehirn war von der ganzen Arbeit erschöpft, die es heute geleistet hatte, und er wollte einfach ... gar nichts tun.

»Danke für die Einladung, aber ich verzichte heute Abend.«

Shefford ließ sich auf den Stuhl ihm gegenüber nieder. »Was ist los? Du siehst wie Droxford aus – zumindest vor seiner Hochzeit. Ich wage fast zu behaupten, dass dein Ausdruck etwas Verdrießliches hat.« Sein Gesicht verzog er dabei zu einer Grimasse, als hätte er gerade eine schreckliche Nachricht überbracht.

»Es ist gar nichts los. Ich habe einen langen Tag hinter mir, und ich bin erschöpft. Wir sind heute Morgen sehr früh im Park ausgeritten, oder erinnerst du dich nicht?«

»Ich erinnere mich, wie ich mich auch an das wundervoll belebende Nickerchen erinnere, das ich nach meinem Bad gehalten habe.« Shefford grinste. »Du hättest schlafen sollen.«

»Ja, aber ich hatte andere Dinge zu tun.« Überraschenderweise ärgerte sich Lazarus über Sheffords Sticheleien.

Vielleicht war er ja tatsächlich verdrießlich. Doch aus welchen Grund sollte er das sein?

»Komm mit uns ins Rogue's Den«, beschwor Shefford ihn. »Du wirst dich viel besser fühlen. Anschließend wirst du wunderbar schlafen, das garantiere ich dir.«

Lazarus zog den Vorschlag kurz in Betracht, doch es fehlte ihm einfach jede Lust auf eine Nacht Bettsport. Dafür machte er seine geistige Erschöpfung verantwortlich. »Deine Fürsorge weiß ich sehr zu schätzen, aber nachdem ich mein Ale ausgetrunken habe, werde ich wohl nach Hause gehen. Ich wünsche Bedingfield und dir viel Vergnügen.«

Shefford stieß die Luft aus und stand auf. »Natürlich werden wir das haben. Geselle dich zu uns, falls du deine Meinung doch noch änderst.«

Damit drehte er sich um und verließ den Club, während Lazarus seinen Humpen hob, um einen Schluck zu trinken.

Jo erschien an seinem Tisch, und ihre dunkle Augenbraue hatte sie fragend gewölbt. Sie setzte sich auf den Stuhl neben ihm, ohne um Erlaubnis zu fragen. »Vermutlich hast du gerade Sheffords Einladung abgelehnt, sich ihnen anzuschließen, wohin auch immer die beiden wollen. Und gehe ich recht in der Annahme, dass es sich dabei um das Rogue's Den handelt?«

Lazarus sah sie mit einem argwöhnischen Blick an. »Weißt du *alles, was* hier passiert?«

Das entlockte ihr ein Lachen. »Fast. Meiner Mutter gefällt das so. Warum bist du denn nicht mitgegangen? Noch nie habe ich erlebt, dass du dir einen Abend der Ausschweifungen entgehen lassen würden.«

Wollten denn alle ihre Nase in seine Angelegenheiten stecken? »Ich hatte einfach keine Lust, die beiden zu begleiten.«

Ihre langen, dunklen Wimpern flatterten, als sie ihn argwöhnisch aus ihren dunklen Augen musterte. »Gibt es eine Frau?«

»Ich bin nicht dazu ›aufgelegt‹. Ich bin müde. Es war ein langer Tag.«

Kurz tippte sie mit den Fingerspitzen auf den Tisch. »Du hast nicht geleugnet, dass es keine Frau gibt. Weißt du, es würde dir ganz recht geschehen, wenn du in romantischen Schwierigkeiten steckst. Immerhin hast du schon mehrere Herzen gebrochen. Vielleicht wirst es dieses Mal ja du sein, der mit dieser Enttäuschung leben muss.«

Lazarus zuckte innerlich zusammen. »Ich verabscheue, das getan zu haben. Das war nie meine Absicht.«

»Es ist nicht deine Schuld, dass du so ungemein charmant und so gutaussehend bist, dass man davon ebensolche Zahnschmerzen bekommt, als hätte man zu viele Süßigkeiten genascht.« Sie schenkte ihm ein sardonisches Lächeln, hinter dem sich allerdings eine aufrichtige Herzlichkeit versteckte. Jo war eine gute Freundin und eine ausgezeichnete Zuhörerin.

»Soll ich meinen Stil ändern, wie ich mich kleide? Soll ich nicht mehr baden? Mein Haar zu einem unangenehmen Wust wachsen lassen?«

»Das würde gewiss hilfreich sein. Darf ich außerdem vorschlagen, dass du grunzt statt zu lächeln und versuchst, mürrisch statt galant zu sein. Ich bin sicher, dein Freund Droxford könnte dir auf diesem Gebiet Nachhilfe geben, obwohl ich gehört habe, dass er inzwischen nahezu freundlich sein kann.«

»Er ist von meiner Cousine über die Maßen bezaubert. Im Grunde genommen ist er ganz nett.«

Jo holte tief Luft, und ihre Augen weiteten sich. »Bis du jetzt für die Liebe?«

Er verdrehte die Augen. »Ich hatte nie etwas *dagegen*. Es

verhält sich nur so, dass ich sie noch nicht gefunden habe, was ich auch nicht für notwendig erachte.« Seine Eltern hatten keine innige Liebesbeziehung genossen, aber sie waren sehr zufrieden miteinander gewesen.

Lazarus bemerkte, wie sich die Tür öffnete, und Evan Price trat ein. Becky verwickelte ihn sofort in ein Gespräch.

»Ist Miss Price der Grund für deine miserable Laune?«, fragte Jo.

Lazarus nahm den Humpen in die Hand, um einen Schluck zu trinken, und stellte ihn wieder auf den Tisch. Er sah Jo stirnrunzelnd an.

»Warum siehst du mich so an? Mir ist zu Ohren gekommen, dass ihr beiden euch quasi den Hof macht und ihr gestern Abend König und Königin auf dem Ball des Phoenix Clubs geworden seid. Damit habt Ihr ein gehöriges Aufsehen erregt. Manche sagen, du wärst bis über beide Ohren in sie verliebt.«

Verdammt! Das war für Miss Price nun wirklich nicht von Vorteil. Er musste Distanz zwischen ihnen schaffen – jedenfalls was die Öffentlichkeit betraf. Wahrscheinlich wäre dies sogar ein guter Zeitpunkt, dass sie öffentlich bekannt machte, an einer Brautwerbung nicht interessiert zu sein, da er ein berüchtigter Halunke war. Diese Geschichte würde einfach jeder glauben.

»Du bist ja bestens informiert«, bemerkte Lazarus gleichmütig. »Warst du gestern Abend auch auf dem Ball?« Ihm war bekannt, dass ihre Mutter Mitglied im Phoenix Club war. Jo allerdings nicht, da sie unverheiratet war. Trotzdem hatte sie die Möglichkeit, die Bälle mit einem Familienangehörigen zu besuchen, der Mitglied war.

»Nein, aber sicher weißt du doch, dass die Leute, die hierherkommen, auch gern reden. Ich weiß über Dinge

Bescheid, bei denen dir die Augen aus dem Kopf fallen und über den Boden rollen würden.«

Das Bild war einfach grauenerregend, aber gleichzeitig war es auch amüsant. Lazarus verzog den Mund zu einem Lächeln. »Es ist erschreckend unkompliziert, mit dir zu reden.« Dabei kam ihm ein Gedanke. »Sammelst du absichtlich Informationen?«

»Was für eine schwerwiegende Verdächtigung«, meinte sie. »Wie du schon sagst, lässt sich einfach gut mit mir reden. Nur weil mir die Geheimnisse einiger Leute bekannt sind, muss das nicht heißen, dass ich sie jemals ausplaudern würde. Ich halte mich für einen überaus diskreten Menschen. Um ehrlich zu sein, kommen mir in den literarischen Salons, die ich jede Woche besuche, eine Menge Dinge zu Ohren. Daran nehmen auch verschiedene Mitglieder der feinen Gesellschaft teil.«

Das weckte natürlich Lazarus' Interesse. Er richtete seinen Blick auf sie. »Welcher literarische Salon ist das?«

»Du interessierst dich für Literatur?« Sie starrte ihn an. »Das schockiert mich.«

Ihr Kommentar hätte ihn nicht beleidigen sollen, da er das Lesen generell verabscheute. Das musste er, damit sein Geheimnis gewahrt blieb. Aus irgendeinem Grund erwog er, Jo ein bisschen davon zu offenbaren, was wohl zum Teil auch daran lag, dass er sich angegriffen fühlte. Anderseits besaß sie aber auch die unglaubliche Fähigkeit, andere in Sicherheit zu wiegen, sodass sie sich ihr öffneten.

Trotz allem konnte er sich nicht dazu durchringen, sein schändliches Geheimnis preiszugeben. Es war ihm schon schwer genug gefallen, sich Miss Price anzuvertrauen, und dies hatte einen derart günstigen Verlauf genommen, dass er es nicht wagte, sein Schicksal noch einmal herauszufordern. »Ich würde gerne an einem literarischen Salon teilnehmen. Kannst du mir eine Einladung besorgen? Oder zwei?« Denn dies sollte nicht nur für ihn sein. Er wollte Miss Price dazu einladen. Sie würde sich freuen.

»Für dich und deine geheimnisvolle Freundin?«, stichelte Jo. »Ich bin sicher, dass ich dir eine Einladung besorgen kann – und du kannst dann einen Gast mitbringen. Es gibt zwei Ladys, die die Rolle der Gastgeberinnen übernehmen. Mrs. Fletcher-Peabody ist am ersten und dritten Montag an der Reihe und Mrs. Davenport am zweiten und vierten Montag. An einem fünften Montag findet kein Treffen statt.«

»Könnte ich am Montag kommen?« Das wäre bereits in zwei Tagen, also würde Jo das vielleicht nicht koordinieren können.

»Ich wüsste nicht, was dagegen spräche. Ich werde die Bestätigung bis Montagnachmittag schicken. Früher geht es nicht, das musst du verstehen, da diese Mitteilung reichlich spät kommt.

»Selbstverständlich. Ich weiß deine Hilfe zu schätzen.« Er überlegte, wie er Miss Price dorthin mitnehmen konnte. Sie würde sich verkleiden müssen. Vielleicht könnte sie einen nahezu blickdichten Schleier tragen und in die Rolle seiner Großtante schlüpfen, die in der Nähe von Bath lebte. Miss Price würde sich allerdings auch zu Wort melden wollen, was bedeutete, dass sie sich wie eine ältere Person anhören musste. Würde sie diese ganze Mühe überhaupt auf sich nehmen wollen?

Natürlich würde sie das. Miss Price war eine große Liebhaberin der Literatur, und sie war sehr unerschrocken.

»Da kommt Price«, meinte Jo. »Ich werde niemandem verraten, dass du ein Auge auf seine Schwester geworfen hast.«

»Das habe ich nicht«, protestierte Lazarus, der sich nicht ganz sicher war, ob sie ihn mit ihren Worten schon wieder necken wollte oder nicht. Es stimmte. Wenn er auch nicht gerade eine insgeheime Liebe für sie hegte, so hegte er doch *ein gewisses Interesse* für seine bezaubernde Lehrerin. Wenn er nicht schon vorher überlegt hätte, seiner öffentlichen Beziehung zu ihr ein Ende machen zu müssen, so war dies durch diese Erkenntnis nun unbedingt notwendig.

Jo schenkte ihm ein rätselhaftes Lächeln. »Ich werde bis Montag eine Nachricht schicken.« Dann entfernte sie sich, während Evan sich an Lazarus' Tisch setzte.

Ja, es war höchste Zeit, dass Miss Price den Spekulationen ein Ende machte, dass Lazarus und sie einander umwerben könnten. Dieses Thema würde er mit ihr bei ihrem nächsten Treffen besprechen.

Und er würde seiner aufkommenden Traurigkeit, die mit dem Ende ihrer List einherging, keinerlei Beachtung schenken.

KAPITEL 7

»Gwen, ich habe wunderbare Neuigkeiten!« Mit einem breiten Lächeln stürmte Gwens Mutter in den Salon, und eine freudige Begeisterung brachte ihre Augen zum Funkeln. »Ich habe endlich einen Tanzlehrer engagiert. Er wird in Kürze hier eintreffen.«

Gwen legte ihr Buch in den Schoß und blinzelte ihre Mutter an. »Du hast heute Morgen einen Tanzlehrer engagiert, der jeden Moment hier eintrifft?« Wie war das möglich?

»Ich habe ihm die Stelle angeboten und mich erkundigt, ob er unverzüglich anfangen kann. Er hat nur eine Nachricht geschickt, dass er um zwei Uhr hier sein kann.«

Doch Gwen hatte um drei Uhr einen Termin mit Somerton!

Gwens Mutter betrachtete sie mit Sorge. »Stimmt etwas nicht?«

»Ich wollte Tamsin heute Nachmittag besuchen, aber das kann ich auch auf später verschieben.« Sie schlug ihr Buch zu und stand auf. »Ich sollte mich wohl auf den Tanzlehrer vorbereiten.«

»Du brauchst nicht so einen Ton anzuschlagen, als würdest du zum Galgen geführt«, meinte ihre Mutter ironisch.

»Nein, vor allem, wenn es der Tanzlehrer ist, der sich wahrscheinlich so fühlen sollte«, entgegnete Gwen lachend.

Ihre Mutter formte den Mund zu einem leichten Flunsch. »Ich wünschte, du würdest so etwas nicht sagen. Insgesamt gesehen hat sich dein Tanzstil sehr verbessert. Neulich im Phoenix Club sah dein Walzer mit Lord Somerton außerordentlich aus.«

Gwen wollte sagen: »*Alle Achtung, Lord Somerton*«, doch sie hielt sich zurück. »Ich habe mir Mühe gegeben.«

»Natürlich hast du das, Liebes.« Ihre Mutter lächelte mitfühlend. »Und dieser Tanzlehrer wird der letzte Schritt zu deiner Meisterschaft sein. Er hat mit sehr vielen jungen Ladys gearbeitet. Er ist wirklich sehr begehrt. Ich war mir nicht sicher, ob er uns annehmen würde.«

Normalerweise hieß das, dass er ein über sechzig Jahre alter Franzose war, der nach Käse stank. Diese Beschreibung hatte auf zwei von Gwens drei letzten Tanzlehrern zugetroffen. »Ich freue mich darauf, ihn kennenzulernen«, meinte sie mit vorgetäuschter Freude. Sie würde alles tun, um ihrer Mutter zu gefallen, und auch, wenn das bedeutete, bei hundert alternden französischen Monsigneurs Unterricht zu nehmen, die ihre ordentliche Ration an Livarot genossen hatten.

»Hole deine Tanzschuhe, und ich sorge dafür, dass Mr. Tremblay hier in den Salon geführt wird.«

»Er ist kein Franzose?« Gwens andere Ausbilder hatten alle »Monsieur« geheißen.

»Seine Familie war französisch ja, aber er ist hier geboren und sieht sich selbst allem Anschein nach als Engländer.«

Lake betrat den Salon. »Mrs. Price, der neue Tanzlehrer ist hier.«

»Ich werde mich beeilen«, versprach Gwen, nahm ihr Buch und eilte die Treppe hinauf in ihr Schlafzimmer.

Keine fünf Minuten später kehrte sie in den Salon zurück, wo ihre Mutter mit Mr. Tremblay stand. Er war nicht nur kein Franzose, sondern er war auch gar nicht alt. Gwen würde ihn auf über dreißig schätzen, aber nicht viel älter.

Lieber Himmel, er war wirklich gutaussehend. Mit seinem glänzenden goldblondem Haar und den hellen, fast kristallklaren blauen Augen sah er wie ein Porträt aus der Fantasie eines liebeskranken Mädchens aus. Oder wie eine Skulptur, denn seine schrägen Wangenknochen, die vollen Lippen und das kantige Kinn waren überaus ansprechend. Und seine Gestalt war perfekt zum Tanzen – breite Schultern, schmale Taille und lange, athletische Beine. Es war kein Wunder, dass er sehr gefragt war. Gwen fragte sich, ob er wirklich gut tanzen konnte, oder ob das für seine Schülerinnen überhaupt eine Rolle spielte.

Das war ihr natürlich wichtig, denn ihr war daran gelegen, dass ihre Mutter stolz auf ihre Leistungen war. Mit Mr. Tremblay würde sie doppelt so hart arbeiten, und das nicht etwa, weil er vielleicht der attraktivste Mann war, den sie je erblickt hatte.

Attraktiver als Somerton?

Diese Frage blitzte in ihrem Kopf auf. Hatte sie ihn für den bestaussehenden Mann gehalten, den sie je gesehen hatte? Diese Möglichkeit bestand durchaus. Er gehörte zu der Art von Mann, bei der man hoffte, dass alle in der Umgebung seine Aufmerksamkeit bemerken würden, wenn er einen anblickte.

Gwen wurde klar, dass ihr dies in der letzten Woche besonders gut gefallen hatte, als man sich fast um sie gerissen hatte. Den Höhepunkt hatte der Ball im Phoenix Club gebildet. Seine Königin zu sein, war geradezu berauschend gewesen.

»Guten Tag, Miss Price«, begrüßte Mr. Tremblay sie mit einer perfekten Verbeugung. »Ich freue mich sehr, Ihre Bekanntschaft zu machen.« Sein Lächeln blendete sie geradezu, und Gwen glaubte nicht, dass sie imstande war, den Blick abzuwenden.

Sie sank in einen Knicks. »Guten Tag, Mr. Tremblay.«

»Gestatten Sie mir, Ihnen meinen musikalischen Assistenten vorzustellen, Mr. Nott. Er wird das Cembalo oder das Pianoforte spielen – je nachdem, was Sie haben.«

»Das Pianoforte steht dort drüben.« Ihre Mutter deutete auf das Instrument, das in der der Tür gegenüberliegenden Ecke des Raumes stand. »Ich werde zuschauen.« Sie nahm ein Exemplar von *La Belle Assemblée* vom Tisch und setzte sich in einen der Sessel bei einem der drei Fenster, die auf die Grosvenor Street hinausgingen.

»Sollen wir mit der Quadrille beginnen?«, fragte Mr. Tremblay.

»Das habe ich noch nicht getanzt«, meinte Gwen. Es war neu in dieser Saison und der absolute Renner.

Er grinste, und wieder war Gwen von seiner maskulinen Schönheit beeindruckt. »Dann komme ich gerade rechtzeitig, um Sie vor der Schande zu bewahren.« Seine Augen verengten sich leicht, als würde er mit ihr flirten

»Das sind also gute Nachrichten für mich.«

Mr. Nott, ein kleiner Mann mit filigranem Knochenbau und dunklem, drahtigem Haar, begab sich zum Klavier. Er rückte seine Brille auf der Nase zurecht und ordnete dann seine Notenblätter. Sein Blick ging zu Mr. Tremblay und vermutlich wartete er auf sein Signal, um zu beginnen.

»Meiner Ansicht nach besteht die beste Art zum Erlernen eines Tanzes darin, dass ich hinter Ihnen stehe und Sie durch die Bewegungen führe. Das wiederholen wir einige Male und je nachdem, wie gut Sie die Schritte dann beherrschen, gehen wir dazu über, dass ich Sie als Partner begleite.«

Gwen nickte, wobei sie sehr schätzte, dass er ihr genau beschrieb, wie sie vorgehen würden. Dieser Teil fand ihr besonderes Interesse – die Methode des Lehrens und Lernens. Es erinnerte sie an ihre Herangehensweise an ihren Unterricht mit Somerton. Es war wichtig, erst herauszufinden, wie jemand neues Wissen am besten erlernen konnte. Und in der kurzen Zeit, die sie mit dem Viscount verbracht hatte, war sie bereits zu der Erkenntnis gelangt, dass jeder Mensch anders lernte.

Mr. Tremblay schob das Sofa aus dem Weg, um ihnen mehr Platz zu verschaffen, und stellte sich dann hinter Gwen. Ohne jede Vorwarnung legte er seine Hände auf ihre Taille, und sie zuckte zusammen. »Sind Sie kitzlig?«, fragte er lachend.

»Vielleicht.« Das war sie tatsächlich, doch es war seine überraschende Berührung, die ihre Reaktion hervorgerufen hatte.

»Fangen Sie an, Mr. Nott«, wies Mr. Tremblay den Musikanten an. Dann erging er sich in einem hektisch vorgetragenen Diskurs, und seine Hände führten sie, während sie scheinbar die Quadrille tanzten. Für Gwen war es ein hoffnungslos verwirrendes Durcheinander von Nonsens.

Es fiel ihr sehr schwer, sich zu konzentrieren. Wahrscheinlich war der Mund von Mr. Tremblay daran schuld, der sich sehr nahe an ihrem Ohr befand. Sie konnte seine Nähe sowohl spüren als auch hören. Und dann waren da noch seine Hände. Sie bewegten sich um ihren Unterleib und drückten auf ihren Brustkorb, sodass seine Finger leicht die Unterseite ihrer Brust streiften. Dann glitten sie hinunter zu ihrem Oberschenkel, während er ihre Beinbewegungen lenkte. Als er seine Hand wieder nach oben brachte, war seine Berührung wie eine Liebkosung ihrer Hüfte.

Gwen gefiel das nicht.

Und obwohl er nicht nach Käse roch, verströmte er einen ziemlich starken Geruch nach Sandelholz und Bergamotte, als hätte er sich damit eingesprüht, ehe er das Haus betrat. Hatte er seit einiger Zeit kein Bad mehr genommen? Oder achtete er einfach nur darauf, dass er angenehm roch?

Gwen kam allmählich der Gedanke, dass Mr. Tremblay ein Paradebeispiel für Übertreibung war. Sogar seine Kleidung war übertrieben – von seiner leuchtend grün-blau gestreiften Weste bis zu der großen, mit Juwelen besetzten Anstecknadel, die in seinem bauschigen, überladenen Krawattenschal funkelte.

Sie trat ihm auf den Fuß, woraufhin er endlich von ihr abließ. Obwohl dies unbeabsichtigt geschehen war, wusste sie nun, wie sie ihn dazu bringen konnte, sie nicht mehr anzufassen. Mr. Nott hörte auf zu spielen.

»Ich bitte um Entschuldigung, Mr. Tremblay«, murmelte sie. »Ich lerne nicht so schnell, wenn es ums Tanzen geht.« Sie überlegte, ob sie Somerton bitten sollte, es ihr beizubringen. Wie ihre Mutter bemerkt hatte, war es ihm gelungen sie beim Walzertanzen irgendwie gut aussehen zu lassen.

»Das ist in Ordnung, Miss Price. Sie sind hier, um zu lernen. Lassen Sie uns von vorn beginnen.«

Gwen zauderte, denn sie wollte von ihm nicht unbedingt noch einmal auf diese Weise berührt werden. Doch wenn es der Sache dienlich war? Wenn Gwen die Quadrille beherrschte, würde ihre Mutter begeistert sein.

Sie holte tief Luft und spannte sich an, als er ihre Taille

umklammerte. Am Ende der Stunde war sie der Meisterung der Quadrille nur unwesentlich näher gekommen und sie hatte es fertiggebracht, ihm beim Walzer viermal auf die Zehen zu treten. Inzwischen schmerzte ihr Kiefer, den sie zusammengebissen hatte, während sie seine körpernahe Führung ertragen musste.

Nachdem er die nächste Unterrichtsstunde für einen späteren Tag in der Woche vereinbart hatte, verabschiedete er sich mit seinem Musiker. Erleichtert sank Gwen in einen der Sessel, doch dann wurde ihr klar, dass es inzwischen drei Uhr war und sie zu spät zu ihrem Treffen mit Somerton kommen würde.

»Du siehst müde aus, Liebes«, meinte ihre Mutter. »Vielleicht solltest du deine Freundin heute nicht besuchen. Schick einfach eine Nachricht.«

»Ich fühle mich wohl, Mama. Obwohl ich mir nicht sicher bin, ob Mr. Tremblay der richtige Tanzlehrer für mich ist. Das war ausgesprochen heftig.«

»Er scheint sehr engagiert zu sein. Du bist wahrscheinlich überfordert, weil er einen neuen Tanz eingeführt hat. Vielleicht sagen wir ihm beim nächsten Mal, dass er sich nur auf den Reel und den Kotillon konzentrieren soll.« Sie schenkte Gwen ein ermutigendes Lächeln. »Wir sollten ihm wenigstens noch eine Chance gewähren. Wir haben ja keine große Auswahl, und er *ist* sehr gefragt.«

Gwen wollte nicht mit ihr streiten, zum einen, weil sie es ihrer Mutter recht machen wollte, und zum anderen, weil sie schon spät dran war. »In Ordnung. Ich mache mich auf den Weg.« Der Kutscher wartete wahrscheinlich schon seit einer Viertelstunde.

»Bevor du gehst, möchte ich dich gern noch etwas über die Bewerber fragen, die am Samstag hier waren. Hast du dir Gedanken darüber gemacht, wer dein Interesse

geweckt haben könnte?« Ihre Mutter sah sie erwartungsvoll an.

»Noch nicht. Ich mochte sie alle.« Sie waren allesamt
Gentlemen, die mehr als nur eine belanglose Unterhaltung
führten, was sie mehr als akzeptabel machte. »Ich muss sie
nur noch besser kennenlernen.«

»Natürlich. Ich muss sagen, ich bin erleichtert, dass
Lord Somerton nicht in Frage kommt. Es war zwar ein
ziemlicher Zufall, dass er auf dich aufmerksam geworden
ist, aber ich bin mir nicht sicher, ob er die beste Partie
gewesen wäre. Wegen seines Rufs«, fügte sie hinzu. »Ich
möchte nur, dass du eine glückliche und erfolgreiche Ehe
führst.«

Gwen wusste, dass ihre Eltern sich ineinander verliebt
hatten, und ihre Mutter wünschte sich das auch für
Gwen. Zudem war ihr daran gelegen, dass Gwens
Ehemann ein hohes Ansehen genoss. Ihre Eltern drängten
Gwen weniger zu einem Titel, sondern vielmehr zu
einem Mann mit einem ausgezeichneten Ruf und wenn
möglich einem soliden Vermögen. Sie wollten Liebe,
Komfort und Sicherheit für ihre Tochter, und wie könnte
Gwen etwas dagegen einzuwenden haben? Solange ihr
Bräutigam kein Halunke war, wäre Gwen damit einver-
standen.

Als sie sich endlich aus dem Gespräch mit ihrer Mutter
herauswinden konnte, eilte Gwen die Treppe hinauf, um
ihre Schuhe zu wechseln und ihren Hut und ihre Handschuhe zu holen. Zum Glück war Tamsins Haus nicht weit
entfernt, was der einzige Grund war, warum ihre Mutter
ihr erlaubte, allein mit der Kutsche zu fahren, und Gwen
kam schnell an. Trotzdem war sie außerordentlich spät
dran. Sie hoffte, dass Somerton und sie noch eine Stunde
Zeit zusammen haben konnten, damit sie keine wertvolle
Zeit miteinander verloren.

*L*azarus machte sich allmählich Sorgen. Er konnte sich keinen Grund vorstellen, warum Miss Price sich so verspätete. Und Tamsin wusste auch nichts. Droxford arbeitete in seinem Arbeitszimmer, während Lazarus mit seiner Cousine in der Bibliothek saß.

»Ich hoffe nur, es ist alles in Ordnung«, meinte Tamsin vom Sofa aus, die Stirn leicht gerunzelt.

Könnte sie ihr Treffen einfach vergessen haben? Beim besten Willen konnte Lazarus sich das nicht vorstellen.

Endlich stürmte Miss Price mit geröteten Wangen ins Zimmer. »Es tut mir so leid, dass ich zu spät bin!«

Tamsin erhob sich. »Geht es dir gut?«

»Oh, ja. Ich hatte eine Stunde bei einem neuen Tanzlehrer. Mama hat jemanden gefunden, der mich übernehmen kann, und sie hat ihn gebeten, sofort anzufangen. Ich bitte um Entschuldigung.« Sie sah Lazarus mit einer leichten Grimasse an.

»Ich bin nur froh, dass es Ihnen gut geht.« Lazarus hatte sich aufrichtig Sorgen gemacht.

Miss Price schaute von Lazarus zu Tamsin. »Können wir noch eine Stunde Zeit haben, oder wird das die Pläne der anderen durchkreuzen?«

»Das ist mir recht«, antwortete Tamsin. »Ich muss mich meiner Korrespondenz widmen.« Sie lächelte ihnen zu und verließ dann die Bibliothek.

»Und Sie?« fragte Miss Price mit Blick auf Lazarus.

»Ich habe eine Stunde Zeit.« Er könnte sich den Rest des Tages und dazu noch den Abend Zeit nehmen, aber dazu würde er noch kommen, wenn er ihr von dem literarischen Salon erzählte. Er hatte von Jo die Bestätigung erhalten, dass sie tatsächlich zu diesem Abend eingeladen waren.

Aber zuerst musste er mit ihr über ihre List sprechen.

»Ich möchte gern einige Dinge mit Ihnen besprechen, bevor wir mit dem Unterricht beginnen«, sagte er.

Sie stellte ihre Tasche auf dem Tisch ab und zog ihre Handschuhe aus. »Das klingt ernst.«

»Zum Teil ist es das wohl auch, nehme ich an.« Er lächelte sie beruhigend an. Schließlich waren es keine schlechte Nachrichten. Sondern es war ganz im Gegenteil ein Zeichen für ihren Erfolg. »Da die Dinge auf dem Heiratsmarkt inzwischen gut für Sie laufen, halte ich es für das Beste, wenn wir unser öffentliches Vorgehen beenden.«

Sie legte ihre Handschuhe auf den Tisch und zog als nächstes ihren Hut aus. Sie strich ein paar verirrte Strähnen hinter ihr Ohr. »Was meinen Sie?«

»Ich habe Ihnen sehr viel Aufmerksamkeit geschenkt, und der Ball im Phoenix Club hat weitere Spekulationen darüber ausgelöst, ob wir ein Paar werden. Ich möchte anderen Gentlemen nicht im Wege stehen, die Ihnen den Hof machen wollen, und ich fürchte, dass eine vermeintliche Verbindung zwischen uns einige Interessenten von Ihnen fernhalten wird.«

Sie stützte ihre Hand auf die Stuhllehne. »Gegen diese Argumentation kann ich wohl keinen Einwand vorbringen. Gestern habe ich nach der Kirche mit einem meiner Besucher vom Samstag gesprochen.«

Seiner stechenden Eifersucht, die seine Brust durchbohrte, zum Trotz zwang Lazarus sich zu einem Lächeln. »Das ist wunderbar. Genau darauf haben wir hingearbeitet. Also ja, ich denke, es ist wird Zeit, dass wir unser vorgetäuschtes Werben umeinander oder wie auch immer Sie es nun nennen wollen, einstellen. Es hat schneller zum Erfolg geführt, als ich erwartet habe, das muss ich zugeben.« Allerdings geschah das sehr zu seinem Verdruss.

»Was werden wir unternehmen? Hören Sie einfach auf, mir Aufmerksamkeit zukommen zu lassen?«

»Nein, denn das würde Ihnen nicht gerade viel helfen. Sie müssen den Leuten sagen, dass Sie entschieden haben, wir würden nicht zueinander passen. Für Ihren Geschmack bin ich viel zu sehr Halunke.«

Ihre Augen verdrehten sich leicht. »Nun, das ist nicht sehr freundlich von mir. Kann ich nicht einfach sagen, wir würden nicht zusammenpassen?«

Lazarus schüttelte den Kopf. »Ich möchte, dass Sie klarstellen, dass dies Ihre Entscheidung ist. Und sorgen Sie sich nicht um mich oder meinen Ruf.« Er schmunzelte. »Ich werde es überstehen.«

»Ja, das werden sie vermutlich«, murmelte sie. »Es ist nicht gerade gerecht, oder?«

»Weil eine Frau einen solchen Ruf dies nicht überstehen würde.« Er presste die Lippen aufeinander. »Nein, das ist nicht gerecht.«

Sie sah ihn stirnrunzelnd an. »Es gefällt mir immer noch nicht. Ich würde eher sagen, ich habe beschlossen, dass wir nicht zusammenpassen.«

»Das könnten Sie, aber wenn Sie auf meinen bereits bestehenden und weithin anerkannten Ruf verweisen, wird niemand noch groß darüber nachdenken. Im Gegenteil, man wird Ihnen zu Ihrem gesunden Menschenverstand gratulieren.«

Sie nahm ihre Hand vom Stuhl und schritt auf ihn zu, wobei sich ihre duftigen Röcke wiegten. »Ich habe dabei das Gefühl, als würde ich Sie verunglimpfen, was ich nur ungern tue.«

Mit Leichtigkeit hätte Lazarus sich in der dunklen Wärme ihres Blicks verlieren können. »Das müssen Sie aber.« Schließlich ist es auch nicht so, als wäre es *nicht wahr*.« Darauf wackelte er mit den Augenbrauen und schenkte ihr sein wölfischstes Grinsen. »Ich *bin* ein Halunke.«

Miss Price sog die Luft ein. »Mir gegenüber haben Sie sich aber nur mit Anstand und vollkommener Korrektheit verhalten. Ich frage mich, ob Sie wirklich so ein Halunke sind, wie die Leute von ihnen behaupten.«

Er starrte sie mit einem strengen Blick an. So sehr er sich auch über ihre freundlichen Gedanken über ihn freute, musste sie akzeptieren, wer er war. »Ich bin ein echter Halunke«, entgegnete er fest. »Wenn Sie es genau wissen wollen, habe ich mich Ihnen nur von meiner besten Seite gezeigt. Ergehen Sie sich nicht in Illusionen darüber, wer ich in Wirklichkeit bin. Wären Sie nicht die Schwester meines Freundes oder eine junge Lady, der ich helfen will, hätte ich mir von Ihnen schon ein halbes Dutzend Küsse gestohlen – und vielleicht sogar mehr.« Es war tatsächlich so, dass er sich in diesem Moment in der Betrachtung der Konturen ihrer Lippen und der Rundung ihrer Hüfte erging.

Ihre Nasenflügel blähten sich, und sie spitzte die Lippen. Der rosige Ton ihrer Wangen war seit ihrer Ankunft verblasst, doch nun kam es wieder zum Vorschein. »Das habe ich nicht bemerkt.«

»Jetzt wissen Sie es.« Ihm fiel auf, dass er die Überleitung zu seinem nächsten Thema wenig gekonnt eingefädelt hatte. Würde sie einwilligen, den literarischen Salon mit ihm zu besuchen, da sie ja nun wusste, dass er ein heimtückischer Halunke war? »Aber seien Sie versichert, dass ich es mit Ihnen nie übertreiben würde. Sie können mir vertrauen.«

»Das habe ich schon immer gewusst«, entgegnete sie ohne Zaudern.

»Gut. Denn ich habe noch etwas anderes mit Ihnen zu

besprechen, und das ist weitaus reizvoller.« Er schürzte die Lippen.

Sie erwiderte das Lächeln und ihre Augen tanzten. »Sagen Sie es mir.«

»Ich habe eine Einladung zu einem literarischen Salon erhalten, der heute Abend von Mrs. Davenport veranstaltet wird.«

Ein überraschter, aber eindeutig begeisterter Schrei entrang sich ihren Lippen. »Ihre Großmutter war eines der Gründungsmitglieder der Gesellschaft der Blaustrümpfe.«

Lazarus hatte keine Ahnung, was das war, freute sich aber über ihre Aufregung. »Ich nehme an, das ist etwas Gutes.«

»Oh, ja! Das ist wunderbar! Aber wie kann ich dorthin gehen? Meine Mutter hat bereits Pläne für heute Abend.«

»Sie werden mit mir dort hingehen. Die Einladung ist für mich, und ich darf einen Gast mitbringen.«

Ihre Gesichtszüge verfinsterten sich. »Ganz bestimmt kann ich nicht einfach offen mit Ihnen dort hingehen.«

Er lachte leise. »Natürlich nicht. Sie müssen eine Verkleidung tragen. Ich dachte, Sie könnten meine Großtante sein. Sie lebt außerhalb von Bath und könnte mich ›besuchen‹. Sie liebt literarische Diskussionen, aber sie geht nicht gerne aus, weil sie als Kind die Pocken hatte und ihr Gesicht unschön gezeichnet ist.«

»Ist das wahr?« fragte Miss Price ungläubig.

»Gott, nein. Bis auf den Teil, dass sie nicht viel ausgeht. Aber das liegt daran, dass sie im Allgemeinen kein Menschenfreund ist.«

»Oh.« Gwen musste kicherte. »Es wird also niemand den Verdacht hegen, dass ich vielleicht nicht sie bin?«

»Niemand, der dort Anwesenden weiß überhaupt von

Ihrer Existenz. Sie werden einen dichten Schleier brauchen. Schaffen Sie das?«

Sie nickte. »Und Handschuhe natürlich. Ich werde auf jeden Fall ein Kleid tragen, das mir bis zum Hals reicht.«

»Sehr schlau. Man darf keinen Zentimeter von Ihrer jugendlichen, strahlenden Haut sehen.« Warum hatte er sie nur so beschrieben? Das wäre eigentlich gar nicht notwendig gewesen. Es kostete ihn wirklich Mühe, seine Gedanken im Zaum zu halten, damit sie nicht auf Abwege gerieten.

Sie formte die Lippen zu einem leichten Schmollmund. »Wie soll ich mich aber aus dem Haus stehlen? Meine Eltern sind zwar auf einer Dinnerparty, aber die Dienerschaft wird bemerken, dass ich weg bin.«

»Können Sie nicht behaupten, Sie gingen mit Tamsin als Anstandsdame zu einer Veranstaltung?« Es konnte sich für eine junge Lady als äußerst praktisch erweisen, eine verheiratete Freundin zu haben. Gerade Gentlemen wie Lazarus konnten überall und jederzeit mit jeder beliebigen Person gesehen werden. Die in dieser Frage getroffenen Entscheidungen, konnten zu Klatsch und Tratsch führen, doch das Haus ganz einfach zu einem Spaziergang zu verlassen, wurde als unverdächtig angesehen. Das war wirklich ungerecht.

»Das könnte ich machen«, meinte Miss Price mit einem Nicken. »Ich werde behaupten, wir gingen zu einem Musikabend. Am besten spreche ich mich wohl mit Tamsin ab, um mich zu vergewissern, dass sie nicht zu demselben Dinnerabend eingeladen ist wie meine Eltern.« Darauf musste sie lachen. »Wenn mir dies auch mehr als unwahrscheinlich erscheint.«

»Ausgezeichnet. Dann hole ich Sie ab.«

Gwen holte tief Luft, doch ihre Augen funkelten vor Vorfreude. »Ich fühle mich so skandalös«, flüsterte sie.

»All dies dient nur dazu, dass Sie einmal einen Abend mit literarischen Diskussionen genießen können. Dass wir solche extreme Maßnahmen dafür ergreifen müssen, bedauere ich von ganzem Herzen. Wenn Sie sich amüsieren, könnte Tamsin Sie in Zukunft vielleicht sogar zu solchen Treffen begleiten.« Lazarus würde Jo bitten, diese Einladungen entsprechend zu koordinieren, so wie für seine heutige Einladung.

»Ich zweifle nicht im Geringsten daran, dass dies die aufregendste Veranstaltung werden wird, die ich in dieser Saison bislang besucht habe.« Ihr Überschwang war spürbar. »Doch was ist mit Ihnen? Werden Sie ebenfalls Freude daran haben?«

Bestimmt würde er das und sei es nur, indem er sie beobachtete. »Das werde ich. Sicher bin ich nicht so belesen wie Sie, doch ich hoffe, dies zu ändern. Es ist nicht so, als fände ich keinen Gefallen an Literatur.«

Ihre Miene veränderte sich und sie rückte dichter an ihn heran. »Das weiß ich. Es war schrecklich unhöflich von mit, das zu fragen. Vielleicht sollten wir uns unserer Lesestunde zuwenden. Ich habe mich schon verspätet und nun haben wir obendrein viel Zeit mit Reden verbracht.«

Lazarus könnte ihre gesamte gemeinsame Zeit mit Reden verbringen. Doch er hatte sich ein Ziel gesetzt und es war nicht vorauszusehen, wie lange sie beide sich noch auf diese Weise treffen konnten.

»Eine letzte Sache«, meinte er. »Sie werden Sorge dafür tragen müssen, dass ihre Stimme älter kling, wenn Sie heute Abend sprechen.«

»Wahrscheinlich sollte ich besser still sein.«

»So ganz kann ich mir nicht vorstellen, dass das befriedigend für Sie wäre.« Er lachte. »Sie werden einen literarischen Salon besuchen und wollen einfach nur schweigend dasitzen?«

Auch sie lachte auf, als sie zum Tisch hinüberging. »Sie haben mich inzwischen recht gut kennengelernt.«

Ja, so war es, und er würde es bedauern, wenn er sie nicht mehr regelmäßig sehen könnte. Irgendwann musste ihre Verbindung ein Ende finden. Sie war bereits auf die Hälfe reduziert worden. Das wäre zumindest bald der Fall.

Lazarus würde die ihnen noch verbleibende Zeit als Kostbarkeit betrachten, denn er betrachtete sie als einen einzigartigen Menschen. Wenn sie bislang auch nur zwei Unterrichtsstunden gehabt hatten, so übte sie dennoch einen großen Einfluss auf sein Leben aus, und er würde ihr ewig dankbar sein.

KAPITEL 8

Gwen war erleichtert, als sie einen Lakaien an der Tür stehen sah und nicht Lake, aber das hatte sie zu dieser späten Stunde erwartet. Ihre Eltern waren vor einer Stunde aufgebrochen und würden erst weit nach Mitternacht zurückkehren. Vielleicht sogar erst um zwei.

Vor Vorfreude fühlte sie das Blut in ihren Adern pochen, als sie zur verabredeten Abfahrtszeit die Eingangshalle betrat. Somerton hatte erklärt, er würde seinen Kutscher nicht zur Tür schicken und sie solle bereit sein, beim Eintreffen der Kutsche nach draußen zu kommen.

Als sie glaubte, ein herannahendes Fahrzeug zu hören, ging sie zur Tür. Der Lakai öffnete sie, und tatsächlich hielt just in dem Moment eine Kutsche vor dem Haus.

Gwen winkte dem Lakaien und eilte zur Kutsche. Der Kutscher öffnete ihr die Tür und Gwen stieg ein.

Sie setzte sich auf den nach vorn gerichteten Sitz und bemerkte, dass der Viscount ihr gegenüber saß. Wollte er nicht neben ihr sitzen? Seine Kutsche war geräumig, sodass sie es sich bequem machen konnten.

»Guten Abend, Miss Price. Das ist eine exzellente Kleiderwahl, auch wenn es noch nicht ganz die ›zurückgezogene Großtante Beatrice‹ zum Ausdruck bringt.« Er grinste sie an.

»Das war das Beste, was ich zustande bringen konnte. Es ist zumindest dunkelblau. Und ich habe feste Stiefel an.« Sie hob ihren Saum an, streckte einen Fuß aus und wackelte mit ihm, damit er sie betrachten konnte.

»Sehr klug. Sie haben doch nicht etwa Ihren Schleier vergessen, oder?«

»Nein. Er war einfach zu voluminös, um ihn in das Retikül zu stopfen.« Sie hob ihren Rock höher. »Vielleicht sollten Sie besser das Gesicht wegdrehen.«

Seine Augen weiteten sich, bevor er den Kopf zur Seite neigte und sie schloss. »Was machen Sie da?«

»Ich musste den Schleier unter dem Rock verstecken.« Sie zog ihn aus dem Unterrock und drapierte das Kleid dann wieder über ihren Beinen. »Jetzt können Sie schauen.«

Es dauerte einen Moment, bis er seinen Blick wieder auf den ihren richtete, und als es so weit war, spürte Gwen eine intensive, schwelende Hitze. Was war geschehen?

Sie erinnerte sich an seine Worte von jenem Nachmittag, dass er ein Halunke sei und er ihr inzwischen ein halbes Dutzend Küsse oder mehr gestohlen hätte, wenn sie jemand anderes wäre. Tatsächlich hatte sie in den letzten Stunden öfter an sein diesbezügliches Geständnis gedacht. Zwischen ihrem Wunsch, dass sie dies besser nie erfahren hätte, und ihrer Hoffnung, dass er sie vielleicht doch noch küssen würde, fühlte sie sich hin- und hergerissen.

Das sollte sie sich jedoch ganz bestimmt nicht wünschen. Jedenfalls nicht von einem Halunken. Genau das war aber der Grund, warum ihr so viel daran gelegen war. Von Viscount Somerton geküsst zu werden, musste eine überirdische Erfahrung sein. Ein Jammer, das sie nie Gewissheit darüber erlangen würde.

»Wollen Sie sich dies einfach so über den Kopf ziehen?«, fragte er.

»Ja, warum?«

»Ich dachte, Sie hätten vielleicht einen Hut oder etwas in der Art. Wie wollen Sie den Schleier an Ort und Stelle fixieren?«

»Ich habe Haarnadeln. Sie lächelte ihn an. »Sie lassen sich in meinem Retikül verstauen.«

Sie drapierte den Schleier über ihren Kopf und zog ihn so zurecht, dass die Enden ihre Schultern berührten. Dann nahm sie die Haarnadeln aus ihrer Tasche und legte sie auf ihren Schoß.

»Sie sehen aus, als wollten Sie in ein Nonnenkloster eintreten«, bemerkte er.

Gwen lachte. »Ach ja? Woher wollen Sie wissen, wie eine Frau sich kleidet, ehe sie ein Nonnenkloster betritt?«

»Damit meine ich nicht zu Besuch«, stellte er klar. »Sondern um Novizin zu werden, oder was auch immer man ist, wenn man sich zur Nonne ausbilden lässt.«

»Das werde ich gewiss nicht tun.« Sie steckte eine Nadel durch den Schleier auf ihrem Kopf und schob diese dann in ihr Haar. »Sie werden mir heute Abend behilflich sein müssen. Ich habe die Befürchtung, dass ich nicht gerade gut sehen kann. Als ich das Arrangement vorhin in meinem Schlafzimmer ausprobiert habe, bin ich gegen einen Stuhl gestoßen.«

»Ich werde den ganzen Abend nicht von Ihrer Seite weichen.«

»Möglicherweise war es nicht der schlaueste Plan, eine Person, die ohnehin schon ein wenig unbeholfen ist, zum

Tragen eines Schleiers zu ermuntern.« Sie steckte den Schleier mit einer weiteren Nadel fest. »Ich werde allerdings mitmachen.«

»Haben Sie geübt, mit verstellter Stimme zu sprechen?«, fragte er.

»Das habe ich«, gab sie in einem hohen, gemessenen Tonfall zur Antwort. »Ich habe mehrere Variationen ausprobiert, und diese erschien mir die leichteste und glaubwürdigste zu sein. Klingt sie annehmbar?«

»Sie klingen wie ein Vogel, der eine Flasche Wein intus hat.«

Gwen stieß ein Lachen aus, das sie an ihre Freundinnen Persephone und Minerva erinnerte. Beide waren bemerkenswerte Schnarcherinnen. Sie brachte die letzte Nadel in Position und schüttelte den Kopf, um sich über den festen Sitz des Schleier sicher sein zu können. »Wie sehe ich aus?«

»Keinesfalls wie eine Nonne in der Ausbildung, sondern eher wie eine Wahrsagerin, die mit den Toten spricht.«

Kichernd strich sich Gwen über den Schleier auf ihrem Haupt. »Vielleicht werde ich versuchen, Shakespeare oder Milton in ein Gespräch zu verwickeln.«

»Sie werden der Star des Salons sein.« Er lehnte sich zum Fenster. »Wir sind fast da. Sind Sie bereit, Miss Beatrice Villiers darzustellen?«

Gwen nickte. »Dies wird die aufregendste Nacht meines Lebens. Sie übertrifft meine Vorstellungskraft einfach in allen Aspekten. Dafür kann ich Ihnen gar nicht genug danken.«

»Ich bin sehr erfreut.«

Die Kutsche kam zum Stehen, und kurz darauf öffnete sich die Tür. Nachdem Somerton ausgestiegen war, half er Gwen aus der Kutsche. Dann bemerkte sie das große

Manko des Schleiers – sie konnte Somerton nicht gut erkennen. Sein verführerischer Blick und sein strahlendes Lächeln wirkten nun verschwommen, und sie konnte gar nicht genau sehen, welch gute Figur er in seinem schwarzen Frack machte.

Sie schritten zur Tür, an der sie von einem steifen Butler in ein herrschaftliches Vestibül eingelassen wurden. Das Pochen von Gwens Puls war so laut, dass sie das Echo in ihren Ohren vernahm. Sie holte tief Luft und gab sich Mühe, Somerton nicht so fest zu umklammern.

»Alles in Ordnung«, murmelte er.

»Ich bin nur aufgeregt«, gab sie flüsternd zurück. »Und nervös.«

Der Butler wies sie an, über die Treppe nach oben in den Salon zu gehen. Wieder drückte Gwen Somertons Arm, als sie die Treppe hinaufschritten. »Bitte lassen Sie mich nicht stolpern«, bat sie, obgleich sie unter dem Saum ihres Schleiers die Treppe erkennen konnte, wenn sie den Kopf ein wenig neigte.

»Ich halte Sie fest«, versicherte er, um sogleich seine freie Hand über die ihre zu legen, mit der sie sich an seinen Ärmel klammerte.

Als sie den oberen Treppenabsatz erreicht hatten, atmete Gwen erleichtert auf. Bei einem Blick über die Schulter kam sie zu dem Schluss, dass der Weg nach unten mit größeren Schwierigkeiten verbunden sein würde.

»Es geht los«, raunte Somerton ihr leise zu, als sie sich der Tür zum Salon näherten.

Gwen nahm die Gestalt einer Frau wahr, die beim Eingang in den Raum stand. Sie hatte graues Haar, das mit einem Federbüschel geschmückt war, und trug eine schwere, juwelenbesetzte Halskette.

»Willkommen«, wurden sie von ihr begrüßt. Es handelte sich wohl um ihre Gastgeberin, Mrs. Davenport.

»Ich vermute, Sie sind Lord Somerton und seine Großtante?«

»Das sind wir.« Somerton verbeugte sich. »Ich weiß Ihre Einladung für den heutigen Abend sehr zu schätzen. Gestatten Sie mir, Ihnen meine geliebte Großtante, Mrs. Beatrice Villiers, vorzustellen. Sie ist zu Besuch vom Lande und wollte unbedingt an einem literarischen Salon teilnehmen.«

»Wir freuen uns immer, wenn wir Gleichgesinnte mit einer Passion für Literatur in unserem Zirkel begrüßen können.« Mrs. Davenport schien ihr Augenmerk nun auf Gwen zu richten, aber Gwen konnte sich dessen nicht ganz sicher sein. »Ist es möglich, dass Sie als junge Lady einen der ursprünglichen Salons der Bluestocking Society besucht haben?«

»Das habe ich nicht«, antwortete Gwen mit ihrer falschen Stimme und in der Hoffnung, glaubwürdig zu klingen. Durch den dichten Schleier würde sie die Reaktionen der anderen nicht wahrnehmen können. »Dies ist mein erster Besuch in London.«

»Oh! Dann freue ich mich besonders über Ihr Kommen. Erlauben Sie mir, Ihnen die anderen vorzustellen.« Mrs. Davenport drehte sich um – wenigstens das konnte Gwen sehen – und lenkte ihre Schritte in den Raum.

Zum Glück begleitete Somerton sie. Sie hatte ernste Befürchtungen, dass es zu einer Katastrophe käme, wenn sie ihn loslassen müsste. Die nächste Viertelstunde verbrachten sie damit, alle andere Gäste kennenzulernen – Schriftsteller, Buchhändler, einen Maler und eine kleine Abordnung der feinen Gesellschaft. Tatsächlich wurde ein Name genannt, der Gwen bekannt vorkam, und sie war erleichtert, unter dem Schleier verborgen zu sein.

Miss Josephine Harker war die letzte Person, der sie

vorgestellt wurde. Zwar konnte Gwen das nicht genau bestimmen, aber sie vermutete, dass sie in einem ähnlichen Alter wie sie selbst war.

Mrs. Davenport begab sich nun in die Raummitte und forderte ihre Gäste auf, sich zu setzen – eine Reihe von Stühlen war in einem Halbkreis aufgestellt worden. Somerton führte Gwen zu einem Stuhl und nahm sodann neben ihr Platz. Gwen fiel auf, dass Miss Harker auf seiner anderen Seite saß. Mrs. Davenport stellte die Autorin des Abends vor, Miss Helena Stainesby, eine Frau mittleren Alters, die eine Sammlung verschiedener Geschichten verfasst hatte, welche nun im *Lady's Monthly Museum* veröffentlicht wurden.

Miss Stainesby erzählte ihren Zuhörern von ihren Geschichten, die von Frauen in Führungspositionen handelten, wie beispielsweise die Leitung einer eigenen Farm, einer Leihbücherei und einer Spielhölle. Bei der Erwähnung der letzten Geschichte kicherte Miss Harker, und Gwen bemerkte, wie Somerton den Blick zu ihr wandte. Auch er lächelte.

Als Miss Stainesby mit der Vorstellung ihrer Werke geendet hatte war, entspann sich ein Gespräch über die sich verändernde Rolle der Frau und darüber, wie diese vielleicht in zwanzig oder fünfzig Jahren aussehen könnte. Das Thema war fesselnd und Gwen hörte gebannt zu, bis sie nicht länger schweigen konnte. Sie meldete sich zu Wort und brachte ihre Hoffnung zum Ausdruck, dass Frauen eines Tages an Universitäten zugelassen würden, damit sie auf demselben Niveau lernen könnten wie Männer, denn sie verfügten über die gleiche Intelligenz.

Dies stieß auf generelle Zustimmung, und nun drehte sich das Gespräch um Bildung. Gwen konnte nicht abschätzen, wie viel Zeit vergangen war, aber Mrs. Davenport kündigte an, dass sie eine Pause einlegen würden, um eine Erfrischung zu sich zu nehmen. »Gibt es keinen Alkohol wie bei den ursprünglichen Treffen der Blaustrumpfgesellschaft?«, fragte sie Somerton mit leiser Stimme.

»Das weiß ich nicht«, antwortete er. »Hätten Sie gern etwas Wein, falls welcher verfügbar ist?«

»Mit diesem Schleier sollte ich besser weder etwas essen noch trinken.« Sie konnte sich eine ganze Reihe von Missgeschicken vorstellen, wenn sie versuchte, die Speise oder das Getränk zum Mund zu führen, ohne den Schleier zu lüften. »Aber Sie müssen sich selbst etwas holen. Ich bleibe für einen Moment einfach hier stehen.

Er erhob sich mit ihr. »Ich bin gleich wieder da.«

Gwen sah ihm durch den Schleier nach, als er davonging. Lächelnd sah sie sich im Raum um. Wie gerne würde sie jede Woche hier sein. Vielleicht könnte Tamsin eine Einladung erwirken und Gwen als ihren Gast mitbringen. Dann bräuchte Gwen keinen Schleier zu tragen.

Miss Stainesby stand ganz in der Nähe. Obwohl Gwen Bedenken hatte, sich zu bewegen, wollte sie der Frau unbedingt ihre große Bewunderung versichern, und ihr auch sagen, wie sehr sie sich darauf freute, ihre Geschichten zu lesen.

Es war nur ein kurzes Stück, vielleicht fünf oder sechs kleine Schritte für eine ältere Frau. Das sollte sie bestimmt ohne Hilfe schaffen können.

Nach zwei Schritten verfing sie sich dem Fuß an einem Stuhlbein und geriet ins Wanken. Der Stuhl war gegen ein Möbelstück geschoben – es war ein Tisch oder eine Kommode, das wusste Gwen nicht genau zu sagen – und natürlich geriet auch dieser ins Wanken. Um das Gleichgewicht zu halten, trat sie um den Stuhl herum, hielt sich an der Stuhllehne fest und drehte ihren Körper so, dass sie in die Mitte des Raumes blickte. Na also! Sie hatte es geschafft.

Aber jetzt steckte sie fest, denn sie würde keinen Schritt mehr tun können.

»Verdammt, Sie brennen ja!«

Gwen war sich nicht sicher, wer diese Feststellung gemacht hatte, aber sie roch sofort etwas Verbranntes. Dann wurde sie von oben bis unten mit einer Flüssigkeit übergossen. »Was um alles in der Welt?«

Zu spät bemerkte sie, dass sie ihren Tonfall nicht moduliert hatte.

Dann wurde sie in Dunkelheit gehüllt, als man ihr ein Kleidungsstück über den Kopf warf. Der Gestank von verbranntem Stoff stieg ihr in die Nase, als jemand auf ihren Hinterkopf und ihre Schultern schlug.

»Es ist aus«, stellte Somerton mit Erleichterung in seiner Stimme fest. »Komm, Großtante Beatrice, wir wollen den Schaden begutachten.« Er nahm Gwens Arm und führte sie zur Tür.

»Am Ende des Korridors befindet sich auf der linken Seite ein Ruheraum«, bemerkte Mrs. Davenport, die bei der Tür stand. »Geht es Ihnen gut, Miss Villiers?«

Gwen begriff nun, dass sie es war, die in Flammen gestanden hatte. Vielmehr war ihr Schleier davon betroffen. Und Somerton hatte das Getränk, das er sich hatte ausschenken lassen, auf sie geschüttet und dann sein Kleidungsstück über sie gedeckt. War es sein Frack?

»Sie wird schon wieder«, meinte Somerton, ehe Gwen etwas sagen konnte. Dann waren sie dem Salon entkommen und hielten eiligen Schrittes auf den Ruheraum zu. Bei ihrer Ankunft dort führte er sie in das Zimmer, doch als sie Stimmen vernahm, merkte Gwen, dass es nicht leer war.

»Entschuldigen Sie uns«, sagte Somerton. »Würden Sie

mir und meiner Großtante freundlicherweise etwas Privatsphäre gönnen? Ihr ist gerade ein Missgeschick mit einer Kerze und ihrem Schleier unterlaufen, und ich fürchte, sie muss ihr Erscheinungsbild erst einmal wieder in Ordnung bringen.«

»Natürlich«, antwortete jemand, und einen Moment später hörte Gwen, wie sich die Tür schloss.

Und dann wurde es hell – oder heller als zuvor, als Somerton das Kleidungsstück von ihrem Kopf nahm. »Geht es Ihnen gut?«, fragte er und klang sehr besorgt.

Er stellte sich hinter sie und sie spürte, wie er an ihrem Schleier herumnestelte und dann mit seiner Hand über ihre Schulter und den oberen Teil ihres Rückens strich. Das fühlte sich eigentlich schön an.

»Ihr Schleier hat ein großes Loch, und aus dem richtigen Winkel kann jemand, der neben Ihnen steht, Ihr Ohr und wahrscheinlich auch eine Seite von ihrem Gesicht sehen. Ich habe meinen Frack über sie gestülpt, damit niemand sieht, dass Sie keine pockennarbige Siebzigjährige sind.«

Gwen schob den Schleier hoch, damit sie sehen konnte. »So ist es viel besser.« Sie drehte sich, um ihn anzusehen. »Habe ich wirklich meinen Schleier in *Brand gesteckt?*«

»Ja.« Er sah sie mit einem Ausdruck an, der eine Mischung aus Sorge und Bestürzung zu sein schien.

»Ich war gerade im Begriff gewesen, zu Miss Stainesby zu gehen, um mit ihr zu sprechen.« Gwen schürzte die Lippen. »Mir ist klar, dass ich besser von diesem Vorhaben abgesehen hätte, aber es waren nur eine Handvoll Schritte!« Sie hob die Hand, um den Schleier an der beschädigten Stelle zu berühren. »Was haben Sie denn über mich geschüttet? Es fühlt sich klebrig an.«

»Ratafia. Es gab nichts anderes. Ich wollte das Getränk eigentlich nicht, aber Mrs. Davenport bestand darauf, dass

Sie unbedingt etwas zu trinken brauchen. Also habe ich es angenommen, worüber ich nun froh bin.«

In einer Ecke war ein großer Spiegel angebracht. Gwen stellte sich davor und begutachtete den Schaden. Als sie den Kopf drehte, konnte sie den angesengten Schleier erkennen. »Sie haben recht, so können mich die Leute sehen.« Da kam ihr eine Idee. »Ich kann ihn einfach abnehmen und so drehen, dass das Loch auf der Rückseite ist, obwohl es ziemlich feucht ist. Können die Leute dann sehen, dass ich keine ältere Frau bin?« Sie begann, die Nadeln zu entfernen.

Als sie fertig war, schaute sie noch einmal in den Spiegel. Ihr Blick traf auf Somertons. Er stand hinter ihr – allerdings nicht zu dicht, doch die Intensität seines Blicks im Spiegel weckte in ihr ein Gefühl, als würde er direkt in ihrem Rücken stehen. Tatsächlich glaubte sie, seine Hand wieder zu spüren, die über sie strich, wobei seine Liebkosung etwas Verbotenes in ihr weckte.

Gwen drehte sich zu ihm um. »Helfen Sie mir, den Schleier so zu drapieren, dass mich das Loch nicht verrät?«

Mit dunklen Augen und einem festen Zug um den Kiefer trat Sommerton näher. Er hob die Hände und drehte den Schleier auf ihrem Kopf.

Jetzt war er ihr ganz nah. So nah, dass sie seinen verlockenden Duft erschnuppern konnte – Kiefer und etwas Würziges. Dieser Duft weckte ihre Sinne ebenso wie seine Nähe. Schon einmal war sie ihm so nahe gewesen, als sie Walzer getanzt hatten und natürlich auch, als sie gemeinsam an seinen Leseübungen gearbeitet hatten. Das war jedoch etwas anderes.

»Haben Sie ernst gemeint, was Sie heute Nachmittag gesagt haben?«, fragte sie, wobei ihre Stimme jetzt eher tief und ein bisschen kratzig klang, was im vollkommenen Gegensatz zur Stimme der Großtante Beatrice stand.

»Was?« Sein Blick war mit ihrem verhaftet, während seine Hände an ihrem Kopf verharrten.

»Wäre ich nicht die Schwester Ihres Freundes, hätten Sie mich ein halbes Dutzend Mal geküsst.«

»Ja. Mindestens ein halbes Dutzend Mal. Er brachte die Worte ohne jedes Zaudern und mit großer Überzeugung hervor.

»Vielleicht könnten Sie mir einfach einen Kuss geben?«

Seine Hände schlossen sich leicht um ihren Kopf und glitten dann über ihr Gesicht, bis sie ihre Wangen umfassten. »Gwen, weißt du eigentlich, was du da verlangst?«

»Ja.«

»Und du weißt, wer ich bin. *Was* ich bin.«

»Ja. Deshalb möchte ich von dir geküsst werden.«

Er stöhnte auf und für einen kurzen Moment schloss er die Augen. »Du führst mich wirklich in Versuchung.«

Gwen drehte den Kopf ein wenig und drückte ihre Lippen auf seine Handfläche. »Du verführst mich. Ich bitte nur um einen Kuss. Bitte?«

Seine Augen verdunkelten sich zu einem stürmischen Gewitter. »Das gehört nicht zu unserer Vereinbarung.« Mit dem Daumen streichelte er nun über ihre Unterlippe, und Gwen wollte sich an ihn lehnen. Ihr Körper zitterte vor Lust.

Sie sehnte sich so sehr nach seinem Kuss, aber ihr war auch bewusst, dass sie ihn in eine prekäre Lage gebracht hatte. Er gab sich alle erdenkliche Mühe, kein Halunke zu sein, und hier flehte sie ihn genau darum an. »Ich verlange zu viel.«

»Bitte mich noch einmal und ich werde dir deinen Wunsch erfüllen.«

Ohne zu zögern, sagte sie: »Bitte, Somerton, küss mich.«

»Lazarus«, krächzte er. »Mein Name ist Lazarus.«

Nun ließ er seine Lippen über ihre streifen, während er ihren Kopf in seine Hände nahm. Gwen erwachte zum Leben, als hätte sie den Winter über geschlummert und würde nun von der Sonne wachgeküsst.

Sie legte die Hände – eine davon hielt noch immer die Haarnadeln – auf seine Schultern, während er mit seinem Mund den ihren liebkoste. Begierig, ihn richtig zu fühlen, schmiegte Gwen ihren Körper enger an seinen.

Lazarus leckte ihr über die Lippen und ließ seine Zunge in ihren Mund gleiten. Gwen keuchte vor Wonne und klammerte sich fester an ihn, als er den Kuss vertiefte und seinen Kopf neigte, während ihre Lippen sich berührten.

Nur für eine Verschnaufpause hob er kurz den Kopf, ehe er sie mit seinem Mund ein weiteres Mal eroberte. Sein Kuss war von einer Leidenschaft, die alle blumigen Worte übertraf, die sie je in einem Liebesgedicht darüber gelesen hatte. Tatsächlich war sie keineswegs sicher, ob sie überhaupt Worte zur Beschreibung dessen ersinnen konnte, was gerade geschah.

»Oh, guter Gott, was *macht* ihr beide da?«

Lazarus trat von Gwen zurück, und sie riss sich die Hand vor den Mund, und zwar einerseits, weil ihre Lippen von seinem Kuss zitterten, und andererseits aus Entsetzen, weil sie erwischt worden waren. Sie beide hatten gegen mehrere Regeln verstoßen, und dafür würde sie mit Sicherheit den Preis zahlen müssen.

Gwen erkannte, dass sie von Miss Harker erwischt worden waren. Sie warf Lazarus einen anklagenden Blick zu. »Somerton, du bist ein ausgemachter Halunke. Du weißt es besser!«

Er schlug den Blick nieder und wirkte, als sei er mehr als ausreichend getadelt worden. Gwen warf Miss Harker einen sorgenerfüllten Blick zu. »Es war nicht allein seine

Schuld.« Gwen hatte ihn praktisch um diesen Kuss ange-fleht. Das machte sie wohl zu einer Halunkin. Oder etwas Ähnliches.

»Er trägt die ganze Schuld«, betonte Miss Harker. »Obwohl auch Sie es besser wissen sollten. Aber Sie sind ja auch in einer Verkleidung und ohne Anstandsdame in seiner Begleitung zu dieser Veranstaltung gekommen.«

So ausgedrückt, stellte sie Gwen ohne jede Intelligenz – oder Anstand – dar. Gwen fragte sich, ob Miss Harker recht hatte. Wenigstens, was den Viscount anbelangte. Er verleitete sie, Risiken für Dinge auf sich zu nehmen, die sie eigentlich unterlassen sollte. Weil er ihr das Gefühl gab, schön und begehrenswert zu sein. Noch nie hatte sie sich bei anderen so gefühlt.

Gwen setzte zu der einzigen Verteidigung an, die sie hatte. »Der Viscount war so freundlich, diese Einladung für mich zu organisieren, weil er wusste, dass ich gerne an einem literarischen Salon teilnehmen würde.«

»*Ich habe* das für Sie organisiert«, entgegnete Miss Harker. Sie warf Lazarus noch einen tadelnden Blick zu und schnalzte mit der Zunge. »Du kannst von Glück sagen, dass ich euch beide gefunden habe. Ich wollte nach-sehen, ob alles in Ordnung ist oder ob Miss Price gehen muss.«

»Sie wussten, dass ich unter dem Schleier war?«, fragte Gwen. Woher wusste Miss Harker überhaupt, wer sie war, wenn Gwen ihr noch nie begegnet war?

»Ja. Weil Somerton mich gebeten hat, eine Einladung für ihn und für Sie zu besorgen.«

»Ich habe nie gesagt, dass die Einladung für Miss Price ist«, murmelte Lazarus. »Das hast du nur gemutmaßt.«

Warum hatte Miss Harker diese Vermutung? Leider hatte Gwen im Moment keine Zeit, diesem Gedanken auf den Grund zu gehen. »Ich wollte nur meinen Schleier umändern, damit ich in den Salon zurückkehren kann«, erklärte Gwen. »Somerton hat mir geholfen, den Schleier so zu drehen, dass das Loch, das durch die Kerze entstanden ist, sich an meinem Hinterkopf befindet.«

»Ich werde Ihnen helfen, den Schleier festzustecken«, bot Miss Harker an, obwohl es eher wie ein Befehl klang. Sie blickte zu Lazarus. »Du kannst draußen oder im Salon warten.«

»Sie wird Hilfe brauchen, um zurückzukommen. Mit dem Schleier kann sie nicht gut sehen.«

»Und ich bin auch ohne den Schleier schon unbeholfen«, fügte Gwen hinzu. »Mit ihm bin ich eine wandelnde Katastrophe, wie meine angesengte Kopfbedeckung beweist.« Sie hatte Glück, dass nichts anderes Feuer gefangen hatte, wie beispielsweise ihr Haar.

»Ich werde im Salon sein.« Lazarus traf Gwens Blick, und sie nahm einen Anflug von Bedauern darin wahr. Das ließ ihr Herz vor Enttäuschung dumpfer schlagen. »Wir sollten bald aufbrechen.«

Gwen nickte, ehe er hinausging, und ihre gerade erst aufgekommene Freude wich einer neuen Traurigkeit. Was als aufregendes Abenteuer angefangen hatte, war in eine Katastrophe umgeschlagen. »Jetzt bin ich wohl ruiniert.« Von Heirat war nie die Rede gewesen, und das wäre nötig, da sie in einer kompromittierenden Position erwischt worden waren.

»Sie sind nicht ruiniert«, widersprach Miss Harker fest. »Setzen Sie sich.« Sie wies auf einen Stuhl, der an einem kleinen Frisiertisch mit einem Spiegel stand.

»Sie haben doch nicht vor, jemandem zu erzählen, was Sie beobachtet haben?« Gwen reichte ihr eine der Nadeln.

»Warum sollte ich? Wenn ich eine dieser grässlichen Klatschweiber sein wollte, hätte ich schon längst allen erzählt, wer sich wirklich unter dem Schleier verbirgt.«

Da war etwas Wahres dran. »Woher wussten Sie, wer ich bin?«, fragte Gwen, als Miss Harker den Schleier mit der ersten Nadel in ihrem Haar befestigte. »Ich meine, warum haben Sie angenommen, dass ich es bin?«

»Weil ich Somerton wegen seiner Beziehung zu Ihnen provoziert habe. Ich dachte, er könnte tatsächlich Gefühle für Sie hegen.« Mit hochgezogener Augenbraue sah sie Gwen im Spiegel an. »Vielleicht hatte ich recht.«

»Er wollte mich küssen, was ich auch gewollt habe«, entgegnete Gwen. »Das kann man wohl kaum als ›Gefühle‹ bezeichnen.«

Miss Harker zuckte mit den Schultern. »Das wäre möglich, wenn man seinen Ruf bedenkt, doch er hat mir das Gefühl vermittelt, dass er Sie zumindest sehr gern hat.«

Als Gwen das hörte, hellte sich ihre Stimmung auf. »Woher kennen Sie ihn?« Gwen glaubte nicht, dass Miss Harker Mitglied der feinen Gesellschaft war, aber vielleicht war Gwen ihr auch nur noch nicht begegnet. Mit ihrem modischen Abendkleid in dunklem Korallenrot, das aus der Bond Street hätte stammen können, sah sie zumindest wie eine junge Lady der Gesellschaft aus.

Miss Harker nahm eine weitere Haarnadel von Gwen entgegen und antwortete: »Meiner Mutter gehört das Siren's Call, wo ich an den meisten Abenden arbeite.«

»Sie arbeiten in einer Spielhölle?« Gwen fuhr zusammen, als Miss Harker ihr eine weitere Stecknadel durch den Schleier stach – nicht, weil sie ihr etwa mit der Nadel wehgetan hatte, sondern weil sie sie wahrscheinlich gerade beleidigt hatte, indem sie das Etablissement ihrer Mutter eine Hölle nannte.

Miss Harker lächelte. »Ja. Im Besitz von Frauen und auch von ihnen betrieben.«

»Ist Somerton ein regelmäßiger Besucher?«, erkundigte sich Gwen.

»So könnte man sagen.« Miss Harker nahm die letzte Nadel und steckte sie durch den Schleier. »Ziehen Sie den Schleier runter und lassen Sie uns sehen, ob er gut aussieht. Das hätten wir wahrscheinlich zuerst machen sollen. Insbesondere, um gewappnet zu sein, wenn noch einmal jemand reinkommt.« Sie schüttelte den Kopf. »Das war unklug, und es tut mir leid, dass ich mich eingemischt habe.«

Gwen zog den Schleier über ihr Gesicht und betrachtete ihr Abbild im Spiegel. »Ich finde, es sieht gut aus, doch das können Sie wahrscheinlich besser beurteilen.«

»Es ist annehmbar«, urteilte Miss Harker. »Es ist ein Segen, dass wir das Loch auf die Hinterseite verschieben konnten.«

Lächelnd drehte sich Gwen auf dem Stuhl seitlich und hob den Schleier, um Miss Harker besser sehen zu können. Nur für einen Moment. »Ich danke Ihnen. Nicht nur dafür, dass Sie mir jetzt helfen und niemandem erzählen, was Sie gesehen haben, sondern auch dafür, dass Sie mir eine Einladung für heute Abend besorgt haben. Das war der schönste Abend meines Lebens.«

Miss Harkers dunkle Augenbrauen stiegen wieder in die Höhe und sie formte ihre Lippen zu einem breiten Lächeln. »Wegen Somerton oder wegen der literarischen Unterhaltung?«

Beides, aber Gwen kannte Miss Harker nicht gut genug, um ihr das mitzuteilen. Sie war sich nicht einmal sicher, ob sie ihren Freundinnen etwas verraten würde, wenn sie sich morgen trafen. Sie griff nach dem Saum ihres Schleiers, um ihn noch einmal herunterzuziehen, und begegnete Miss Harkers Blick. »Möchten Sie morgen zum Tee kommen? Ich treffe mich wöchentlich mit einigen lieben Freundinnen. Vielleicht haben Sie Lust, sich uns anzuschließen.«

Miss Harker zögerte. »Warum?«

Gwen wusste einfach, dass sie sich gut mit Miss Harker verstehen würde. Jeder, der ihr half, einen literarischen Salon zu besuchen *und* ihr Geheimnis wahrte, dass sie einen bekannten Halunken geküsst hatte, war es wert, als Freundin bezeichnet zu werden. »Nachdem Sie mir heute Abend geholfen haben, sind wir bereits Freundinnen. Ich möchte mich für Ihre Freundlichkeit revanchieren, und das wird mir schwerfallen, wenn wir nicht in denselben gesellschaftlichen Kreisen verkehren.«

Lachend starrte Miss Harker sie mit einem neugierigen Blick an. »Sie sind anders als alle, die ich bislang kennengelernt habe. Ich glaube nicht, dass wir in denselben gesellschaftlichen Kreisen verkehren *können*. Nicht richtig. Ich nehme zwar an einigen gesellschaftlichen Veranstaltungen teil – zusammen mit meinem Vater –, aber ich hatte noch nie eine Saison und werde auch nie eine haben. Mit fünfundzwanzig würde man mich ohnehin für zu alt erachten. Und obwohl Sie zweifellos eine reizende Person sind, bin ich mir nicht sicher, ob ich mich mit Ihren Freundinnen ebenso wohl fühlen würde.«

»Aber natürlich. Meine Freundinnen sind genau wie ich. Nur dass eine die Tochter eines Herzogs ist. Und eine ist tatsächlich eine Herzogin, doch morgen wird sie nicht dabei sein, da sie vor kurzem Mutter geworden ist. Eine Baronin wird da sein und, damit Sie sich wohler fühlen, eine Gesellschafterin, ohne jede Wurzeln in der Gesellschaft, mit Ausnahme ihrer Freundin – das ist die Tochter des Herzogs, Lady Minerva.«

»Halifax?«, fragte Miss Harker. »Die Tochter des Duke of Henlow?«

»Genau der.«

»Ich kenne ihren Bruder – er kommt auch ins Siren`s Call. Aber ich kenne auch *Ihren* Bruder. Er ist in dieser Saison zum Stammgast geworden.«

»Das ist nicht überraschend. Denn inzwischen ist er sehr gut mit Sheff und Somerton befreundet.«

»Sie nennen ihn ›Sheff‹? Sie müssen ihn gut kennen.«

»Min ist eine meiner engsten Freundinnen. Wir haben uns vor fast zwei Jahren in Weston kennengelernt. Ich habe ihren Bruder kennengelernt, als wir im August alle dort wohnten. Die Gentlemen bleiben nicht den ganzen Monat wie wir, sondern nur eine Woche oder so. Im letzten August haben wir uns häufiger getroffen, weil einer der Gentlemen, der Duke of Wellesbourne, eine unserer Freundinnen geheiratet hat.«

»Das ist also die Herzogin«, schloss Miss Harker.

Gwen nickte. »Kommen Sie morgen?«

Miss Harker zuckte mit den Schultern. »Warum nicht?«

Lächelnd ließ Gwen den Schleier herunter und erhob sich. Dann nannte sie Miss Harker noch die Uhrzeit und ihre Adresse. »Jetzt müssen Sie mich wirklich bis in den Salon führen, denn sonst laufe ich noch gegen eine Wand.«

Miss Harker hielt Gwen ihren Arm hin. »Ich hoffe, zu dem Kuss mit Somerton war es nur aus Neugierde gekommen, und er wird sich nicht wiederholen. Mir scheinen Sie ein gutherziger Mensch zu sein und es wäre mir ein Gräuel, wenn er Ihnen das Herz bricht.«

»Ich war der Ansicht, dass Sie die Vermutung hegten, er hätte bereits romantische Anwandlungen, was mich anbelangt«, meinte Gwen.

»Das kann schon der Fall sein, was aber nicht bedeuten muss, dass er ein guter Ehemann sein wird. Für einige Menschen ist es unmöglich, ein monogames Dasein zu führen. Möglicherweise stört Sie dies aber auch gar nicht.«

Der Gedanke an einen untreuen Ehepartner war für Gwen inakzeptabel. Es würde sie am Boden zerstören, wenn ihr Mann untreu würde. Nachdem sie ihre eigenen Eltern zum Vorbild hatte, war sie sich noch nicht einmal sicher, ob sie sich mit weniger als einer auf Gegenseitigkeit beruhenden, bedingungslosen Liebe zufrieden gäbe. Leider würde ihr aber wohl gar keine andere Wahl bleiben. Treue war allerdings eine Bedingung, auf der sie bestehen würde. »So verhält es sich wohl. Macht es manchen Leuten nichts aus?«

Miss Harker zog eine Schulter hoch – das nahm Gwen zumindest an. »Meine Eltern sind einander nicht treu, doch das ist den beiden einerlei. Sie leben nicht zusammen und sehen sich nur selten. Um ehrlich zu sein, kann ich in der Ehe keinen Nutzen erkennen.«

»Keinen? Nicht einmal der ... körperliche Aspekt?«

»Um in diesen Genuss zu kommen, muss man nicht verheiratet sein«, entgegnete Miss Harker und klang dabei, als würde sie lächeln. »Das soll allerdings *kein* Ratschlag sein«, setzte sie mit großer Entschiedenheit hinzu.

Als sie den Ruheraum verließen, dachte Gwen über Miss Harkers Worte nach – darüber, was sie über Lazarus und auch sich selbst erzählt hatte, aber auch ihre Warnung, sich auf keinen

Fall das Herz brechen zu lassen. Befand sich Gwen überhaupt nur ein bisschen in dieser Gefahr? Ihr Wunsch, von Lazarus geküsst zu werden, und ihre Zuneigung zu ihm waren zweierlei Dinge.

Sie würde gut daran tun, dies nicht in Vergessenheit geraten zu lassen. Zudem durfte sie nicht daran denken, ihn noch einmal zu küssen.

Ihr letztes Vorhaben sollte sich als schwierig erweisen.

KAPITEL 9

Als Gwen sich etwa eine Stunde später von Lazarus in seine Kutsche helfen ließ, versuchte er, den Gedanken zu verdrängen, wie steif der Austausch jetzt zwischen ihnen werden würde. Seit Verlassen des Ruheraums hatte er kein Wort mit ihr gewechselt, denn Jo hatte es übernommen, sie durch den Salon zu führen, und die beiden Frauen plauderten mit allen, denen sie begegneten. Es freute Lazarus zwar, dass Gwen sich amüsierte, doch andererseits war er auch neidisch auf Jo. Er wollte derjenige sein, der Gwen herumführte.

Gwen.

Irgendwann im Ruhezimmer war aus Miss Price irgendwie Gwen geworden. Als wüsste er nicht *genau*, wie es geschehen war. In dem Moment, als er sie geküsst hatte, war die dem Anstand geschuldete Distanz zu Staub zerbröselt. Vielleicht wurden sie auch von einem unaufhaltsamen, gegenseitigen Verlangen angetrieben.

Selbst jetzt noch, eine Stunde später und hier draußen in der kalten Abendluft fühlte Lazarus die Hitze in seinem Körper, und sein Schaft regte sich bei dem Gedanken, mit dem Objekt seiner wachsenden Begierde in einer geschlossenen Kabine zu sitzen.

Da er keine andere Wahl hatte, stieg er hinter ihr in die Kutsche ein und setzte sich wie auch auf der Hinfahrt auf die rückwärtig gerichtete Sitzbank. Er war zu der Erkenntnis gelangt, dass es kein besonders guter Einfall wäre, eine Sitzbank mit ihr zu teilen, und nachdem er sie nun auch noch geküsst hatte, stellte dies ein Risiko extremen Ausmaßes dar.

Gwen zupfte eine Haarnadel nach der anderen aus ihrem Haar und verstaute sie in ihrem Retikül. Dann streifte sie den Schleier vom Kopf und stieß erleichtert die Luft aus. »Ich bin so froh, den Schleier endlich los zu sein. Seit meiner Begegnung mit der Kerze stinkt es penetrant nach verbranntem Tüll.«

Ihre »Begegnung«. Als hätte sie nicht um ein Haar eine schreckliche Verletzung erlitten. »Ich würde vorschlagen, dass Sie von nun an auf das Tragen eines Schleiers verzichten.«

»Das werde ich wohl müssen«, entgegnete sie seufzend. »Ich hoffe aber auf eine Gelegenheit, einen weiteren Salon zu besuchen. Der Abend war noch viel aufregender, als ich es mir vorgestellt hatte.« Sie sah ihm mit großer Ernsthaftigkeit direkt in die Augen. »Ich danke Ihnen. Ehrlich.«

»Sie sollten sich aber nicht bei mir bedanken«, entgegnete er beinahe knurrend, während er den Blick aus dem Fenster richtete. »Sie sollten nicht so liebenswürdig zu mir sein. Ich habe mich abscheulich benommen.« Damit wandte er ihr wieder seine Aufmerksamkeit zu. »Ich bitte Sie mit aller Demut um Vergebung, wenngleich ich Ihnen auch gleich dazu empfehle, mir diese nicht zuteilwerden zu lassen.«

»Wie ungemein widersprüchlich.« Sie lachte leise. »Sie haben sich ganz genau so benommen, wie ich es von Ihnen verlangt habe. Eher sollte ich Sie um Verzeihung bitten. Ich war es, die Sie nicht in diese Lage hätte bringen dürfen. Welche andere Alternative hatten Sie denn als mich zu küssen?«

Er sah sie verwundert an. »Ich hatte keine andere Wahl.«

»Sie hatten ja versucht, sich aus der Affäre zu ziehen«, meinte Gwen. »Aber ich war einigermaßen beharrlich. Ich bin es, der dieser Vorfall leidtut. Hoffentlich können Sie mir verzeihen. Ich kann mir vorstellen, dass Ihr schlechtes Gewissen Sie plagt und Sie sich für noch etwas Schlimmeres als einen Halunken halten. Ich bitte Sie, lassen Sie das nicht zu. Ich kenne die Regeln – die Regeln für Halunken – und dagegen habe ich verstoßen.«

Lazarus konnte nicht anders, als sie anzustarren.

»Mal sehen, ich habe folgende Regeln gebrochen: Sei niemals mit einem Halunken allein, flirte niemals mit einem Halunken, wobei ich mir reichlich sicher bin, dass es als Flirt gilt, wenn man einen Halunken um einen Kuss bittet. Gib einem Halunken niemals eine Chance ... vielleicht habe ich diese nicht gebrochen. Ich meine, die Chancen, die ich Ihnen geboten habe, stehen ja nicht mit einer romantischen Beziehung in Zusammenhang, und Sie haben jede einzelne davon mit Bravour gemeistert.« Sie verstummte. Schließlich sagte sie: »Ich habe eigentlich nur die ersten beiden Regeln gebrochen. An Ihrem Ruf habe ich nicht gezweifelt«, stellte sie mit einem Lächeln fest.

Und warum sollte sie auch? Das Problem bestand ja gar nicht in seinem Ruf. Er *war* ein Halunke, was er freimütig zugab und leicht beweisen konnte. Dies hatte ihn bislang noch nie gestört, doch mit einem Mal fühlte er sich davon belästigt.

Die Schuld dafür hatte er nur bei sich selbst zu suchen.

»Ihr finsterer Blick könnte sich mit Droxfords

messen«, bemerkte Gwen. Sie betrachtete ihn eingehend. Die Intensität ihres Blickes reichte aus, um seinen Körper vor Bewusstheit erbeben zu lassen.

»Es tut mir ehrlich leid«, meinte er. »Und egal, was Sie sagen, trage ich selbst die Schuld daran, also lassen Sie uns besser nicht mehr davon sprechen.«

»Gerade wollte ich denselben Vorschlag machen. Es ist besser, wenn wir dies vergessen. Uns bleibt auch gar keine andere Wahl, wenn wir uns auf Ihren Unterricht konzentrieren wollen.«

Wäre sie denn bereit, ihm weiter Unterricht zu geben? Seit Verlassen des Ruheraums hatte ihn diese Sorge gequält. Wie sollten sie sich nach diesem Vorfall noch weiter treffen? Er war nicht sicher, ob er genug Vertrauen in sich selbst setzte. Aber unter keinen Umständen sollte sie ihm vertrauen. »Ist das tatsächlich klug? Damit würden Sie die Regeln der Halunken weiterhin brechen.«

»Ich bin diese Verpflichtung eingegangen, als wir unsere Vereinbarung getroffen haben. Aber ich werde Sie nicht einfach im Stich lassen, jedenfalls nicht nach einer ... vorübergehenden Fehleinschätzung.« Sie nickte zur Bestärkung ihrer Worte. »Ja, wir müssen daran glauben, dass es nicht mehr war.«

Lazarus war sich allerdings weitestgehend sicher, dass es sich hier nicht um eine vorübergehende Situation handelte. Schon vorher hatte er sich nach Gwen verzehrt, und nun, da er sie geküsst hatte, war er unbedingt auf mehr aus. Er sehnte sich nach dem geschmeidigen Gleiten ihrer Haut über seine, während er jeden Zentimeter ihres Körpers erkundete. Er wollte sie stöhnen und schreien hören, während er sie bis an die Grenze der Ekstase und dann darüber hinaus trieb.

Nun war sein Schaft mehr als nur mäßig erregt, denn

er war ganz dick und steif geworden. Das sagte ihm, dass er durch und durch ein Halunke war.

Und er wollte sie besitzen. Doch dann musste er sich in Erinnerung rufen, dass er sie nicht haben konnte.

Das könnte er. Er konnte sich über seine niederen Instinkte erheben. Es gab für ihn aber auch die Möglichkeit, dieses Bedürfnis anderweitig zu lindern.

Ja, er könnte auf direktem Wege zum Rogue's Den fahren, nachdem er Gwen nach Hause gebracht hatte, und in den Armen einer, oder gar zweier der dort beschäftigten Ladys Befriedigung finden. Diese Vorstellung, die ihn normalerweise reizte, stieß ihn jetzt jedoch ab. Den Gedanken, seinen Trost bei einer anderen als Gwen zu suchen, fand er überaus befremdlich. Das galt zumindest für den Moment. Hoffentlich wäre dies nur ein vorübergehendes Phänomen. Falls dem nicht so war, was sollte er dann unternehmen?

»Sie sind schrecklich schweigsam«, bemerkte Gwen und legte den Kopf schief. »Hoffentlich machen Sie sich insgeheim keine Vorwürfe.«

»Unter anderem«, gestand er ein.

»Ich bereue nichts«, gestand sie leise, wobei sie die Lippen zu einem sanften Lächeln formte. »Ich weiß es zu schätzen, dass Sie mich geküsst haben. Es war himmlisch.«

Lazarus stöhnte beinahe vor Verlangen. »Ja, das war es.« Es lag einen merkliche Schärfe in seiner Stimme. Denn er fühlte sich wie eine unter Spannung gesetzte Feder, die jederzeit zu explodieren bereit war. Er musste sich Erleichterung verschaffen, die er mit seiner rechten Hand finden würde, sobald er zu Hause war.

»Drehen Sie sich noch einmal um, denn ich muss den Schleier wieder unter den Rock stecken.«

Zur Hölle und zum Teufel nochmal. Es war Lazarus ganz entfallen, dass diese Maßnahme erforderlich war. Dann riss den Kopf herum, sodass er die Rückenlehne praktisch vor sich hatte. Wenn er auch nur ein winziges Stück ihres Knöchel erblickte, bestand das Risiko, dass er sich auf sie stürzen würde, um ihr seine ›Hilfe‹ beim Verstecken des Schleiers anzubieten. Wo genau würde sie ihn befestigen? Zwischen ihren Schenkeln?

»Ich bin fertig.«

Lazarus stieß erleichtert die Luft aus und wischte sich mit der behandschuhten Hand über die schweißfeuchte Stirn. Die Fahrt zu ihrem Haus wollte kein Ende nehmen.

»Werden Sie heute Abend vor dem Schlafengehen noch etwas schreiben und auswendig lernen?«, erkundigte sie sich, womit sie ihn aus seinen Gedanken riss.

»Ja.« Sobald er sich um die Befriedigung seiner Lust gekümmert hätte und sie damit aus seinen Gedanken bannen könnte. Himmel, er hoffte, dazu imstande zu sein. Er konnte sich nicht erinnern, wann er jemals so stark auf eine einzige Person fixiert gewesen war. Nicht etwa auf eine Handlung oder ein Verlangen, sondern auf eine Frau. Er dachte nicht, dass dies je der Fall gewesen war.

Als die Kutsche vor ihrem Haus anhielt, ließ seine Anspannung ein wenig nach.

»Nochmals vielen Dank«, meinte sie. Sie rutschte auf ihrer Sitzbank ein wenig vor und berührte ihn leicht am Knie. Um ein Haar wäre ihm dies dann doch noch zum Verhängnis geworden.

Lazarus ballte die Hände zu Fäusten, um sie nicht zu packen und auf seinen Schoß zu ziehen. Er würde ihre Beine um sich spreizen, ihre Röcke beiseiteschieben und sich ihrer feuchten Hitze entgegenwölben. Dann würde er sie ein weiteres Mal küssen und dabei alles verschlingen, was sie ihm zu geben bereit war.

»Gute Nacht«, konnte er gerade noch durch den Schleier der Lust murmeln, der ihn umhüllt hatte.

Zu seinem Glück zog sie ihre Hand zurück – und das nicht eine Sekunde zu früh. »Gute Nacht.«

Dann entstieg sie der Kutsche mit Hilfe eines Dieners. Lazarus sah zu, wie sie das Haus betrat, und die Kutsche setzte sich in Bewegung.

Der heutige Abend hatte in einem vollkommen Desaster gegipfelt. Zwar hatte Lazarus bereits den Entschluss gefasst, dass ihre öffentliche Beziehung beendet werden sollten, doch nun musste er auch ihrer private Beziehung ein Ende machen. Sie mochten vielleicht versuchen, den Kuss zu vergessen, aber Lazarus war sich keineswegs sicher, ob er das konnte. In zwei Tagen würde er dies bei einem weiteren Treffen mit ihr versuchen. Wenn er sich dabei aber nicht auf das Lesen und Auswendiglernen konzentrieren konnte, würde eine Fortsetzung keinen Sinn mehr ergeben.

Er hoffte, es würde ihm irgendwie gelingen, sie aus seinen Gedanken zu drängen und dass er sein Verlangen nach ihr irgendwie anders abreagieren konnte. Andererseits war er dem Untergang geweiht.

~

Eine Mischung aus Angst und Vorfreude hatte Gwen erfasst, als sie auf ihre Freundinnen wartete. Sie war hin- und hergerissen, ob sie davon erzählen sollte, was sich gestern Abend mit Lazarus ereignet hatte, was dann allerdings auch bedeuten würde, ihre List mit der Verkleidung zu enthüllen, in der sie einem literarischen Salon beigewohnt hatte, und zwar mit einem Halunken als einzige Begleitung, oder ob sie das Geheimnis für sich behalten sollte. Nun, es wäre ein Geheimnis zwischen Miss Harker und ihr.

Aber wie sollte sie erklären, wie sie Miss Harkers

Bekanntschaft überhaupt gemacht hatte? Gwen konnte schlecht sagen, sie hätte sie zufällig im Siren's Call kennengelernt. Jetzt wünschte sie, sie hätte ihre neue Freundin um ein früheres Erscheinen gebeten, damit beide sich zusammen eine Geschichte zurechtlegen konnten.

Allein der Gedanke daran, ihre besten Freundinnen anzulügen, verursachte ihr ein mulmiges Gefühl, und daher rührte ihre Furcht.

Dann erschien Lake und kündigte die Ankunft von Miss Josephine Harker an. Sie war früh dran! Erleichtert atmete Gwen auf.

Miss Harker betrat den Salon. Sie trug ein elegantes, dunkelbraunes Kleid, das schön mit ihrem kastanienbraunen Haar harmonierte. Ihre Augen waren von einem auffallenden Haselnussbraun, das dem von Gwens Mutter ähnelte. Miss Harker war wirklich eine attraktive Frau, obwohl Gwen sich vorstellen konnte, dass mancher ihren Mund als zu breit oder ihre Nase als überrieben spitz erachteten. Gwen fand ihre Gesichtszüge faszinierend und einzigartig.

»Ich bin so froh über Ihr Erscheinen«, begrüßte Gwen sie. »Kommen Sie, setzen wir uns.« Zusammen begaben sie sich zu dem Sofa in der größten Sitzecke und Gwenn klopfte auf das Polster neben sich, damit Miss Harker sich zu ihr setzte.

»Danke für die Einladung. Ich entschuldige mich für mein verfrühtes Erscheinen, aber ich wollte wissen, wie Sie mich Ihren Freundinnen vorzustellen gedenken. Werden Sie ihnen vor gestern Abend erzählen, oder sollen wir uns eine andere Geschichte ausdenken?«

Gwen lachte. »Ach du liebe Zeit. Haben Sie etwa meine Gedanken gelesen. Ich habe gerade bereut, Sie nicht früher eingeladen zu haben, damit wir diesen Punkt klären können.«

»Sie wollen also den gestrigen Abend verheimlichen?«

»Ich denke nicht, dass ich das möchte. Wenn ich meine Freundinnen anlöge, würde ich mich furchtbar fühlen.«

»Das halte ich für klug«, entgegnete Miss Harker mit einem Nicken. »Wenn sie Ihre Freundinnen sind, werden sie Sie nicht verurteilen.«

»Das sind sie ganz sicher. Ich habe keinen Grund, ihnen irgendetwas zu verheimlichen.« Um der Ehrlichkeit unter Freundinnen Genüge zu tun, fügte Gwen hinzu: »Ich habe mich gesorgt, dass sie mich geringer schätzen würden, weil ich einige unserer Regeln für Halunken gebrochen habe. Sie haben aber recht. Das werden sie nicht tun, weil sie meine Freundinnen *sind*.«

Miss Harker runzelte die Stirn. »Regeln für Halunken? Ich fürchte, die werden Sie mir erklären müssen, Miss Price.«

»Du musst mich Gwen nennen, weil wir jetzt auch Freundinnen sind.«

»Und du musst mich Jo nennen.« Dann lächelte sie Gwen an. »Ja, das sind wir.«

Gwen fing mit einer Erläuterung der Regeln für Halunken an, die vor beinahe zwei Jahren eingeführt worden waren. Den Skandal um Pandora und Bane wollte sie nicht noch einmal explizit erwähnen, sondern sie bemerkte nur, dass die Regeln entstanden seien, nachdem ein Halunke eine ihrer Freundinnen schändlich behandelt hatte. Dann sagte sie die Regeln auf, die sie auswendig kannte.

»Die letzte Regel gefällt mir ausgezeichnet: Ruiniere den Halunken, bevor er dich ruiniert. Das ist ein *hervorragender* Ratschlag.« Jo sah Gwen mit einem beruhigenden Blick an. »Bei Somerton musst du dir, glaube ich, keine Sorgen darüber machen. Er wird dich nicht ruinieren. Jedenfalls nicht mit Absicht. Allerdings kannst du mit ihm nicht einfach wie gestern Abend weitermachen. Wie fühlst du dich denn heute diesbezüglich?«, erkundigte sie sich aufrichtig besorgt.

Gwen ließ den anschaulichen und pikanten Traum unerwähnt, wie Lazarus ihr in der Kutsche half, sie den Schleier wieder unter dem Rock versteckte, und der Schleier dann ganz verschwand, sodass seine Hände frei waren, um sich mit ihr zu beschäftigen. »Es geht mir gut. Ich fühle eine große Erleichterung darüber, dass wir nicht erwischt worden sind. Aber ich könnte auch nicht behaupten, dass ich es bedauere.« Sie verriet auch nichts von ihrer Nervosität in Bezug auf ihre Unterrichtsstunde, die für morgen geplant war. Würde eine unbehagliche Stimmung zwischen ihnen aufkommen?

Lazarus hatte wissen wollen, ob ein Treffen überhaupt klug sei, worauf sie ihm versichert hatte, dass alles wieder ins Lot kommen würde. Wäre das allerdings wirklich möglich, wenn sie nicht aufhören konnte, sich vorzustellen, ihren Kuss zu wiederholen?

Als Jo ihr eine Antwort schuldig blieb, fragte Gwen: »Soll ich das tun?«

»Diese Entscheidung kannst nur du allein treffen, aber gegen ein gewisses Maß an sexueller Wissbegierde ist wohl nichts einzuwenden. Die Herren der Schöpfung haben anscheinend weniger Probleme mit ihrer Erforschung. Warum sollten wir es ihnen nicht gleichtun?« Ein kurzes Lächeln ließ ihr Gesicht aufleuchten. »Natürlich kenne ich die Antwort. Durch die Regeln der Gesellschaft ist dies Frauen wie dir einfach nicht erlaubt.«

Frauen wie Gwen. Was war mit Frauen wie Jo? Gestern Abend hatte Jo die Andeutung gemacht, dass man nicht verheiratet sein müsse, um in den Genuss der körperlichen Vorzüge einer Ehe zu gelangen. Hatte sie dies also etwa getan? Wenn Gwen auch ungemein neugierig war und gelegentlich auch penetrant sein konnte, getraute sie sich nicht, danach zu fragen. »Das ist bedauerlich. Dass Frauen für ihr Können auf sexuellem Gebiet bewundert werden, kann ich mir aber kaum vorstellen. Und das scheint kaum fair zu sein.«

»Das ist es wirklich nicht. Wir müssen uns diskret verhalten, und dafür haben wir, glaube ich, ohnehin die besseren Voraussetzungen. Wir haben gar nötig, uns mit diesen Dingen zu brüsten um unser Selbstwertgefühl zu heben.« Sie zwinkerte Gwen zu.

»Du bist der faszinierendste Mensch, den ich je kennengelernt habe«, staunte Gwen.

Jo lachte. »Das kann ich kaum glauben.«

»Das solltest du aber. Ich habe mein ganzes Leben in Bristol verbracht. Ich war auch schon in Wales, in Bath, in Gloucestershire und in Cornwall. Dies ist mein erster Aufenthalt in London. Ich bin ziemlich gut behütet worden.« Es war zwar nicht ganz so streng wie bei Tamsin gewesen, aber Gwen kam sich neben Jo wie eine Unschuld vom Lande vor. Als sie gerade ihren Mut sammelte, um Jo nach ihren sexuellen Erfahrungen zu fragen – oder ob sie überhaupt welche hatte –, kündigte Lake die Ankunft von Min und Ellis an.

Während Gwen alle miteinander bekannt machte, kam Tamsin noch als Letze hinzu, und Gwen brachte die Vorstellung zu Ende. Sobald alle Platz genommen hatten und ein Tablett mit Tee und Kuchen bereitgestellt worden war, stand Gwen wieder auf und ging, um die Tür bis auf einen kleinen Spalt zu schließen. Sie ganz zuzumachen würde die Neugier ihrer Mutter wecken, weshalb Gwen sie lieber einen Spaltbreit offen ließ.

»Sollen wir heute Geheimnisse austauschen?«, wollte Min mit einem spitzbübischen Lächeln wissen. »Oder Klatsch und Tratsch?«

Die Freundinnen tratschten nicht gerade viel, doch ganz fremd war ihnen das natürlich nicht. »Ich habe Neuigkeiten zu berichten, und es ist besser, wenn niemand außerhalb dieses Raumes davon erfährt«, meinte Gwen.

Alle, außer Jo, sahen sie erwartungsvoll an. »Leg los«, forderte Tamsin von ihrem Sessel zu Gwens Linker sie auf.

Gwen sah sich unter ihren Freudinnen um. »Ihr fragt euch wahrscheinlich, wie ich Miss Harker, oder besser gesagt Jo, wie ich sie jetzt nenne, kennengelernt habe.«

»Ich weiß, wer sie ist«, meinte Min und warf Jo einen Blick zu. »Ihrer Mutter gehört das Siren's Call.«

»Ja. Und Ihr Bruder ist ein häufiger Gast dort.«

Min lächelte. »So habe ich von Ihnen erfahren.«

»Er bespricht solche Dinge mit Ihnen?« Da schien Jo zu überraschen.

»Er redet ein bisschen darüber«, antwortete Min achselzuckend. »Wir streiten zwar ständig miteinander, aber wir stehen uns trotzdem sehr nahe. Von seinen Besuchen im Rogue's Den erzählt er allerdings nicht viel. Und darüber bin ich heilfroh.

Jo lachte. »Das wäre ich auch. Wie schön, dass Sie beide ein gutes Verhältnis miteinander haben. Das zu hören freut mich wirklich sehr. Ich mag Shefford, auch wenn er ein bisschen empfindsam ist.«

»Glauben Sie das?« Nun war es Min, die überrascht wirkte. »Wie interessant, dass Sie dahintergekommen sind. Sie müssen ihn wirklich gut kennen.«

Jo hob eine Schulter und sagte: »Ich weiß nicht genau, ob ich das so nennen würde. Ich bin nur eine aufmerksame Beobachterin der Menschen. Es ist schwer, das im Siren's Call nicht zu sein.«

Nun richtete Min ihre Aufmerksamkeit auf Gwen. »Hast du Miss Harker im Siren's Call kennengelernt?« Sie schmunzelte.

Gwen lachte. »Nein. Ich habe sie gestern Abend bei einem literarischen Salon getroffen.«

»Du warst bei einem literarischen Salon?«, fragte Tamsin und ihre Augen weiteten sich kurz. »Dort wäre ich gern mit dir hingegangen!«

»Ich war in Begleitung von Lord Somerton.« So, das Geheimnis war gelüftet. Nun ja, zumindest ein Teil davon. Gwens Puls fing wieder an, sich zu überschlagen, als ihre Befürchtungen erneut aufflammten.

Tamsin, Min und Ellis sahen sie entgeistert an. »Was soll das heißen, du bist mit ihm dort gewesen?«, fragte Min.

»Von Jo hat er von dem Salon gehört – sie ist eine regelmäßige Teilnehmerin – und er hat sie gebeten, ob sie eine Einladung für ihn und einen Gast besorgen könnte.«

»Du kannst nicht einfach mit einem Gentleman zu einem Salon gehen!«, platzte Min heraus, in deren Zügen sich das Entsetzen eingebrannt hatte.

Ellis warf ihr einen beschwichtigenden Blick zu. »Sie ist nicht albern, Min.« Dann sah sie wieder zu Gwen. »Bitte fahre fort, und keine von uns wird dich noch einmal unterbrechen.«

Dagegen hatte Gwen nichts einzuwenden, denn ihrer Ansicht nach würde es leichter sein, die Geschichte zu Ende zu erzählen, ohne mehrfach unterbrochen zu werden, worauf sie dann jedes Mal ihren Mut wieder sammeln müsste, um weiterzuerzählen. »Somerton nahm seine ›Großtante Beatrice‹ mit zu dem Salon. Ich trug ein schlichtes Kleid und einen dicken Schleier über meinem Kopf. Wie ihr euch vorstellen könnt, stellte der Schleier eine besondere Herausforderung für mich dar, weil ich ja an meinen besten Tagen schon mehr als unbeholfen bin. Dies war der aufregendste Abend, den ich je erlebt habe, und ich bete darum, dass ich wiederkommen darf.« Gwen sah zu Tamsin: »Hoffentlich können wir zusammen hingehen – denn dann kannst du meine Anstandsdame sein.«

Tamsin nickte begeistert, ehe sie dann kurz die Lippen schürzte. »Warum sollte Somerton dich zu einem literarischen Salon mitnehmen?«

»Er weiß von meiner Passion für Bücher und dachte, es würde mir Freude machen. Vielleicht habe ich ihm gegenüber eine Bemerkung fallengelassen, dass ich mich für die Teilnahme an einem Salon interessiere.«

»Das ist sehr aufmerksam von ihm«, betonte Ellis. Sie sah Gwen prüfend an. »Ist eure Beziehung schon so weit fortgeschritten, dass ihr umeinander werbt?«

Min holte tief Luft. »Erklärt er sich bereit, seinem Dasein als Halunke abzuschwören?«

»Das glaube ich nicht, ähm, nein.« Hitze stieg Gwen in den Nacken auf und dann ins Gesicht, doch sie sprach weiter. »Mir ist gestern Abend ein Missgeschick passiert – was ihr euch ja gut vorstellen könnt – und ich habe aus Versehen eine Kerzenflamme mit meinem Schleier gestreift.« Alle drei starrten sie mit großen Augen und offenen Mündern an. »Der Schleier hat Feuer gefangen, aber Somerton hat es gleich gelöscht. Wir gingen in den Ruheraum, um den Schaden zu beheben, denn der Schleier hatte ein Loch bekommen, und es stand zu befürchten, dass entdeckt wurde, dass ich in Wirklichkeit nicht seine alte Großtante war. Während wir dort waren, kamen wir, ähm, uns näher. Vielleicht habe ich ihn gebeten, mich zu küssen.«

»Vielleicht?«, fragte Jo sardonisch und zog die Stirn in Falten.

»Na schön, ich habe ihn gebeten, mich zu küssen. Er hat gezaudert, aber schließlich hat er nachgegeben. In dem Moment kam Jo herein und hat uns zusammen gesehen.«

Drei scharfe Atemzüge erfüllten den Raum, als alle ihre Köpfe zu Jo drehten.

»Keine Sorge, ich habe nicht vor, sie zu verraten«, meinte Jo.

»Natürlich nicht. Warum sollten Sie heute sonst hier sein?«, fragte Ellis. Sie sah wieder zu Gwen. »Warum *ist* Miss Harker heute hier?«

»Bitte, ihr müsst mich alle Jo nennen. Es sei denn, ihr wollt mich gleich wieder vor die Tür setzen.« Jo formte die Lippen sich zu einem schmalen Lächeln, das ihre absolute Sorglosigkeit darüber verriet.

»Das werde ich nicht zulassen«, warf Gwen entschlossen ein. »Jo war gestern Abend eine große Hilfe und wir sind schnell Freundinnen geworden. Ich habe sie heute eingeladen, weil ich wusste, dass ihr sie alle ebenso gernhaben würdet wie ich. Sie hat sogar schon einen Favoriten unter unseren Regeln für Halunken.«

Mins Augen leuchteten vor Begeisterung auf. »Oh, und welche ist das?«

»Ruiniere einen Halunken, bevor er dich ruiniert.« In Jos Augen blitzte eine Mischung aus Erregung und vielleicht auch Häme auf. »Das ist wirklich eine wunderbare Regel.«

Tamsin hob ihre Hand und blickte Gwen an. »Ich möchte mich nur noch einmal ganz genau vergewissern, dass ich das alle richtig verstanden habe. Du hast meinen Cousin um einen Kuss gebeten, wozu er bereit gewesen war, und dann wurdet ihr in dieser kompromittierenden Position erwischt?« Auf Gwens Nicken hin fragte sie: »Was ist dann passiert? Bist du jetzt verlobt, so wie Isaac und ich dazu gezwungen wurden?«

»Nein, denn Jo ist nicht Mrs. Lose Zunge.« Gwen bezog sich damit auf die Frau, die beobachtet hatte, wie Isaac einen Mann schlug, der Tamsin den Hof machen und sie heiraten wollte. Der Mann hatte sie ohne ihre Zustimmung berührt, worauf Isaac ihn warnte, das zu unterlassen. Als er nicht aufhörte, schlug Isaac ihn nieder, und Mrs. Lose Zunge, die Frau, die auch Pandora und Bane in ihrer kompromittierenden Position erwischt hatte, brachte in aller Deutlichkeit zum Ausdruck, dass sie allen erzählen würde, was sie gesehen hatte, woraufhin Isaak seine Verlobung mit Tamsin erklärt hatte.

»Gott sei Dank«, murmelte Ellis.

»Du hast Somerton also geküsst?«, fragte Min.

»Ja«, antwortete Gwen. »Insgesamt habe ich mindestens zwei Regeln gebrochen, was ich aber überhaupt nicht bereue. Ich hatte unbedingt wissen wollen, wie sich ein Kuss anfühlt, und das weiß ich jetzt.«

»Bravo«, lobte Jo sie. »Daran, einen Mann zu küssen ist nichts Schlimmes, solange man dabei nicht erwischt wird. Was wäre denn, wenn man jemanden heiraten würde, der ganz miserabel küsst?«

Tamsin seufzte. »Ich habe Isaac erst geküsst, nachdem wir verheiratet waren. Das haben wir nicht einmal in unserer Hochzeitsnacht getan. Zum Glück ist er beim Küssen gar *nicht* schlecht. Oder in irgendetwas anderem auf diesem Gebiet.« Eine leichte Röte stieg ihr in die Wangen.

»Das ist wirklich ein Glücksfall, Lady Droxford«, bemerkte Jo.

»Du musst mich Tamsin nennen. Wenn wir dich alle Jo nennen sollen, musst du auch unsere Vornamen benutzen. Ich wage zu behaupten, dass wir bereits Freundinnen sind«, fügte sie beinahe schüchtern hinzu.

Min warf Tamsin einen mitfühlenden Blick zu. »Mir tut es so leid, dass du geglaubt hattest, du könntest uns die Wahrheit nicht sagen. Wir müssen alle versprechen, ganz aufrichtig zu sein – so wie Gwen es heute vorgemacht hat.

Wir haben uns doch alle gern, nicht wahr? Hier wird kein Urteil gefällt.«

Darauf nickten alle zustimmend. »Das verspreche ich«, meinte Gwen. »Nun, da ich euch von gestern Abend erzählt habe, fühle ich mich besser.«

»Ich verspreche auch, das zu tun«, stimmte Tamsin zu.

»Ich ebenfalls, obwohl ich mir nur schwer vorstellen kann, dass ich je etwas Interessantes zu berichten hätte«, meinte Ellis. Sie war eine unerschütterliche Jungfer, wenn sie auch das Alter für die Jungfernschaft noch nicht erreicht hatte.

Jo warf Ellis einen vielsagenden Blick zu. »Man weiß nie, was noch so alles passieren kann. Außerdem möchte ich mich nicht schlecht fühlen, falls ich mich entschließe, etwas *nicht* zu erzählen. Es sollte einfach Dinge geben, die nicht unsere eigenen Geheimnisse bleiben müssen, und die wir mit anderen teilen sollten, wohingegen andere einfach unaussprechlich sind.« Sie zuckte mit den Schultern.

Min sah Jo mit Interesse an. »Vermutlich stellst du uns alle mit deinen Erfahrungen in den Schatten.«

Nach einem kurzen, überraschten Auflachen schüttelte Jo den Kopf. »Ob das wirklich wahr ist, weiß ich nicht. Wie ich schon sagte, bin ich eine leidenschaftliche Beobachterin. Das heißt allerdings nicht, dass dies *meine* Erfahrung wäre.«

»Dir muss eine ganze Menge Klatsch und Tratsch zu Ohren kommen«, stellte Ellis fest.

»So ist es, doch dem größten Teil davon schenke ich keinerlei Beachtung. Die Leute hören sich eben gerne selbst reden.«

»Nun, um meinen Beitrag zum Austausch von Informationen zu leisten, sollte ich euch etwas sagen«, verkündete Min. »Angesichts meines derzeitigen Rufs, zu wählerisch zu sein, sorgen sich meine Eltern, dass ich meine Heiratsaussichten ruiniert haben könnte, indem ich so viele Bewerber zurückgewiesen habe und auch deutlich zum Ausdruck gebracht habe, niemanden zu akzeptieren, der auch nur im Entferntesten ein schurkisches Verhalten zeigt.«

»Was hat das zu bedeuten?«, fragte Gwen. »Bist du denn jetzt nicht mehr auf dem Heiratsmarkt?«

»Das bedeutet, dass ihre Eltern über ihr Verhalten erzürnt sind und sie Min nun mit jemandem ihrer Wahl verheiraten wollen.« Ellis warf Min einen mitfühlenden Blick zu.

»So schlimm kann das nicht werden«, tröstete Tamsin sie, die stets optimistisch war. »Du wirst in dieser Saison schon die richtige Partie finden.«

Min zuckte mit den Schultern. »Ich bin mir da nicht so sicher, dass das passieren wird. Man fordert mich nicht gerade oft zum Tanzen auf, und ich hatte erst zwei Bewerber im Laufe der ganzen Saison.«

Gwen stand der Mund vor Staunen offen. Wie war es möglich, dass sie selbst mehr Bewerber als Min hatte? Das ergab keinen Sinn.

»Zudem fürchte ich, nicht viel dagegen unternehmen zu können, selbst wenn ich das wollte. Mein Ruf ist in Mitleidenschaft gezogen, was zum großen Teil dem Klatsch und Tratsch anderer junger Ladys und deren Mütter zu verdanken ist. Sie sind meiner Meinung nach wohl der Ansicht, es würde ihnen selbst zu mehr Popularität verhelfen, wenn ich dem Heiratsmarkt fernbleibe.« Min verdrehte die Augen.

»Sind die Menschen allen Ernstes derart grausam?«, fragte Tamsin.

»Ja«, antwortete Jo. »Mir ist schon jede Menge Klatsch und Tratsch über Lady Minerva und ihre vermeintliche Arroganz zu Ohren gekommen.«

»Arroganz?« Gwen konnte sich beim besten Willen keine Beschreibung vorstellen, die weniger auf Min zutreffen würde.

Min zuckte mit den Schultern. »Das überrascht mich nicht. Als Henlows Tochter haben die Leute eine bestimmte Vorstellung von meiner Person. Seit jeher hat dies zum Teil zu meinem Problem auf dem Heiratsmarkt beigetragen. Die meisten Gentlemen, die ich dort kennenlerne, sind der Ansicht, sie wüssten schon alles über mich. Das zum einen und zum anderen mangelt es ihnen an Interesse, mich wirklich kennenzulernen. Sie haben nur den Titel und die Verbindungen meines Vaters vor Augen, denn das ist eigentlich das, was sie wirklich wollen.«

»Das ist so wahr«, murmelte Jo. »Es tut mir leid.«

Min sah zu Ellis hinüber. »Wir werden einfach zusammen Jungfern sein, und es wird wunderbar werden.« Sie lachte, und Ellis lächelte zurück.

»Ich schließe mich euch an, denn auch ich habe beschlossen, nicht zu heiraten«, meldete sich Jo zu Wort. »Wir können einen Club ins Leben rufen.«

»Ja, bitte«, meinte Min grinsend. »Wir werden literarische Salons veranstalten. Kann eine unverheiratete junge Frau so etwas tun?«, überlegte sie.

»Ich möchte nur an einem teilnehmen«, meinte Tamsin. Sie wandte sich an Jo. »Kannst du eine Einladung für mich besorgen?«

»Für uns alle«, forderte Ellis. »Tamsin, du kannst für alle die Anstandsdame sein.«

Tamsin lachte. »Dieses Amt übernehme ich gern.«

Eine ganze Weile unterhielten sie sich über literarische Salons, ehe Gwen dann den Vorschlag machte, eine Erfrischung zu sich zu nehmen. Bevor sie jedoch aufstehen konnten, fragte Ellis: »Wir sind von unserem ursprünglichen Thema – Gwen und Somerton – abgekommen. Was ist als Nächstes zwischen euch beiden passiert?«

»Nichts«, antwortete Gwen. »Das war ein einmaliges Ereignis. Eine Wiederholung wird es nicht geben.«

Min formte die Lippen zu einem verschmitzten Lächeln. »Hat es dir gefallen?«

»Ja«, antwortete Gwen ohne zu zögern.

»Brillant.« Min stand auf und wandte sich dem Teetablett auf dem Tisch zu. Ellis und Jo kamen ihr nach, doch Tamsin blieb noch zurück, um mit Gwen zu sprechen.

»Was wird aus deinen Treffen mit Somerton in unserem Haus?«, flüsterte Tamsin.

»Wir werden weitermachen. Morgen werde ich bei euch mit ihm zusammenkommen.«

»Vielleicht solltest du die Tür besser ein Stück offen stehen lassen«, schlug Tamsin vor, die dabei eine Grimasse andeutete.

Das sollten sie wahrscheinlich tun. »Es handelt sich dabei wirklich um einen Einzelfall«, versicherte Gwen ihr. »Wir haben einen Schlussstrich darunter gezogen.«

Tamsin nickte und sah dabei irgendwie erleichtert aus.

Gwen war sich nicht sicher, ob die Sache wirklich hinter ihnen lag, doch sie mussten es dabei belassen. Ansonsten musste sie Tamsin wohl recht geben und die Tür der Bibliothek sollte wirklich offen bleiben.

KAPITEL 10

Heute war Gwen an der Reihe, früher im Haus der Droxfords einzutreffen, und so wappnete Lazarus sich für ihren Anblick, sobald er die Bibliothek betrat. Obwohl er sich auf ihr Treffen freute, fürchtete er es zugleich. In den letzten anderthalb Tagen seit dem literarischen Salon hatte er nur an sie denken können.

Der Butler begrüßte ihn, ohne jedoch noch etwas anderes zu sagen. Inzwischen hatte er begriffen, dass Lazarus und Gwen heimliche Treffen in der Bibliothek abhielten. Trotzdem bestätigte er dieses Wissen in keiner Weise.

Lazarus zögerte eine kurzen Moment vor der Bibliothek und setzte sein charmantestes Lächeln auf. Doch dann ließ er es gleich wieder aus seinem Gesicht verschwinden. Was dachte er sich nur? Glaubte er etwa, er könnte dieses Problem durch Flirten aus der Welt schaffen? Das würde alles nur noch schlimmer machen.

Nachdem er noch einmal tief Luft geholt hatte, betrat er die Bibliothek. Gwen stand neben dem Tisch und drehte sich zu ihm um. Sie trug ein schlichtes, blassrosa Kleid mit einem Spitzenbesatz. Darin wirkte sie sehr feminin und verführerisch, und Lazarus war gezwungen, ein hohes Maß an Selbstbeherrschung aufzubringen, um nicht zu ihr zu eilen und sie in die Arme zu schließen.

»Soll ich die Tür schließen?, fragte er, da er der Ansicht war, dass dieser kleinen Handlung nach ihrem Kuss mehr Gewicht beigemessen werden sollte.

»Ich hatte gedacht, wir sollten davon absehen, doch ich komme zu den Schluss, dass Ihnen gar keine andere Wahl bleibt. Denn andererseits könnte die Wahrheit über unsere Treffen – und damit über ihr Geheimnis – ans Licht kommen.«

Lazarus wusste nicht so recht, ob das eine Rolle spielte, aber er war sich seines Problems dennoch bewusst. Obwohl er in der Zeit, in der sie sich getroffen hatten, eine leichte Verbesserung seiner Lesefähigkeiten festgestellt hatte, fühlte er sich aber noch nicht sicher genug, um die Gewissheit zu haben, dass er keine Hilfe mehr brauchte, um eine von ihm verfasste Rede auswendig zu lernen und vor seinem Publikum zu halten. Langsam fragte er sich, ob er versuchen sollte, seine Rede einfach vorzutragen ohne sie auswendig zu lernen. Wenn er doch nur jemanden neben sich hätte, der ihm ein Wort zuflüstern könnte, falls er den Faden verlöre oder einen Punkt ausließe, den er hatte anführen wollen.

Er schloss die Tür und lenkte seine Schritte sodann zum Tisch, wo er hinter seinem Stuhl Aufstellung nahm, damit er ihr nicht zu nahe kam und das Möbelstück als Barriere zwischen ihnen stand. Er sah, dass sie bereits Papier, Bleistift und ein Buch für ihre gemeinsame Arbeit bereitgelegt hatte.

»Hoffentlich geht es Ihnen gut«, bemerkte sie mit

einem zaghaften Lächeln. Es war für ihn nicht zu übersehen, dass sie sich seltsam fühlte. Das ging ihm ebenso.

»Ich bin mir nicht sicher, ob wir einfach so tun können, als wäre nichts passiert«, meinte er.

»Das müssen wir aber versuchen«, entgegnete sie mit gespielter Strenge. Sie ließ sich auf ihrem Stuhl nieder und gab ihm ein Zeichen, sich zu setzen. »Fangen wir an. Konzentrieren wir uns auf unsere Arbeit, damit wir nicht abgelenkt werden.«

Hieß das etwa, dass sie mit Schwierigkeiten zu kämpfen hatte, nicht an ihren Kuss zu denken? Darüber sollte sich Lazarus wirklich keine Gedanken machen. Am besten tat er, was sie sagte – indem er sich auf ihre Arbeit konzentrierte. Also nahm er Platz und zwang sich, sich zu entspannen.

»Wie kommen Sie mit dem Auswendiglernen der Rede zurecht?«, fragte sie. »Möchten Sie das Vortragen üben und mir Ihre Fortschritte demonstrieren?«

In Wahrheit war er seit dem Salon derart abgelenkt, dass er kaum weitergekommen war. »Ich könnte einen Versuch wagen.«

»Fangen wir mit den Leseübungen an und vielleicht wirkt das ja beruhigend auf Sie.« Sie schenkte ihm ein aufmunterndes Lächeln, das den Wunsch in ihm weckte, sie zu küssen. Verdammt, alles weckte den Wunsch in ihm, sie zu küssen.

Er musste sich im Zaum halten. Wenn er das nicht schaffte, wäre seine Chance auf eine Verbesserung seiner Lesefähigkeit verloren.

Sie schlug das Buch auf und legte es vor ihn auf den Tisch. Dann nahm sie sich den Text vor und fügte dieselbe Art von Markierungen ein – Unterstreichungen und Schrägstriche zur Trennung von Silben und Lauten – wie sie es bei den abgeschriebenen Texten getan hatte.

»Sie haben Ihr Buch ruiniert«, stellte er fest.

»Ach was, es ist nicht ruiniert, wenn es Ihnen eine Hilfe ist.«

»Ich kaufe Ihnen neues. Ich weiß, wie wichtig Ihnen Ihre Bücher sind.«

Ihre Blicke verfingen sich. »Sie zu unterrichten ist mir auch wichtig.«

Sie war ihm lieb und teuer. Lazarus schob eine Hand unter den Tisch und presste seine Finger in sein Bein. Es war eine unsägliche Qual, sie nicht zu berühren. Denn er wünschte sich so sehr, in ihrer Wärme und Zärtlichkeit zu schwelgen.

Er musste sich zwingen, um seinen Blick von ihr abzuwenden, und schaute auf das Buch, um dann mit dem Lesen zu beginnen. Es schockierte ihn, wieviel leichter als sonst es heute war. Was nicht heißen sollte, dass es einfach war. Ihn erfüllte aber eine seltsame Zuversicht, die er seit dem Tod seines Vaters nicht mehr empfunden hatte. Es könnte an der Gewissheit liegen, einen wahren Verbündeten zu haben – einen Menschen, der ihm wirklich helfen wollte und der den Erfolg seiner Arbeit sehen wollte.

Er las zehn Minuten lang, aber vielleicht war es auch länger. So ganz sicher war er sich da nicht. Die Worte kamen ihm ein wenig leichter über Lippen. Bis es vorbei war. Er stieß auf ein Wort, das ihn ins Stocken brachte und leise fluchend lehnte er sich auf seinem Stuhl zurück.

»Das war so wunderbar!«, rief sie, und ihr Stolz brachte ihre Gesichtszüge zum Leuchten. »Lassen Sie sich nicht entmutigen. Sie haben wundervoll gelesen! Obendrein schien es Ihnen auch noch Spaß gemacht zu haben. Das ist das höchste Ziel.«

»Aber dann bin ich gestrauchelt.«

»Selbst *ich* strauchele manchmal beim Lesen«, entgegnete sie. »Sie dürfen sich deshalb nicht schämen. Denn Sie machen wirklich sehr große Fortschritte. Hoffentlich können Sie das selbst auch erkennen. Bitte sagen Sie mir, ob es so ist, denn sonst habe ich das Gefühl, als würde ich Sie im Stich lassen.

»Das tun Sie bestimmt nicht«, versicherte er ihr schnell. »Ich könnte mir keine bessere Lehrerin wünschen.«

»Danke.« Nun färbten sich ihre Wangen wieder ein bisschen rosig, als würde sie sich ob seines Lobes schämen. Oder gab es dafür etwa noch eine andere Ursache? »Wollen Sie jetzt Ihre Rede üben?«

»Das kann ich vermutlich probieren.«

Gwen nahm ein Schriftstück aus ihrer Tasche. »Ich folge Ihnen mit meiner Kopie, falls Sie irgendwelche Hinweise brauchen.« Sie hielt die kopierte Rede in der Hand und blickte ihn erwartungsvoll an.

Auf einmal fühlte er sich nervös. »Ich sollte wohl aufstehen«, murmelte er, wobei er sich auch schon erhob und seinen Stuhl zurückschob. Er ging vom Tisch weg und dann wieder zurück und lockerte dabei seine Schultern. Dann positionierte er sich zwischen dem Stuhl und dem Tisch und begann, sich zu konzentrieren.

»Schließen Sie immer Ihre Augen, wenn Sie üben?«, fragte sie.

Lazarus hatte nicht im Geringsten bemerkt, dass er sie geschlossen hatte. Nun schlug er sie wieder auf und blickte sie an. »Das habe ich nicht bemerkt, aber ja. Wenn ich im House of Lords spreche, sollte ich daran denken, das zu unterlassen.« Er würde wie ein Dämlack aussehen, wenn er mit geschlossenen Augen vor seinem Publikum sprach.

»Im Augenblick können Sie das gern tun, wenn es Ihnen hilft. Wir können an einer Sache nach der anderen arbeiten.«

»Ich werde mich bemühen, die Augen nicht zu schließen. Genaugenommen würde er sie gar nicht schließen *wollen*, wenn er den Blick auf ihr behielt. Was ihn allerdings auch davon abhalten könnte, etwas anderes zu sagen, als *»Küss mich noch einmal, Gwen. Bitte.«*

»Beginnen Sie, sobald Sie bereit dazu sind.« Sie blickte kurz auf die Rede in ihrer Hand hinunter, bevor sie ihren erwartungsvollen Blick wieder zu ihm hob.

Das hätte ihn eigentlich beunruhigen müssen, doch er empfand dies im Gegenteil als überraschend beruhigend. Vielleicht lag es an dem großen Eifer und der Zuversicht, mit der sie ihn ansah. Und dem Stolz. Obwohl er kein großes Vertrauen in sich selbst setzte, so glaubte sie doch fest an ihn. Nach so langer Zeit ohne seinen Vater nun wieder jemanden in seinem Leben zu haben, der ihn wirklich zu verstehen schien, erfüllte ihn mit der Kraft, die ihm gefehlt hatte.

Er hielt einen Moment inne, denn er wollte auch seine Mutter nicht herabsetzen, die ihn immer geliebt und unterstützt hatte. Von seinen Schwierigkeiten mit dem Lesen hatte sie allerdings nie etwas erfahren, weil sein Vater seine Ausbildung übernommen hatte, während sie sich auf ihre drei Töchter konzentriert hatte. Nach dem Tod seines Vaters hatte Lazarus es nicht über sich gebracht, ihr die Wahrheit zu sagen. Zum ersten Mal dachte er, dazu jetzt vielleicht imstande zu sein. Warum hatte er je geglaubt, ihr gegenüber nicht aufrichtig sein zu können? Weil die Scham, die er lange mit sich herumgetragen hatte, alles andere in den Schatten gestellt hatte.

Nun schob er aber seine lang gehegten Gefühle beiseite und bündelte seine ganze Konzentration auf den Mut, den Gwen in ihm geweckt hatte, bis er dann irgendwie den Anfang der Rede in seinem Kopf fand und zu sprechen anfing. Ein Wort nach dem anderen strömte aus ihm heraus, und da er sie nicht von einem Papier ablas, klang alles fließend und natürlich. Nach einer Weile fiel ihm auf, dass sie nicht auf das Schriftstück in ihrer Hand schaute. Das brachte ihn ins Straucheln und die nächsten Worte entglitten ihm.

Sie half ihm mit einem Stichwort wieder auf die Sprünge, ohne jedoch nachzusehen, was es überhaupt war.

»Haben Sie die Rede auswendig gelernt?«, fragte er ungläubig.

»Das habe ich möglicherweise getan«, entgegnete sie mit einem leichten Schulterzucken.

»Warum halte ich sie dann vor Ihnen?«

»Nur für den Fall, dass ich sie nicht vollständig auswendig gelernt habe. Sie sind nicht der Einzige, der sich mit Selbstzweifeln schwertut. Wie Sie sehen, sind Sie darin ganz normal.«

In diesem Moment erkannte Lazarus, dass er nie wieder eine andere Frau wie sie kennenlernen würde. Sie war eine Frau, die ihm in die Seele sehen konnte und die besten Seiten an ihm erkannte, die ihn auf eine Weise ergänzte, die ihm das Gefühl gab, ganz zu sein. Es lag Jahre zurück, dass er diese Art von Verständigung und Verbundenheit gefühlt hatte. Seit sein Vater gestorben war, hatte er das nicht mehr gefühlt.

»Brauchen Sie das nächste Wort?«, fragte sie.

Er erinnerte sich an ihr Stichwort und schüttelte sanft den Kopf. Dann nahm er den Faden wieder auf und fuhr noch einige wenige Zeilen fort, denn mehr hatte er sich noch nicht gemerkt. »Das ist alles, was ich bislang auswendig gelernt habe«, sagte er.

Sie sprang von ihrem Stuhl auf. »Das ist die Hälfte, Lazarus!«

Sein Namen von ihren Lippen und ihre unbändige Begeisterung brachten ihn zum Grinsen. Sie legte das Schriftstück hin und ging um den Tisch herum auf ihn zu.

Dann legte sie die Arme um seinen Hals. »Ich bin so stolz auf dich«, sagte sie leise, ihre Lippen nahe an seinem Ohr.

Lazarus erstarrte. Aber nur für einen winzigen Moment. Dann schlang er seine Arme um sie und drückte sie fest an sich.

Sie zog den Kopf zurück und sah ihm mit geteilten Lippen in die Augen. Sie nickte ihm leicht zu und hob ihren Mund zu seinem.

Lazarus brauchte keine weitere Aufforderung und er wollte auch die Stimmen in seinem Kopf nicht länger hören, die ihm zuraunten, er solle aufhören. Begierig und verzweifelt leidenschaftlich küsste er sie. Dies war keine zaghafte Annäherung wie gestern Abend. In diesem Moment trafen hier zwei Menschen zusammen, die sich nichts sehnlicher wünschten, als einander in den Armen zu liegen.

Das sollte er sich nicht wünschen. Er sollte dies nicht zulassen. Und dennoch hätte er nicht dagegen angekonnt, selbst wenn das Haus wie ihr Schleier in Flammen gestanden hätte.

Sie erwiderte den Schlag seiner Zunge mit ihrer eigenen und klammerte sich dabei an seinen Nacken, wobei ihre Finger sanft an seinem Haar zupften. Lazarus drückte seine Hände auf ihren Rücken und packte ihre Hüfte, um ihr Becken an seins zu ziehen.

Ihre unzusammenhängenden Laute und ihr leises Stöhnen umhüllten ihn und versetzten ihn in einen lust-vollen Nebel. Ihr Kuss endete und begann gleich darauf von vorn, bis er sich vertiefte, während sie ihre Körper auf der Suche nach Berührung aneinander rieben. Lazarus hob sie hoch und setzte sie mit dem Hintern auf den Tisch, um sich zwischen ihre Beine zu schieben, so gut es ihre Klei-dung zuließ. Küssend entfernte er sich von ihrem Mund, erforschte ihre Kieferpartie und ihren Hals, und wanderte dann an ihrem Hals hinunter.

Gwen hielt seinen Kopf umklammert und verflocht dabei die Finger mit seinem Haar. Mit einer Hand tastete er sich bis zur Unterseite ihrer Brust vor und umfasste sie. Begierig nach seiner Berührung wölbte sie sich ihm entgegen. Rasch hatte Lazarus die Beherrschung verloren, falls er sie überhaupt je besessen hatte.

Er sollte sich von ihr entfernen. Verdammt, er sollte vor ihr Reißaus nehmen. Stattdessen hob er den Kopf, um sie ein weiteres Mal zu küssen, während er mit seiner Hand über ihre Brust streichelte. Mit leidenschaftlichem Eifer, der jeden Ansatz zum Aufhören zunichtemachte, erwiderte sie seinen Kuss.

Er knabberte an ihrer Unterlippe, wobei er seine Hand über und zwischen dem Spitzensaum, der in ihr Kleid gesteckt war, auf ihr nackte Haut legte. Wie gerne hätte er seine Hand in ihr Mieder geschoben und so viel von ihrer Haut erkundet, wie er nur konnte. Er konnte allerdings nicht riskieren, sie in der Bibliothek seines Freundes zu entkleiden.

Im Grunde genommen sollte er nichts davon riskieren, was sie hier taten.

Schließlich gewann die Vernunft wieder die Oberhand, und Lazarus löste seine Lippen von ihren. Sein Atem ging viel zu schnell und sein Puls raste, als er einen Schritt zurücktrat. Er spürte das drängende Pochen seines Schaftes, der sich nach Erlösung - nach *ihr* – sehnte.

Gwens Lippen hatten einen dunkelrosa Farbton angenommen und waren vom Küssen geschwollen. Ihr Verlangen ließ ihre Augen aufleuchten und Lazarus begehrte sie mehr denn je zuvor.

»Warum hast du aufgehört?«, fragte sie ihn mit einer

tiefen, verführerischen Stimme. »Ich habe es sehr genossen.«

»Das habe ich auch.« Lazarus holte tief Luft und versuchte, sich zu beruhigen. »Wir dürfen aber nicht damit fortfahren. Wir hätten gar nicht erst damit anfangen sollen. Ich erinnere mich an deine Worte, dass wir unter die Geschehnisse von gestern beim literarischen Salon einen Schlussstrich ziehen wollen, und du hattest recht damit. Das, was heute passiert ist, war ein Fehler.«

»Es hat sich ganz und gar nicht wie ein Fehler angefühlt«, gab sie mit einem äußerst charmanten Lächeln zurück.

Lazarus hätte beinahe vor Frustration gestöhnt. Sie machte es einem wirklich nicht leicht. Doch andererseits zweifelte er nicht im Geringsten daran, dass es unerträglich schwierig und schmerzhaft werden würde, sich von ihr loszureißen, was er als Nächstes tun musste. »Trotzdem war es ein Fehler. Auch unser Treffen war ein Fehler. Von weiteren Unterrichtsstunden müssen wir bedauerlicherweise absehen.«

Sie machte große Augen und entfernte sich vom Tisch. »Nein. Das können wir nicht. Ich habe mich verpflichtet, dir zu helfen.«

Als sie auf ihn zukam, wich Lazarus einen weiteren Schritt zurück. »Dafür bin ich dankbar. Aber ich bin entschlossen, dich nicht zu ruinieren, und das bedeutet, dass wir uns nicht mehr treffen können.«

»Du wirst mich nicht ruinieren«, brachte sie mit einer solchen Ernsthaftigkeit hervor, dass er ihr fast glaubte. Er *wollte* ihr glauben. Andererseits kannte er auch sich selbst. Wenn er auch allgemein ein Halunke war, so war er bei ihr ein ganz anderer Mensch. Sie war die Herrscherin über seine Gedanken, und wenn er sich jetzt nicht zurückzog, gingen sie beide das Risiko ein, für immer aneinander gefesselt zu sein.

Wäre das denn so schlimm?

Lazarus hätte bei der winzigen Stimme in seinem Hinterkopf um ein Haar laut aufgekeucht. Er musste etwas falsch verstanden haben. Verflixt, stand es denn wirklich schon so schlimm um ihn, dass er unsinnige Äußerungen in seinem Kopf hörte?

»Gwen, bitte du musst einsehen, dass es hier nicht um dich geht, sondern ausschließlich um mich. Du weißt, was für ein Mensch ich bin. Offenbar kann ich nicht einmal dann an mich halten, wenn es in meinem Interesse liegt.« Ein Schmerz nahm Lazarus´ Brust in Besitz. Er wusste, dass er von ihrem Unterricht profitierte. Sich dies jetzt zu versagen, brannte sich in ihn ein und hinterließ in ihm ein Gefühl von ... Mangelhaftigkeit. Was sie bisher erreicht hatten, musste einfach genügen.

Sie runzelte die Stirn. »Das ist meine Schuld. Ich hätte dich nie bitten dürfen, mich zu küssen. Zu allem Unglück habe ich mich von demselben Impuls hinreißen lassen. Wenn du nicht so ein hervorragender Küsser wärst ...«

Nun stöhnte Lazarus. »Sei bitte still. Wir dürfen das nicht einmal aussprechen. Allein durch ihre Nähe war sein Körper bereits in hellem Aufruhr. Über ihre gegenseitige Anziehungskraft zu sprechen und obendrein über ihre Begeisterung, was seine Küsse anbelangte, war nicht gerade hilfreich.

Ihr hübsches Gesicht bekam einen tristen Ausdruck, als hätte er ihr gerade gesagt, ihr Pferd sei gestorben. »Ich habe dich im Stich gelassen, Lazarus. Es tut mir so leid.«

»Das hast du *keinesfalls*.« So gern wollte er sie berühren, um ihr zu versichern, dass sie absolut alles richtig gemacht hatte, doch dieses Risiko durfte er unter keinen Umständen eingehen. »Du hast mir etwas geschenkt, das ich in meinem Leben seit langer Zeit vermisst habe – Hoffnung. Es war mein Vater gewesen, der mich auf den Weg des Lesenlernens gebracht hat, und nun bist du es, die mir dabei hilft. Dafür werde ich dir für immer dankbar sein.«

»Gib mir bitte Bescheid, wenn ich dir in irgendeiner Weise helfen kann. Jederzeit. Und egal an welchen Ort.«

Lazarus gestattete sich daraufhin ein Lächeln. Ob sie sich wohl vorstellen konnte, was diese Einladung in seinem mit wollüstigen Gedanken gefüllten Verstand bewirkte? »Das werde ich«, log er sie zur Antwort an. Er beabsichtigte keineswegs, sich an sie zu wenden. Das wäre ihm unmöglich. Sie war im Begriff, einen Ehemann zu wählen und aller Wahrscheinlichkeit nach würde er im Juni auf ihre Hochzeit anstoßen.

»Also rechne ich besser nicht damit, dass du mich heute Abend wieder bei Almack's retten wirst, falls ich Bedarf habe?«, fragte sie hoffnungsvoll. »Letzte Woche haben wir die Veranstaltung ausfallen lassen, aber Mutter meint, dass wir heute Abend unbedingt hingehen müssen, da mein Glück scheinbar eine Wendung zum Besseren genommen hat.«

Sie zu beobachten, wie sie mit einer Parade von geeigneten Junggesellen tanzte, wäre eine Qual. Dennoch verspürte er einen Neigung, sie zu beschützen und Sorge dafür zu tragen, dass sie einen zauberhaften Abend genießen würde. »Ich glaube nicht, dass ich dort sein werde«, entgegnete er bedauernd.

Zur Antwort nickte sie, ehe sie dann um den Tisch herumging, um ihre Sachen einzusammeln. »Du solltest deine Leseübungen nicht vernachlässigen und sie jeden Tag wiederholen. Wenn es dir recht ist, lasse ich dir weiterhin Übungstexte mit meinen Markierungen zukommen.«

»Das würdest du für mich tun?« Die Worte waren ihm schon über die Lippen entwichen, ehe er ihr Angebot überhaupt durchdacht hatte. Daran wäre allerdings nichts auszusetzen. Ihm Dinge zu schicken, bedeutete ja nicht, dass sie sich direkt sehen würden.

»Aber gewiss. Ich werde es trotzdem tun, auch wenn du nicht willst«, fügte sie lachend hinzu.

»Das möchte ich gern«, entgegnete er leise. »Danke.«

Sie nahm ihre Tasche in die Hand und sah ihn mit einen langen Blick an. »Ich danke *dir*. Für alles. Du hast dem Lauf meines Lebens eine neue Richtung gegeben.«

Dann drehte sie sich um und verließ die Bibliothek. Sie entfernte sich von *ihm*. Für immer.

~

Am folgenden Nachmittag zog Gwen ihre Tanzschuhe für eine weitere Unterrichtsstunde mit Mr. Tremblay an. Ihrer nächsten Stunde mit ihm oder wie lange auch immer er zur Verfügung stehen würde, sah sie keinesfalls mit Freuden entgegen. Viel lieber würde sie Lazarus eine weitere Unterrichtsstunde geben, und zwar insbesondere dann, wenn dabei die Aussicht auf den Austausch eines Kusses zwischen ihnen bestünde.

Es würde aber weder weitere Unterrichtsstunden noch Küsse geben. Seit sie ihn gestern Nachmittag verlassen hatte, wähnte Gwen sich in einem Nebel. Diesen Umstand würde sie gern für gestriges Missgeschick bei Almack's verantwortlich machen, was sie aber schlecht tun konnte, weil sie jeden Tag eine gewisse Ungeschicklichkeit an den Tag legte.

Im Verlauf eines Longway-Tanzes war sie ins Stolpern geraten und dabei auf einen eher kleinen, schlanken Gentleman geprallt, der dadurch zu Boden stürzte. Glücklicherweise hatte er die Sache mit Humor genommen und ihr lachend aufgeholfen, aber ihr Tanzpartner, Mr. Brentworth, war keinesfalls davon begeistert gewesen. Sie war sich einigermaßen sicher, dass sie Mr. Brentworth das letzte Mal gesehen hatte.

Den Tanz zuvor hatte sie mit Mr. Markwith getanzt, und dabei hatte sie den Eindruck gewonnen, er sei an einer Werbung um sie interessiert. Heute früh hatte er London verlassen müssen, um ein Familienmitglied in Kent zu besuchen, doch er hatte ihr angekündigt, dass er sie nach seiner Rückkehr aufsuchen würde. Anstatt sich über seine Aufmerksamkeit und sein Interesse zu freuen, fühlte sie sich weiterhin wie umnebelt – oder etwas in dieser Art – und zwar von Lazarus.

Ihr blieb keine andere Wahl als einen Schlussstrich unter ihr aufregendes Intermezzo zu ziehen. Denn Lazarus war genau der Mann, für den sie ihn hielt – durch und durch ein Halunke –, und somit gehörte er der Sorte an, von der sie sich geschworen hatte, sie niemals zu heiraten. Es war auch nicht so, als wäre er an einer Heirat mit ihr interessiert. Ihm hatte es nicht schnell genug gehen können, sich von ihr zu lösen. Und das alles nur, weil er seine schurkischen Neigungen nicht im Zaum halten konnte.

Sie dachte an die Worte ihrer Mutter über seinen Ruf, und dass er keinen guten Ehemann abgeben würde. Aller Wahrscheinlichkeit nach hatte sie recht – und Gwen gab viel auf die Meinung ihrer Mutter. Trotzdem legte Gwen mit eben diesem bekannten Halunken ein unangemessenes Verhalten an den Tag. Ihre Mutter wäre entsetzt. Gwen konnte ihr innerliches Zusammenzucken nicht unterdrücken.

Die Gewissheit, dass Lazarus keine gute Wahl war, schmälerte den Schmerz über den Verlust ihrer Freundschaft nicht. Sollte es ihr allerdings gelingen, sich auf die Tatsache zu konzentrieren, dass sie ohne ihn besser dran war, würde der Schmerz womöglich nachlassen.

»Gwen, warum starrst du mit diesem verzweifelten Blick an die Wand?«, fragte ihre Mutter, die mit ihrer Zeitschrift bereits beim Fenster saß.

Gwen schüttelte den Kopf und blinzelte. »Ich war nur in Gedanken versunken. Meine Gedanken kreisen um ein Buch, das ich gerade lese«, flunkerte sie.

Mr. Tremblay und sein Musiker trafen ein, und Gwen zwang sich zu einem Lächeln, während sie ihren Körper anspannte. »Guten Tag, Miss Price. Sind Sie bereit, Walzer zu tanzen?«

»Ich nehme nicht an, dass wir es zum Auftakt mit einem einfachen Longway-Tanz versuchen könnten?«, schlug Gwen vor, und das nicht nur, weil das bedeutete, dass er sie nicht lange berühren würde. Nach dem Debakel gestern Abend konnte sie die Übung gebrauchen.

Der Tanzlehrer runzelte die Stirn, auf der sich schwache Furchen abzeichneten, und er schürzte die bogenförmigen Lippen. »Ist das wirklich notwendig? Meiner Ansicht nach sollten Sie sich darüber hinauswagen.«

»Ein kurzer Überblick wäre hilfreich«, sagte Gwen. »Manchmal habe ich Schwierigkeiten dabei.«

»Ich verstehe.« Plötzlich lächelte er strahlend. »Sollten wir am Ende noch Zeit haben, werden wir den Tanz noch rasch auffrischen. Aber zuerst müssen wir uns auf die anspruchsvolleren Tänze konzentrieren.«

»Mr. Tremblay«, meldete sich Gwens Mutter zu Wort. »Würden Sie bitte mit dem Kotillon beginnen? Den tanzt Gwen sicher lieber als den Walzer oder die Quadrille.«

Mr. Tremblay wirkte ein wenig enttäuscht, aber er überspielte dies mit einem weiteren Lächeln. »Sehr gut.«

Erleichtert folgte Gwen Mr. Tremblays Anleitung. Die Musik setzte ein, und er führte sie durch den Tanz, wobei er sie stärker berührte, als sie eigentlich erwartet hatte. Seine Hand verweilte auf ihrem Arm und streifte ihren Rücken und ihre Hüfte. Ein paar Mal unterlief ihr ein falscher Schritt, und er war schnell zur Stelle, um sie zu umfassen und sie in die richtige Richtung zu lenken. Es wäre überhaupt nicht seltsam gewesen, wenn er sie nicht so lange gehalten hätte und seine Berührungen sich manchmal wie Liebkosungen angefühlt hätten.

Und dann war da noch das übertrieben freundliche Lächeln. In der Tat war es fast ... verführerisch. Bei seinem ganzen Gebaren fühlte sie sich ausgesprochen unwohl.

Als die Musik aufhörte, applaudierte er kurz. »Das haben Sie sehr gut gemacht, Miss Price. Zeit für den Walzer.«

Gwen blickte zu ihrer Mutter, die sich gerade wieder der Zeitschrift zuwandte, die sie in der Hand hielt. Hatte sie etwas von den Dingen beobachtet, die Mr. Tremblay sich herausnahm?

Um die Stunde so schnell wie möglich hinter sich zu bringen, biss Gwen die Zähne zusammen und trat auf den Tanzlehrer zu. Er ergriff ihre Hand und drückte seine Handfläche gegen ihren unteren Rücken. Seine Fingerspitzen waren nach unten, in Richtung ihres Gesäßes gerichtet, und drangen in diesen Bereich vor. Gwen ließ sich fünf Minuten lang von ihm betatschen und wich dann abrupt von ihm zurück.

Mr. Tremblay wies den Musiker an, mit dem Spielen aufzuhören. »Stimmt etwas nicht?«, fragte er Gwen.

»Ich fürchte, ich habe Kopfschmerzen. Ich werde mich hinlegen müssen«, sagte Gwen. »Bitte entschuldigt mich.« Sie warf ihrer Mutter noch einen kurzen Blick zu, bevor sie aus dem Salon eilte.

Oben in ihrem Schlafzimmer zog sie ihre Tanzschuhe aus und überlegte, ob sie ein Bad nehmen sollte, um die heimtückische Berührung des Tanzlehrers abzuwaschen. Stattdessen ging sie im Zimmer auf und ab und überlegte, was sie ihr Mutter sagen würde, denn eine weitere Stunde mit Mr. Tremblay konnte sie nicht ertragen.

Ein leichtes Klopfen an der Tür ließ Gwen innehalten. »Herein.«

Ihre Mutter trat ein und schloss die Tür hinter sich. »Geht es dir gut? Ich dachte, du würdest dich hinlegen.«

»Mir geht es gut. Ich habe keine Kopfschmerzen.«

Falten zogen sich über die Stirn ihrer Mutter. »Warum hast du dann gelogen?«

»Weil ich keine weitere Minute von Mr. Tremblays wandernden Händen oder seinen anzüglichen Blicken ertragen konnte. Es tut mir leid, Mama, aber er ist mir zu zudringlich. Ich mag ihn nicht, und ich will ihn nicht mehr sehen.«

Ihre Mutter schaute erschrocken. »Es tut mir so leid. Das habe ich gar nicht bemerkt.«

Gwen hielt sich mit der Antwort zurück, dass dies wohl am Studium ihrer Zeitschrift lag. »Es war von deinem Platz aus auch schwer zu sehen. Aber du vertraust mir, wenn ich dir sage, dass sein Verhalten an der Grenze des Unangemessenen laviert, nicht wahr?«

»Natürlich vertraue ich dir, Liebes.« Dann trat ihre Mutter auf sie zu, berührte ihren Arm und sah sie mit der Wärme und Fürsorge an, die Gwen immer mit dem Gefühl erfüllt hatte, geliebt und beschützt zu werden. »Nie wieder Mr. Tremblay«, versprach sie fest. »Obwohl wir jetzt natürlich wieder auf der Suche nach einem Tanzlehrer sind.«

»Brauche ich wirklich einen?«, fragte Gwen.

Ihre Mutter zog eine Augenbraue hoch und musterte sie mit fragendem Blick. »Nach gestern Abend?«

Gwen lachte. »Ich werde es nie zur Perfektion bringen, Mama, aber meine Leistungen sind passabel. Die Gentlemen fordern mich zum Tanz auf.«

»Ja, und es ist wunderbar.« Sie schwieg einen Moment, dann leuchteten ihre Augen auf, als ob ihr eine Idee gekommen wäre. »Ich frage mich, ob Lord Somerton sich überreden ließe, das Tanzen mit dir zu üben. Er war so freundlich, dich zu unterstützen, indem er dir seine Aufmerksamkeit schenkte. Vielleicht hätte er darüber hinaus auch die Freundlichkeit, dir beim Walzer zu helfen. Auf dem Ball des Phoenix Clubs habt ihr ganz wundervoll miteinander getanzt.«

Der Gedanke, Lazarus als ihren Tanzlehrer zu haben, besaß sowohl etwas unglaublich Verlockendes als auch überaus Lächerliches. Nie würde er zustimmen, und ganz sicher nicht nach den Vorfällen gestern und beim literarischen Salon. »Ich denke nicht, dass er daran interessiert sein wird«, meinte Gwen. »Darüber hinaus hat er schon genug geleistet und ich kann mir sehr gut vorstellen, dass er Besseres zu tun hat.« Ihre Worte taten ihr weh und verstärkten den Schmerz, den Gwen seit ihrer gestrigen Trennung in ihrem Herzen trug.

»Wir könnten ihn wenigstens fragen«, schlug ihre Mutter mit einem leichten Schulterzucken vor. »Ich werde versuchen, ob ich Evan bitten kann, mit ihm zu sprechen – als einen Gefallen unter Freunden.«

»Bitte tu das nicht, Mama.« Gwen hatte keine Vorstellung, was Lazarus sagen würde, und ihr ging es darum, ihm die unangenehme Lage zu ersparen, diesen Gefallen ablehnen zu müssen.

»Warum nicht? Er ist dir schon einmal behilflich gewesen.«

»Mir wäre es lieber, wenn wir davon absehen könnten. Wie sollte dies überhaupt funktionieren? Man würde ihn sehen, wenn er zu uns nach Hause kommt, und gerade in den letzten Tage habe ich den Leuten immer wieder versichert, dass wir nicht zueinander passen.«

Ihre Mutter legte den Kopf schief. »Das habe ich bemerkt und ich frage mich, warum du das für nötig gehalten hast.«

»Eigentlich war das Somertons Idee. Seiner Ansicht nach würde es mich in ein vorteilhafteres Licht setzen, wenn ich diejenige wäre, welche die Entscheidung trifft, dass wir nicht zusammenpassen.«

»Das war überaus umsichtig von ihm. Er war wirklich ungemein hilfreich. Wenn es dir aber lieber ist, dass wir ihn nicht bitten, mit dir tanzen zu üben, werde ich davon absehen. Ich hoffe jedoch, du überlegst es dir noch einmal. Ich fühle mich zuversichtlich, dass wir einen Weg finden, wie du tanzen lernst. Vielleicht könnt ihr euch in einem anderen Haus treffen. Bei jemandem, den ihr beide gut kennt.«

Gwen presste die Lippen zusammen, um nicht zu lächeln oder in Gelächter auszubrechen. »Ich überlege es mir, Mama, aber dass ich meine Meinung ändern werde, möchte ich bezweifeln.«

»Das mit Mr. Tremblay tut mir leid«, meinte ihre Mutter. »Nach dem, was du mir erzählt hast, überrascht es mich, dass er mir so warm empfohlen wurde.«

»Ich kann mir nicht vorstellen, warum.« Vielleicht hatte er sich bei seinen anderen Schülerinnen nicht so verhalten. Gwen hatte Schwierigkeiten, das zu glauben.

»Nun, so viel steht fest – du hast keinen Unterricht mehr mit Mr. Tremblay.« Lächelnd nickte sie Gwen zu, ehe sie dann hinausging.

Gwen setzte sich an ihren Schreibtisch, um die Leseübung zu Ende zu bearbeiten, die sie gestern Abend für Lazarus begonnen hatte. Es war ein eher romantisches Gedicht von John Donne. Sie hoffte nur, dass er es nicht schon kannte, doch dieses Risiko musste sie auf sich nehmen, weil sie sich ja nicht mehr persönlich trafen.

Als sie sich an ihre Aufgabe setzte, musste sie an Lazarus denken, wie er mit ihr tanzte. Wenn der Unterricht mit ihm zu einem Kuss geführt hatte, was würde dann das Tanzen bewirken?

Dass sie dies nie erfahren würde, erfüllte sie mit einem Gefühl der Enttäuschung.

KAPITEL 11

»Was denkst du, Somerton?«, fragte Shefford von der gegenüberliegenden Tischseite im Siren's Call.

Lazarus war vollkommen ahnungslos, worüber sie sich gerade unterhielten. Er war von seinen Gedanken an Gwen vereinnahmt, wie auch schon den ganzen vergangenen Tag, seit er ihre Beziehung abgebrochen hatte.

»Er ist wieder in der Welt seiner Gedanken«, brachte Price in einem Bühnenflüsterton vor, was Lazarus offensichtlich hören sollte.

»Was beschäftigt dich denn heute Abend?«, fragte Keele.

Unter keinen Umständen würde Lazarus seinen Freunden die Wahrheit sagen, schon gar nicht, da Price zu seiner Linken saß. »Ich denke nur über Nachlassangelegenheiten nach und bereite mich auf die Rede vor, die ich nächste Woche halten werde.«

»Ja, ich bin sehr gespannt darauf, was du über unsere heimkehrenden Soldaten und ihre Notlage vorbringen wirst«, bemerkte Keele. »Dieses Thema ist so wichtig, dass es mehr Untersuchungen und Diskussionen verdient.«

Lazarus nickte auf den Kommentar seines Freundes hin vage, wobei er jedoch hoffte, dass Keele ihn jetzt nicht in eine Diskussion über dieses Thema verwickelte. Er war nicht in der Stimmung für politische Gespräche. Und auch nicht für irgendeine Unterhaltung, wenn er ehrlich sein sollte. Eigentlich sollte er nach Hause gehen.

Er musste aufhören, Trübsal zu blasen, und sich auf seine Leseübungen konzentrieren. Er hatte mit Gwen gute Fortschritte gemacht, und es gab keinen Grund, warum er nicht allein damit weitermachen könnte, insbesondere wenn sie ihm weiter Übungen schickte, damit er Fort-schritte machte. Es wurde ihm ein wenig leichter in der Brust, als er dachte, dass ihre Zusammenarbeit noch nicht ganz beendet war, solange sie ihm weiter Texte schickte, an denen er arbeiten konnte.

Wie erbärmlich, dass er sich an einer so dürftigen Verbindung zwischen ihnen festhielt.

Vielleicht würde ihm ein Besuch im Rogue's Den helfen, Gwen zu vergessen. Allerdings war seine Fixierung auf sie nicht allein auf ein körperliches Verlangen zurück-zuführen. Davon besaß er zwar reichlich, doch es machte ihm auch Freude, einfach mit ihr zusammen zu sein. Sie stärkte sein Selbstvertrauen und ließ ihn spüren, dass seine Leseschwäche keine Schwäche war.

»Ich glaube, ich werde mich verabschieden«, verkün-dete Lazarus der Tischrunde. Er hob seinen Humpen, um sein Ale auszutrinken, und stellte ihn dann wieder auf den Tisch zurück.

»So früh schon?«, wunderte sich Shefford. Er musterte Lazarus einen langen Moment. »Was ist in letzter Zeit mit dir los? Du verbringst längst nicht mehr so viel Zeit mit uns wie früher. Hast du eine Liaison mit einer Frau angefangen?«

Lazarus war froh, dass er sein Ale bereits heruntergeschluckt hatte, denn sonst hätte er sich aller Wahrscheinlichkeit nach daran verschluckt. »Nein. Ich hatte nur viel zu tun.«

»Nicht jeder braucht beinahe permanent weibliche Gesellschaft«, stellte Keele sardonisch fest und warf Shefford einen vielsagenden Blick zu.

»Es ist nicht annähernd permanent«, brummte Shefford abwehrend, ehe er einen Schluck Ale trank.

Lazarus stand auf und schaute in die Runde. »Ich wünsche euch einen schönen Abend und benehmt euch. Das gilt nicht für dich, Keele. Du wüsstest ja gar nicht, wie man sich danebenbenimmt.«

»Das ist nicht richtig. Ich weiß, wie das geht. Es liegt nur nicht in meiner Absicht.« Der Marquess schmunzelte.

Leise lachend bewegte sich Lazarus auf den Eingangsbereich zu. Dort stand Jo und beobachtete ihn, wie er sich näherte.

»Gehst du schon?«, fragte sie.

»Du klingst wie meine Freunde am Tisch.«

»Das ist eine berechtigte Frage. Du hast dich in letzter Zeit, wie ich zu sagen wage, *ruhig* verhalten«, bemerkte Jo. »Einmal abgesehen von deinem leichtsinnigen Austausch eines Kusses mit einer jungen Lady in einem literarischen Salon.«

»Nun, du kannst sicher sein, dass das nicht mehr vorkommen wird«, entgegnete er düster.

»Es freut mich zu hören, dass du deine Impulse unter Kontrolle hast.«

Wohl kaum. »Ich habe von der Versuchung Abstand genommen. Miss Price und ich sind in keiner Weise mehr miteinander verbunden. Ich glaube nicht, dass ich je wieder mit ihr sprechen werde.« Mit diesen Worten nahm sein Trennungsschmerz noch zu. Es würde noch einige Zeit dauern, bis er sich wieder wie sein altes Selbst fühlte, das war ihm klar. Es war aber auch möglich, dass der Mann für immer verschwunden war, der er einst gewesen war, bevor er Gwen kennengelernt hatte. Allein die Zeit würde ihm darauf eine Antwort geben.

»Das klingt nicht, als würde dir das gefallen«, meinte Jo ganz leise. »Könnte vielleicht die Möglichkeit bestehen, dass du sie gern hast?«

»Wir hatten uns angefreundet, also gut, ich mag sie. Ich hoffe nur, dass sie einen Mann findet, der sie verdient hat.«

»Und was für ein Mann ist das?» fragte Jo.

Lazarus stand nun wirklich nicht der Sinn danach, sich Gedanken darüber zu machen, wer Gwen glücklich machen könnte. Er wusste nur, dass es sich dabei keinesfalls um einen Halunken wie ihn handeln dürfte. »Ein intelligenter und anständiger Mensch, der sie in höchstem Maße zu schätzen weiß.«

»Na ja, zwei dieser Dinge treffen auf jeden Fall auf dich selbst zu«, bemerkte Jo mit einem leichten Lachen. »Die dritte Eigenschaft wird meines Erachtens ein wenig überbewertet. Warum sollte sie dich nicht so wollen, wie du bist?«

Er starrte sie an. »Was willst du damit sagen?«

Sie zuckte mit den Schultern. »Dass du durchaus der Ehemann sein könntest, den sie verdient - und sich vielleicht auch wünscht.«

»Hat sie das angedeutet?« Lazarus stockte der Atem, während er beinahe der Verzweiflung nahe auf Jos Antwort wartete.

»Nein, aber ich denke nicht, dass du dich als jemanden betrachten solltest, den sie nicht begehrt.«

Er stieß die Luft aus. »Sie hat geeignete Verehrer – Männer, die *alle drei* Voraussetzungen der Beschreibung erfüllen, die ich dir gerade erläutert habe.«

Sie rückte näher an ihn heran, und ihr Blick fixierte ihn dabei mit einer eindringlichen Intensität. »Aber was ist mit deinen Wünschen?«

Er verzehrte sich nach Gwen. Doch er konnte sie nicht auf gleiche Weise haben, wie er andere Frauen gehabt hatte. Sie war die Art von Frau, die man heiratete.

»Das sind reichlich tiefe Furchen auf deiner Stirn«, meinte Jo. »Ich kann sehen, dass du sehr angestrengt nachdenkst. Wahrscheinlich fühlst du dich hin- und hergerissen. Besteht die Möglichkeit, dass du in sie verliebt bist?«

Lazarus war dieser Gedanke zwar durch den Kopf gegangen, doch er hatte ihn nicht zu Ende denken wollen. Liebe bedeutete eine tiefere Verbindung oder Verpflichtung, ob man es wollte oder nicht. Denn wenn man jemanden liebte, gab man einen Teil von sich auf, den man nie wieder zurückbekam. Und wenn man ihn verlor, war dieser Teil von einem für immer verloren.

Lazarus musste sich eingestehen, dass er in Gwen verliebt *war*, ob er das nun wollte oder nicht. Und er kämpfte bereits gegen den Schmerz an, sie zusammen mit einem kleinen Teil seiner selbst zu verlieren. Dazu noch war es ein Teil, den er dank ihr gerade erst entdeckt hatte. »Dafür besteht eine hohe Chance«, flüsterte er ein wenig ängstlich, diese Erkenntnis in Worte zu fassen, aber unfähig, sie für sich zu behalten.

»Dann kämpfe um sie.« Jo schaute ihn erwartungsvoll an. »Teile ihr wenigstens mit, was du für sie fühlst und räume ihr die Möglichkeit ein, dir zu sagen, ob sie auch so empfindet.«

»Das kann sie gar nicht. Dasselbe fühlen, meine ich.« Nie würde Gwen einen Halunken wie ihn lieben. Er entsprach nicht im Geringsten der Art von Mann, die sie heiraten wollte.

»Warum nicht? Sie hat deinen Kuss erwidert, wenn ich mich recht erinnere. Und ich glaube, sie hat sogar erwähnt, es sei ihr Einfall gewesen.«

»Einen Halunken küssen zu wollen, ist nicht dasselbe wie ihn zu lieben.« Lazarus konnte ehrlich gesagt nicht glauben, dass Jo sich so begriffsstutzig anstellte.

Jo schnitt ihm eine Grimasse und warf ihm einen eisigen Blick zu. »Das *könnte* sein. Du bist furchtbar begriffsstutzig.«

Das brachte ihn zum Lachen. »Ich habe gerade dasselbe über dich gedacht.«

»Ich bin eine Außenstehende und habe Gwen und dich beobachtet. Wenn du meinen Rat nicht willst, gut. Aber ich denke, wenn du nicht um sie kämpfen oder ihr zumindest sagen willst, was Du für sie empfindest, wirst du dies bis ins Grab bedauern.«

Das ernüchterte Lazarus. Bedauern war ein Gefühl, das er kannte und verstand. Er würde sich immer wünschen, mehr Zeit mit seinem Vater verbracht zu haben, und auch, dass er dem Mann, der sein Vorbild und Held gewesen war, gesagt hätte, wie sehr er ihn liebte und wie dankbar er für seine Unterstützung und Liebe war.

»Ich werde darüber nachdenken.« Er überlegte, was er zu Gwen sagen sollte. Und wie er auf ihre Antwort reagieren sollte, wenn sie ihm unweigerlich entgegnen würde, dass er ein wunderbarer Küsser sei, aber nicht die Art von Mann, die sie zu heiraten gedachte.

»Handle schnell, denn sonst verpasst du diese Gelegenheit. Gwen ist ein reizender Mensch. Vielleicht überrascht sie dich mit ihren Gefühlen.«

»Bist du sicher, dass du nichts weißt?«, fragte er.

»Ich schwöre, ich weiß rein gar nichts. Einmal abgesehen davon, dass du sie anscheinend sehr magst. Darin erkenne ich das Potenzial für mehr, auch wenn du selbst blind zu sein scheinst.«

Lazarus nickte. »Danke.« Er wünschte Jo eine gute Nacht, verließ das Siren's Call und hielt eine Mietdroschke an, die ihn nach Hause in die Bruton Street brachte.

Sollte er Gwen morgen aufsuchen? Er stellte sich vor, wie er ihr sein Herz zu Füßen legte, und ein kalter Schweiß lief ihm den Nacken hinunter.

In den Morgenstunden hatte er Termine, also würde er sie vielleicht stattdessen im Park treffen. Er würde sich in den Park begeben und nachsehen, ob sie dort war. Indem er sich an einem öffentlichen Ort mit ihr zeigte, würde der Austausch wahrscheinlich weniger peinlich verlaufen. Oder wäre vielleicht das Gegenteil der Fall und es würde noch unangenehmer werden?

Lazarus fuhr sich mit der Hand übers Gesicht. Er musste an seiner verdammten Rede arbeiten. Seit gestern war er nicht mehr imstande, sich zu konzentrieren. Eigentlich war dies schon seit dem literarischen Salon neulich Abend so.

Als er zu Hause ankam, überreichte ihm einer der Diener einen Brief, der am Abend eingetroffen war. Lazarus erkannte die Handschrift – es war Gwens.

Er wartete, bis er in seinem Privatgemächern war, und riss das Schreiben dann auf. Darin befand sich eine Leseübung. Davor schrieb sie:

Lieber Lazarus,

Ich hoffe, es geht Dir gut und Du arbeitest hart. Ich weiß, dass Du Dich mit Deinen Leseübungen weiter verbessern wirst, und ich freue mich darauf, eines Tages die Ergebnisse zu sehen.

Wie sollte das gehen? Es sei denn, sie hoffte darauf, dass

*sie eine Lösung finden würden, wie sie miteinander kommu-
nizieren oder Zeit miteinander verbringen könnten. Wahrscheinlich als Freunde. Er las weiter.*

*Ich entschuldige mich für die romantische Natur dieses
Gedichtes, aber ich dachte, es wäre eine gute Übung. Es sagt
auch aus, was ich von Dir denke. Wenn Du möchtest,
schreibe bitte zurück und berichte mir, wie Du mit der
Aufgabe fertiggeworden bist. Ich würde mich auch freuen,
wenn Du mir mitteilst, wie weit Du mit dem Auswendiglernen Deiner Rede bist.*

Mit lieben Grüßen,
Gwen

Sie hatte ein romantisches Gedicht geschickt? Und es
sollte ihre Gedanken über ihn ausdrücken? Und sie hatte
es mit »lieben Grüßen« unterschrieben.

Ein Grinsen erblühte auf seinen Lippen, das so breit
war, wie es nur ging. Er streifte seinen Frack ab und ging
zum Schreibtisch, denn er konnte es kaum noch abwarten,
dieses Gedicht zu lesen. In schockierend kurzer Zeit, hatte
er geendet und nun war er voller Hoffnung.

Ja, er würde morgen im Park nach ihr suchen, und
wenn das nicht klappte, würde er sie am nächsten Tag
aufsuchen. Er würde nicht zulassen, dass ihm sein
Bedauern noch mehr Zeit raubte. Und er würde auch nicht
zulassen, dass ihm die Liebe durch die Finger glitt.

~

Es war ein lauer Nachmittag im Hyde Park, als
Gwen mit ihrer Mutter in Richtung Ring
spazierte. Das Wetter war in diesem Frühjahr bisher kühl
gewesen, und so war die Sonne, die aus den Wolken
hervorlugte, höchst willkommen.

Sobald sie sich dem Ring näherten, kam Mr. Henry Wilton auf sie zu und fragte, ob er mit Gwen spazieren gehen könne. Lächelnd stimmte Gwens Mutter zu und übergab sie dem Gentleman mit dem hellbraunen Haar und den blauen Augen. Mr. Wilton war mittelgroß und hatte ein eher rundes Gesicht. Er war nicht der überschwänglichste Mensch, aber Gwen bewunderte seinen Intellekt und sein Interesse an Wissenschaft und Geschichte.

»Ich hoffe, es ist Ihnen in den letzten Tagen gut ergangen«, eröffnete Mr. Wilton das Gespräch, als sie ihren Spaziergang begannen.

Gwen hatte ihn vorgestern Abend zum letzten Mal bei Almack's gesehen. »In der Tat. Und Sie?«

»Durchaus. Gestern erhielt ich die sehr aufschlussreiche Abhandlung eines Gelehrten, der mich auf dem Gebiet der römischen Besetzung von Britannien betreut. Es war eine faszinierende Lektüre.«

Das erinnerte Gwen an Tamsins Vater, der ein Gelehrter in Geschichte war. Sie schien sich zu erinnern, dass er sich besonders gerne mit der römischen Epoche beschäftigte. »Ich habe eine Freundin, deren Vater sich auf diesen Teil der Geschichte spezialisiert hat. Vielleicht möchten Sie mit ihm korrespondieren. Er wohnt in Cornwall und reist nicht nach London.«

Mr. Wilton sah mit großem Interesse zu ihr herüber. So lebhaft hatte sie ihn noch nie gesehen. »Cornwall, sagten Sie? Der Gentleman, der mir diese Zeitung geschickt hat, lebt in St. Austell. Mr. Penrose.«

Gwen lachte. »Das ist der Vater meiner Freundin. Sie ist die Lady Droxford.«

»Ich hatte keine Ahnung«, staunte Mr. Wilton. »Wir leben in einer sehr kleinen Welt, in der wir alle auf die eine oder andere Weise miteinander verbunden sind.«

Als sie um den Ring herumgingen, schaute sich Gwen um und entdeckte dabei viele Bekannte. Sie sah auch Min und Ellis und winkte ihnen zu. Schließlich wurde ihr klar, dass sie nach Lazarus suchte. Obwohl es erst zwei Tage her war, dass sie ihn zuletzt gesehen hatte, vermisste sie seine Gegenwart. Sein Lachen, die Art, wie er sie ansah, den Eifer, mit dem er an seiner Lesefähigkeit arbeitete. Die außergewöhnliche Kunstfertigkeit und Leidenschaft seiner Küsse.

Denk nicht daran, insbesondere nicht, solange du mit einem anderen Gentleman spazieren gehst!

Plötzlich war Lazarus da. Sie sah ihn abseits des Weges stehen. Er war in Begleitung einer schönen jungen Frau, was Gwen einen Stich des Neides versetzte. Sie wollte die Frau sein, mit der er stand und sich unterhielt. Nicht nur im Park, sondern überall.

Mr. Wilton sprach weiter über das Römische Reich, was normalerweise Gwens Interesse gefunden hätte, aber sie konnte nicht aufhören, an Lazarus zu denken. Oder Blicke in seine Richtung zu werfen – bis sie an ihm vorbeigingen. Hatte er sie erkannt? Das schien nicht der Fall. Und wenn doch, hätte er sie wahrscheinlich nicht beachtet.

Als sie zu ihrer Mutter zurückkehrten, wünschte sich Gwen, sie könnte aufhören, an Lazarus zu denken. Er war nicht so an ihr interessiert, wie sie es vielleicht an ihm war. Könnte? Was wollte sie denn?

Mehr. Gwen wollte mehr von Lazarus. Mehr Küsse. Mehr gemeinsame Zeit. Mehr literarische Salons besuchen und König und Königin auf mittelalterlichen Bällen sein. Sie wollte sogar mehr tanzen, was sie wirklich verwirrte.

Aber er war ein eingefleischter Halunke, der kein Interesse an irgendetwas hatte, das über die Küsse, die sie austauschten, und die getroffene Vereinbarung hinausging. Sie beide waren Freunde geworden, und sie wusste, dass er sie sehr schätzte, aber letzten Endes war und blieb er der Mann, als den sie ihn kannte: jemand, der es nicht ganz ernst meinte und die Freiheit und Ausschweifungen eines wohlhabenden, verwegenen Gentleman mit Titel genoss.

War er allerdings tatsächlich dieser Mann? Gwen sah so viel mehr in ihm, wenn dieser es auch selbst nicht erkannte.

Sie kamen bei ihrer Mutter an, und Mr. Wilton verbeugte sich. Zum Abschied sagte er, dass er sich darauf freue, Gwen bald wiederzusehen, und sie stimmte zu.

»Magst du ihn?«, fragte ihre Mutter, nachdem er weggegangen war.

»Mr. Wilton ist sehr klug«, gab Gwen zur Antwort und ließ ihren Blick zu Lazarus schweifen, der noch immer mit der jungen Lady sprach. Sie trug ein atemberaubendes, blaugrünes Kleid und einen hübschen Hut, der mit Blumen und einer Pfauenfeder verziert war.

»Ist dir Mr. Markwith lieber?«

Gwen lenkte ihre Aufmerksamkeit von Lazarus ab und blickte zu ihrer Mutter. »Vielleicht. Ich habe mich noch nicht entschieden.«

»Einer der beiden könnte dir bald den Hof machen, also solltest du dir Gedanken darüber machen.« Ihre Mutter tätschelte ihr mit einem warmen Lächeln den Arm. »Der Gedanke, dass du bald einen Heiratsantrag bekommst, ist wirklich sehr aufregend.«

Ja, es war aufregend.

Doch das war es wiederrum auch nicht. Denn Gwen erkannte, dass nur ein einziger Heiratsantrag ihr Interesse erregen würde, und dieser wäre von Lazarus.

Das war allerdings nicht zu erwarten.

»Gehen wir ein Stück, Mama.« Gwen hakte sich bei ihrer Mutter unter und führte sie in Richtung der Stelle, an der Lazarus stand. Sie wagte sich nicht zu dicht heran.

Aber sie wollte dort sein, wo er sie vielleicht sah, damit sie Augenkontakt herstellen konnten. Hatte er ihre Leseübung erhalten? Sie hoffte so sehr auf eine Antwort von ihm.

Schließlich entfernte sich die Frau von ihm, mit der er gesprochen hatte, um sich einer anderen Gruppe anzuschließen, die sich in geringer Entfernung befand. Lazarus schien die Stirn zu runzeln, und er hatte den Blick gesenkt.

Gwen musste gegen ihren Drang ankämpfen, sofort zu ihm zu eilen und ihn zu fragen, was passiert war. Dann blickte er auf und sie bemerkte endlich seinen Blick. Lächelnd löste sie ihren Arm von dem ihrer Mutter, in der Absicht, mit ihm zu sprechen, doch dann wurde ihr klar, dass sie das nicht konnte. Es war nicht nur, dass sie ihre Beziehung nicht in der Öffentlichkeit fortsetzen sollten, sondern auch, weil er sich wegdrehte und mit steifen Schritten vom Ring entfernte. Er hatte erkannt, dass sie im Begriff war, auf ihn zuzugehen, und er hatte sich entfernt.

Im Grunde sollte sie dankbar sein, doch stattdessen war sie enttäuscht. Es hatte den Anschein, als müsste sie lernen, damit zu leben. Wie auch damit, eine andere Frau an seinem Arm zu sehen und dabei die Gewissheit zu haben, dass dies niemals ihr Platz sein würde.

KAPITEL 12

Lazarus traf kurz vor fünf im Park ein. Er wollte Gwen in dem Moment abpassen, in dem sie sich dem Ring näherte. Unter die Vorfreude, die ihn durchströmte, hatten sich Befürchtungen und Ängste gemischt. Was, wenn sie wirklich nicht mehr als nur Freundschaft für ihn empfand?

Vielleicht war es genau das, was er verdiente. Nach Jahren seines schurkischen Verhaltens hatte er sich endlich verliebt. Es würde ihm nur recht geschehen, wenn diese Liebe nicht auf Gegenliebe stoßen würde.

»Somerton?«

Lazarus drehte sich zu der weiblichen Stimme um. Einen Moment lang war er verblüfft, denn er erkannte die junge Frau nicht, die ihn angesprochen hatte.

Nun trat sie näher, wobei sie ihre Lippen zu einem beinahe nervösen Lächeln formte. »Wir haben uns auf Lord Haverstocks Fuchsjagd kennengelernt – er ist mein Großvater.«

Damals im November hatte Lazarus das Fest besucht, obwohl er einen Abscheu gegen die Fuchsjagd hatte. Mit einem Mal erinnerte er sich wieder an sie. »Ja, jetzt erinnere ich mich. Wie schön, Sie zu sehen.«

»Hoffentlich werden Sie das auch dann noch denken, nachdem Sie gehört haben, was ich zu sagen habe. Ich entschuldige mich, dass ich so lange gebraucht habe, um mich an Sie zu wenden, aber ich bin erst diese Woche in London angekommen. Ich war vor einiger Zeit erkrankt.«

»Das höre ich mit Bedauern.« Lazarus war angespannt, denn er spekulierte, was für unangenehme Dinge sie wohl enthüllen könnte. »Hoffentlich haben Sie sich wieder gut erholt.«

»Noch nicht ganz, aber in ein paar Monaten werde ich vollkommen genesen sein.« Sie holte tief Luft, und Lazarus konnte das Pochen ihres Pulses an ihrer schlanken Kehle sehen. »Ich werde geheilt sein, wenn ich das Kind zur Welt bringe, das Sie mir gemacht haben.«

Das *was*? Die Welt um ihn herum drohte, zur Seite zu kippen. Lazarus blinzelte, als ein mahlendes Geräusch in seinen Ohren dröhnte. Er tändelte nicht mit unverheirateten Frauen herum. Das tat er einfach *nicht*. »Das ist unmöglich«, brachte er hervor, wobei seine Stimme wie die eines Ertrinkenden klang, der nach Luft rang.

»Ich versichere Ihnen, das es so ist.« Ihre Lippe bebte, und sie blickte kurz weg. »Erinnern Sie sich denn nicht an unsere gemeinsame Nacht?«

Lazarus forstete in seinem Gedächtnis nach der Zeit, die er mit ihr verbracht hatte. Wahrscheinlich hatte er mit ihr geflirtet, doch er konnte sich nicht genau besinnen. Weiter wäre Lazarus nie mit ihr gegangen – sie war die Enkelin des Gastgebers einer Hausparty! Er hätte nicht einmal einen Kuss gewagt.

Er dachte an die einwöchige Hausparty, ohne aber eine konkrete Erinnerung an sie wiederbeleben zu können. Während einiger Nächte war es überaus ausgelassen zugegangen. War es möglich, dass sie miteinander geflirtet hatten und er sich nicht mehr daran erinnerte?

Nein, so tief hatte er nicht ins Glas geschaut. Außer in einer Nacht. Zusammen mit Shefford war er eines Abends in einen Pub im Dorf gegangen, um dort eine erstaunliche Menge Ale zu vertilgen. Dann hatte der Besitzer ein Fässchen Whisky hervorgeholt, das er aus Schottland geschmuggelt hatte, und danach waren sie ihrer Sinne nicht mehr Herr gewesen. War etwas passiert, nachdem sie ins Haus zurückgekehrt waren?

Am nächsten Morgen fühlte sich Lazarus absolut schrecklich. Er war bis in den Nachmittag hinein in seinem Zimmer geblieben. Er erinnerte sich an nichts Ungewöhnliches, abgesehen von der übermäßigen Menge an alkoholischen Getränken, die er zu sich genommen hatte. Möglicherweise war es um Sheffords Erinnerung besser bestellt.

»Ich habe keinerlei Erinnerung an eine bestimmte Begegnung zwischen uns«, flüsterte er und sein Körper zitterte. »Sind Sie sicher, dass ich das gewesen bin?«

Ihre Augen wurden erst ganz groß und dann verengten sie sich. »Natürlich bin ich das. Sie sind der einzige Mann, mit dem ich ... zusammen gewesen bin. Ich sollte wohl nicht überrascht sein, dass ich für einen Mann wie Sie nichts Besonderes bin. Wahrscheinlich bin ich nur eine von vielen Eroberungen.«

Eroberungen? Lazarus trieb sein Unwesen nicht auf Hauspartys. Er unterhielt diskrete Affären mit Witwen und gelegentlich mit verheirateten Frauen, was er allerdings nur getan hatte, als er noch viel jünger gewesen war.

»Ich bin kein Halunke, Miss ...« Verdammt, er konnte sich nicht einmal an ihren Nachnamen erinnern. Es war nicht Haverstock oder gar Haverstocks Nachname. Wenn er sich erinnerte, war ihre Mutter Haverstocks Tochter.

»Miss Melissa Worsley.«

»Ich werde nicht ... mit jungen unverheirateten Frauen intim. Niemals.« Er musste an Gwen denken, und daran, wie er genau das mit ihr in Erwägung gezogen hatte. Letztendlich hätte er es aber doch nicht getan, oder? Sein Herz krampfte sich zusammen. Gwen würde ihn hassen, wenn ihr diese Nachricht zu Ohren kam.

»Gewiss haben Sie das«, beharrte sie. »Ich irre mich nicht, also tun Sie mir bitte einen Gefallen, und fragen Sie mich nicht mehr, ob ich mir wirklich sicher bin.«

»Ich schwöre, dass ich das nicht getan haben kann. Ich bin kein Halunke.« Mehr wusste Lazarus nicht zu sagen. Er war ein Halunke, doch er war nicht durch und durch unmoralisch oder gnadenlos.

Sie reckte ihr Kinn und blickte ihm in die Augen. »Dann beweisen Sie es.«

»Wie können Sie ...« Gerade wollte er fragen, wie er das anstellen sollte, als ihm die Antwort darauf auch schon eingefallen war. Sie hätte sich ihm nach einigen Monaten mit einem Kind vorgestellt. »Warum haben Sie mich nicht früher informiert?« Die Welt um ihn herum schien noch immer aus den Fugen geraten zu sein. Es war, als würden die Ränder zerschleißen, oder als befände er sich mitten in einem noch nicht getrockneten Aquarell.

»Wie ich schon sagte, ich war krank.«

»Wissen Ihre Eltern von Ihrem Zustand?«, gelang es ihm zu fragen.

»Meine Mutter weiß es, aber sie hat weder meinem Vater noch meinem Großvater etwas davon gesagt. Wir hoffen, dass Sie einer sofortigen Heirat zustimmen werden.«

Frustration ergriff Besitz von ihm. Seine Sicht wurde getrübt und er fühlte sich gefangen, was er auch war. »Das Kind wird in kürzester Zeit auf die Welt kommen.«

»Wir werden aufs Land ziehen und den Zeitpunkt der Geburt im Unklaren lassen«, antwortete sie mit einer beunruhigenden Zuversicht. »Das Kind und ich werden dort ein Jahr oder länger bleiben. Mit der Zeit werden die Leute solchen Dingen keine Beachtung mehr schenken. Und wenn meiner Familie etwas auffällt, werden sie nichts sagen, denn wir werden verheiratet sein, und damit ist die Abstammung des Kindes gesichert.«

Dies war alles bemerkenswert gut durchdacht. Was ein leichtes Misstrauen in Lazarus weckte, das zu einem unglaublichen Unbehagen führte.

»Wenn Sie mich zurückweisen, bin ich ruiniert.« Sie schlug die Hände zusammen und sah zu Boden. »Ich verabscheue, dass das passiert ist. Ich bin so wütend auf mich selbst. Ich war einfach so verliebt in Sie.« Sie traf seinen Blick ein weiteres Mal und nun standen Tränen in ihren hübschen blauen Augen. »Das ist doch alles meine Schuld. Ich hätte mir nie erlauben dürfen, mit einem Mann allein zu sein, insbesondere nicht mit einem, der einen Ruf hat wie Sie. Ich hatte einfach nicht wahrhaben wollen, dass Sie die Dinge so weit treiben würden, wie Sie dann letztendlich gegangen sind.«

Lieber Gott, war er ein Monster? »Ich habe Sie doch nicht gezwungen, oder?« Jetzt drehte sich die Welt. Lazarus hätte sich an einem Baum festgehalten, wenn einer in Reichweite gewesen wäre.

Sie schüttelte den Kopf. »Nein, es war ... schön.«

Lazarus konnte sich immer noch an nichts erinnern. »War ich betrunken?«

Ihre Schulter hob sich leicht. »Das mag sein, aber damit habe ich nicht viel Erfahrung.«

Er hätte sein ganzes Vermögen darauf verwettet, dass er unter dem Einfluss einer derart großen Menge an Alkohol, die ein Erinnerungsvermögen lahmlegte, unmöglich seinen Mann im Bett stehen konnte, aber was wusste er schon?

»Wir haben nicht mehr viel Zeit«, sagte sie. »Ich kann das Baby nicht mehr lange geheim halten. Sie bewegte ihre Hand sanft über ihren Bauch, und er konnte die leichte Wölbung unter ihrem Kleid erkennen.

Hustend musste Lazarus nach Luft schnappen und dann wandte er seinen Blick ab. War das wirklich sein Kind, das in ihr heranwuchs? Das konnte er einfach nicht glauben. Aber sie war so sicher. Und ihre Gefühle waren so echt.

Sie straffte die Schultern. »Ich will Sie nicht zwingen, aber das werde ich, wenn ich muss. Ich werde es meinem Vater und meinem Großvater sagen, und die beiden werden Sie zwingen, mich zu heiraten. Das wird einen furchtbaren Skandal geben. Das wollen Sie doch sicher nicht.«

Er dachte an seine Mutter, seine Großmutter, seine Schwestern, seine Cousine Tamsin ... Gwen. Unmöglich konnte er diese Menschen einem solchen Skandal aussetzen. Und er wollte vor allem nicht, dass Gwen von seinem Fehltritt erfuhr. Ein jeder konnte ihm Verachtung entgegenbringen, das würde er ertragen – aber nicht sie.

Sein Gehirn arbeitete fieberhaft, um eine Lösung zu finden. Irgendeine. »Ich kann London nicht verlassen. Ich habe Verpflichtungen gegenüber den Lords.« Seine Rede stand kurz bevor!

»Das müssen Sie, sonst werden Sie zum Gegenstand großer Verachtung – bei den Lords und auch sonst überall. Sie hielt inne und ihr Blick wurde weicher. »Ich kann erkennen, wie sehr meine Nachricht Sie aufwühlt, und ich verstehe das. Ich fühle mit Ihnen. Ich war schockiert, als ich erfuhr, was geschehen war, und ich habe lange gebraucht, bis ich es akzeptieren konnte. Vermutlich hat meine Krankheit mich von der Realität der Situation abgelenkt. Wir können es jedoch nicht ignorieren, obwohl ich mich dafür entschuldige, dass ich Sie nicht früher informieren konnte. Jetzt werden Sie nicht viel Zeit haben, sich daran zu gewöhnen, ein Ehemann und ein Vater zu sein.«

Ein Ehemann *und* ein Vater. Mit einer Frau, deren Namen er nicht einmal kannte, und er konnte sich nicht einmal daran erinnern, mit ihr geschlafen zu haben. Er konnte sich kaum daran erinnern, mit ihr geflirtet zu haben. Tatsächlich gab es nichts Bemerkenswertes an ihr, das ihm wieder in den Sinn gekommen wäre.

»Ich gebe Ihnen Zeit, über alles nachzudenken, was ich gesagt habe«, sagte sie leise. »Ich erwarte, dass ich morgen von Ihnen höre. Spätestens übermorgen.«

»Danke«, krächzte er.

»Wenn Sie sich nicht bis Montag bei mir melden, muss ich meinem Vater und Großvater die Wahrheit sagen.«

Er nickte. »Ich verstehe.«

Sie drehte sich um und kehrte zu einer kleinen Gruppe von Menschen zurück, von denen er niemanden erkannte. Eine der Frauen war eine ältere Version von ihr, und sie sah Lazarus direkt an, wobei sie die Lippen geschürzt hatte. Das musste ihre Mutter sein.

Lazarus drehte sich abrupt um. Er fragte sich, ob er möglicherweise krank geworden sei.

Sein Blick traf Gwens, die sich in einiger Entfernung aufhielt. Sie lächelte ihn an und dann sah es so aus, als ob sie in seine Richtung kommen wollte.

Er konnte nicht mit ihr sprechen. Sie waren übereingekommen, ihre Beziehung zu beenden, doch auch, wenn dies nicht der Fall wäre, fühlte er sich derzeit nicht imstande, mit ihr zu sprechen. Auf keinen Fall wollte er sie durch seiner schändliche Anwesenheit besudeln.

Er drehte sich um und eilte verstohlen in Richtung

Grosvenor Gate, wobei er so schnell wie möglich ging, ohne in einen Lauf zu verfallen, wozu es ihn unbedingt drängte. Am liebsten wäre er aus London direkt nach Winterstoke in Somerset geflüchtet, um sich dort unter dem Bett zu verstecken, wie er es als Junge getan hatte, um seinen älteren Schwestern zu entkommen.

Wie hatte sich dieser Tag von ungemein brillant zu entsetzlich schrecklich entwickeln können? Er war in der Hoffnung in den Park gegangen, dort die Frau zu treffen, die er liebte, um ihr zu sagen, dass er bereit war, seinem Dasein als Halunke abzuschwören, mit Ausnahme des Teils, den er einzig und allein für sie reservieren würde. Er hatte sich danach gesehnt, seine Liebe in ihrem Blick widergespiegelt zu sehen und auch nach ihrer Begeisterung, mit der sie seinen Heiratsantrag annehmen würde.

Dieser Traum war jetzt vorbei. Er war vollständig und unwiderruflich zerplatzt. Er konnte auf keinen Fall mit Gwen zusammen sein. Der Teil von ihm, den er zu verlieren gefürchtet hatte, stellte in Wirklichkeit sein ganzes Sein dar.

～

Obwohl Gwen schon vor einer Stunde auf dem Ball des Phoenix Clubs angekommen war, hatte sie Lazarus noch immer nicht gesehen. Wahrscheinlich kam er heute Abend nicht. Es missfiel ihr über die Maßen, dass sie sich nun mit seinem Anblick aus der Ferne begnügen musste. Das war nicht gerecht.

Aber was wollte sie denn?

Sie wollte ihm zumindest beim Lesen helfen und dabei, sich auf seine Rede vorzubereiten. Sie wurde das Gefühl nicht los, ihn im Stich gelassen zu haben, und das war das Letzte, was sie jemals tun wollte.

Nun erkannte sie, dass Min und Ellis angekommen waren. Gerade betraten die beiden den Ballsaal von der Seite der Ladys aus. Mins Mutter, die bei ihnen war, ging sofort los, um sich mit jemandem zu unterhalten. Gwens eigene Mutter stand ein paar Meter entfernt und plauderte mit einigen ihrer Freundinnen.

Gwen erregte Mins und Ellis´ Aufmerksamkeit, und die beiden kamen auf sie zu. Min sah in ihrem rosafarbenen Kleid, das am Saum mit mehreren Reihen von Seidenrosen verziert war, besonders bezaubernd aus.

»Haben wir bisher etwas versäumt?«, wollte Min wissen.

»Ich habe mit Mr. Fortescue getanzt, und ich bin stolz, dass mir nur ein winziger Fehler unterlaufen ist.«

Beide sahen Gwen überglücklich an. »Das ist so wunderbar!«, rief Ellis aus. »Du musst dich sehr erfolgreich fühlen.«

»Es scheint, dass dein neuer Tanzlehrer etwas bewirkt hat«, meinte Min.

Gwen erschauderte. »Wohl kaum. Ich glaube, ich habe heute Abend aus Trotz besser getanzt. Ich will meiner Mutter beweisen, dass ich keinen Unterricht mehr brauche. Ich werde Mr. Tremblay bestimmt nicht wiedersehen.«

»Aber warum denn nicht?«, fragte Min. »Er wurde mir so wärmstens empfohlen. Dazu noch ist er teuflisch gutaussehend«, fügte sie lächelnd und mit einem Zwinkern hinzu.

»Igitt«, stöhnte Gwen. »Er ist auch sehr freizügig mit seinen Händen. Es hatte mir gar nicht gefallen, wie er mich ›unterwies‹. Er hielt es unbedingt für nötig, mich länger zu halten, als angemessen, oder seine Berührung wanderte zu meiner Kehrseite oder meiner Hüfte oder, einmal, zur Unterseite meiner Brust. Das war höchst beunruhigend.

Anscheinend provozierte er mich absichtlich, denn er kokettierte auch mit seinem Blickkontakt und seiner Art, mit mir zu sprechen. Ich glaube, er war enttäuscht, als ich auf seinen Flirt nicht reagierte.«

»Ich habe gehört, dass er charmant ist«, meinte Min stirnrunzelnd. »Und charmant kann oft kokett bedeuten. Aber es hört sich nicht an, als würde er dabei aggressiv vorgehen.« Sie rümpfte die Nase vor Abscheu. »Wie furchtbar unangenehm.«

»Ich habe von mehr als einer jungen Lady gehört, die sich in ihn verliebt hat.« Ellis verdrehte Augen. »Das behaupten sie jedenfalls. Meiner Vermutung nach handelt es sich um Schwärmerei und nicht um Liebe.«

»Da hast du bestimmt recht«, stimmte Min ihr zu. Sie schaute zu Gwen. »Du wirst keinen Unterricht mehr bei ihm nehmen?«

»Nein. Zum Glück hat meine Mutter meiner Bitte zugestimmt, ihm zu kündigen, nachdem ich meine Bedenken erklärt hatte. Ich kann mir nicht vorstellen, dass ich die einzige Schülerin bin, die ihn beleidigend fand.« Sie zuckte mit den Schultern. »Ich bin nur froh, dass ich ihn nicht mehr sehen werde. Ich wünschte, ich könnte ihn irgendwie daran hindern, andere junge Frauen mit seinem abscheulichen Verhalten zu belästigen, aber es ist nicht so, als könnte ich meine Erfahrungen öffentlich machen, damit andere entscheiden können, ob sie ihn einstellen wollen.«

»Was aber ungemein nützlich wäre, nicht wahr?«, überlegte Ellis. »Eine veröffentlichte Liste von Leuten und Orten, die man empfehlen kann.«

Min nickte. »Eine nummerierte Bewertung wäre sehr hilfreich. Du könntest Mr. Tremblay eine negative Bewertung erteilen.«

Alle lachten, und Gwen war für ihre Freundinnen so

dankbar. »Ich werde auch meine Mutter bitten, dass sie ihn nicht weiterempfehlen soll. Danke für das Gelächter. Das habe ich gebraucht.«

»Ich habe eine leichte Furche auf deiner Stirn bemerkt, als wir ankamen«, meinte Min. »Was beunruhigt dich?«

Es war nicht so, als wolle Gwen ihren Freundinnen etwas verheimlichen. Sie wollte nur nicht so klingen, als würde sie über ihr Los jammern. Außerdem konnte sie den beiden schlecht von der Beendigung ihrer Unterrichtsstunden mit Lazarus erzählen, denn davon wussten sie ja überhaupt nichts. Gwen konnte sie auch nicht darüber ins Bild setzen, da es sich um ein Geheimnis handelte, das sie nicht verraten durfte. »Ich war auf der Suche nach Somerton. Vorhin habe ich ihn im Park gesehen, um zu winken und vielleicht ein paar Worte zu wechseln, aber er hat sich von mir abgewandt und ist davongegangen.«

»Vielleicht hatte er einen Termin«, schlug Min vor.

Gwen seufzte und wünschte bei sich, die Dinge wären anders, aber sie war sich auch nicht ganz sicher, was sie eigentlich wollte. »Das ist vermutlich möglich.«

Mitfühlend erwiderte Ellis ihren Blick. »Du wirkst enttäuscht. Besteht die Möglichkeit, dass du eine gewisse Zuneigung zu ihm entwickelt hast?«

Oje. Wieso hatte Gwen das nicht selbst erkannt? Dazu bestand mehr als nur eine Möglichkeit. »Ich glaube, das ist wohl passiert«, flüsterte sie. »Aber da kann man nichts machen.«

»Ich denke nein«, meinte Min und berührte Gwen kurz am Arm. »Er ist ein Halunke, und es gibt nette Gentlemen, die das nicht sind, und die um dich werben wollen.«

Min hatte recht, doch das konnte die Gefühle nicht schmälern, die Gwen für Lazarus hegte. Obendrein waren es Gefühle, die nicht erwidert wurden.

»Er war sehr freundlich, mir in meiner Not zu helfen.«

Es würde Gwen für immer in Erinnerung bleiben, wie er ihr nach dem Debakel mit Eberforce bei Almack's zu Hilfe geeilt war und sie gerettet hatte. Er hatte sich ganz und gar nicht wie ein Halunke verhalten, als er sie vor einem solchen gerettet hatte.

»Das war er.« Min rückte ein Blütenblatt an ihrem Kleid zurecht. »Er ist nicht der schlimmste Halunke, nur leider kein Mann, den man heiraten würde.«

Gwen war nicht sicher, ob sie die Meinung ihrer Freundin teilte. Immerhin war er Tamsins Cousin. Tatsächlich waren mehrere ihrer Freundinnen mit »Halunken« verwandt, darunter auch Gwen und Min, deren Brüder, insbesondere Mins, eindeutig dieser Kategorie zuzuordnen waren.

Lazarus war aufmerksam und zuvorkommend gewesen. Und er hatte ihr eine Facette von sich offenbart, die er vor allen anderen bisher verborgen gehalten hatte. Wie sollte sie da nicht eine besondere Verbindung zu ihm spüren?

Trotzdem hatte er die Beziehung zu ihr ganz abgebrochen. Er hatte nicht einmal auf die Leseübungen reagiert, die sie ihm geschickt hatte. Und heute im Park war er mit einer anderen jungen Frau zusammen gewesen. Er hatte wie ein Halunke ausgesehen.

Eigentlich hatte er gar nicht glücklich gewirkt. Gwen war sich nicht sicher, was sich dort abgespielt hatte, doch um einen Flirt hatte es sich offenbar nicht gehandelt. Oder hoffte sie nur, dass es keiner gewesen war?

»Ich kann sehen, dass er Eindruck auf dich gemacht hat«, meinte Ellis. »Es tut mir leid, dass er so gefühllos mit dir umgegangen ist.«

Gwen nahm ihn in Schutz. »Das hat er nicht getan. Er weiß nichts von meinen Gefühlen. Ich habe sie bis eben nicht einmal selbst wahrhaben wollen.«

Min zog die Augenbrauen in die Höhe. »Du wirst ihm doch nichts sagen, oder? Ich glaube nicht, dass dies etwas Gutes bringen würde.« Ihr Blick wurde weicher und mitfühlender. »Warum konzentrierst du dich nicht auf die Gentleman, die dir gern den Hof machen wollen?«

Das war gewiss das Vernünftigste. »Das versuche ich ja. Wie gesagt, habe ich mit Mr. Fortescue getanzt, und ich werde mit Lord Mayhew tanzen, obwohl ich glaube, dass er ein bisschen alt ist.«

»Er hat auch schon Kinder«, bemerkte Min. »Letztes Jahr hat er versucht, mir den Hof zu machen, aber ich war noch nicht bereit, die Mutterrolle zu übernehmen. Das bin ich immer noch nicht, und somit ist es gut, dass ich außer Gefahr bin«, fügte sie mit einem leichten Lachen hinzu.

»Sieh nicht hin, aber da kommt Lord Mayhew«, flüsterte Ellis. Lord Mayhew war hochgewachsen mit kantigen Gesichtszügen, und er war Mitte dreißig. Seine Frau war zwei Jahre zuvor gestorben und hatte ihm drei Kinder hinterlassen.

»Wir sind noch nicht zum Tanzen verabredet«, murmelte Gwen.

Die drei verbeugten sich, als bei ihnen ankam. Mit einem schwachen Lächeln warf er Gwen einen Blick zu, ignorierte Ellis völlig und richtete seine Aufmerksamkeit auf Min. »Lady Minerva, würden Sie mir die Ehre erweisen, den nächsten Satz mit mir zu tanzen?«

»Sicherlich«, entgegnete Min mit einem Lächeln, das verriet, wie wenig begeistert sie war. Sie nahm seinen Arm und schaute zu Gwen und Ellis zurück, als sie sich entfernte, wobei sie noch schnell die Zunge hervorblitzen ließ, während sie die Nase rümpfte.

Sie lachten. »Die arme Min«, meinte Ellis. »Jetzt tanzt sie mit Männern, die sie bereits abgelehnt hat.«

»Ich bin überrascht, dass er sie aufgefordert hat, nachdem sie seinen Antrag letztes Jahr abgelehnt hat.«

»Möglicherweise hat er erkannt, dass ihr Schicksal eine Veränderung erfahren hat, und glaubt nun, er hätte wieder Chancen.« Ellis zog eine Schulter hoch. »Das sind Probleme, über die ich mir zum Glück nie Gedanken machen muss.«

Mit fünfundzwanzig war sie alt genug, um als Mauerblümchen zu gelten, aber konnte man überhaupt ein Mauerblümchen sein, wenn man noch nie richtig auf dem Heiratsmarkt gewesen war? Gwen stellte eine Frage, die ihr schon lange im Kopf umherging. »Was wirst du tun, wenn – oder falls – Min heiratet?«

»Willst du mich als bezahlte Begleiterin einstellen?«, antwortete sie mit einem breiten Lächeln. »Ich kann mir vorstellen, dass ich eine Anstellung finden werde, worauf ich mich sogar freue.«

»Als bezahlte Begleiterin?«

»Ich würde lieber etwas tun, das mehr Intellekt erfordert. In Wahrheit wäre ich gerne die Sekretärin von jemandem«, gestand sie ein bisschen wehmütig.

»Du wärst eine Perle.« Gwen und sie hatten sich ausführlich über zahlreiche Themen ausgetauscht. Ellis besaß einen scharfen Verstand und las wahrscheinlich beinahe ebenso viel wie Gwen.

»Ich danke dir. Ich kann mir nicht vorstellen, dass ich je die Gelegenheit dazu haben werde, doch das würde ich liebend gern tun.« Dann hielt sie Gwens Blick fest. »Ich denke, du solltest Somerton sagen, was du empfindest.«

Gwen starrte sie an. »Wirklich?«

»Was ist das Schlimmste, was passieren kann? Er könnte dir sagen, dass seine Gefühle nicht mehr dieselben sind. Aber wenigstens weißt du das dann sicher. Auf diese Weise hat die Reue keine Chance.«

»Ich würde ihm gern sagen, was ich fühle. Wir könnten Freunde werden.« Sie konnte schlecht zugeben, in welcher Weise sie sich mit ihm verbunden fühlte. Ihm zu helfen, seine Lesefähigkeit zu verbessern, hatte eine Vertrautheit zwischen ihnen herbeigeführt, die über eine Freundschaft wahrscheinlich hinausging.

Ellis lächelte. »Das ist schön. Du wirst es also tun?«

»Ich glaube schon.« Wie sollte sie das aber anstellen, da es ihnen nicht möglich war, öffentlich miteinander zu verkehren? Heute Abend könnte sie vielleicht einen oder zwei Augenblicke mit ihm verbringen. Falls er überhaupt zum Ball käme. Ansonsten bräuchte sie einen anderen Plan.

Würde er sich bereiterklären, sich noch einmal mit ihr bei Tamsin zu treffen, wenn sie ihn darum bäte? Gleich morgen früh könnte sie eine Nachricht an ihn schicken und ihn um ein Treffen dort am Nachmittag bitten.

»Ich erkenne, dass du schon etwas im Sinn hast, stellte Ellis mit einem Funkeln in ihrem Blick fest.

Gwen lachte. »Ich kann mir nicht helfen. Ich danke dir für deinen Rat. Ich weiß ihn sehr zu schätzen.«

Was genau wollte sie zu ihm sagen? Darüber war sie sich nicht ganz im Klaren. Glücklicherweise hatte sie die ganze Nacht und auch morgen früh noch Zeit, eingehend darüber nachzudenken. Sobald sie allerdings zuhause wäre, würde sie eine weitere Leseübung für ihn vorbereiten, die sie ihm bei ihrem Treffen überreichen konnte. Sie könnte sie ihm auch zusammen mit dem Brief schicken, in dem sie ihn um das Treffen bat.

Es war nur für den Fall, dass er ablehnte.

Was, wenn er ihre Bitte ausschlug?

Daran wollte sie gar nicht denken. Sie würde einfach schreiben, sie müsse ihn sehen und er solle sie bitte um zwei Uhr im Haus der Droxfords treffen.

Wenn er ihre Einladung tatsächlich ablehnte, dann war dies das Ende der Geschichte. Keinesfalls würde sie ihm schreiben, dass sie romantische Gefühle für ihn hegte.

War sie verliebt? Gwen hatte keine Ahnung, wie sich das anfühlte, und noch war sie nicht bereit, sich auf etwas so ... Großes einzulassen.

Noch nicht.

Allein das Eingeständnis, ein gewisses Interesse für ihn entwickelt zu haben, stellte schon einen großen Schritt dar. Er war nicht die Art von Mann, die sie gernhaben sollte oder wollte.

Dennoch konnte sie nicht anders als sich, seines Rufes als Halunke zum Trotz, nach ihm zu sehnen.

KAPITEL 13

Nach Verlassen des Parks war Lazarus ein paar Stunden lang von Unruhe erfüllt gewesen. Er hatte sich in seinem Arbeitszimmer verschanzt und zwei Gläser Whisky getrunken. Fast zwei Gläser. Er hatte damit aufgehört, weil ihm ein getrübter Verstand nicht guttat. Er brauchte einen Plan, und zwar schnell.

Dann kam ihm zu Bewusstsein, dass er auch Hilfe brauchte.

So kam es, dass er an Droxfords Tür klopfte. Sein Freund war nicht nur der beste Berater für ihn – er würde einen kühlen Kopf bewahren –, sondern wahrscheinlich wäre er auch der Einzige seiner Freunde, der heute Abend zu Hause war. Shefford und Price und wahrscheinlich auch Keele waren auf dem Ball im Phoenix Club oder irgendwo anders. Und Wellesbourne hatte mit dem neugeborenen Kind alle Hände voll zu tun.

Droxfords Butler ließ ihn ein und führte ihn einige Minuten später in das Arbeitszimmer des Barons. »Guten Abend, Somerton«, begrüßte Droxford ihn und trat hinter seinem Schreibtisch hervor. »Das ist aber eine Überraschung. Solltest du nicht im Phoenix Club sein?«

»Ich gehe nicht *jeden Abend* aus.« Eigentlich pflegte er dies schon zu tun, und es war ein bisschen unaufrichtig, so zu tun, als würde er das nicht machen. Allerdings war er heute nicht hier, um sich über seine gesellschaftlichen Gepflogenheiten auszutauschen. »Ich brauche einen Rat in einer sehr ... heiklen Angelegenheit.«

Droxfords Augenbrauen schossen in die Höhe. »Ich verstehe. Setzen wir uns.« Er wies auf zwei Sessel, die beim Kamin standen. »Willst du etwas trinken?«

Lazarus schüttelte den Kopf. »Nein. Ich habe genug Whisky intus.« Er setzte sich auf die Vorderkante des Sessels, und eine nervöse Energie durchströmte ihn.

»Dann ist es ein Whisky Problem.« Droxford setzte sich ihm gegenüber. »Was immer du mir erzählst, bleibt unter uns.«

»Danke. Das weiß ich mehr zu schätzen, als ich in Worte fassen kann.« Lazarus stieß die Luft aus, während er sich mit der Hand durchs Haar fuhr. Zu spät bemerkte er, dass er die sorgfältig hergerichtete Frisur seines Kammerdieners ruiniert hatte, aber es war ja nicht so, dass er heute noch irgendwo anders hingehen wollte. Und sicher war es Droxford egal, ob er tadellos aussah oder nicht.

Verflixt, er hatte das Gefühl, als wäre sein gesamter Verstand ins Wanken geraten. Er begegnete dem Blick seines Freundes. »Eine Frau, die ich auf einer Fuchsjagd kennengelernt habe, behauptet, sie würde ein Kind von mir bekommen. Ich erinnere mich nicht, mit ihr ins Bett gegangen zu sein. Ich kann mich nicht einmal daran erinnern, sie geküsst zu haben. Und ich kann mich definitiv nicht daran erinnern, dass ich eines dieser Dinge tun wollte, geschweige denn, dass ich sie tatsächlich getan habe.« Mit jedem Satz hatte er schneller gesprochen, als eine unbestimmte Panik in ihm aufstieg.

»Das ist ... beunruhigend. Aber du erinnerst dich an sie von der Hausparty?«

»Ja. Sie ist die Enkelin des Gastgebers.«

»Ich glaube, ich habe eine Einladung zu dieser Party erhalten, die ich aber abgelehnt habe«, meinte Droxford. »Lord Haverstocks Fuchsjagdparty?« Auf Lazarus′ Nicken hin stieß er die Luft aus. »Ich möchte mit Haverstock nicht aneinandergeraten. Sein Temperament ist überaus unangenehm. Ich hatte einmal eine bemerkenswert heftige Auseinandersetzung mit ihm über die Auswirkungen des Krieges auf die Lebensmittelpreise, und er war in seiner Ignoranz äußerst streitlustig.«

Lazarus kannte ihn nur privat. Das lag daran, dass Lazarus sich bis vor kurzem nicht ernsthaft mit seinen Aufgaben bei den Lords beschäftigt hatte. Als er das hörte, ballte sich sein Magen zu einem Knoten zusammen. »Das ist nicht ermutigend.«

»Weiß er von dem Kind?«, fragte Droxford.

»Nein, ihr Vater auch nicht. Ihre Mutter allerdings schon.« Lazarus dachte an den eisigen Blick der Frau an jenem Nachmittag im Park. Vielleicht besaß ja die ganze Familie ein furchterregendes Temperament.

»Diese Hausparty hat im November letzten Jahres stattgefunden, nicht wahr?« Droxford schürzte die Lippen. »Warum erzählt sie dir erst jetzt davon?«

»Sie ist krank gewesen. Das behauptet sie zumindest.«

»Du glaubst ihr nicht?«

»Ich bin nicht geneigt, irgendetwas von ihren Behauptungen zu glauben. Drox, *ich kann mich nicht daran erinnern, sie gevögelt zu haben.*«

Droxfords Brauen hoben sich erneut.

»Ich bitte um Entschuldigung«, murmelte Lazarus. Ihm

war ganz entfallen, dass Droxford keine unflätige Sprache benutzte. Soweit Lazarus sich erinnern konnte, hatte er nicht ein einziges Mal irgendeine Version des Wortes *Mist* von sich gegeben.

»Fluchen macht mir nichts aus. Ich tue es nur selten, weil mein Vater mir eingebläut hat, dass solche Worte aus dem Mund des Teufels kommen.« Droxford schniefte. »Du erinnerst dich also nicht daran, mit ihr geschlafen zu haben, und du denkst, sie könnte die Unwahrheit gesagt haben. Ich finde es seltsam, dass sie so lange gewartet hat, um sich an dich zu wenden, krank oder nicht. Sicherlich hätte ihre Mutter mit dir sprechen können.«

Das hatte Lazarus überhaupt nicht bedacht. »Sie hat mir bis Montag Zeit gegeben, ihr einen Heiratsantrag zu machen. Sollte ich das nicht tun, wird sie ihren Vater und ihren Großvater informieren.«

»Es geht nichts über ein bisschen Erpressung, um seine Geschichte glaubwürdiger zu machen.« Droxford runzelte die Stirn. »Warum sollte sie den beiden nicht sofort die Wahrheit sagen?«

»Sie versucht, die Schwangerschaft völlig zu vertuschen. Sie hat auch vorgeschlagen, dass wir nach der Hochzeit – in aller gebotenen Eile – aufs Land ziehen, bis das Kind geboren ist, damit wir den Zeitpunkt seiner Geburt verschleiern können.«

»Sie hat einen Plan«, stellte Droxford fest.

»Das habe ich auch gedacht.«

»Und du bist ihr Spielball.« Droxford legte die Stirn in tiefe Falten. »Bist du bereit, sie zu heiraten?«

»Das will ich nicht.« Lazarus fühlte sich hoffnungslos.

»Aber wäre es denn das Schlimmste? Irgendwann musst du doch heiraten, oder?«

»Ja. Aber nicht sie. Ich kenne sie nicht. Ich finde sie nicht einmal attraktiv.« Denn seit kurzem gefiel ihm keine andere mehr außer einer zobelhaarigen, dunkeläugigen Schönheit, die über ihre Füße stolperte und deren Lachen wie ein Sonnenstrahl klang. Wenn Sonnenstrahlen einen Klang hätten.

»Setzen wir unsere Unterhaltung darüber fort, was passieren wird, wenn du dich weigerst, sie zu heiraten. Dann wird sie es ihrem Vater und ihrem Großvater erzählen. Ihr Großvater wird nichts unversucht lassen, um die Heirat zu erzwingen, das kann ich dir garantieren. Möglicherweise wird er sich sogar beim Prinzregenten Gehör verschaffen, damit er dich zwingt.«

Lazarus wurde mulmig zumute. »Er kann mich nicht zwingen, sie zu heiraten.«

»Nein, aber er kann dem Leben, wie du es kennst, ein Ende machen. Du würdest nirgendwo mehr eingeladen werden. Deine Position bei den Lords wäre kompromittiert – du würdest weitestgehend an Einfluss verlieren, da viele Mitglieder sich weigern würden, mit dir zu verkehren. Und natürlich wäre auch deine Familie davon betroffen.«

Seine Mutter. Seine Schwestern. Ihre Ehemänner. Ihre *Kinder*.

»Deine Frau«, flüsterte Lazarus, entsetzt darüber, dass diese schreckliche Situation die süße Tamsin berühren könnte, die erst kürzlich ihr Glück gefunden hatte.

»Vielleicht«, meinte Droxford mit einer Grimasse. »Ich will nicht lügen. Meines Erachtens solltest du diese Frau einfach heiraten. Es sei denn, du bist dir sicher, dass du nicht mit ihr geschlafen hast?«

»Nein, ich bin mir *nicht* sicher.« Lazarus lehnte einen Ellbogen auf die Stuhllehne. »Eines Abends war ich mit Sheff in einer Kneipe, und wir waren so betrunken, dass ich mich an nichts mehr erinnern kann. Ich weiß nicht einmal mehr, wie wir zum Landsitz zurückgekommen sind. Am nächsten Tag war ich zu nichts zu gebrauchen. Und ich glaube, wir sind am Tag danach abgereist.«

»Erinnert sich Sheff an irgendetwas?«

Das musste Lazarus ihn natürlich noch fragen. Vorhin im Park hatte er an Shefford gedacht und hätte ihn direkt in seinem Haus im Albany aufsuchen sollen. »Das werde ich herausfinden.« Später würde Lazarus Sheff ausfindig machen.

»Ich schlage vor, dass du die nächsten Tage nutzt, um die Wahrheit herauszufinden. Sie ist definitiv schwanger?« Droxford schüttelte den Kopf. »Ich hasse es, das zu fragen.«

»Ich weiß. Ich habe es gehasst, so etwas zu denken. Sie war so umsichtig, mir ihren Unterleib zu zeigen.«

»Gut, dann versuche herauszufinden, ob du es wirklich gewesen sein könntest. Vielleicht kann Sheff dir ein Alibi verschaffen.«

Gott, das wäre ein Glück.

»Aber du musst auch bedenken, was du tun würdest, wenn du keine Beweise dafür hättest, dass du tatsächlich nicht mit ihr geschlafen hast. Du hast keine Ahnung, woran Sheff sich erinnert.«

Lazarus' momentane Aufregung verflog. Er konnte Miss Worsley nicht heiraten. Nicht nur, weil er es nicht wollte, sondern weil er in Gwen verliebt war. Er wollte *sie* heiraten.

Wenn er sich aber weigerte, Miss Worsley zu heiraten, und ihre Familie allen erzählte, dass er der Vater ihres Kindes war, würde Lazarus Gwen nicht heiraten können. Sie würde ihn nicht wollen. Er war sich nicht einmal sicher, ob sie ihn jetzt noch wollte. Er war bereits ein *Halunke*. Miss Worsleys Anschuldigungen ließen ihn als Halunken dastehen. Er wäre es nicht würdig, ein Ehemann für irgendeine Frau zu sein.

Wie hatte er jemals der Ansicht sein können, er sei für Gwen gut genug? Er hatte sich ihr gegenüber wie ein Schuft betragen und seinen niederen Begierden nachgegeben. Ganz zu schweigen von seinen früheren Vergehen, zu denen vielleicht auch die Zeugung eines Kindes mit einer unschuldigen jungen Frau gehörte.

»Ich kann erkennen, wie schwer all dies auf dir lastet«, meinte Droxford mitfühlend. »Es tut mir leid, dass das passiert ist. Hoffentlich kann Sheff dir helfen.«

»Das hoffe ich auch.« Lazarus richtete sich langsam auf. »Ich weiß deinen Rat zu schätzen, Drox.«

»Ich wünschte, ich wäre imstande, mehr zu tun. Hoffentlich geht alles gut aus.« Er berührte Lazarus an der Schulter und das war wirklich eine seltene Demonstration von Unterstützung oder vielleicht sogar Zuneigung.

»Danke für deine Diskretion. Du bist ein guter Freund.«

»Wir alle brauchen irgendwann einmal Diskretion«, meinte Droxford geheimnisvoll. »Dafür sind Freunde da.«

Lazarus nickte, ehe er dann aufbrach und sich auf die Suche nach Shefford machte. Er betete, dass sein Freund in jener Nacht nicht so betrunken gewesen war und sich an die Geschehnisse erinnern konnte. Wenn nicht, fürchtete Lazarus, dass er ruiniert war.

~

Obwohl Gwen keine Antwort auf ihre Einladung von Lazarus erhalten hatte, ging sie trotzdem zu Tamsin, in der Hoffnung auf sein Erscheinen. Sie hatte die Leseübung der Nachricht an Lazarus nicht beigefügt, weil sie sie noch nicht beendet hatte. Jetzt war sie jedoch fertig und steckte in ihrer Tasche.

Tamsin empfing sie im Salon im ersten Stock. »Ich

habe natürlich deine Nachricht bekommen«, sagte sie ohne Vorrede und zog Gwen zu sich auf das Sofa.

Gwen hatte an diesem Morgen auch ein Schreiben an Tamsin geschickt, in dem sie ihr mitteilte, dass sie Lazarus am Nachmittag bei ihr zu Hause treffen wollte. »Danke, dass ich so unangemeldet bei dir auftauchen durfte. Und dafür, dass du mir nicht böse bist, weil ich nicht einmal wirklich gefragt habe.« Sie zog eine kleine Grimasse.

»Du bist mir keinen Dank schuldig«, versicherte Tamsin. »In deiner Nachricht stand, dass du dringend mit Somerton sprechen musst. Ist alles in Ordnung?«

»Meine Hoffnung ist, dass das so ist«, sagte Gwen. »Ich bin zu dem Schluss gekommen, dass ich unsere Verbindung nicht zu Ende gehen lassen möchte. Mir wäre es sogar lieber, sie würde weitergehen. Vielleicht auf eine etwas ... intimere Weise.«

Tamsins Augen wurden groß. »Oh! Ist etwas passiert, seit du ihn an dem Abend des literarischen Salons geküsst hast?«

»Ich habe erkannt, dass ich eine gewisse Zuneigung zu ihm entwickelt habe«, gestand Gwen. »Ich bin ziemlich verliebt, um ehrlich zu sein.« Sie spürte Wärme in ihren Wangen aufsteigen, aber das war ihr egal. Das kam nicht aus Verlegenheit, sondern aus der Aufregung, dies mit einer ihrer liebsten Freundinnen zu teilen. »Woher wusstest du, dass du Gefühle für Droxford hast? Ich weiß, dass es nicht vor eurer Hochzeit war, wenn man bedenkt, auf welche Weise ihr heiraten musstet.«

»Eigentlich hatte ich mich da schon in ihn verliebt«, antwortete Tamsin mit einem schüchternen Lächeln. »Damals war mir das nur nicht bewusst gewesen, aber das Heiratsarrangement, das mein Vater für mich abgesprochen hat und die anschließende Bekanntschaft mit Isaac war ein Hinweis auf eine verlockende Zukunft, die ich nicht in Betracht gezogen hatte. Ich weiß, dass Isaac schroff und grüblerisch wirkt, aber mir war er schon immer sehr geistreich und außergewöhnlich fürsorglich vorgekommen. Fast von dem Moment an, als wir uns kennenlernten, gab er mir das Gefühl, behütet und kostbar zu sein. Er war der erste Mensch außerhalb meiner Familie und meiner engsten Freunde, der wirklich meine Persönlichkeit gesehen hat, wenn das zu verstehen ist.«

»Für mich schon. Mit Lazarus ergeht es mir ebenso. Es interessiert ihn nicht, dass ich nicht tanzen kann und ich ihm wahrscheinlich seine Lieblingsweste ruinieren werde, indem ich einen Drink darauf verschütte. Und als er diesen besonderen Abend plante, an dem er mich in den literarischen Salon mitgenommen hat ...« Gwen konnte ihr Grinsen nicht zurückhalten. »Nun, das war der Moment, in dem meine Gefühle für ihn eine Wandlung erfuhren.«

Tamsin grinste ebenfalls. »Das ist so schön.«

Gwen ernüchterte allerdings rasch wieder. »Ich bin mir nur nicht sicher, ob er genauso empfindet. Ich meine, er ist ein Halunke. Er hat nie angedeutet, dass er Heiratsabsichten hat.«

»Das tat Isaac auch nicht. Auch nach unserer Heirat nicht«, fügte Tamsin ironisch hinzu. »Wenn du dich erinnerst, wollte er die Ehe nur auf dem Papier. Ich kann mir aber nicht vorstellen, dass mein Cousin sich so eine Arrangement wünscht. Zumal ihr euch ja schon geküsst habt. Damit seid ihr beiden Isaac und mir ein ganzes Stück voraus.«

»Ich weiß, dass ihr, Lazarus und du, euch nicht gerade nahesteht, aber hast du ihn denn noch nie über die Ehe reden hören?«, fragte Gwen. Die Bewertung ihrer Mutter, Lazarus sei kein guter Ehemann, ging ihr nicht aus dem Kopf, doch auch wenn Gwen die Erwartungen ihrer Eltern erfüllen wollte, war sie nicht imstande, ihre eigenen

Gefühle vollkommen zu leugnen. »Meiner Vermutung nach wird er irgendwann heiraten müssen. Denn er braucht doch wohl einen Erben?«

»Ja. Wenn Großmutter auch lachend behauptet hat, er stoße sich die Hörner ab, so hat sie zu Weihnachten angedeutet, dass es an der Zeit ist, dass er sesshaft wird. Meine Tante – seine Mutter – ist in diesem Punkt ganz ihrer Meinung und sie hofft, dass er sich noch in dieser Saison für eine Braut entscheidet.« Tamsin zog eine Schulter hoch. »Man weiß nie, was passieren wird. Gedenkst du, ihm deine Gefühle zu gestehen? Wolltest du ihn deshalb heute hier treffen?«

Gwen nickte. »Aber ich bin so nervös. Was, wenn er mich belächelt?«

»Das wird er ganz bestimmt nicht tun! Falls doch, werde ich ihm in den Hintern treten. Und zwar mehrmals.« Tamsin tätschelte Gwen die Hand und nickte ihr aufmunternd zu. »Vielleicht empfindet er dasselbe für dich und will dich gar heiraten, womit er seine Mutter und unsere Großmutter glücklich machen würde.«

»Ich bin mir nicht sicher, ob ich das zu glauben wage«, flüsterte Gwen leise.

Der Butler erschien in der Tür und kündigte die Ankunft von Lord Somerton an. Gwens Inneres zog sich zu einem kleinen, festen Knoten zusammen. Ihr Herzschlag hatte ein rasantes Tempo angenommen.

»Führen Sie ihn in die Bibliothek«, bat Tamsin. Als der Butler gegangen war, sah sie zu Gwen. »Du bist ganz blass geworden. Kneife dich in die Wangen, ehe du ihm gegenübertrittst. Oder stelle dir vor, ihn zu küssen. Das wird dir etwas Farbe ins Gesicht zaubern.« Sie lächelte, und Gwen konnte nicht anders als zu lachen.

»Danke.«

Sie standen zusammen auf, und Tamsin versprach, nachher hier zu sein, ganz gleich, was passierte.

Dann stieg Gwen die Treppe hinunter und begab sich zur Bibliothek, wobei sie abwechselnd schnell und dann wieder langsam ging, da sie nicht entscheiden konnte, ob sie sich auf den bevorstehenden Austausch freute oder das Ergebnis fürchtete.

Beim Betreten der Bibliothek stockte ihr der Atem. Hatte seine Attraktivität seit dem Vortag irgendwie noch zugenommen? Sein blondes Haar war elegant frisiert und seine Kleidung tadellos. Er sah aus, als käme er direkt von einer Modenschau.

Allerdings lächelte er nicht. Im Gegenteil, sein Gesicht wirkte sogar ein wenig gezeichnet. Stimmte etwas nicht?

»Du hast meine Nachricht erhalten«, stellte Gwen zögernd fest und verspürte eine unglaubliche Nervosität.

»Ja, deshalb bin ich hier, obwohl wir das eigentlich nicht tun sollten. Du sagtest aber, es sei dringend.«

»Hast du die Schreibübung erhalten, die ich dir neulich geschickt habe?«, fragte sie hoffnungsvoll.

Er stieß die Luft aus. »Ja. Ich entschuldige mich, dass ich dir eine Antwort schuldig geblieben bin. Es war überaus hilfreich. Du hast Wunder bewirkt. Ein schwaches Lächeln umspielte seine Lippen, und Gwen entspannte sich ein wenig.

Sie zog die neue Übung aus ihrer Tasche, die sie für ihn mitgebracht hatte. »Ich habe noch eine Übung für dich.« Damit trat sie näher an ihn heran und hielt ihm das gefaltete Schriftstück hin.

Er griff danach und legte die Finger um den dargebotenen Rand, während sie die andere Seite hielt. Ihre Blicke trafen sich.

»Danke«, murmelte er, nahm das Papier und steckte es in

eine Tasche seines Fracks. »Wolltest du mich deshalb sehen? Du hättest sie mir auch genau wie die erste schicken können. Ich verspreche, dass ich in Zukunft antworten werde.«

»Das würde ich zu schätzen wissen«, entgegnete sie. »Das ist aber nicht der Grund, warum ich dich sehen wollte. Ich, ähm, ich habe dich vermisst.«

Sein Kiefer schien sich anzuspannen.

Als er nicht antwortete, sammelte sie all ihren Mut zusammen und fuhr fort. »Ich habe dich gestern im Park gesehen. Ich dachte, du hättest mich gesehen, aber dann hast du dich weggedreht und bist fortgegangen.«

»Ich habe dich gesehen.« Er klang fast ... resigniert? »Du hast ausgesehen, als wolltest du mit mir sprechen, aber ich hatte dir gesagt, dass wir öffentlich nicht mehr in Verbindung gebracht werden dürfen. Wie würde es wohl aussehen, wenn du mich im Park ansprechen würdest?« Er klang nicht zornig, doch in seinen Worten schwang eine gewisse Emotion mit.

»Dessen bin ich mir bewusst, weshalb ich dich auch heute sehen wollte. Ich möchte nicht nicht mit dir sprechen können oder keine Zeit mehr mit dir verbringen. Wir sind uns doch nahegekommen, oder etwa nicht?« Sie wartete auf eine Antwort von ihm oder eine Wandlung seines Gesichtsausdrucks. Als er stoisch blieb, keimte in Gwen die Befürchtung auf, dies könne einen schlechten Ausgang nehmen. Vielleicht war das Schlimmste, was passieren konnte, bereits eingetreten.

»Ich vermisse diese Nähe«, sagte Gwen und wusste, dass dies ihre einzige Chance war, ihm zu sagen, was sie fühlte. »Meine Mutter hat mich gefragt, welchen Gentleman ich mir für mich wünsche, und mir ist klar geworden, dass du für mich der Einzige bist.«

Lazarus' Nasenlöcher blähten sich. »Das kannst du nicht wollen.« Seine Stimme war tief, fast ein Knurren.

»Warum nicht?«

»Weil du weißt, was für ein Mann ich bin.«

»Ja. Der Mann, den ich liebe.«

Er schlang einen Arm um ihre Taille und zog sie an sich. »Sag das *nicht*. Du darfst nicht so für mich empfinden. Das werde ich nicht erlauben.«

Als sie aufblickte, sah sie den Feuersturm in seinen Augen, und sie wurde wütend auf das, wogegen er ankämpfte. Dachte er etwa, er sei nicht gut genug für sie?

»Was ist damit, was ich erlauben werde?« Sie drückte sich an ihn und legte ihre Arme um seinen Hals.

Er murmelte etwas, das sich wie ein Fluch anhörte, um dann ihren Mund mit einem leidenschaftlichen Kuss zu erobern. Gwen jubilierte innerlich, als seine Zunge über die ihre strich. Sie hielt ihn fest umklammert und wollte ihn nicht mehr loslassen. Wenn dieser Moment bis in die Ewigkeit andauerte, wäre sie glücklich.

Er ließ seine Hand tiefer wandern, bis er ihre Kehrseite ertastete, und dann zog er ihr Becken fest an seines, oder jedenfalls fast, denn er war einige Zentimeter größer als sie. Das war nicht mit der schrecklichen Taktik zu vergleichen, mit der Tremblay sie betatscht hatte. Lazarus liebkoste sie und er hielt sie mit einer Mischung aus Fürsorge und unbändigem Verlangen in seinen Armen. Sie fühlte sich begehrt und sicher zugleich, als sollte, wollte und musste sie genau dort sein – in Lazarus´ Armen.

Er zog eine Spur von Küssen an ihrem Kiefer entlang, ehe er dann aber abrupt zurückwich. »Es tut mir leid, dass ich zu weit gegangen bin«, brachte er schweratmend hervor.

»Mir hat das ganz und gar nichts ausgemacht. Ich habe dich zu diesem Kuss eingeladen. Ich lade dich sogar ein, alles mit mir zu machen, wonach dir der Sinn steht.« *Bitte, tu das*, flehte sie innerlich.

Er wischte sich mit der Handfläche über den Mund. »Ich kann so nicht mit dir zusammen sein. Oder auf irgendeine andere Art und Weise.«

Er hatte *kann nicht* gesagt, anstatt *will nicht*. »Warum nicht?«

»Zum einen, weil du etwas Besseres verdient hast. Darüber hinaus gibt es ... Gründe, die ich nicht erklären kann.« Er holte tief Luft.. »Vielleicht wird sich mit der Zeit etwas daran ändern.«

»Willst du, dass ich warte? Ich werde warten.« Sie würde so lange warten, wie er es verlangte. Das musste gegen eine der Regeln für Halunken verstoßen – oder gar mehrere –, doch das war ihr einerlei. Sie war im Begriff, alle Grundsätze über Bord zu werfen, wenn sie nur eine Chance mit diesem großartigen Halunken hätte. Und das brach *definitiv* eine der Regeln für Halunken. Gib einem Halunken niemals eine Chance.

»Nein, das kann ich nicht verlangen – und auch nichts anderes von dir.«

»Ich wünschte, du würdest mir alles erklären«, bat Gwen. »Du kannst dich mir anvertrauen.

»Es gibt nichts zu erzählen.« Jetzt klang er abweisend. »Ich bin ein Halunke, und das weißt du ja. Ohne mich bist du weitaus besser dran. Suche dir einen deiner anderen Gentlemen aus. Jeder von ihnen wäre in der Lage, dich viel glücklicher zu machen, als ich je könnte.«

»Das glaube ich nicht«, brachte sie leise hervor.

Nun schritt er auf die Tür zu. »Wenn du mich noch einmal zu einem Treffen einlädst, werde ich fernbleiben.« Er stand mit dem Rücken zu ihr. »Ich bin dir für deine Leseübungen dankbar, obwohl ich es verstehen würde, wenn du mir fortan keine weiteren mehr schicken wirst.«

»Davon werde ich nicht absehen. Ich werde dir immer helfen, Lazarus.« Gwen brach es das Herz. Das war schlimmer, als von ihr erwartet. Er hatte ihr nicht einmal gesagt, sie sei ihm egal, sondern nur, dass er ihrer nicht würdig war. Diese Entscheidung sollte ihr überlassen sein und nicht ihm.

Allerdings war da noch etwas anderes. Irgendetwas zerrte an ihm. Und das wollte er um keinen Preis verraten.

Nun ging er, ohne noch ein weiteres Wort zu verlieren. Gwen wankte auf wackeligen Beinen und setzte sich auf einen Stuhl. Sie weinte nicht, obwohl sie am Boden zerstört war. Sie fühlte sich einfach … leer.

Tamsin kam herein und setzte sich schnell zu Gwen. »Was ist passiert? Du siehst nicht glücklich aus.«

»Er drängte mich, einem anderen Mann den Vorzug zu geben.«

»Er erwidert deine Gefühle also nicht?« Tamsin legte die Stirn in Falten.

»Er behauptet, er sei meiner nicht würdig, aber er hat auch erwähnt, dass andere Gründe ins Feld zu führen sind, warum er nicht mit mir zusammen sein kann. Allerdings hat er sich darüber ausgeschwiegen, welche das sind. Vermutlich ist er der Ansicht, sein Ruf wäre ein Hinderungsgrund.« Gwen schüttelte den Kopf. »Ich weiß es nicht.«

Tamsin berührte Gwens Hand. »Es tut mir so leid. Was kann ich tun?«

»Nichts. Da lässt sich wohl nichts machen.« Gwen bemühte sich für ihre liebe Freundin um ein dankbares Lächeln. »Ich glaube, ich habe eine Auszeit vom Trubel der Saison nötig. Für ein paar Tage. Oder vielleicht eine Woche.«

»Findet heute Abend nicht ein wichtiger Ball statt?«, fragte Tamsin. »Ein Freund deines Vaters?«

Verdammt, das stimmte. »Dann eben nach heute Abend.« Gwen war plötzlich müde von all den Anstrengungen, die es mit sich brachte, auf dem Heiratsmarkt zu sein. Sie wollte Zeit mit ihren Büchern verbringen. »Ich frage mich, ob wir am Montag auch einen literarischen Salon besuchen könnten. Ich werde Jo eine Nachricht schicken.«

»Gerade habe ich eine von ihr erhalten, während du mit Somerton gesprochen hast. Ich habe für Montag eine Einladung. Ich gehe aber nur, wenn du auch kommst.«

Gwens Antwort bestand aus einem aufrichtigen Lächeln. »Das wäre schön.«

Vielleicht hatte sie Lazarus nicht gewinnen können, aber wenigstens hatte sie Bücher. Schöne, vertrauenswürdige, treue Bücher.

KAPITEL 14

*L*azarus schnappte nach Luft, als er das Haus der Droxfords verließ, und bemühte sich nach Kräften, Gwens enttäuschten Gesichtsausdruck aus seinen Gedanken zu verdrängen, der die Folge seiner Erklärung war, dass er nicht mit ihr zusammenkommen konnte. Er hatte erwogen, ihr die Wahrheit zu sagen, doch wozu sollte das gut sein? Zu rein gar nichts. Ob wahr oder nicht, allein die Existenz dieser Erklärung würde dazu führen, dass Gwen ihn nie wieder mit Zuneigung ansehen würde.

Oder gar Liebe.

Gott, sie hatte versucht, ihm ihre Liebe zu gestehen. Beinahe hätte er sich beim Gehen überschlagen.

Wie konnte es sein, dass er endlich die Liebe gefunden hatte, wo er sie am wenigsten erwartet hatte, und es ihm nun versagt war, diese Liebe mit beiden Händen zu greifen? Eine ausschließlich gegen sich selbst gerichtete Wut durchströmte ihn.

Selbst wenn er nicht mit Miss Worsley geschlafen hatte, war es ihm dennoch gelungen, sich in eine Lage zu bringen, in der dies nicht nur möglich, sondern auch wahrscheinlich war. Wäre er ein aufrechter Gentleman mit einem tadellosen Ruf, würde so etwas nicht passieren.

Heiter war er durchs Leben geschlendert und hatte sein Verhalten dabei als gar nicht so schlimm erachtet. Er war wohl bis an die Grenzen gegangen, aber er hatte sie nie überschritten. Jetzt hatte er jedoch das Undenkbare getan, und schlimmer noch, er konnte sich nicht einmal daran erinnern.

Lazarus schritt in Richtung Piccadilly aus. Er hoffte inständig, Shefford endlich zu Hause anzutreffen. Gestern Abend war sein Freund nicht da gewesen, und er war auch an einem ihrer üblichen Treffpunkte nicht zu finden gewesen. Heute früh war er auch nicht zu Hause gewesen. Bei Lazarus' Glück, könnte Sheff die Stadt für ein paar Tage verlassen haben, was nicht unüblich war.

Er konnte nur beten, dass Shefford sich an jene Nacht im November letzten Jahres erinnerte. Wenn nicht, war Lazarus nicht sicher, was er als Nächstes tun sollte. Abgesehen davon, Miss Worsley zu heiraten und Vater ihres Kindes zu werden. Die Welt fühlte sich an, als würde sie sich um ihn herum zusammenziehen.

Sheffords Kammerdiener öffnete die Tür. Er schien nicht überrascht zu sein, Lazarus zum dritten Mal in weniger als einem Tag zu sehen. Lazarus brauchte kein Wort zu sagen, bevor der Diener verkündete: »Seine Lordschaft ist jetzt anwesend. Ich habe ihn informiert, dass Ihr heute Nachmittag vorbeikommen werdet. Er wird Euch in seinem Arbeitszimmer empfangen.«

»Danke, Spears.« Lazarus rannte praktisch ins Arbeitszimmer, was gar nicht Not tat, da die Wohnung nicht besonders groß war.

»Ach da bist du ja wieder«, wurde er von Shefford begrüßt. Sein Freund trug einen Hausmantel über einer

Hose, und sein Haar war nass, was darauf hindeutete, dass er gerade gebadet hatte.

»Da bist *du* ja«, brummte Lazarus. »Endlich.«

»Was, um alles in der Welt hat dich so aufgeregt?« Shefford, der mit einer Zeitung auf einer Chaiselongue saß, bedeutete Lazarus mit einer Handbewegung, sich in einen Sessel zu setzen.

Anstatt Platz zu nehmen, schritt Lazarus umher. »Erinnerst du dich an die Fuchsjagd im November, an der wir teilgenommen haben?« Er warf einen Blick auf Shefford, der seine Zeitung auf den Boden neben die Chaiselongue legte und die Beine herunterschwang, um aufrecht zu sitzen.

»Haverstocks, ja?«

»Seine Enkelin hat mich gestern im Park zur Rede gestellt und mich beschuldigt, ihr ungeborenes Kind gezeugt zu haben.« Verdammt, aber es wurde nicht einfacher, diese Information mitzuteilen, und jedes Mal, wenn er es sagte, fühlte sich Lazarus noch mehr angewidert.

Shefford fiel die Kinnlade herunter. »Den Teufel hat sie getan.«

»Erinnerst du dich an sie? Ich erinnere mich kaum.«

Shefford zog die Stirn in Falten, als er über die Frage nachdachte. »Rotes Haar?«

»Blond, glaube ich.« Lazarus hatte das unter ihrem Hut nicht erkennen können. Er hatte sie auch nicht genau angeschaut. Denn er war viel zu sehr damit beschäftigt gewesen, sich einen Reim auf ihre Behauptungen zu machen.

»Hat sie gesagt, wann das passiert ist?«

»Nein, aber es kann nur die Nacht gewesen sein, in der wir im Gasthaus waren. Ich erinnere mich an die anderen Nächte des Festes, und ich war nicht bei ihr. In der zweiten Nacht hatte ich ein vergnügliches Zwischenspiel mit

Lad–« Lazarus unterbrach sich selbst, um die Identität der Lady geheim zu halten. »Egal mit wem. Ich war an jenem Abend, zumindest eine Zeit lang, in der Orangerie beschäftigt. Aber ich erinnere mich nicht mehr an den Abend, an dem wir im Gasthaus waren – das war die vorletzte Nacht.«

»Das war ein toller Abend.« Shefford wischte sich mit der Hand über das Gesicht. »Wir haben eine Unmenge Ale getrunken, und dann hat der Wirt den geschmuggelten Whisky hervorgeholt. Du hast mehr davon getrunken als ich.«

Lazarus hoffte, dass Shefford sich demzufolge an mehr erinnerte, was passiert war. »Was haben wir in jener Nacht gemacht?«

»Außer trinken? Im Gasthaus gab es einige leidenschaftliche Frauen, mit denen wir einige Zeit verbrachten.«

Lazarus erstarrte und sein Verstand arbeitete auf Hochtouren. Er erinnerte sich vage an ein schrilles, weibliches Lachen und raue Lippen. Er hatte eine Bemerkung gemacht, dass sie keine roten Ringe auf seinem Schaft hinterlassen sollte. Er stöhnte auf, wie schrecklich sich das anhörte. In Wahrheit war ihm vieles seines früheren Verhaltens jetzt unheimlich unangenehm. Nicht zuletzt die Tatsache, dass er möglicherweise eine junge Frau geschwängert hatte.

Vielleicht hatte er dies letztendlich doch nicht getan. Es wäre eine Erleichterung, wenn das der Fall sein sollte, doch das entschuldigte die Tatsache nicht, dass er es nicht mit Sicherheit sagen konnte.

»Wie lange?«, fragte Lazarus. »Die ganze Nacht?«

»Nein. Ich habe eine Weile geschlafen. Ich habe keine Ahnung, was du getan hast, aber du warst noch reichlich mitgenommen, als wir vor Sonnenaufgang aufbrachen. Das war, als wir nach Haverstock Hall zurückkehrten.«

»Wir waren also die meiste Zeit der Nacht nicht einmal im Haus«, stellte Lazarus fest und zum ersten Mal, seit er Melissa im Park getroffen hatte, entspannte er sich wieder.

Shefford schüttelte den Kopf. Er stützte sich mit dem Ellbogen auf sein Knie und legte das Kinn auf seine Hand. »Ich muss sagen, dass ich mir nicht vorstellen kann, wie du in der Lage gewesen sein sollst, Unzucht zu treiben, als du in dein Bett zurückgekehrt bist.«

»Ich hatte denselben Gedanken, aber es ist hilfreich, über diese Zeitangaben Klarheit zu haben.«

»Was wirst du tun?«, fragte Shefford.

»Sie hat mir bis Montag Zeit gegeben, ihr einen Heiratsantrag zu machen. Sollte das nicht geschehen, wird sie ihrem Vater und ihrem Großvater sagen, dass sie ein Kind erwartet und ich der Vater bin.«

Shefford hob den Kopf und nahm den Ellbogen von seinem Knie. »Die beiden wissen nichts? Und warum hat sie es dir nicht früher gesagt?«

»Sie sagte, sie sei krank gewesen, aber ihre Mutter weiß Bescheid und hätte mich informieren können.« Lazarus erinnerte sich an Droxfords ausgezeichneten Hinweis zu diesem Thema.

»Warum sollte sie dich dessen beschuldigen?«

»Ich kann mir nur vorstellen, dass der wahre Vater jemand ist, den sie nicht heiraten kann. Ein Lakai oder jemand Ungeeignetes.«

»Ein verheirateter Mann«, stellte Shefford in einem unglaublich abfälligen Ton fest, wobei er die Lippen kraus zog.

Lazarus vermutete, den Grund für die Geringschätzung seines Freundes zu verstehen. Sein Vater trieb es in über-triebenem Maße mit anderen Frauen. Es war möglich, wenn nicht sogar wahrscheinlich, dass er eine Unschuldige wie Miss Worsley geschwängert hatte. »Ich hoffe, das ist ihr nicht passiert«, meinte Lazarus leise. »Ich habe Verständnis für ihre missliche Lage, aber ich glaube wirklich nicht, dass ich der Vater bin.«

»Das kann ich mir nicht vorstellen, aber wenn sie das den Leuten erzählt, musst du gegen die Gerüchte und Anspielungen vorgehen.«

»Sind wir denen nicht schon aufgrund unseres Rufes ausgesetzt?«, fragte Lazarus und ließ sich schließlich in einen Sessel fallen. Letzte Nacht hatte er kaum ein Auge zu bekommen und er war erschöpft.

»Ich denke schon, aber niemand behauptet, dass wir mit der Enkelin eines Viscounts uneheliche Kinder zeugen.«

Lazarus zuckte zusammen, als hätte er einen Schlag abbekommen. »Ich mag verwegen sein, aber das ist jenseits der Norm.«

»Da du das aller Wahrscheinlichkeit nach gar nicht getan hast, kannst du sie nicht heiraten.«

»Ich *will* sie nicht heiraten. Wenn ich ihr das sage, wird sie vermutlich darauf bestehen, dass ich es war. Sie muss schnell heiraten, und warum sollte sie sich nicht einen Viscount angeln?«

»Ich habe zwar auch Verständnis für ihre missliche Lage, aber das ist eine grausame Art, sich vor dem Ruin zu bewahren. Sie hat einen Fehler gemacht.«

»Und wenn sie das nicht getan hat?«, fragte Lazarus, der Mitleid mit der jungen Frau hatte. »Viele Frauen werden genötigt. Oder schlimmer.«

Shefford presste die Lippen zusammen. »Ich hoffe, dass das in diesem Fall nicht passiert ist, aber vielleicht solltest du das herausfinden. In der Zwischenzeit bin ich gerne bereit, in deinem Namen zu sprechen. Ich werde auch den

Gastwirt benachrichtigen und ihn bitten, dir ein Alibi zu verschaffen. Ich werde sogar jemanden schicken, der die Hin- und Rückreise in größter Eile bewältigen kann.«

Lazarus ließ sich gegen die Stuhllehne sinken. »Das würdest du für mich tun?«

»Ja, natürlich. Wir müssen auch sehen, wer sich in Haverstock Hall an andere Einzelheiten von jener Nacht erinnern kann. Ich habe vergessen, ob du deinen Kammerdiener dabei hattest oder ob dir einer der Bediensteten in jener Woche geholfen hat.«

»Es war einer von ihnen. Könnte dein Mann ihn befragen?«

»Natürlich. Ich werde ihn anweisen, so viele Leute wie möglich zu befragen.« Shefford zog eine Grimasse. »Er wird aber nicht vor Montag zurück sein.«

Das gab Lazarus immerhin mehr Hoffnung, als er noch vor einer Stunde gehabt hatte. »Ich werde sie um mehr Zeit ersuchen müssen. Ich werde ihr auch sagen, dass ich nicht glaube, dass sie sich richtig an das Geschehene erinnert.«

»Das ist eine höfliche Art, sie eine Lügnerin zu nennen«, meinte Shefford mit einem Schmunzeln.

»Ich verabscheue es, so handeln zu müssen, aber ich habe das nicht getan. Vielleicht kann ich ihr anbieten, ihr zu helfen, den wahren Vater zur Rechenschaft zu ziehen.«

»Es sei denn, es ist jemand, den sie nicht heiraten kann. Sie würde viel lieber einen Viscount heiraten, und ihre Familie wird das auch wollen. Du hast gesagt, ihre Mutter wüsste Bescheid.« Shefford verengte kurz seine Augen. »Hast du erwogen, mit der Mutter zu sprechen und ihr zu sagen, dass du den Trick durchschaut hast, mit dem sie dich in die Ehe treiben wollen?«

Lazarus stieß einen Atemzug aus. »Das hatte ich bislang nicht. Ich war zu sehr auf den Schock dieser ganzen Angelegenheit konzentriert. Ich bin Droxford und dir dankbar, dass ihr einen klaren Kopf bewahrt habt.«

Shefford zog eine Augenbraue hoch »Du hast mit Droxford gesprochen?«

»Gestern Abend. Ich war, um es mit deinen Worten auszudrücken, der Verzweiflung nahe. Da hatte ich noch gar nicht daran gedacht, dich aufzusuchen.«

»Du warst zuerst bei Droxford?« Shefford legte seine Hand auf seine Brust. »Ich bin verwundet.«

»Nichts für ungut, aber er ist der Rechtschaffenste unter uns und er hat einen außerordentlich klaren Verstand.«

»Er hat seine Fehler gemacht, aber du hast recht, dass er sich besser benimmt als wir.«

»Vielleicht ist es an der Zeit, das zu berichtigen.« Lazarus stand auf und fühlte sich müde. »Wenn ich dieses Debakel überstehe, werde ich meine Gewohnheiten ganz sicher ändern. Du solltest das auch in Betracht ziehen. Wo warst du gestern Abend und heute Vormittag?«

»Ich habe mich schlecht benommen. Verlange von mir aber bitte nicht, mich zu ändern«, meinte Shefford und stand auf. »Ich werde mich einfach bemühen, mich nicht so zu betrinken, dass ich mich nicht mehr erinnern kann, was ich getan habe.« Seine Mundwinkel hoben sich zu einem kurzen, humorlosen Lächeln.

Lazarus kam zu Bewusstsein, dass Shefford nie exzessiv trank, zumindest konnte Lazarus sich nicht daran erinnern. Warum war ihm das nie zuvor aufgefallen?

»Wie auch immer«, fuhr Shefford fort. »Ich schere mich nicht um meinen Ruf, wie du ja weißt.« Dann ließ er ein echtes Lächeln aufblitzen. »Ich werde meinen Mann unverzüglich holen lassen.«

Lazarus stand auf. »Ich danke dir. Wer ist dieser Mann eigentlich?«

Shefford zuckte mit den Schultern. »Er ist nur jemand, den ich von Zeit zu Zeit beschäftige. Was wirst du wegen dieser jungen Frau unternehmen? Wie heißt sie?«

»Miss Melissa Worsley.«

»Wirst du mit ihr oder mit ihrer Mutter sprechen?«, fragte Shefford.

»Ich denke, ich werde ihrer Mutter eine Nachricht schicken.«

»Ich würde bei allem, was du schriftlich festhältst, überaus vorsichtig sein. Allerdings willst du auch nicht erkannt werden, wenn du sie aufsuchst.« Shefford runzelte die Stirn. »Verdammt schreckliche Situation. Es tut mir so leid, Somerton.«

Lazarus würde so wenig wie möglich schriftlich festhalten, und zwar schon allein deshalb, weil es lästig war. »Ich weiß deine Hilfe zu schätzen. Und dein Mitgefühl. Deine Erinnerung an den Abend hat mich sehr beruhigt. Vielleicht werde ich heute Nacht schlafen können.« Oder auch nicht. Wahrscheinlich würde er wach in seinem Bett liegen und darüber grübeln, auf welche Weise er Gwen wehgetan hatte.

»Ich gebe dir Bescheid, sobald mein Mann zurück ist«, versprach Shefford. »Bitte halte mich über alle Entwicklungen auf dem Laufenden. Ich werde alles Notwendige tun, um dich vor dem Gang zum Traualtar zu bewahren.«

Lazarus nickte, ehe er dann das Haus verließ. Seiner allgemein besseren Stimmung zum Trotz, war er wegen der ganzen Situation dennoch weiterhin beunruhigt. Dass eine junge Frau versuchte, ihn in eine Falle zu locken, war zwar ärgerlich, doch er hatte auch Mitleid mit ihr. War sie so in die Enge getrieben, dass sie in Lügen und Manipulationen ihren einzigen Ausweg sah?

Gwen war nicht in der Stimmung, an diesem Abend mit ihren Eltern einen Ball zu besuchen. Der Gastgeber war jedoch ein guter Freund ihres Vaters, was sie dazu verpflichtete, sie zu begleiten. Daran war sie erinnert worden, als sie nach ihrer Rückkehr von Tamsin ihrer Mutter zu sagen versucht hatte, dass sie unter Kopfschmerzen litt.

Badger, Gwens Kammerzofe, die sich lieber Badge nannte, als sich ihren Namen mit einem gemeinhin als unangenehm bekannten Tier zu teilen, steckte den letzten Schmuckkamm in Gwens Haar und betrachtete sie im Spiegel des Schminktisches. »Alles fertig!«, erklärte sie in ihrem unüberhörbaren Yorkshire-Akzent. »Sie brauchen nur noch Ihre Handschuhe.« Nachdem sie die langen, weißen Handschuhe herbeigeholt hatte, reichte Badge sie an Gwen. »Warum sehen Sie heute so besorgt aus?« Badge, die mit ihren Mitte dreißig ebenso mütterlich wie Gwens Mutter wirkte, strich mit den Fingerspitzen über Gwens Stirn.

»Ich habe ein bisschen Kopfschmerzen.« Gwen hatte nicht die Absicht, Badge von Lazarus zu erzählen.

»Sie hätten etwas sagen sollen«, mahnte Badge sanft. »Ich hätte Ihnen ein Tonikum gemischt. Das kann ich immer noch, wenn Sie wollen.«

»Ich bin mir nicht sicher, ob die Zeit reicht«, gab Gwen zu bedenken und zog ihre Handschuhe an.

Ein Klopfen an der Tür veranlasste sie, sich umzudrehen. Badge ging hin, um zu öffnen.

Gwen konnte das Gespräch zwischen ihr und dem Butler hören. Gwens Anwesenheit wurde im Arbeitszimmer ihres Vaters verlangt, was seltsam war, da sie in Kürze zum Ball aufbrechen sollten. Konnte ihr Vater ihr nicht in der Kutsche sagen, was er zu sagen hatte?

Badge wandte sich von der Tür ab, und Gwen antwortete: »Ich habe es gehört. Ich gehe sofort hinunter.«

Einige Minuten später kam sie in seinem Arbeitszimmer an. Ihr Vater saß hinter seinem Schreibtisch, und ihre Mutter hatte sich auf einem Stuhl daneben gesetzt. Sie sahen beide sehr ernst aus.

Gwens Magen schlug eine Reihe von Purzelbäumen. Langsam schritt sie in den Raum.

»Mach die Tür zu«, sagte ihr Vater.

Gwen tat wie ihr geheißen, zog die Tür zu und stellte sich vor seinen Schreibtisch. »Stimmt etwas nicht?« Ihr Herz klopfte wie wild, als sie sich vorzustellen versuchte, warum ihre Eltern so ... betrübt aussahen. Verärgert? Enttäuscht. Sie wusste es nicht.

Das Haar ihres Vaters war von einen helleren Braunton als das der anderen Familienmitglieder, doch das, was davon noch übrig geblieben war, war größtenteils ergraut, während der Haaransatz aus seiner Stirn zurückgewichen war. Seine Augen waren von einem gleichförmigen Braun wie auch Gwens, und seine Gesichtszüge waren kräftig und künstlerisch ansprechend wie auch die ihres Bruders. Er war schon mehrmals gemalt worden, da Künstler ihn für ein attraktives Motiv hielten. In der Tat waren er und ihre Mutter öfter zusammen gemalt worden, als Gwen zählen konnte.

»Wir haben vor kurzem einen beunruhigenden Brief erhalten«, sagte er und runzelte dabei stark die Stirn. »Von Mr. Virgil Eberforce.«

Was könnte dieser Idiot zu sagen haben, das ihre Eltern interessieren könnte? »Hat er dich gebeten, ihn für die Weste zu entschädigen, die ich offenbar bei Almack's ruiniert habe?«

»Nein. Er behauptet, du hättest Lady Droxford besucht,

um eine Verbindung mit Lord Somerton einzugehen. Stimmt das?«

Gwen wünschte sich, sie könnte sich hinsetzen. Wie um alles in der Welt hatte Eberforce das herausgefunden? Verbindung war keine zutreffende Beschreibung dessen, warum sie sich getroffen hatten, obwohl Gwen das nicht das Geringste ausgemacht hätte.

»Natürlich ist das nicht wahr. Ich habe meine Freundin besucht, was ich auch heute Nachmittag getan habe.« Hatte Eberforce Lazarus und sie etwa zur gleichen Zeit ankommen sehen? Es hörte sich allerdings so an, als hätte er sie beide wiederholt beobachtet. Wie und warum war er überhaupt auf sie aufmerksam geworden?

Gwen kam ein erschreckender Gedanke: Hätte er irgendwie in die Bibliothek hineinsehen können? Falls das der Fall war, dann hätte er sie beide beobachtet, wie sie sich küssten. Nicht nur heute, sondern auch an jenem anderen Tag.

Nein, das war absurd. Dafür müsste er sich im hinteren Garten befinden, von wo aus er direkt in die Bibliothek sehen konnte. Beim besten Willen konnte sie sich nicht mehr daran erinnern, ob die Vorhänge aufgezogen gewesen waren, sodass jemand von draußen hineinsehen konnte. Natürlich war das so gewesen. Sie hatte das Sonnenlicht ja bemerkt. Warum waren sie so leichtsinnig gewesen?

Ihr Vater musterte sie eingehend. »Eberforce sagt, dass ihr, Somerton und du ungefähr zur gleichen Zeit in der Droxford Residenz ankommt, und zwar schon seit etwa zwei Wochen.«

»Das ist also nur ein Zufall. Ich besuchte Tamsin. Ich hatte keine Ahnung, dass der Viscount dort war«, log sie. Sie sah das Aufflackern von Unsicherheit in den Augen ihres Vaters und wünschte, sie hätte behaupten können, dass sie ihn einmal dort gesehen hatte. Das wäre vielleicht glaubwürdiger gewesen.

»Das macht nichts«, meinte ihre Mutter und brachte Gwen dazu, den Kopf in ihre Richtung zu drehen, wo sie saß. »Eberforce hat seit dem Vorfall bei Almack's grausame Dinge von sich gegeben. Ob sie nun stimmen oder nicht, werden diese Informationen sich verbreiten, und das wird ein schlechtes Licht auf dich werfen.«

»Das ist ungerecht«, begehrte Gwen auf. Sie hatte sich heimlich mit Lazarus getroffen. Aber aus gutem Grund! Sie hatten keine Liaison angefangen. Nicht wirklich. Und schon gar nicht am Anfang.

»Wie auch immer, genau das wird passieren. Und in Anbetracht des Rufs von Somerton werden die Leute es wahrscheinlich glauben«, meinte ihr Vater. »Ich habe Markwith informieren lassen, dass wir so bald wie möglich einen Ehevertrag aushandeln wollen. Soweit ich weiß, wird er am Montag zurückkehren.«

Gwen fühlte sich, als sei sie in einen eiskalten Fluss gestürzt und kämpfte nun darum, den Kopf über Wasser zu halten. »Warum Markwith?« Sie klang sogar so, als würde sie nach Luft ringen.

»Ich dachte, du magst ihn vielleicht am liebsten«, meinte ihre Mutter mit einem schwachen Lächeln. »Es tut mir leid, dass es so weit gekommen ist, meine Liebe. Es ist höchste Zeit, dass du heiratest.«

Gwen war absolut einer Meinung mit ihr. Doch sie wünschte sich einen anderen Bräutigam. »Können wir nicht einfach sagen, Eberforce lügt, weil er einen Groll hegt? Intelligente Menschen werden erkennen, dass er boshaft ist.« Wegen einer Weste! Er würde Gwens Ruf für ein ruiniertes Kleidungsstück zerstören.

Ihr Vater räusperte sich. »Wie dem auch sei, ich glaube nicht, dass du diesen Skandal überstehen kannst. Wenn der

Gentleman ein anderer wäre, hätten wir es leichter. Aber Somerton hat einen berüchtigten Ruf, und er hat dir bis vor kurzem seine Aufmerksamkeit geschenkt. Manchen Leuten wird es ganz und gar nicht schwerfallen, diese Geschichte zu glauben.» Er kniff ein Auge zu. »Du sagst uns doch die Wahrheit, nicht wahr? Es ist nichts zwischen dem Viscount und dir?«

Wie sehnlichst Gwen sich wünschte, dass dem so wäre. »Es ist nichts zwischen uns«, sagte sie leise.

Ihre Mutter sah ihren Vater an. »Ich habe dir doch gesagt, dass das sehr unwahrscheinlich ist, Schatz.«

Gwen wollte den Grund dafür erfahren. Weil sie nicht der Art von Frau entsprach, die Lazarus anlockte? Nun, wie sich herausstellte, war sie das wirklich nicht. Zumindest nicht für mehr als eine kurze flüchtige Zeit. Es hatte also ganz den Anschein, als ob er wirklich der Halunke war, der zu sein er vorgab. Gwen hatte sich vollkommen in seinen Bann gezogen gefühlt. Sie hatte die Regeln außer Acht gelassen, die zu befolgen sie geschworen hatte, und nun würde sie den Preis dafür in Form von einer überstürzten Heirat mit einem Mann entrichten, den sie nicht liebte. Mit diesem Schritt würde sie allerdings auch ihre Eltern glücklich machen, und war das nicht, was sie sich am meisten wünschte?«

Vielleicht nicht.

»Deine Freundin Lady Droxford wirst du jedenfalls nicht mehr besuchen«, verkündete ihr Vater, als er aufstand. »Hoffentlich bist du im Juni verheiratet, und anschließend kannst du besuchen, wen immer du willst.«

Gwens Mutter stand auf und bedachte Gwen mit einem aufmunternden Lächeln. »Markwith wird dir ein wunderbarer Ehemann sein. Es ist für mich nicht zu übersehen, wie wohl er sich in deiner Gesellschaft fühlt.«

»Und er bekommt zehntausend im Jahr, du wirst also

ganz gut versorgt sein«, fügte ihr Vater hinzu. »Ich wage zu prophezeien, dass du mit ihm auch glücklich werden wirst. Allem Anschein nach habt ihr beide viele Dinge gemeinsam. Ich muss sagen, ich freue mich, dich in einer Verbindung mit jemanden von hoher Intelligenz zu sehen, der dazu noch deine akademischen Bemühungen begrüßt.«

Er wollte damit zum Ausdruck bringen, dass Markwith Gwens Passion für Literatur im Gegensatz zu vielen anderen Gentleman unterstützen würde. Dass er sich aufrichtig auf sie freute war zwar schön, aber Gwen wollte Markwith nicht heiraten. Sie liebte ihn nicht.

Gwen schlug den Blick nieder und betete, dass sie nicht weinen musste. »Spielt es eine Rolle, dass ich Mr. Markwith nicht liebe?«

»Deine Gefühle können noch einem Wandel unterworfen sein«, meinte ihre Mutter. »Ich habe die Zuneigung deines Vaters erst erwidert, als wir schon beinahe verheiratet waren – und das war lange nach unserer Verlobung.« Sie schenkte ihrem Mann ein bezauberndes, von Liebe erfülltes Lächeln.

Aus der Erfahrung ihrer Mutter konnte Gwen allerdings keine Hoffnung schöpfen. Gwen war bereits verliebt und es war für sie unvorstellbar, diese Gefühle für einen anderen zu empfinden. Insbesondere nicht in den nächsten Wochen, ehe sie Mr. Markwith heiraten würde.

Wie konnte das nur geschehen?

Gwens Kopfschmerzen verschlimmerten sich. Sie wünschte, sie hätte Badge gebeten, ihr das Tonikum zu bereiten.

»Das wäre also geklärt«, sagte ihr Vater zum Abschluss. »Wir sollten aufbrechen.« Er winkte zur Tür, und ihre Mutter wartete auf Gwen, damit sie ihren Eltern voran aus dem Arbeitszimmer ging.

Sollte sie den Abend also einfach fortsetzen, als ob über ihr Leben schon ohne ihr Zutun entschieden wäre? Warum musste sie überhaupt zu diesem verflixten Ball gehen, wenn ihre Verlobung schon so gut wie sicher war?

Der Grund dafür war der Wunsch ihres Vaters, dass alle Familienmitglieder mitkämen. Sogar ihr Bruder war bei ihnen.

Gwen holte ganz tief Luft, was allerdings nicht zu ihrer Beruhigung beitrug, ehe sie dann die Tür öffnete und das Arbeitszimmer verließ. Bereits nach ihrem Treffen mit Lazarus hatte sie sich schon verwundet gefühlt. Jetzt war sie wie betäubt.

Sie müsste die Liebe in ihrem Herzen ausmerzen und einer Zukunft entgegenblicken, die sie nicht wollte.

KAPITEL 15

Wahrscheinlich war es das erste Mal, dass Lazarus einen Ball zu dem alleinigen Zweck besuchte, mit einer bestimmten Person über eine parlamentarische Angelegenheit zu sprechen. Droxford wäre sehr stolz.

Sein Eintreffen hatte er relativ früh geplant, denn er hoffte, seine Angelegenheiten erledigt zu haben und wieder verschwunden zu sein, bevor er jemandem begegnete, der ihm lästig werden konnte. Zum Beispiel Miss Worsley oder ihrer Mutter. Oder Gwen. Allerdings würde es ihm, um ehrlich zu sein, nicht das Geringste ausmachen, Gwen aus der Ferne zu beobachten. Oder sie anzuschmachten, je nachdem.

Ganz zufällig war Shefford ebenfalls dort und nickte ihm zu. »Ich habe meinen Mann losgeschickt. Hoffentlich hast du ein wenig Ruhe finden können.«

»Danke«, sagte Lazarus. An Ruhe war im Moment aber wirklich nicht zu denken. Er hatte versucht, an der Leseübung zu arbeiten, die Gwen ihm am Nachmittag übergeben hatte, doch für diese Beschäftigung war sein

Verstand zu abgelenkt. Bei der Übung handelte es sich leider nicht um ein weiteres Liebesgedicht, sondern um eine Passage aus einem wissenschaftlichen Pamphlet. Es sei förderlich für ihn, verschiedene Dinge zu lesen, hatte sie ihm erklärt. An ihrer Logik hatte er nichts auszusetzen.

In Wahrheit konnte er auch sonst nichts an ihr aussetzen. Sie war in jeder Hinsicht perfekt.

»Hältst du hier nach jemanden Ausschau?« Shefford beobachtete ihn. »In einem fort lässt du den Blick über den Ballsaal schweifen.«

»Ja, ich muss mit Morganfeld über eine Angelegenheit sprechen, die er im Unterhaus diskutiert.« Lazarus befürchtete, dass sie beide jeweils eine Rede zum selben Thema halten würden, und er hoffte, sie würden einander ergänzen.

Auf einmal tauchte Gwen von ihren Eltern flankiert im Ballsaal auf. Lazarus hatte sie nicht eintreten sehen. Bei ihrer Schönheit schmerzte Lazarus die Brust vor Sehnsucht. In ihrem dunklen Haar funkelten juwelenbesetzte Kämme, die das Kerzenlicht auffingen. Sie trug ein grünes, mit elfenbeinfarbener Spitze besetztes Kleid mit besticktem Mieder.

Wenn er sich auch nichts sehnlicher wünschte, als zu ihr zu gehen, so musste er sie meiden, als würde sie eine tödliche Krankheit übertragen. Vielleicht sollte er Morganfeld woanders suchen.

»Ich werde Morganfeld im Spielsaal suchen«, meinte Lazarus.

»Ich komme mit«, sagte Shefford. »Ich bin lieber dort drüben als hier.«

»Warum *bist* du eigentlich hier?«, fragte Lazarus, als sie den Ballsaal verließen.

»Mein Vater sollte teilnehmen, aber er ist verhindert.

Er bat mich, an seiner Stelle zu gehen. Er war Jordan einen Gefallen schuldig.« Jordan war der Gastgeber.

»Er wollte, dass ein Herzog den Ball seiner Frau beehrt?«, fragte Lazarus.

Shefford nickte. »Der Erbe des Herzogs wird genügen müssen.«

Als sie den Ballsaal verließen, warf Lazarus einen Blick zurück auf Gwen. Sie hatte ihn gesehen, und nun trafen sich ihre Blicke. Er konnte sehen, wie sich die Sehnsucht, die er empfand, in ihren Augen widerspiegelte. Das war alles andere als gerecht! Er konnte nur hoffen, dass die Situation mit Miss Worsley in einigen Tagen aus der Welt geschafft wäre und er dann vielleicht in Erwägung ziehen konnte, Gwen den Hof zu machen.

Aber sollte er das wirklich tun? Trotz allem verdiente sie jemanden, der besser war als er.

Lazarus ging in den Spielsaal hinüber, aber auch dort war Morganfeld nicht zu finden. Wahrscheinlich war der Mann noch gar nicht angekommen. Wenn er überhaupt nicht auftauchte, wäre Lazarus frustriert. Er war sich allerdings nicht sicher, ob er noch lange warten würde. Es war pure Folter, in Gwens Nähe zu sein, ohne mit ihr reden zu können.

»Ich werde ein bisschen spielen«, meinte Shefford. »Schließt du dich mir an?«

In seinem derzeitigen Zustand verfügte Lazarus weder über die die Geduld noch die Aufmerksamkeit, um zu spielen. »Ich gehe nach draußen.«

Er schlenderte durch die Außentür in den kühlen Abend hinaus. Nein, es war kalt. Was hatte er sich nur dabei gedacht?

Doch bevor er ins Haus zurückkehren konnte, sauste ein grüner Blitz auf ihn zu. »Lazarus, ich muss mit dir sprechen«, flüsterte Gwen eindringlich, während sie ihn am Unterarm packte und ihn auf den im Schatten liegenden Bereich dirigierte.

»Es ist eiskalt hier draußen«, sagte er. Stattdessen suchte er nach einem anderen Eingang. An der Ecke des Hauses war eine Tür. »Hier entlang. Er ergriff ihre Hand und führte sie zur Tür, trotz aller Stimmen der Vernunft in seinem Kopf, die ihn vor dieser Tat warnten.

Er drehte den Riegel und führte sie in einen schummrigen Flur. Eine Treppe führte nach oben und unten. Letztere mündete aller Wahrscheinlichkeit nach in die Küche. Dies schien ein Durchgang für Bedienstete zu sein.

Lazarus zog Gwen ins Haus und schloss die Tür. Jeweils zwei Laternen auf jeder Treppe sorgten für eine spärliche Beleuchtung. Die allerdings reichte aus, um ihre geröteten Wangen erkennen zu lassen.

»Du solltest mir nicht folgen«, herrschte er sie barsch an. »Ich hätte dich auch nicht hierher bringen sollen.« Er hätte ins Haus zurückkehren und den Ball unverzüglich verlassen sollen.

»Ich muss eine dringende Angelegenheit mit dir besprechen.« Ihre Stimme war angespannt, und ihre Angst für ihn spürbar. Vielleicht war es aber auch seine eigene. Denn davon hatte er gerade jede Menge.

Lieber Himmel, wusste sie irgendetwas von Miss Worsley? Aber nein, wie sollte sie? Lazarus zwang sich, Luft zu holen. »Was ist passiert?«

»Eberforce hat meinen Eltern eine Nachricht geschickt, die besagt, dass wir beiden eine Liaison hätten und dass wir uns im Haus deiner Cousine treffen würden.«

»*Verdammter Mist.*« Lazarus schloss rasch den Mund, aber es war zu spät, denn er hatte den Fluch bereits ausgestoßen. »Ich bitte um Entschuldigung.« Konnte es noch schlimmer kommen? Konnte sein Betragen denn eine weitere Verschlechterung erfahren?

»Du musst dich nicht entschuldigen. Ich denke genau das Gleiche.«

Lazarus versuchte, das unbändige Pochen seines Herzens zu ignorieren. Es war ja nicht nur diese ärgerliche Neuigkeit. Auch Gwens Nähe und die Tatsache, dass sie allein waren und wahrscheinlich nicht unterbrochen werden würden, war ihm in diesem Moment sehr bewusst. Das Verlangen pulsierte in einem gleichmäßigen, beharrlichen Rhythmus in ihm. »Was hast du deinen Eltern erzählt?«

»Dass es nicht stimmt, dass Eberforce nur boshaft ist.«

»Das ist er. Aber woher um alles in der Welt weiß er von unseren Treffen?« Lazarus stemmte die Hand in die Hüfte. »Und warum sollte er behaupten, wir hätten eine Liaison? Es sei denn ... gibt es eine Möglichkeit, dass er uns beim Küssen beobachtet hat?«

»Ich hatte mir dieselbe Frage gestellt, aber ich kann mir nicht vorstellen, wie er in den hinteren Garten der Droxfords gelangt sein konnte, und das ist die einzige Möglichkeit, wie er in die Bibliothek hätte sehen können.«

Lazarus erkannte, dass auch ihr Herzschlag sich beschleunigt hatte. Ihr Brustkorb hob und senkte sich schnell. Stand sie genauso unter seinem Bann wie er unter ihrem? Oder war ihre körperliche Reaktion ausschließlich auf ihre Sorge wegen diesem Mistkerl Eberforce zurückzuführen?

»Ich werde einen Weg finden, ihn in die Schranken zu weisen«, versprach Lazarus und dachte, er müsse sich wohl ein weiteres Mal mit seinen Freunden beraten. Allerdings war dies nicht seine Aufgabe. Er war kein Familienmitglied und er war nicht Gwens Ehemann. Er war zwar ebenfalls in diese Sache verwickelt, aber sein Ruf würde davon längst nicht so in Mitleidenschaft gezogen wie Gwens. Ein starkes Verlangen durchzuckte ihn. »Es sei denn, dein Vater gedenkt, seinem grundlosen Geschwätz ein Ende zu setzen. Das wäre angemessener«, fügte Lazarus etwas lahm hinzu.

»Das wird er nicht. Und es ist nicht grundlos. Wir *haben* uns getroffen, auch wenn wir nicht wirklich eine Liaison hatten.«

Nein, doch das hätte Lazarus gern gehabt. Selbst jetzt konnte er den Gedanken nicht ganz verdrängen, sie mit dem Rücken an die Wand zu drücken und zu küssen. Er würde ihre Röcke anheben und ihren Schenkel streicheln, dann ihr Geschlecht. Stöhnend würde sie nach ihm verlangen, und er würde sie zu einem heftigen Höhepunkt bringen. Dann würde er sie hochheben, damit sie ihre Beine um ihn schlang, während er seine Hose öffnete und …

»Lazarus?«

Mein Gott, hatte sie etwas gesagt? »Es tut mir leid. Ich habe mir überlegt, wie ich Eberforce in die Schranken weisen könnte«, log er.

»Ich habe dir vom Plan meines Vaters erzählt, wie er auf Eberforces Informationen reagieren will, die Eberforce sicherlich veröffentlichen wird. Er könnte seine Gerüchte in diesem Moment publik machen.« Sie presste die Lippen aufeinander, und Lazarus verabscheute, wie sie unter der ganzen Sache litt. Es wurde von ihr erwartet, einen Ehemann anzulocken, und das wäre ein schrecklicher Rückschlag. Seinetwegen – Lazarus' Ruf würde dem Gerücht von Eberforce obendrein Zunder liefern. Es wäre leicht zu glauben, dass Gwen von dem verwegenen Viscount Somerton verführt worden ist.

»Was sieht der Plan deines Vaters vor?« Lazarus hoffte, ihr Vater würde sie vor einer Katastrophe bewahren.

»Er hat an Markwith geschrieben, um mit ihm über unseren Ehevertrag in Verhandlung zu treten.« Ihre

Stimme klang bei diesen Worten, als hätte man sie zu einer Gefängnisstrafe verurteilt. Oder zur Deportation.

Lazarus ließ diese Information auf sich wirken. Sie war über den Plan ihres Vaters nicht glücklich. Der in ihrer Verheiratung mit einem exzellenten Verehrer bestand.

Aber warum *sollte* sie das auch glücklich machen? Denn gerade an diesem Nachmittag hatte sie doch versucht, Lazarus ihre Liebe zu gestehen.

»Es tut mir so leid«, flüsterte er, wobei er ihr Gesicht zwischen seine Hände nahm und sich vorstellte, dass sich ihre Körper so fast berührten.

»Ich will Markwith nicht heiraten«, brachte sie hervor, wobei ihre Stimme fast brach.

»Nein, das kann ich mir wirklich nicht vorstellen. Und ich will auch nicht, dass du es tust. All das ist mein Verschulden.« Lazarus streichelte mit seinen Daumen über ihre Wangen. »Ich habe zugelassen, dass wir uns zu nahe gekommen sind.«

»Du hättest nichts tun können, was daran etwas geändert hätte. Es sei denn, du hättest mich nie bei Almack's gerettet, und ich hoffe, dass du das nicht bereust. Was du in an jenem Abend und seitdem getan hast, war das Beste, was jemals jemand für mich getan hat. Wenn ich daran denke, dass ich Ballkönigin auf dem Ball des Phönix Clubs war und einen literarischen Salon besucht habe – das habe ich nur dir zu verdanken. Du hast Träume wahr werden lassen, von denen ich nicht einmal wusste, dass ich sie hatte.« Sie sah ihm in die Augen, und ihre Lippen waren dabei geschürzt. »Bitte bereue nichts von alldem.«

»*Niemals.*« Lazarus senkte die Lippen zu ihren herab und küsste sie mit einer wilden Intensität, die ihn seiner Befürchtung nach verzehren würde, wenn er ihr keinen freien Lauf ließ. Leidenschaft und Hoffnung brachten seinen Körper zum Vibrieren, als er ihren Kopf umfasste und eine Hand an ihrem Hals entlangführte, um ihre warme Haut zu streicheln, während sie ihren Körper an seinen presste.

Sie klammerte sich an seinen Hals und erwiderte seinen Kuss mit einer Heftigkeit, die ihn veranlasste, sie noch fester zu umarmen. Er konnte nicht genug von ihr bekommen, und wollte sie nie wieder loslassen.

Er dirigierte sie rückwärts in die dunkelste Ecke am Fuß der Treppe, die nach oben führte, und dort verschlang er ihren Mund mit immer größerer Lust. Noch nie hatte er jemanden so unbedingt besitzen wollen wie Gwen. Sie hatte seinen Verstand, seinen Körper, sein Herz, seine Seele vollkommen vereinnahmt.

Er zog eine Spur von Küssen an ihrem Kiefer entlang und knabberte an ihrem Ohrläppchen. »Gwen, ich möchte dich unbedingt berühren. Darf ich?«

»Ja, bitte. Berühre mich.«

Lazarus fasste sie um die Hüfte, während er über die Haut unter ihrem Ohr leckte. »Ich möchte deine Röcke hochschieben.«

Daraufhin zog sie selbst an ihrer Kleidung, und Lazarus ließ seine Hand unter dem Stoff an der Innenseite ihres Oberschenkels entlang gleiten. Sie bebte und ein Kribbeln erfasste ihre Haut.

»Stelle deine Beine breiter, Liebste«, flüsterte er und küsste ihren Hals, während er sie weiter streichelte.

Sie verbreiterte ihren Stand und grub ihre Finger in seinen Nacken. »Ja, berühre mich«, hauchte sie dann.

Sanft strich er mit den Fingerspitzen über ihr Geschlecht. Er hob den Kopf, um sie anzuschauen, aber ihre Augen waren geschlossen. »Sieh mich an, Gwen.«

Ihre dunklen Wimpern flatterten, und sie schlug die Augen auf, obwohl die Lider schwer waren. Dann teilte sie ihre Lippen und ihre schnelle Atmung spiegelte seine eigene Erregung wider.

»Ich sollte dich nicht auf diese Weise berühren.« Seine Hand streifte sie kaum, als er anschickte, von ihr zurückzuweichen.

Sie schob eine Hand in seinen Frack und zog daran. »Ich will, dass du mich berührst. Ich werde sterben, wenn du mich nicht berührst. Bitte verlass mich nicht. Was ist, wenn wir nie wieder so einen Moment erleben können?«

Denn sie sollte Markwith heiraten. Auch Lazarus könnte sich zu einer Heirat mit Miss Worsley gezwungen sehen. »Dann muss ich dir sagen, dass ich dich liebe. Ich mag ein Halunke sein, aber zum ersten Mal in meinem Leben bin ich ein verliebter Halunke. Ich wünschte, ich könnte alles auslöschen, was vorher gewesen ist, damit es nur noch dich gibt.«

Ihre Augen glühten vor Rührung und sie formte ihren Mund zu einem Lächeln. »Ich möchte nicht, dass du das tust, denn dann wärst du nicht der Mann, der du heute bist – der Halunke, den ich liebe.« Dann lächelte sie breit. »Danke, dass ich das sagen darf.«

Er küsste sie leidenschaftlich und heftig. »Vorhin hatte ich nicht ertragen können, das zu hören, denn ich verdiene deine Liebe nicht.« Wenn sie von den Anschuldigungen wüsste, die ihm vorgeworfen wurden, würde sie ihm zustimmen. Auch wenn er nicht der Vater von Miss Worsleys Kind war, untermauerte der Umstand, dass er es hätte sein können, seinen Status als Halunke. Nie würde er sich einer so reinen und vollkommenen Frau wie Gwen für würdig halten.

Sie grub ihre Finger in seinen Nacken. »Das hast du absolut verdient. Du hast mich gesehen, wie noch niemand sonst zuvor. Bitte wende dich nicht von meiner Liebe ab. Ich könnte es nicht ertragen, wenn du das tun würdest.«

Wieder küsste er sie, doch diesmal ging er sanfter vor, und seine Zunge paarte sich mit ihrer. Sie stöhnte leise, als er noch einmal über ihr Geschlecht streichelte, wobei sich seine Finger sanft und zart an ihr bewegten.

Nun führte er sie zur Treppe, hob ihr rechtes Bein an und setzte ihren Fuß auf der dritten Stufe ab. »Stell deinen Fuß hierhin.« Jetzt war sie offener für seine Berührungen und hatte gleichzeitig einen stabileren Stand.

»*Lazarus*«, keuchte sie, als er ihre Schamlippen teilte und mit seinem Daumen an ihrer Klitoris rieb.

Sie umklammerte ihn fest, ihre Hüften bewegten sich kreisend gegen seine Hand. Unzusammenhängende Geräusche und Stöhnen kamen über ihre Lippen, und Lazarus verschloss sie mit seinem Kuss so fest, dass niemand sie hören konnte.

Dann erhöhte er sein Tempo und trieb sie zur Ekstase. Er unterbrach den Kuss und führte seinen Mund zu ihrem Ohr. »Ich möchte, dass du für mich kommst. Aber du musst leise sein. Kannst du das tun, Liebste?«

»Ich werde es versuchen, doch ich weiß nicht genau, was mich erwartet.«

Für einen kurzen Moment erwog Lazarus, diesem glückseligen Intermezzo ein Ende zu machen. Auf diese Weise sollte sie nicht ihren ersten Höhepunkt erleben müssen. Sie hatte jedoch recht, wenn sie in Frage stellte, ob sie beide je wieder einen intimen Moment erleben würden. Er wollte sie nicht gehen lassen, ohne ihr eine schöne Erinnerung mit auf den Weg zu geben.

Dann widmete er seine ganze Aufmerksamkeit ihrem Geschlecht, das er streichelte und liebkoste, bis sie keuchte und ihr Becken in wilden Zuckungen bewegte. Wieder küsste er sie, wobei er seinen Finger langsam in sie gleiten ließ. Es erstaunte ihn, wie feucht sie geworden war. Sein Schaft brannte darauf, sie auszufüllen, sie in Besitz zu nehmen, doch hier ging es nur um ihr Vergnügen. Um sein eigenes könnte er sich später kümmern.

Nachdem er mit seinem Finger tief in sie vorgedrungen war, zog er ihn zurück, um ihre Knospe zu liebkosen um anschließend erneut in sie zu dringen. Immer und immer wieder trieb er sie an die Grenze zum Höhepunkts. Er spürte, wie sich ihre Muskeln anspannten, und wusste, dass sie kurz davor stand.

Dann schrie sie in seinen Mund, ihr Körper bebte wie entfesselt. Er hielt sie fest und begleitete sie durch ihren Orgasmus, bis sich ihr Körper wieder beruhigte. Er zog seine Hand zurück und stellte ihren Fuß auf den Boden.

Ihr Atem wurde langsamer. »Das kann nicht das einzige Mal sein, das uns dies vergönnt sein soll. Das ist nicht gerecht. Es muss eine Lösung geben, damit wir zusammen sein können.« Ihre Blicke trafen sich. »Es sei denn ... du willst mich nicht heiraten.«

»Ich möchte dich heiraten, aber ich kann nicht. Noch nicht.« Er konnte ihr hier und jetzt nicht die Wahrheit sagen. Das drohende Gerücht von Eberforce und die Verhandlungen über einen Ehevertrag seitens ihres Vaters hatten alles noch komplizierter gemacht. Scheinbar hatte das Schicksal etwas dagegen, dass sie zusammenkamen. »Wenn du warten kannst, wird sich das vielleicht ändern.«

»*Vielleicht* ändern? Wenn wir warten, werde ich mit Markwith verheiratet sein.«

Nein, Lazarus würde alles in seiner Macht Stehende tun, um das zu verhindern. Schritte auf der Treppe unter ihnen ließen ihn aufschrecken. Er nahm ihre Hand und zog sie zur Tür. »Du musst gehen. Nur ... heirate Markwith nicht. Nicht jetzt.« Noch nicht. Aber wie konnte er erwarten, dass sie auf ihn wartete, wenn er letzten Endes doch gezwungen sein würde, Miss Worsley zu heiraten?

Sie küsste ihn auf den Mund und erwiderte seinen

Blick. »Ich werde warten. Ich liebe dich, Lazarus, und ich will keinen anderen außer dir.«

Dann war sie verschwunden, und Lazarus schloss die Tür, um dann die Stirn gegen das Holz zu lehnen.

»Alles in Ordnung, Sir?«, fragte eine männliche Stimme hinter ihm.

»Ja, ich gönne mir nur eine Pause vom Tumult des Balls«, antwortete Lazarus, ehe er die Tür öffnete und in den Garten hinausging. Die Nachtluft fühlte sich jetzt noch kälter als vorher an, oder vielleicht lag das nur an seiner Reaktion auf die Trennung von Gwen.

Im Augenblick wollte sie vielleicht keinen anderen als ihn. Was wäre aber, wenn sie erfuhr, was ihm vorgeworfen wurde? Dann würde sie das gesamte Ausmaß seines schrecklichen Verhaltens verstehen. Er musste sich für vieles schämen und er verabscheute sich dafür, sie in diese Sache hineingezogen zu haben. Lazarus hoffte nur, dass Eberforce nicht hier auf dem Ball war, denn wenn dem so wäre, könnte Lazarus sich dazu hinreißen lassen, den Mann zur Rede stellen.

Lazarus kehrte zum Spielsaal zurück und ging hinein, um den Ball so schnell wie möglich zu verlassen. Shefford fing ihn jedoch fast sofort ab und führte ihn aus dem Raum. »Was zum Teufel ist zwischen dir und Miss Price los?«, fragte er.

Offenbar hatte Eberforces Gerücht bereits die Runde gemacht. »Nichts.« Das war eine dämliche Lüge, aber auch seinem Freund konnte er gerade nicht die Wahrheit sagen. Er konnte auch nicht verraten, dass er bereits von dem Gerücht wusste. »Wovon sprichst du?«

»Im Ballsaal kursiert das Gerücht, dass ihr beiden eine Liaison habt und ihr euch bei Droxford trefft. Sag mir also, dass das nicht wahr ist.«

»Ich habe keine Liaison mit Miss Price.« Nicht, dass er

nicht in Versuchung geraten wäre. Wenn es nach Lazarus ginge, steckten sie beide gerade mittendrin. Es würde allerdings keine Liaison geben, denn er würde sie zu seiner Frau machen. Das Verlangen, sie für sich zu haben und sie als sein Eigentum zu beanspruchen, war überwältigend.

Lazarus fragte sich, ob Eberforces Name öffentlich mit diesem Gerücht in Verbindung gebracht wurde. »Wer streut dieses Gerücht?«

»Es stammt von diesem Tölpel Eberforce.«

»Genau das sollte dir eigentlich klarmachen, dass es blanker Unsinn ist«, sagte Lazarus vehement. »Er beleidigt Miss Price, seit sie ihn bei Almack's mit einem Getränk besudelt hat.«

»Es klingt, als müsste er eine Lektion in Sachen Gnade und Großzügigkeit lernen.« Shefford blickte finster drein.

»Droxford wäre sehr beeindruckt, wie hoch du deine Augenbrauen ziehen kannst. Lazarus war über seinen Humor in diesem Moment überrascht. Am liebsten hätte er Eberforce aufgesucht und ihm einen Kinnhaken verpasst. Oder zehn.

Sheffords Stirn glättete sich, und seine Brauen kehrten zu ihrer normalen Höhe zurück. »Apropos Droxford. Er wird erzürnt sein, dass Eberforce seine Frau und ihn in diesen pikanten Unsinn hineingezogen hat. Allerdings traue ich Eberforce nicht viel Intelligenz zu, und somit hege ich meine Zweifel, dass er das überhaupt bedacht hat.«

Lazarus hatte Gewissensbisse. Schließlich hatte er seinen Freund und seine Cousine in die Sache hineingezogen. Er hätte die beiden nicht zu Komplizen seiner heimlichen Treffen mit Gwen machen dürfen. Damals jedoch, als er sie ins Leben gerufen hatte, war es ihm nur darum gegangen, an seiner Leseschwäche zu arbeiten und seine

Rede auswendig zu lernen. Nie hätte Lazarus vorhergesehen, dass er sich in seine Tutorin verliebt.

Mit einem besorgten Blick auf Shefford fragte Lazarus: »Ist das Gerücht so schlimm, oder wird es nur heruntergespielt, weil Eberforce es in die Welt gesetzt hat?«

»Es ist zu früh, das zu sagen, aber ich habe es jetzt von zwei verschiedenen Personen gehört. Ich wage zu behaupten, dass sich die Köpfe in deine Richtung drehen werden, sobald du den Ballsaal betrittst. Und zwar in einem höheren Maße, als es ohnehin schon der Fall ist.«

Verdammt noch mal. Aller Wahrscheinlichkeit nach war Gwen in den Ballsaal zurückgekehrt. Litt sie darunter, dass alle sie anstarren und flüstern? Es tat ihm im Herzen weh, wenn er daran dachte, dass sie das ertragen musste. Wenn er trotzdem in den Ballsaal zurückkehrte und sie dort zusammen waren – auch wenn sie nicht *zusammen* waren –, würde der Klatsch nur noch schlimmer werden.

»Ich muss gehen«, verkündete Lazarus und hielt auf die Eingangshalle zu.

»Ja, gehen wir«, antwortete Shefford. »Mich zieht es ins Siren's Call.«

Lazarus stand nicht der Sinn danach, irgendwohin zu gehen, außer nach Hause, aber vielleicht hatte Jo ja irgendeine Antwort darauf, warum Eberforce das tat. Wollte er sich wirklich nur wegen einer dämlichen Weste rächen?

Als sie Jordans Haus verließen, sah Shefford zu Lazarus hinüber. »Du hattest einige überaus anstrengende Tage. Vielleicht solltest du Mönch werden.«

»Das ist die beste Idee, die du je hattest«, antwortete Lazarus. Wenn er auch nicht beabsichtigte, einem religiösen Orden beizutreten, schwor Lazarus sich in diesem Moment, ein Dasein im Zölibat zu führen, bis er mit der einzigen Frau zusammen sein könnte, die er jemals lieben würde.

KAPITEL 16

In der Hoffnung, dass ihre Abwesenheit niemandem aufgefallen war, schlich Gwen sich in den Ballsaal zurück. Zuvor hatte sie ihrer Mutter gesagt, sie würde sich in den Ruheraum zurückziehen und war dann rasch gegangen, um einem Disput darüber oder gar der Begleitung ihrer Mutter zu entgehen. Noch fühlte sie sich nach ihrer Begegnung mit Lazarus errötet und zittrig.

Das war einfach skandalös gewesen, doch sie bereute ihre Übertretung keinen Augenblick. Wenn sie die Möglichkeit hätte, würde sie sofort wieder in seine Arme sinken.

Als sie sich suchend nach ihrer Mutter umblickte, sah sie Min und Ellis auf sie zukommen. Ihre beiden Freundinnen sahen ... entschlossen aus, insbesondere Min.

»Da bist du ja«, legte Min ohne Vorrede los. »Wir haben überall nach dir gesucht.«

»Ich war im Ruheraum und bin dann nach draußen gegangen. Ich habe mich ein bisschen überhitzt gefühlt.« Diese Ausrede war ebenso gut wie jede andere.

»Vielleicht wünschst du dir sogar gleich, du wärst draußen geblieben«, verkündete Ellis unheilvoll.

Gwen straffte sich. Als sie sich nun umblickte, stellte sie fest, dass mehrere Leute in ihre Richtung blickten. War der Sitz ihres Kleides nach ihrem Intermezzo mit Lazarus nicht mehr tadellos? Panik durchströmte sie, als sie an ihren Röcken hinunterblickte. Sie fielen genauso um sie herum, wie sie sollten und reichten bis zum Boden. Gwen strich sich mit den Händen über die Kehrseite, um sich zu vergewissern, dass auch dort alles seine Ordnung hatte. Zum Glück fühlte sich alles richtig an.

Min führte sie in den hinteren Bereich des Ballsaals. Ihre Stimme hatte einen tiefen, eindringlichen Ton, als sie zu ihr sprach. »Im Ballsaal geht das Gerücht um, dass du eine Liaison mit Somerton angefangen hast.«

Gwens Nacken kribbelte bei der Vorstellung, dass alle über das Gerücht sprachen, aber es war ja auch nicht so, als hätte sie nicht schon vorher gewusst, dass das passieren würde. Um ehrlich zu sein, hätten ihre Eltern sie heute Abend wirklich daheim bleiben lassen sollen. Doch dann hätte sie diese zauberhaften Momente mit Lazarus nicht erleben können.

»Es wird gemunkelt, du hättest dich mit ihm in Tamsins Domizil getroffen, und das hast du ja auch«, stellte Ellis mit einer flüchtigen Grimasse fest.

»Aber nicht, um eine Liaison mit ihm anzufangen«, meinte Gwen. »Er war mir mit den Tanzschritten behilflich und er hat mich unterwiesen, wie ich mich in Zukunft besser mit potenziellen Verehrern unterhalten kann.« Natürlich konnte sie den wahren Grund nicht nennen und lieber würde sie ihren Ruf ruinieren, als Lazarus' Geheimnis zu verraten.

»Das scheint dich nicht zu überraschen«, stellte Min fest.

Sie war nicht überrascht, doch das hieß nicht, dass sie nicht angespannt war, denn nun hatte das Gerede ja angefangen. »Heute Nachmittag hat Eberforce an meine Eltern geschrieben. Er war derjenige, der behauptet hat, wir hätten eine Affäre, denn er hatte offenbar beobachtet, dass wir beide etwa zur gleichen Zeit bei den Droxfords waren.« Allerdings kann er unmöglich gesehen haben, dass wir tatsächlich dort zusammen waren. Obendrein ist mir schleierhaft, woher er überhaupt weiß, dass wir zur gleichen Zeit dort waren.«

Min legte die Stirn in tiefe Falten. »Er wohnt in der gleichen Straße wie Tamsin. Wahrscheinlich hat er euch beide kommen und gehen sehen und sich eine Geschichte ausgedacht, um euch zu schaden. Er ist der absolut verabscheuungswürdigste Halunke *aller Zeiten*.«

»Ich würde ihn herausfordern, wenn ich könnte«, brachte Ellis in gespieltem Ernst hervor.

»Und wenn er klug wäre, würde er klein beigeben und sich entschuldigen«, erwiderte Min entschieden. Sie blickte zu Gwen. »Ellis ist im Gebrauch einer Pistole bemerkenswert versiert, falls du das nicht wusstest.«

»Ihr seid beide so liebe Freundinnen«, freute Gwen sich mit einem Lächeln, obwohl ihr unangenehm auffiel, dass sie von einigen Leute anstarrt wurde. »Wisst Ihr, ob die Leute dieses Gerücht glauben? Oder wissen sie etwa, dass es von Eberforce in die Welt gesetzt worden ist? Nur zu gern würde ich glauben, dass die Leute seinen Hintergedanken dabei kennen.«

Min warf ihr einen mitfühlenden Blick zu. »Ich bin mir nicht sicher, ob alle über Eberforces Beweggründe im Bilde sind. Es ist jedenfalls nicht öffentlich bekannt geworden, wie er dich nach dem Vorfall bei Almack's behandelt hat. Somertons Ruf ist dahingegen allen bekannt, und sobald die Leute hören, dass er eine Liaison mit jemandem hatte, sind sie wahrscheinlich geneigt, das zu glauben. Es tut mir leid, Gwen.«

Sollte sie ihren Freundinnen davon erzählen, was Lazarus zu ihr gesagt hatte? Dass er sie liebte und sie heiraten wollte? Sie war nervös, da sie Mins Urteil fürchtete, die ihr sagen würde, dass er es nicht ehrlich meinte und er ein Halunke war. Stattdessen entschied sie sich allerdings, ihnen zu erzählen, was ihr Vater als Gegenmaßnahme gegen das Gerücht vorgesehen hatte. »Mein Vater hat sich mit Markwith in Verbindung gesetzt, um sich zu erkundigen, ob er geneigt ist, einen Ehevertrag auszuhandeln.«

Min und Ellis machten große Augen, als sie sie anstarrten. »Willst du das?«, wollte Ellis erfahren.

»Nein«, entgegnete Gwen. »Ich liebe ihn nicht.« Sie blickte zu Ellis, die ihr ein kurzes, aufmunterndes Lächeln schenkte. Diese kleine Geste gab Gwen mehr Kraft, als irgendetwas anderes dies in diesem Moment hätte bewirken können.

»Wirst du ihn heiraten?«, fragte Min.

»Ich will nicht.« Aber Gwen haderte auch mit sich, ihren Eltern die Stirn zu bieten. Sie war sich nicht sicher, ob sie das überhaupt konnte. Denn sie liebte Lazarus und würde alle Hebel in Bewegung setzen, um mit ihm zusammen zu sein. Sie hoffte nur, dies würde ihr irgendwie gelingen.

Eine sehr hübsche junge Frau mit rötlich-blondem Haar schritt auf sie zu. Irgendetwas an ihr kam Gwen vage bekannt vor, aber sie glaubte nicht, ihr schon einmal vorgestellt worden zu sein. Die Frau hob die Lippen zu einem kurzen, zaghaften Lächeln. »Miss Price?«

»Ja«, antwortete Gwen, während Min und Ellis auf den Störenfried blickten.

»Kann ich mit Ihnen sprechen?« Sie warf einen Blick

auf Min und Ellis, konzentrierte sich aber mit erwartungsvoller Miene schnell wieder auf Gwen.

Gwen dachte angestrengt nach, woher sie diese Frau kennen könnte, doch ihr wollte keine Antwort darauf einfallen. Ehe sie noch weiter darüber nachdenken konnte, wie sie antworten sollte, fügte die Frau hinzu: »Bitte. Es ist dringend. Ich würde Sie nicht belästigen, wenn es nicht äußerst wichtig wäre. Bitte.«

Ihre Wiederholung des Wortes »bitte« in Verbindung mit den Worten »dringend« und »äußerst wichtig« ließen Gwen innehalten. Sie konnte dieser Frau eine oder zwei Minuten erübrigen und ihr zuhören. »Gewiss.«

Min straffte ihr Kinn und trat einen Schritt vor, als wolle sie die junge Frau abwehren. Gwen sah zu ihr und begegnete ihrem Blick. Sie schüttelte leicht den Kopf und sagte: *Es ist alles in Ordnung.*«

Gwen ging mit einem freundlichen Lächeln auf die unbekannte Frau zu und ging mit ihr am Rande des Ballsaals entlang. »Ich fürchte, ich kenne Sie nicht.«

»Ich bin Miss Melissa Worsley. Mein Großvater ist Viscount Haverstock.«

»Mein Großvater ist auch ein Viscount«, meinte Gwen. »Was für ein Zufall.«

»Das habe ich nicht gewusst«, murmelte Miss Worsley. »Macht es Ihnen etwas aus, wenn wir nach draußen gehen? Ich werde mich kurz fassen.« Miss Worsley trat durch eine der offenen Türen ins Freie, und Gwen hatte keine andere Wahl, als ihr zu folgen.

Genaugenommen hatte sie eine Wahl. Sie hätte Miss Worsley nicht weiter beachten können, und wäre dann zu ihren Freunden zurückgekehrt. Das tat sie allerdings nicht. Die Augen der Frau waren von einem Schatten umflort, der Gwens Besorgnis erregte.

Draußen fröstelte Gwen in der Nachtluft. Nach Lazarus´ Umarmung hatte es sich nicht so kalt angefühlt.

Plötzlich fiel ihr wieder ein, wo sie Miss Worsley schon einmal gesehen hatte. Sie war die junge Frau, mit der Lazarus gestern im Park gesprochen hatte.

»Ich werde keine Ausflüchte machen«, begann Miss Worsley, die die Schultern zusammenzog, als eine kühle Brise über sie hinwegfegte. »Verzeihen Sie bitte meine Offenheit, und ich entschuldige mich dafür, dass diese Nachricht Sie wahrscheinlich schockieren wird. Ich trage das Kind von Lord Somerton in mir.«

Wenn Gwen nicht schon vorher vor Kälte gebibbert hätte, so tat dies jetzt erst recht. Das Blut in ihren Adern gefror zu Eis, das sich auch wie eine Hülle um ihre Haut legte. Sie schlang ihre Arme um ihren Leib, aber nirgendwo war Wärme zu spüren. Sie versuchte, einen klaren Gedanken zu fassen, was ihr aber überaus schwerfiel. Dann ging ihr ein Licht auf – warum erzählte diese Frau *ihr* davon?

»Wer sind Sie?«, fragte Gwen, obwohl sie den Namen der Frau kannte. Die Frage hätte lauten sollen, was sie für Lazarus war. Das wollte Gwen allerdings gar nicht wissen.

Sein Zaudern und seine Unfähigkeit, ihr einen Heiratsantrag zu machen, kristallisierten sich nun mit aller Klarheit heraus und ergaben nun einen Sinn. Miss Worsley und ihr Kind waren seine »Gründe«. Er war im Begriff, Vater zu werden.

Er hatte Gwen jedoch auch seine Liebe gestanden.

Miss Worsley ergriff das Wort. »Ich habe Somerton letzten Herbst auf einer Hausparty kennengelernt.«

Herbst? Und er hatte sie nicht geheiratet? Gwen wurde schlecht. »Es tut mir so leid.« Lazarus war wirklich ein Halunke, und dazu noch ein überaus verachtenswerter.

»Ich hatte Schwierigkeiten«, erklärte Miss Worsley

leise. »Ich war krank geworden. Gestern erst habe ich Somerton informiert, und ich habe mich über sein Zögern gewundert. Da mir jetzt aber zu Ohren gekommen ist, dass er eine Liaison mit Ihnen hatte, verstehe ich es. Ich wollte Sie bitten, ihn freizugeben, damit er mich heiratet. Mir ist klar, wie viel ich von Ihnen verlange, insbesondere wenn Sie beide sich aufrichtig lieben, aber ich brauche seinen Schutz.«

Gwen war erleichtert zu hören, dass Lazarus erst gestern von dem Baby erfahren hatte. »Ich verstehe nicht, warum Sie ihm das nicht früher gesagt haben.«

Dunkles Rosa färbte Miss Worsleys fein modellierte Wangen. »Ich muss gestehen, dass ich nichts geahnt hatte, bis meine Mutter es herausfand. Wie ich schon sagte, war ich krank. Außerdem war ich unglaublich naiv.«

Obwohl Gwen der Frau entgegnen wollte, dass es gar keine Liaison zwischen Lazarus und ihr gab, begriff sie, dass das so nicht stimmte. Sie trafen sich bei den Droxfords vielleicht nicht, um eine heimliche Affäre zu unterhalten. Doch genau das war es jetzt zwischen ihnen. Besser gesagt war es das gewesen. Gwen wurde klar, dass ihre Beziehung hiermit ein Ende gefunden hatte.

Er hatte keine andere Wahl als Miss Worsley zu heiraten. Es gab einfach keine andere akzeptable Lösung. Auch nicht, wenn er Gwen liebte.

Trotz seines ungebührlichen Verhaltens blutete ihr das Herz wegen ihn. Wie sollte das auch anders sein, wenn sie ihn so liebte? Nun verstand sie den gequälten Ausdruck, den sie bei ihm wahrgenommen hatte. Er *wollte* Miss Worsley nicht heiraten, und allem Anschein nach versuchte er, einen Ausweg aus dieser Situation zu finden. Er könne sie vielleicht heiraten, wenn sie warten könnte, hatte er zu ihr gesagt. Welche Veränderungen erwartete er denn, die dazu führen könnten?

»Ihre prekäre Lage bedauere ich sehr«, meinte Gwen. »Aber ich glaube nicht, dass ich Ihnen irgendwie helfen kann. Somerton wird seinen Weg wählen.« Sie konnte ihn allerdings ermutigen, das Richtige zu tun, indem er sich nicht wie ein Halunke benahm.

»Ich verstehe. Ich bitte Sie nur darum, sich von ihm abzuwenden, damit er mich heiraten kann, wie es sich für ihn gebührt.«

Gwen könnte ihm sagen, dass er bei ihr keine Chance hätte und sie Markwith heiraten würde. Die noch vor kurzem in seinen Armen empfundene Freude schmolz dahin wie Schnee in der Sonne. Es gab allerdings keine Sonne. Es gab überhaupt keinen Lichtschimmer. Nur eine tiefe und anhaltende Traurigkeit über die Liebe, die Gwen versagt bleiben würde.

»Wenn es mir möglich ist, werde ich mich bei ihm für Sie einsetzen. Aber vielleicht bekomme ich diese Gelegenheit nicht.«

Miss Worsley nickte. »Ich werde Ihnen für alles dankbar sein, was Sie für mich tun können. um mir in meiner Sache zu helfen.« Sie berührte ihren Unterleib, und Gwen konnte gerade eben die Wölbung ihres Bauches erkennen, als sich ihr Kleid kurz straffte. »Unserer Sache«, ergänzte Miss Worsley mit einem kleinen Lächeln.

Ein Schluchzen stieg in Gwens Kehle auf. Agonie, Eifersucht und Verzweiflung jagten durch sie hindurch. Sie biss sich auf die Innenseite ihrer Lippe, als ein weiterer Schauer ihren Leib erbeben ließ.

»Es ist ziemlich kalt«, stellte Gwen mit einer Stimme fest, die irgendwie hohl klang. »Sie müssen wieder nach drinnen gehen.« Gwen wollte zwar ebenfalls wieder hineingehen, aber mit der Mutter von Lazarus' Kind wollte sie nun wirklich nicht zusammen den Ballsaal betreten.

»Das werde ich. Guten Abend.« Miss Worsley drehte sich weg und ihr Kleid schwang um ihre Knöchel, als sie den Ballsaal betrat.

Gwen blickte sich suchend nach einer anderen Tür um. Etwas weiter unten entdeckte sie eine – sie lag auf der Höhe der Erfrischungen abseits der Tanzfläche. Als sie zügig auf die Tür zuging, wusste sie nicht, was schlimmer war: in den Ballsaal zurückzukehren und sich den Gerüchten über sie und Lazarus zu stellen, oder in den Ballsaal zurückzukehren und zu wissen, dass der Mann, den sie liebte, ein Kind mit einer anderen gezeugt hatte. So oder so würde sie lächeln, lachen und sich an unerträglichem Geplauder beteiligen müssen.

Drinnen angekommen, sah sie sich suchend nach ihrer Mutter um. Unter keinen Umständen würde sie noch länger hier bleiben.

Im selben Moment, in dem sie ihre Mutter entdeckte, sah diese zu ihr hin. Eine Mischung aus Überraschung und Besorgnis flackerte kurz in ihrer Miene auf, und sofort ging sie Gwen entgegen.

Allerdings wollte Gwen den äußeren Bereich des Ballsaals nicht verlassen. Das würde den Kontakt mit zu vielen Menschen mit sich bringen. Gwen konnte die verurteilenden Blicke nicht länger ertragen, mit denen sie bedacht wurde.

»Da bist du ja«, rief Min aus, als sie mit Ellis bei Gwen ankam. »Wer war diese Frau, und was wollte sie?«

Nun kam auch Gwens Mutter zu ihnen. »Das kann ich jetzt nicht erklären. Wir treffen uns morgen Nachmittag bei dir zu Hause. Ich muss gehen.«

Sowohl Min als auch Ellis sahen sie alarmiert an. »Wir lieben dich«, versicherte Min ihr. »Alles wird wieder gut.« Sie lächelten und tauschten einen kurzen Gruß mit Gwens Mutter aus, ehe sie davongingen.

»Mama, ich fühle mich nicht wohl. Tatsächlich fühlte Gwen sich noch immer bis auf die Knochen zu Eis erstarrt. Und ein furchtbares Unwohlsein plagte sie obendrein. »Ich muss nach Hause gehen.«

»Ich kann sehen, wie blass du bist«, pflichtete ihre Mutter ihr besorgt bei. »Lass uns aufbrechen. Ich hatte ohnehin vorschlagen wollen, dass wir gehen sollten. Das Gerücht über dich und Somerton hat auf dem ganzen Ball die Runde gemacht. Ich hatte keine Ahnung, dass es solche Wellen schlagen würde.« Sie legte ihren Arm um Gwen und führte sie zur nächsten Tür, durch die sie den Ballsaal verlassen konnte. »Es tut mir so leid, mein Liebes. Aber es wird alles wieder gut.«

Die Beteuerungen ihrer Mutter und der Widerhall der Worte ihrer Freundinnen konnten leider nichts zur Linderung von Gwens Aufruhr beitragen. Denn eines war absolut sicher: Es würde bestimmt *nicht* alles gut werden.

~

Nach einer größtenteils schlaflosen Nacht hätte Lazarus sich eigentlich in die Kirche schleppen sollen, um dort für seine verdorbene Seele zu beten. Stattdessen betete er für eine unsagbar schnelle Rückkehr von Sheffords Mann.

Am frühen Nachmittag kündigte sein Butler die Ankunft von Mrs. Worsley an. Lazarus fühlte sich innerlich wie Brei. Gestern hatte er ihr geschrieben, ohne jedoch eine Antwort erhalten zu haben. Und nun war sie persönlich erschienen.

»Führen Sie sie in den Salon«, wies Lazarus seinen Butler an, als er sich von seinem Lieblingssessel in seinem Arbeitszimmer erhob und einige Minuten lang im Zimmer umherwanderte. War sie gekommen, um auf seine Bitte um mehr Zeit einzugehen? In seinem Schreiben hatte er absichtlich eine vage Ausdrucksweise gewählt und nur angedeutet, dass er mehr Zeit für seine Antwort bräuchte, während er darüber hinaus nicht ganz sicher war, ob er glaubte, was ihre Tochter ihm erzählt habe.

Er wappnete sich innerlich und schritt die Treppe in den Salon hinauf. An der Schwelle hielt er inne und sah, dass Mrs. Worsley vor dem Fenster stand, das auf die Straße hinausging. Sie war zierlich und kurvenreich, mit einem großen Busen. Ihr Haar war genauso rötlich-blond wie das ihrer Tochter, aber ihre Gesichtszüge waren härter, ihre Nase länger.

»Sie haben eine ausgezeichnete Lage hier in Mayfair«, bemerkte sie mit einem Lächeln. »Ihr Haus ist prächtig. Meine Melissa wird hier eine ausgezeichnete Gastgeberin sein.« Sie sprach selbstbewusst und, wenn er ehrlich war, fast arrogant.

»Vielen Dank, Mrs. Worsley. Darf ich annehmen, dass Sie auf meine Nachricht hin gekommen sind?« Er lud sie nicht ein, sich zu setzen. Er hoffte, dass sie nicht sehr lange bleiben würde.

»Ja, das ist richtig, und ich muss Ihre Bitte ablehnen. Sie müssen verstehen, dass die Hochzeit keinerlei Aufschub duldet. Die Zeremonie muss in aller gebotenen Eile stattfinden. Und zwar noch diese Woche.«

»Ein Aufschub muss möglich sein«, entgegnete Lazarus, der sich anstrengte, die Geduld nicht zu verlieren. »Ich bin nicht der Vater des ungeborenen Kindes Ihrer Tochter, und das werde ich beweisen.«

Mrs. Worsley schien entrüstet. »Natürlich sind Sie das.«

»Wir waren auf der Fuchsjagd nicht zusammen. Es tut mir leid, aber sie hat mich mit jemandem verwechselt.« Das war die höflichste Behauptung, die ihm einfiel, um zum Ausdruck zu bringen, dass Miss Worsley seine Teilhabe erfunden hatte.

Mrs. Worsley stieß die Luft aus, und ihre Wangen röteten sich. »Auf keinen Fall hat meine Tochter sich geirrt. Ich begreife gar nicht, warum Sie so darauf beharren, dass Sie nicht zusammen waren. Meine Tochter hat sich nicht getäuscht. Sie ist bezaubernd und sie ist schön. Sie wird eine wunderbare Viscountess für Sie sein. Außerdem müssen Sie heiraten. Wenn Sie Melissa nicht heiraten, wird Ihr Ruf ruiniert sein. Er ist jetzt schon schwer in Mitleidenschaft gezogen, weil Sie sich offenbar mit einer anderen unverheirateten jungen Lady vergnügt haben. Wenn die Heirat mit Melissa nicht unumgänglich wäre, würde ich Sie wohl kaum als Bräutigam unterstützen.«

»Das Gerücht ist eine Lüge«, knurrte er. Das war es zumindest bis gestern. Fielen seine früheren Küsse mit Gwen im Salon und bei seinem Unterricht im Lesen mit in die Waagschale?

»Ich bin erleichtert, das zu hören. Es wäre mir wirklich lieber, wenn meine Tochter jemanden heiratete, dem nicht der Ruf eines *unverbesserlichen* Halunken anhaftet.«

Er antwortete ihr mit einem starren, humorlosen Lächeln. »Und doch sind Sie glücklich, dass sie einen berüchtigten Wüstling heiratet, was ich, wie Sie sicher zugeben werden, auch bin. Oder ein Halunke, wenn Sie diesen Begriff vorziehen.«

»Ich bin glücklich, wenn sie die Viscountess Somerton wird. Das ist das einzige für mich akzeptable Ergebnis.« Sie schürzte ihre schmalen Lippen. »Hoffentlich zwingen Sie uns nicht, einen Skandal aus der Sache zu machen.«

»Ich zwinge Sie zu nichts. Sie werden denke ich feststellen, dass die Nötigung nur von einer Seite ausgeht.« Seine Geduld ging allmählich zur Neige. Er ging einen

Schritt auf sie zu und musterte sie eingehend. »Wer hat das Ihrer Tochter angetan? Ich war es nämlich nicht. Er sollte für seine Taten zur Rechenschaft gezogen werden.«

»Das waren Sie«, beharrte sie, obwohl ihr Blick für einen kurzen Moment zum Fenster abschweifte.

»War es jemand, den sie nicht heiraten kann? Einer der Diener oder ein verheirateter Mann? Wenn es jemand war, der sie genötigt hat, können Sie ihn anklagen ...«

»Erteilen Sie mir keine Ratschläge, was wir tun können«, fuhr sie ihn spöttisch an. »Sie werden derjenige sein, der sie heiratet. Ich erwarte, dass Sie uns morgen einen Besuch abstatten. Wenn Sie das nicht tun, wird mein Mann Sie noch vor Einbruch der Nacht aufsuchen. Er kannte Ihren Vater, wissen Sie.«

Die Erwähnung seines Vaters ließ Lazarus das Blut in den Adern gefrieren. »Was soll das bedeuten?«

»Ihr Vater war ein guter und ehrenwerter Mann. Er würde Ihren sorglosen und unverantwortlichen Umgang mit Frauen verurteilen.«

Sie hätte nichts sagen können, was ihn mehr verletzte. Die Liebe seines Vaters war eine Konstante in Lazarus' Leben gewesen, die auch nach dessen Tod noch Gewicht hatte. Der Gedanke, er könne von seinem Sohn enttäuscht sein, ließ Lazarus vor Kummer und Bedauern fast ersticken. Das Gefühl deckte sich fast mit demjenigen, das ihn bei der Vorstellung überkam, dass Gwen davon erfahren würde. Und natürlich würde es so kommen – Gwen hatte an ihn geglaubt und ihn unterstützt, wie es niemand sonst außer seinem Vater getan hatte. Es war nur logisch, dass ihre Meinung für ihn mehr Gewicht hatte als die irgendwelcher anderen Menschen. Er würde es hassen, wenn der Stolz und die Bewunderung für ihn, die sie in ihrem Blick ausdrückte, durch Abscheu und Enttäuschung ersetzt würden.

Er hatte sich allerdings bereits geschworen, seinen Lebenswandel zu ändern. Darüber hinaus würde nichts von alldem, was Mrs. Worsley sagte, davon überzeugen, dass er ihre Tochter ausgenutzt hatte. »Ich habe nicht mit Ihrer Tochter geschlafen«, sagte er leise. »Und ich denke, das wissen Sie ganz genau.«

Schniefend hob sie ihr Kinn an. »Ihnen ist denke ich klar, dass es keine Rolle mehr spielt, wenn alle der Ansicht sind, Sie hätten es getan. Bitte tun Sie, was Sie tun müssen – sprechen Sie morgen vor und heiraten Sie Melissa. Sie werden mit ihr nicht unglücklich sein.«

Mrs. Worsley schob sich an ihm vorbei und verließ den Salon.

Lazarus ging zu einem der Sessel und stützte sich auf die Lehne. Er musste den Vater dieses Kindes ermitteln. Vielleicht konnte er dann etwas bewirken – denn dann könnte dafür sorgen, dass Melissa jenen Mann heiratete, der sie benutzt und im Stich gelassen hatte.

Er befürchtete nur, dass dieser Ausgang für Miss Worsley nicht gerade glücklich sein würde. Und das tat ihm leid.

Für die Sünden dieses Mannes wollte Lazarus aber auch nicht zur Rechenschaft gezogen werden. Auch dann nicht, wenn er durch seinen Ruf ein leichtes Ziel war.

KAPITEL 17

Nachdem sie ihrer Mutter mitgeteilt hatte, sie wolle den Nachmittag mit ihren Freundinnen verbringen, um hoffentlich ihre Stimmung ein wenig aufzuhellen, war Gwen nun auf dem Weg zum Haus von Mins Vater am Grosvenor Square. Ihre Mutter wurde von ihrem schlechten Gewissen geplagt, weil sie Gwen gestern Abend mit auf den Ball genommen hatte. Nun war sie der Ansicht, dass sie hätte wissen müssen, wie negativ sich Klatsch und Tratsch auswirken würden.

Gwen hatte ihren Vater nicht gesehen, denn er hatte den Ball gestern Abend irgendwann verlassen und war in seinen Club gegangen. Und heute war sie in ihrem Zimmer geblieben, bis sie sich auf den Weg zu ihrer Freundin Min machte.

Die Londoner Residenz des Duke of Henlow war eine der größten am Platz, und mehrere Säulen schmückten die Fassade. Gwen hatte die Tür noch nicht erreicht, als sie von einem jungen Diener in tadelloser kastanienbrauner Livree geöffnet wurde.

In der Eingangshalle nahm der Butler, der zwar gestelzt

wirkte, Gwen aber immer herzlich begrüßte, ihr Hut und Handschuhe ab und führte sie dann in Mins Wohnzimmer. Es befand sich im zweiten Stock und hatte eine Verbindung zu ihrem Schlafgemach. Die Freundinnen zogen es vor, sich dort statt im Salon zu treffen, um nicht gestört zu werden.

Das Wohnzimmer war in unterschiedlichen Rosatönen und einer Fülle von Blumenmotiven dekoriert, womit es überaus feminin wirkte. Min hatte bei der Dekoration allerdings nicht mitgewirkt. Das war allein das Werk ihrer Mutter. Min fand es ein bisschen übertrieben.

Alle anderen waren bereits da – Min, Ellis, Tamsin und sogar Jo. Gwen hatte nicht daran gedacht, sie einzuladen, aber offensichtlich hatte eine der anderen das wohl übernommen. Bei Gwens Eintreten standen alle auf.

»Es tut uns so leid, dass das passiert ist, Gwen«, sagte Min und eilte zu ihr, um sie zu umarmen. Der Rest von ihnen umarmte sie abwechselnd, einschließlich Jo, die als Letzte dran war.

»Ich hoffe, es macht dir nichts aus, dass ich hier bin«, sagte Jo. »Min hat mich eingeladen.«

»Ganz und gar nicht. Ich bin sogar überglücklich. Du bist jetzt eine von uns«, fügte Gwen mit einem Lächeln hinzu.

Alle setzten sich, und Gwen war klar, dass sie nicht umhinkam, ihren Freundinnen von Miss Worsley zu erzählen. Nachdem sie hin und her überlegt hatte, wie sie alles am besten erklären sollte, musste sie sich eingestehen, dass es einfach keine gute Vorgehensweise gab. Sie hatte auch darüber nachgedacht, ob sie zuerst Tamsin – separat – informieren sollte, da Lazarus ihr Cousin war.

Gwen holte tief Luft, ehe sie das Wort ergriff. »Wie ich mir denken kann, glaubt ihr alle, der Klatsch über

Somerton und mich sei Anlass für meine Notlage, doch es steckt noch mehr dahinter.«

»Min und Ellis sagten, du hättest aufgewühlt gewirkt, nachdem eine junge Frau dich zu einer Unterredung mit ihr gedrängt hat«, meinte Tamsin.

»Ja, mein Gespräch mit ihr war überaus beunruhigend«, meinte Gwen leise. »Ihr Name ist Miss Melissa Worsley. Ihr Großvater ist Viscount Haverstock.«

»Mein Vater kennt ihn«, bemerkte Min und rümpfte die Nase. »Und so wie er von ihm spricht, würde ich behaupten, dass er mir nicht sympathisch ist.«

»Warum ist das so?«, fragte Jo.

Min presste ihre Lippen aufeinander. »Weil mein Vater ihn in den höchsten Tönen lobt. Das spricht normalerweise nicht für eine Person.«

Jo zog eine Grimasse.

»Warum wollte Miss Worsley denn mit dir sprechen?«, fragte Tamsin. Sie saß zu Gwens Rechten.

Gwen drehte sich mit dem Oberkörper zu ihr hin. »Ich hätte dir das wahrscheinlich unter vier Augen sagen sollen, denn es betrifft deinen Cousin, und ich fürchte, es sind beunruhigende Neuigkeiten.«

Tamsin verzog ihr Gesicht. »Was hat sie denn gesagt?«

Gwen räusperte sich, um das unangenehme Gefühl in ihrer Kehle loszuwerden, das sich plötzlich eingestellt hatte, und wandte sich an alle. »Miss Worsley erwartet ein Kind, und sie behauptet, Somerton sei der Vater.«

Alle Frauen fingen gleichzeitig zu reden an, und Gwen konnte kein Wort dessen verstehen, was sie sagten. Sie hob eine Hand. »Lasst mich bitte ausreden, und dann könnt ihr mir Fragen stellen, wenn ich sie wohl auch nicht beantworten kann. Sie erklärte, sie beide hätten sich im letzten Herbst auf einer Hausparty kennengelernt und sie hätte ihm erst vorgestern von dem Baby erzählt, weil sie krank gewesen sei. Sie behauptete, sie habe nicht gewusst, dass sie schwanger war. Das schob sie auf ihre Naivität.«

»Wie kann man das nicht wissen?«, fragte Ellis. »Ihre Menstruation hört auf. Ich denke, das sollte man merken.«

»Vielleicht war sie so krank, dass sie es nicht gemerkt hat?«, schlug Gwen vor.

»Oder sie könnte davon ausgegangen sein, das ihre Krankheit der Grund dafür war«, sagte Jo. »Ich war sehr krank, als ich jünger war – nur ein oder zwei Jahre, nachdem meine Menstruation eingesetzt hatte. Damals hat sie mehrere Monate ausgesetzt.«

»Ich kann nicht glauben, dass Somerton so etwas tun würde«, brachte Tamsin leise hervor. »Er kann ein Halunke sein, aber er hat nie etwas mit jungen, unverheirateten Frauen angefangen. Niemals. Meine Großmutter hat ihre Erleichterung darüber schon oft zum Ausdruck gebracht.«

Das war die Wahrheit, die Gwen in diesem Mann erkennen wollte. »Ich habe keine Ahnung, was passiert ist, aber sie behauptet, er sei der Vater.«

»Warum in aller Welt sollte sie dir davon erzählen?«, fragte Min.

»Weil sie den Klatsch über Somerton und mich gehört hat und mich bitten wollte, mich zurückzuziehen, damit er sie heiraten kann. Als sie ihm neulich von dem Kind erzählte, hat er nicht sofort um sie angehalten.«

»Das sagt mir, dass es nicht sein Kind ist«, sagte Tamsin mit einer Gewissheit, von der Gwen wünschte, sie würde sie teilen. Warum tat sie es nicht?

Denn er hatte von dem Kind gewusst und ihr nichts gesagt. Stattdessen hatte er versucht, sie abzuweisen, und sie später dann gebeten, auf ihn zu warten. Er hätte sie darüber informieren müssen. Sein Versäumnis in diesem Punkt weckte ihr Misstrauen und ließ sie zweifeln.

»Ich glaube auch nicht, dass es sein Kind ist«, meldete sich Jo zu Wort und zog damit die Aufmerksamkeit aller auf sich. »Ich weiß etwas über Miss Worsley. Ich höre viel im Siren's

Call und den literarischen Salons. Letzten Herbst hat sie sich in ihren Tanzlehrer verliebt. Ihre Eltern hatten ihn dafür bezahlen müssen, sich darüber auszuschweigen.«

Gwen dachte sofort an Mr. Tremblay. Aber das wäre ein ziemlicher Zufall. »Kennst du den Namen des Tanzlehrers?«

»Mr. Tremblay«, antwortete Jo. »Er ist sehr attraktiv. Ich habe ihn selbst gesehen. Er ist angeblich sehr vertraut mit seinen Schülerinnen.«

»Das kann ich bestätigen«, bemerkte Gwen. »Meine Mutter hat ihn engagiert, und ich hatte zwei Stunden bei ihm, ehe ich ihr deutlich machte, dass ich mich weigern würde, weiterzumachen. Er flirtete ständig mit mir und berührte mich auf unangemessene Weise. Ich bin fest davon überzeugt, dass wir eine Affäre hätten haben können, wenn ich auch nur ein Minimum an Interesse gezeigt hätte.« Sie starrte Jo an. »Glaubst du, dass sich das zwischen ihm und Miss Worsley abgespielt hat?«

»Ich denke, das ist durchaus möglich. Was ist, wenn das Kind, das sie in sich trägt, von dem Tanzlehrer ist?«

»Ihre Familie würde nicht wollen, dass sie jemanden wie ihn heiratet«, sagte Min. »Es wäre ihnen lieber, wenn sie einen wohlhabenden, attraktiven Viscount heiraten würde.«

»Mit einem verwegenen Ruf«, fügte Tamsin hinzu und klang angewidert. »Was für eine entsetzliche Geschichte. Ich kann mir nur vorstellen, wie Somerton sich bei diesem Vorwurf gefühlt haben muss.«

Gwen erinnerte sich an die Anspannung und den Kummer, den sie gestern bei ihm bemerkt hatte. Aller Wahrscheinlichkeit nach hatte er sich in einer Falle gefangen gefühlt. Da war zum einen diese Frau, die behauptete, er sei der Vater ihres Kindes, während er aber in eine andere Frau verliebt war und sie zu heiraten hoffte. Dennoch musste ein Grund vorliegen, warum er in diese missliche Lage geraten war. »Warum sollte Miss Worsley ihn beschuldigen, wenn die Möglichkeit besteht, dass er gar nicht der Vater ist? Dazu muss er doch mit ihr geschlafen haben.« Sie sah Tamsin voller Sorge an, während ihr Herz in tausend Stücke zerbarst.

»Das muss er getan haben«, meinte Ellis leise, und als ihr Blick auf Gwen fiel, war er voller Traurigkeit und Mitgefühl.

Gwen konnte ein Aufschluchzen nicht zurückhalten, das ihr über die Lippen kam. Sie schlug sich die Hand vor den Mund.

»Oh, Gwen, du schwärmst für ihn«, brachte Min hervor. »Das muss so schwer sein.«

»Es ist mehr als das.« Gwen hatte Mühe, Luft zu holen. »Ich liebe ihn. Und ... er liebt mich.«

Während der nächsten Atemzüge kämpfte Gwen tapfer gegen ihre Tränen an, die sie zu überwältigen drohten. Tamsin wandte sich ihr nun ganz zu und nahm ihre Hand, um sie fest zu drücken.

»Erst gestern Abend auf dem Ball hat er mir seine Liebe gestanden«, erzählte Gwen. »Und er bat mich, Markwith nicht zu heiraten.«

»Er hat dir nichts von Miss Worsley erzählt?«, fragte Min.

Gwen schüttelte den Kopf.

»Er hätte nicht gewollt, dass du davon erfährst«, stellte Tamsin fest.

Min sah Gwen mitleidig an. »Das macht ihn zum Halunken schlechthin - einen, den wir nicht heiraten können und der nicht reformiert werden kann, wie es bei Wellesbourne und Isaac gelungen ist.«

»Ich muss ihn sehen«, brachte Gwen mit großer Dringlichkeit vor. »Ich muss die Wahrheit über Miss Worsley erfahren – aus seinem Mund. Denn morgen könnte ich schon mit Markwith verlobt sein.«

Jo nickte. »Dann musst du heute zu Somerton.« Sie legte den Kopf schräg und kniff die Augen zusammen. Sie legte die Stirn dazu noch in Falten, als würde sie angestrengt nachdenken.

Min schüttelte den Kopf. »Sie kann ihn nicht sehen. Nicht bei diesen Gerüchten, die im Umlauf sind.«

»Sie wird eine Verkleidung brauchen«, meinte Jo. »Und ich werde so viel wie möglich über Mr. Tremblay und Miss Worsley herausfinden. Irgendjemand muss doch etwas wissen.«

»Das würdest du tun?«, fragte Gwen ungläubig und blinzelte die Feuchtigkeit weg, die an ihren Wimpern haftete, ohne sich aber in Tränen verwandelt zu haben.

»Das mache ich aber auch nur, weil ich schrecklich neugierig bin«, entgegnete Jo lachend. »Ich kann mir aber nur zu gut vorstellen, dass du die Wahrheit wissen willst, und Somerton sicher auch. Wenn er nicht der Vater ist, muss ihn das furchtbar belasten.«

Gwen stimmte ihren Worten zu. Wenn sie nun über sein Verhalten nachdachte, wäre dies gut möglich. Sie konnte kaum abwarten, mit ihm zu sprechen.

Min runzelte die Stirn. »Ich halte es weiterhin für unklug, dass Gwen sich mit Somerton trifft. Wenn man bedenkt, was alles gerade passiert ist.«

»Genau deshalb muss ich das aber tun.« Gwen ließ sich nicht beirren. »Es geht alles sehr schnell, und ich kann mir nicht leisten, untätig abzuwarten und mitanzuschauen, wie sich alles weitere entwickelt. Sie blickte zu Jo. »Hast du eine Verkleidung im Sinn?«

»Das hängt davon ab, was Min zur Verfügung hat. Ich würde es vorziehen, dich als jungen Mann zu kleiden, wenn das möglich ist. Jo sah Min lächelnd an. »Du hast vermutlich nicht gerade die passende Ausstaffierung zur Hand?«

»Ich schon«, meldete sich Ellis zu Wort, woraufhin alle ihre Aufmerksamkeit auf sie richteten. Sie zuckte mit den Schultern. »Manchmal kleide ich mich wie ein Mann und gehe spazieren. So ist es einfacher.« Sie schaute Min an. »Min weiß Bescheid.«

Min nickte. »Du solltest Somerton aufsuchen, wenn du das so empfindest. Ich sorge mich nur um deinen Ruf und dein Wohlergehen.«

»Das weiß ich und ich bin dir dankbar dafür. Aber ich fühle stark – ich liebe Lazarus.« Sie beschloss, dass sie vor ihren Freundinnen seinen Vornamen verwenden könnte.

»Dann musst du alles tun, was in deiner Macht steht, um eine Zukunft mit ihm sicherzustellen, zumal er dich offenbar auch liebt«, sagte Min.

Jo sah Gwen mit einem wissenden Lächeln an. »Er liebt sie ganz bestimmt. Ich habe die beiden zusammen gesehen, und es ist ziemlich offensichtlich. Ich habe ihn auch schon ohne sie gesehen, und dann ist er ein trübseliges Häufchen Elend.«

»Er bläst Trübsal?«, fragte Tamsin ungläubig.

»Er ist regelrecht verzweifelt«, bestätigt Jo. »Aber er ist auch ein unwissender Mann. Ich glaube, ich musste ihn erst darauf stoßen, dass er wahrscheinlich romantische Gefühle hat, die er noch nie zuvor gekannt hat.«

Das brachte alle zum Lachen, und sogar Gwen fiel mit ein. Wie gerne hätte sie dieses Gespräch gehört. »Er ist *mein* unwissender Mann«, verkündete Gwen. »Zumindest hoffe ich, dass er das sein wird.«

Jo stand auf. »Komm, wir stellen dein Kostüm zusammen. Du musst dich rasch auf den Weg machen. Vermutlich kannst du behaupten, du seist den ganzen Nachmittag hier gewesen, um für die Zeit, die du bei Somerton bist, ein Alibi zu haben.«

»Ja, das werde ich tun.« Gwen hatte ihrer Mutter zu verstehen gegeben, dass sie den ganzen Nachmittag unterwegs sein würde.

Ellis stand auf und ging zur Tür. »Dann folge mir. Mein Zimmer liegt am Ende des Korridors.«

Bevor Gwen die Tür erreichen konnte, drückte Jo ihr kurz die Hand. »Es wird alles gut werden. Ich werde so schnell wie möglich alles herausfinden, was es über Tremblay und Miss Worsley herauszufinden gibt.«

Gwen umarmte sie innig. »Ich kann dir nicht genug danken.«

Jo klopfte ihr auf den Rücken. »Ich bin froh, dass ich helfen kann. Ich kann *dir* nicht genug dafür danken, dass du mich in euren Freundeskreis aufgenommen hast. Ich habe noch nie ... zu so etwas gehört.«

»Wir sind eine Schwesternschaft«, meinte Gwen. »Und jetzt bist du eine von uns.« Sie hakte sich bei Jo unter und zusammen machten sie sich auf den Weg zu Ellis Zimmer.

~

Nachdem Mrs. Worsley gegangen war, hätte Lazarus eine große Menge geschmuggelten Whisky trinken wollen, aber seit er von Miss Worsleys Kind erfahren hatte, war er zu dem Schluss gekommen, dass er weitaus besser damit bedient wäre, sich nie wieder zu betrinken. Stattdessen hatte er versucht, sich mit Lesen abzulenken. Denn dadurch fühlte er sich auch Gwen näher.

Er saß an seinem Schreibtisch und arbeitete die Übung durch, die Gwen ihm gestern gegeben hatte, und las sie wieder und wieder, bis er sie mit Leichtigkeit und relativ schnell beherrschte. Ihm wurde klar, dass er angefangen hatte, den Wortlaut auswendig zu lernen, sodass die Übung wahrscheinlich ihre Wirksamkeit verloren hatte.

Vielleicht sollte er versuchen, etwas anderes zu lesen. Und er könnte es so markieren, wie sie es tat. Warum eigentlich nicht?

Er ging zum Bücherregal und suchte nach etwas Brauchbarem. Seine Büchersammlung war schrecklich. Winterstoke hatte eine wunderbare Bibliothek, die er seinem Vater verdankte, aber hier in der Stadt bewahrte Lazarus nicht viel auf. Er hatte ganze Bücherregale aufs Land geschickt. Jetzt wünschte er, er hätte es nicht getan.

»Papa, du würdest dich über meine Fortschritte freuen«, murmelte er. »Und du würdest Gwen lieben.«

Mrs. Worsleys Erwähnung seines Vaters hatte Lazarus ein Loch in die Brust gerissen. Er wollte seinen Vater stolz machen. Und jetzt wurde ihm klar, dass sein forsches Verhalten diesem Ziel zuwidergelaufen war. Lazarus erkannte auch, dass er in diesen Handlungen Trost gesucht hatte, um den Schmerz über den Verlust seines Vaters zu dämpfen. Er hatte sich auf die falschen Dinge konzentriert.

Nicht mehr. Er würde die Kunst des Lesens beherrschen und sich eine bedeutende Rolle bei den Lords erarbeiten. Und wenn er großes Glück hätte, würde er Gwen heiraten. Nicht, dass er sie verdient hätte. Er hatte sich schlimmer als ein Halunke benommen.

Er hatte ihren Ruf mit ihrem törichten Plan aufs Spiel gesetzt, ganz zu schweigen von seinem Betragen beim literarischen Salon und auf dem Ball gestern Abend. Er hatte auch den Ruf seiner Cousine und seines Freundes aufs Spiel gesetzt. Dass seine Gründe gar keinen skandalösen Ursprung hatten, spielte keine Rolle dabei. Sie waren egoistisch gewesen.

Ein Klopfen an der Tür rüttelte ihn aus seinen Selbstvorwürfen auf. Lazarus antwortete: »Herein.«

Sein Butler trat über die Schwelle. »Ihr habt einen Besucher, Mylord. Ein junger Mann, der Euch einige Informationen geben möchte.«

»Worüber?« Lazarus hatte keine Zeit für Unfug. Welcher junge Mann?

»Das hat er nicht gesagt.«

»Hat er dir eine Karte gegeben?«

»Nein, aber er sagte, sein Name sei Gawain Price.«

Beinahe hätte Lazarus über den Vornamen gelacht, aber der Nachname ließ ihn erstarren. »Danke, Harris«, entgegnete er und schob sich mit geschickter Geschwindigkeit an dem Butler vorbei. Er pirschte sich an die Eingangshalle heran und sah den schlanken jungen Mann. Sein Kostüm passte nicht richtig, und für Lazarus sah er genauso wenig wie ein Mann aus, wie London ein ruhiger, beschaulicher Ort war.

»Folge mir«, sagte Lazarus und führte Gwen die Treppe hinauf. Wo wollte er mit ihr hin? Sein Arbeitszimmer hätte ausgereicht. Stattdessen führte er sie in den Salon. Und schloss die Tür, sobald sie drinnen war.

Sie hatte sich in die Mitte des Raums begeben, weg von ihm, damit er sie nicht sofort zu sich ziehen konnte. »Ich hatte Angst, du würdest mich nicht empfangen.«

»Mit einem Namen wie Gawain Price, wie könnte ich da widerstehen?« Er machte zwei Schritte auf sie zu, hielt aber inne. Ihr Gesichtsausdruck war eine Mischung aus Begierde und etwas viel Dunklerem. »Warum bist du gekommen? Und so gekleidet?« So sehr er es auch liebte, sie in prächtigen Kleidern zu sehen, so musste er doch zugeben, dass die Form ihrer Beine in der schmalen Hose ein erregender Anblick war. Aber er vermutete, dass sie auch in einem Getreidesack genauso anziehend auf ihn wirken konnte.

»Ich musste dich heute sehen.« Sie sprach leise, fast zögernd. »Ich weiß nicht, wie ich dieses Thema ansprechen soll, also werde ich einfach damit herausplatzen. Würdest du mir bitte von Miss Melissa Worsley erzählen?«

Lazarus stieß die Luft aus, und sein ganzer Körper verdorrte wie eine abgeschnittene Blume ohne Wasser. »Ich hatte gehofft, dass du nie etwas über sie erfahren müsstest.« Seine Stimme war leise, und so gequält, wie er sich fühlte – nicht etwa wegen sich selbst, sondern wegen ihr.

»Ich wünschte, du hättest es mir gesagt.« Ihre Augen überschatteten sich, und er konnte die Traurigkeit nicht übersehen, die darin lag.

»Ich bin über meine Tat entsetzt. Ich könnte es nicht ertragen, wenn du mich als den Halunken sehen würdest, der ich wirklich bin.«

»Du hast also mit ihr geschlafen? Ihr Kind ist von dir?«

Hatte sie daran gezweifelt? Lazarus war von Dankbarkeit überwältigt – und auch von der Überraschung, dass sie ihm diese Wohltat gewährte, obwohl er sie sicher nicht verdient hatte.

»Ich habe nicht mit ihr geschlafen«, antwortete er in aller Deutlichkeit. »Wir lernten uns bei einer Fuchsjagd im Haus ihres Großvaters kennen. Gwen, du musst wissen, dass ich nie – und das habe ich auch nie – mit einer jungen, unverheirateten Lady schlafe. Und ich würde es ganz sicher nicht im Haus ihres Großvaters tun.« Und doch hatte er unanständige Dinge mit Gwen getan, einer jungen, unverheirateten Frau. Der er vorgeblich auf ihrer Suche nach einem Ehemann half, der nicht er war.

Er wischte sich mit der Hand über das Gesicht und schob seinen innerlichen Aufruhr beiseite, damit er sagen konnte, was gesagt werden musste. »An einem Abend war ich auf der Party sehr betrunken. Ich war mit Sheff in einen Pub gegangen, und der Wirt gab uns von seinem geschmuggelten Whisky zu trinken. An das meiste, was sich anschließend ereignete, habe ich keine Erinnerung mehr. Ich konnte also nicht mit absoluter Sicherheit sagen, dass ich nicht mit Miss Worsley zusammen gewesen war – und nur in meiner Seele wusste ich, dass ich das nicht getan hatte. Das hätte ich nicht *gekonnt*.«

»Das weiß ich doch«, meinte Gwen nun leise und überraschte ihn erneut. »Aber ich wünschte, du hättest mir davon erzählt. Ich weiß, dass du ein Halunke bist. Das habe ich an dir erkannt, nicht wahr?«

Sie hatte sich darauf eingelassen, sich mit ihm in einer privaten Umgebung zu treffen, und sie hatte ihn in einer Verkleidung zu einem literarischen Salon begleitet. Obendrein hatte sie alle Vorsicht über Bord geworfen, als sie ihn geküsst hatte, und das mehrere Male. »Ich habe dich korrumpiert«, krächzte er. »Niemals hatte ich deinen Ruf gefährden oder dich in Bedrängnis bringen wollen. Das ist alles meine Schuld. Es tut mir so leid.«

»Ach, sei still«, entgegnete sie mit geschürzten Lippen. »Ich bin nicht korrumpiert. Ich bin lediglich verliebt. In einen Halunken.«

Ein nicht aufzuhaltendes Lächeln umspielte seine Lippen. »Ich werde nie müde werden, dich das sagen zu hören. Wie hast du von Miss Worsleys Anspruch erfahren?«

»Sie hat mich gestern Abend auf dem Ball angesprochen.«

Jetzt rückte Lazarus dicht an sie heran. »Das hat sie *nicht* gewagt.«

»Doch, das hat sie. Dazu noch hat sie sich herausgenommen, mich zu bitten, Abstand von dir zu nehmen, damit du sie heiraten kannst, als wäre ich das einzige Hindernis, das ihr im Weg stünde. Ihr war das Gerücht über unsere angebliche Affäre zu Ohren gekommen.«

»Was hast du ihr geantwortet?» Lazarus stockte der Atem.

»Dass es nicht an mir ist, dich zu irgendetwas zu bewegen. Du wirst nach eigenem Ermessen handeln. Ich habe ihr auch gesagt, dass ich versuchen werde, meinen Einfluss geltend zu machen, um dich davon zu überzeugen, das Richtige zu tun.«

»Ich hoffe, das Richtige ist, dich zu wählen, denn ich will dich«, raunte er, legte seinen Arm um ihre Taille und zog sie an sich.

»Und ich wähle dich. Allerdings hast du das Problem eines drohenden Skandals, wenn du Miss Worsley keinen Heiratsantrag machst. Derzeit haben wir bereits einen Skandal, der sich aus dem Gerücht um unsere angebliche Liaison anbahnt. Dazu noch wird Markwith morgen zurückkehren, und ich erwarte, dass sein Heiratsantrag unmittelbar bevorsteht.«

»Dann müssen wir wohl eine Sondergenehmigung einholen und sofort heiraten oder nach Gretna Green durchbrennen. Mir ist egal, was von beidem wir tun.«

Sie kicherte, doch dann ernüchterte sie rasch wieder. »Wie du genau weißt, können wir weder das eine noch das andere tun. Du musst das Problem mit Miss Worsley aus der Welt schaffen, bevor daraus ein Skandal erwächst. Ich fürchte, meine Eltern werden meiner Heirat mit jemandem, der beschuldigt wird, Miss Worsleys Kind gezeugt zu haben, ablehnend gegenüberstehen.«

»Shefford hat einen Mann nach Haverstock Hall geschickt, um den Angestellten zu befragen, der mir während der Party als Kammerdiener zur Verfügung gestanden hat, um zu erfahren, was er über diese Nacht weiß. Er wird auch mit dem Gastwirt sprechen, bei dem Sheff und ich die meiste Zeit der fraglichen Nacht verbracht haben. Ich hoffe, dass beide in der Lage sein werden, mir ein Alibi zu verschaffen. Sheff erinnert sich an diese Nacht – er trinkt nie bis zur Besinnungslosigkeit – und er sagt, wir seien kurz vor Sonnenaufgang nach Haverstock Hall zurückgekehrt. Die Möglichkeit, dass ich überhaupt mit ihr zusammen war, ist also ziemlich gering.«

Ihre Erleichterung hellte ihre Miene für einen Moment auf. »Brillant, aber wann kehrt Sheffs Mann zurück?«

»Darin besteht das Problem, denn die Worsleys bestehen darauf, dass ich ihrer Tochter morgen einen Heiratsantrag mache, und ich kann mir nicht vorstellen, dass Sheffs Mann vor übermorgen zurückkehrt.«

»Das klingt alles sehr vielversprechend, wobei der Zeitpunkt es allerdings nicht ist«, bemerkte sie. »Ich freue mich jedoch, dir mitteilen zu können, dass wir an einem anderen Aspekt arbeiten, nämlich an der Ermittlung des tatsächlichen Vaters von Miss Worsleys Kind.«

Lazarus packte ihre Oberarme, die Erregung durchströmte ihn. »Wie um alles in der Welt kannst du das?«

»Zufällig habe ich mich vorhin mit meinen Freundinnen getroffen, und Jo wurde auf eine interessante Situation aufmerksam. Letzten Herbst hat mein letzter Tanzlehrer, Mr. Tremblay, Miss Worsley unterrichtet. Sie hat sich offenbar in ihn verliebt, und ihre Eltern haben ihn dafür bezahlt, dass er sich über diese Episode ausschweigt.« Gwen legte ihre Hand auf seine Brust. »Nun, ich kann aus Erfahrung sagen, dass Mr. Tremblay attraktiv, kokett und überaus unverschämt im Gebrauch seiner Hände ist. Ich glaube, wenn ich eine Affäre mit ihm hätte haben wollen, wäre er mir sehr entgegengekommen.«

Wut durchströmte Lazarus. »Was hat er dir mit seinen Händen angetan?« Er dachte an die vielen Möglichkeiten, wie er sie ihm brechen könnte.

»Nichts allzu Schlimmes, nur eine verirrte Fingerspitze hier und eine flüchtige Liebkosung dort.« Sie berührte Lazarus an der Wange. »Meine Güte, du siehst aus, als wärst du zu einer Schandtat bereit.«

»Ich werde dafür sorgen, dass er nie wieder eine junge Frau ohne ihre Zustimmung berührt.«

»Mein Ritter«, flüsterte Gwen, bevor sie ihre Lippen auf die seinen presste. »Jo tut ihr Bestes, um die Wahrheit darüber in Erfahrung bringen, was genau zwischen ihm und Miss Worsley vorgefallen ist – und zwar schnell. Sie ist auch für meine heutige Verkleidung verantwortlich.« Sie trat von ihm weg und drehte sich im Kreis. Sie hob den Zipfel ihres Fracks an und wackelte mit ihrem Hintern. »Ich fühle mich ziemlich entblößt, oder ich würde es, wenn der Frack nicht meine Hinterseite verdecken würde.«

»Ich pflichte dir von ganzen Herzen bei. In allem. Wie kannst du einen Halunken wie mich lieben?« Sie war zu großherzig. Zu rein. Zu weit über ihm.

Sie drehte sich zu ihm um und schürzte einen Moment lang die Lippen. »Wie könnte ich das nicht? Du bist der freundlichste und galanteste Gentleman, den ich je kennengelernt habe. Du hast mir unvergessliche Erinnerungen geschenkt, die ich nie für möglich gehalten hätte. Ich war die Königin auf einem Ball!« Die Freude, die sich in ihren Zügen widerspiegelte, brachte ihn dazu, sie in seine Arme zu schließen und mit ihr zusammen herumzuwirbeln, bis ihnen vor Lachen schwindelig wurde. »Du bist mir beigesprungen, um mich zu retten, um mich zu beschützen, als niemand sonst es je getan hat. Nicht einmal meine Eltern, die ich sehr liebe. Sie haben ihr Bestes getan, aber ich habe immer gewusst, dass ich scheitern würde. Bei dir habe ich dieses Gefühl nicht. Du gibst mir das Gefühl, dass ich gut genug bin.«

Lazarus konnte kaum noch atmen. Wie konnte jemand so etwas über sie denken? »Du bist perfekt.« Er fiel vor ihr auf die Knie und nahm ihre Hand. »Heirate mich, Gwen. Bitte werde zum frühestmöglichen Zeitpunkt meine Frau.«

»Das werde ich.« Ein breites, seliges Lächeln ließ ihr Gesicht erstrahlen, und Lazarus wusste, dass er ihrem Glanz nie gerecht werden würde. Allerdings würde er jeden Moment seines Lebens damit verbringen, dies zu versuchen.

Sie zog an seiner Hand, und er erhob sich, um sie in seine Arme zu nehmen. Dann küsste er sie. Innig. Leidenschaftlich. Mit all der Liebe in seinem Herzen.

Gwen zog sich zurück und sah ihm in die Augen. »Ich will noch nicht gehen. Wo ist dein Schlafzimmer?«

Lazarus schluckte. Unmöglich konnte sie erbitten, was er vermutete. »Du musst wissen, dass ich gegen jegliche Ausschweifung mit unverheirateten jungen Ladys bin.«

Sie zog eine Schulter hoch. »Da ich deine Frau sein werde, sehe ich kein Problem darin. Aber ich möchte dir keine Unannehmlichkeiten bereiten.«

Lazarus war sich unsicher, ob er sie wirklich abweisen wollte, aber er war sich seines unangemessenen Verhaltens ihr gegenüber sehr wohl bewusst. Da er sein Verhalten bessern wollte, war dies wahrscheinlich nicht der richtige Weg. Aber sie liebten einander. Außerdem waren sie verlobt, und er würde alles daransetzen, sie zu heiraten. »Verzeih mein Zögern, aber ich versuche, ein besserer

Mann zu sein – ein Mann, der deiner würdig ist, und nicht der Halunke, der ich war.«

Sie nahm seine Hand. »Du bist der beste Mann, den ich mir wünschen kann. Dass du dein Verhalten ändern willst, macht mich ganz schwindlig vor Freude. Allerdings kann ich auch nicht leugnen, dass ich mich in *dich* verliebt habe. Um dich zu beruhigen, bestehe ich darauf, dass du mich in dein Schlafzimmer führst.« Sie schenkte ihm ein Lächeln, das in einem Wimpernschlag von kokett zu sinnlich wurde. Lazarus war verloren.

Er führte sie zur Tür, die er vorsichtig öffnete. Er vergewisserte sich, dass niemand in der Nähe war, und führte sie an der Treppe vorbei in den hinteren Teil des Hauses, wo sich sein Schlafzimmer befand.

Er öffnete die Tür und lud sie mit einem Handzeichen ein, einzutreten. Als sie seiner Einladung nachkam, ließ sie seine Hand los und nahm ihren Hut ab, um sich dann in seinem Schlafzimmer umzusehen.

Lazarus hätte bei ihrem Anblick in seinem intimsten Wohnbereich um ein Haar aufgestöhnt. Er hatte sie sich hier in seinem Bett vorgestellt, ohne je gedacht zu haben, dass es einmal wahr werden würde.

Er verriegelte die Tür und ging auf sie zu. Dann nahm er ihren Hut und ließ ihn nach links segeln. Er umfasste ihr Gesicht und strich mit dem Daumen über eine vereinzelte Haarsträhne, die sich gelöst hatte, als sie den Hut abgenommen hatte.

»Hat Jo diese Kleidung besorgt?«, fragte er und betrachtete den einfach geknoteten Krawattenschal und die schlichte Weste. Alles war braun, außer dem weißen Hemd und der Krawattenschal.

»Es war im eigentlichen Sinne nicht Jo, aber ich bin froh, dass ich die Sachen benutzen kann. Ich wollte dich unbedingt so schnell wie möglich sehen.«

»Ich bin so froh, dass du so entschlossen gehandelt hast. Es tut mir leid, dass ich dir nicht von Miss Worsley erzählt habe. Ich habe mich für mein Verhalten geschämt. Ich war mir zwar sicher, dass ich nicht getan haben konnte, was sie behauptete, doch es war abscheulich, dass ich das nicht mit absoluter Sicherheit sagen konnte. Ich habe mir geschworen, keinen Alkohol mehr zu trinken. Nie wieder will ich meine Fähigkeit einbüßen, alles klar zu sehen und klar denken zu können. Und natürlich auch, mich daran zu erinnern, was ich getan habe.«

Sie legte ihre Hände auf seine Schultern. »Du darfst dich nicht zu streng kasteien.«

»Dafür ist es fürchte ich inzwischen zu spät. Ich hatte bereits vor, dich um deine Hand zu bitten – und deshalb bin ich neulich in den Park gegangen. Aber bevor ich dich sprechen konnte, hat Miss Worsley mich mit ihren Anschuldigungen konfrontiert. Hätte ich mich nicht so schrecklich benommen, wären wir schon verlobt gewesen. Und zwar ehe Eberforce seinen lächerlichen Unsinn hätte verbreiten können.«

»Wenn unsere Verlobung bekanntgegeben wird, kann niemand das für Unsinn halten.« Sie zog eine leichte Grimasse. »Die Leute werden vermutlich denken, dass du verpflichtet bist, mich zu heiraten. Nicht, dass es wichtig wäre, was die Leute denken.«

Lazarus beschloss, die ganze Welt wissen zu lassen, warum er Gwen heiratete – weil er absolut verrückt nach ihr war und seine Liebe keine Grenzen kannte.

Gwen formte ihre Lippen zu einem Lächeln. »Du hast also die Absicht gehabt, mir im Park einen Antrag zu machen?«

Er nickte. »Hättest du Ja gesagt?«

»Wahrscheinlich nicht. Es brauchte wohl ein oder zwei Skandale, um mich zu überzeugen.« Sie lachte leise.

»Natürlich hätte ich Ja gesagt. Und jetzt hilf mir mit diesen Kleidern, denn du kennst dich damit viel besser aus als ich.«

Die Vorstellung, sie aus der Kleidung eines Gentleman zu schälen, hatte etwas sündhaft Erotisches. Lazarus' bereits harter Schaft zuckte vor Erwartungsfreude, als er daran dachte, ihr die Hose über die Hüften zu ziehen.

»Fangen wir mit unseren Stiefeln an.« Er nahm sie in seine Arme und trug sie zum Bett, wo er sie auf die Kante setzte.

Er setzte sich neben sie, zog seine eigenen Stiefel aus und ließ sie auf den Boden fallen. »Soll ich dir helfen?«

Sie zog einen der Stiefel vom Fuß. »Sie sind groß, also lassen sie sich leicht ausziehen.« Der zweite folgte. »Jetzt die Strümpfe?«

»Ja, aber ich würde dir gerne deine ausziehen, wenn es dir nichts ausmacht.« Wieder wirkte sich der Akt des Entkleidens auf seine Vorfreude aus. Eilig zog er seine Strümpfe aus und rutschte vom Bett, um sich vor sie zu stellen.

»Das macht mir nichts aus«, sagte sie etwas atemlos.

Lazarus ließ seine Finger unter den Saum ihrer Hose gleiten und fand den oberen Teil des Strumpfes. Dann zog er das Kleidungsstück langsam an ihrer Wade hinunter und entblößte ihre Haut vor seinen hungrigen Blicken. Ihre Füße waren klein und elegant.

Sie wackelte mit den Zehen. »Kaum zu glauben, dass dieses Körperglied so viel Chaos auf der Tanzfläche anrichten kann, nicht wahr?«

Ein Lachen brach aus ihm heraus, und Lazarus' Liebe zu ihr wuchs auf wundersame Weise noch weiter. »So schlimm ist es nicht.« Er ging zu ihrem rechten Bein über und führte die gleiche Aufgabe aus.

»Du hast recht. Mein rechter Fuß ist viel ungeheuerlicher.«

»Hör auf«, sagte er und lachte wieder. »Ich mag es nicht, wenn du dich selbst verunglimpfst.«

»Dein Lachen sagt etwas anderes. Jedenfalls stört es mich nicht, dass ich ungeschickt bin, zumindest nicht bei dir. Weil es dir nie etwas ausgemacht hat.«

Er begegnete ihrem Blick, als er sich zwischen ihre Beine stellte. »Und das wird es auch nie.« Er küsste sie und dabei öffnete er seinen Mund, damit sich seine Zunge mit ihrer verband.

Sie klammerte sich an seinen Nacken und seine Schultern, als er seine Finger in ihr Haar schob und ihre Haarnadeln löste. Als sie den Kuss unterbrach, griff sie nach oben und zog sie heraus. »Die brauche ich später noch.« Sie reichte ihm die Haarnadeln, die er dann vorsichtig auf den kleinen Tisch neben dem Bett legte. »Du hast da ein Buch«, bemerkte sie.

Er nickte. »Ich lese jetzt vor dem Schlafengehen, wenn es auch nur eine Seite ist. Allerdings war ich in den letzten Tagen etwas abgelenkt. Ich habe gerade ein Buch in meinem Arbeitszimmer gesucht, als du gekommen bist. Ich hatte vor, meine eigene Leseübung zu machen.«

Gwen packte ihn am Revers und zog ihn zu sich heran. »Hast du eine Ahnung, wie erregend das ist?« Sie küsste ihn leidenschaftlich und presste dabei ihre Handflächen auf seine Brust.

Unbeholfen küsste Lazarus sie weiter, während er sich bemühte, seinen Frack auszuziehen und hinter sich fallen zu lassen. Dann schob er den ihren von ihren Schultern, zog ihn weg und warf ihn hinter sich.

Er hielt inne, als sein Blick den Schwung ihrer dunklen Locken erfasste, als ihr das Haar offen über die Schultern fiel. Er strich es mit beiden Händen aus ihrem Gesicht und küsste sie erneut. Dann ließ er seine Hände an ihrem Hals entlanggleiten, um den Knoten ihres Krawattenschals zu lösen und den seidigen Schal dann von ihrem Hals zu ziehen.

Das Hemd klaffte auf und enthüllte ein verlockendes Dreieck ihrer Haut. Er küsste ihren Hals und ergötzte sich an dem Anblick, der sich seinen Augen bot. Er wollte jeden Zentimeter von ihr verschlingen. Das bedeutete, dass er ihr die Kleidung so schnell wie möglich ausziehen musste.

Er machte sich an den Knöpfen ihrer Weste zu schaffen, die er dann mit eifriger Intensität öffnete. Erst daraufhin bemerkte er, wie sie es ihm gleichtat und dabei war, seine Weste aufzuknöpfen. Beide streiften ihr jeweiliges Kleidungsstück ab und Lazarus nahm ihr die Weste ab, um sie woanders abzulegen.

Ihr Hemd war zu groß, wie alle anderen Kleidungsstücke auch, aber der Ausschnitt war tief genug, dass er sehen konnte, dass ihre Brüste mit einer Bandage gewickelt waren. Sie hatte Hilfe bei dieser Verkleidung gehabt. Von jemandem, der wusste, was er tat.

Ungeduldig, sie endlich zu sehen und zu schmecken, zog Lazarus ihr das Hemd aus dem oberen Teil ihrer Hose und streifte es ihr über den Kopf. Sie hob ihre Arme, und er erblickte die Erhebung ihrer Brüste am oberen Ende der Bandage.

Sie griff hinter sich und zog den Stoff, einen leichten Musselin, los, den sie sich dann um ihren Bauch hinabschob.

»Lass mich«, sagte er leise, als er ein Ende des Musselin ergriff und es um sie herumschlang. Mit beiden Händen leistete er schnelle Arbeit, bis der Stoff von ihrer Brust fiel. Er warf einen kurzen Blick auf die Bandage und dachte, dass er bei einer Fortsetzung ihres Bettsports noch nützlich sein könnte, aber es würde noch viel Zeit für gemeinsame Abenteuer bleiben. Er freute sich auf jeden Moment davon.

Ihre Brüste waren nicht nur hoch und rund, sondern auch größer, als er erwartet hatte. Er starrte auf die dunkelrosa Brustwarzen und leckte sich genüsslich über die Unterlippe.

»Du bist unglaublich schön.« Er umfasste ihre Brüste und fuhr mit seinen Daumen über ihre Brustwarzen. Sie dehnten sich und kribbelten bei seiner Berührung.

Ein leises Stöhnen entfuhr ihr und sie schloss die Augen, als er sie weiter streichelte. Sie war so empfänglich, ganz und gar nicht schüchtern oder zögerlich. Dennoch wollte er Sorge dafür tragen, dass sie sich bei ihm sicher und geborgen fühlte.

»Gwen, bist du sicher, dass du willst, dass ich weitermache? Du kannst mich jeden Moment aufhalten, wenn du das willst.«

Sie schlug die Augen auf, während sie gleichzeitig seine Hüften umklammerte und ihn fest zwischen ihre Beine auf das Bett zog. »Ich werde dich nicht aufhalten. Ich will dich, Lazarus. Jetzt. Bitte. Mach mich zu der deinen.«

KAPITEL 18

Gwen sah zu, wie er seinen Kopf zu ihrer Brust senkte. Er hielt sie fest, während er ihre Brustwarze und den benachbarten Bereich küsste. Mit seiner linken Hand massierte und streichelte er ihre andere Brust, und beinahe war das Gefühl zu überwältigend, das sie bei all dem überkam.

Beinahe.

Es war himmlisch. Das Pochen ihres Verlangens hatte in den letzten Tagen als dumpfes, anhaltendes Ziehen begonnen. Als er sie hierher in sein Schlafgemach geführt hatte, war es zu einer überwältigenden Begierde angewachsen, die sie zu verschlingen drohte. Bei jedem anderen wäre sie von der Kraft ihres Bedürfnisses und ihrer Gefühle erschrocken gewesen, aber bei Lazarus fühlte sich alles ... richtig an. Und wunderbar.

Nun schloss er die Lippen um ihre Brustwarze und küsste sie mit der Zunge, ähnlich wie er ihren Mund küsste. Sie umklammerte seinen Kopf und hielt sich an seinem Haar fest, als Wellen der Lust in ihr wogten. Er kniff sanft in ihre andere Brustwarze, und sie keuchte auf.

Allerdings nicht vor Schmerz, sondern einem intensiven, aufwallenden Verlangen, das direkt in ihr Geschlecht pulsierte.

Er liebkoste sie mit seinem Mund und seinen Händen, was sie so heftig erregte, dass sie vor Verlangen aufkeuchte. Die Hose fühlte sich zwischen ihren Beinen feucht an. Sie schnürte auch ein, und Gwen wollte sie unbedingt ausziehen.

Mit einer Hand an ihrer Taille öffnete sie die Knöpfe der Hose. Er erkannte, was sie vorhatte und übernahm die Aufgabe, indem er eine Brust losließ, während er mit der Hose kurzen Prozess machte. Dann wich er ein wenig zurück, während er ihr das Kleidungsstück über die Hüften zog.

Sie wölbte sich vom Bett hoch, um ihm sein Vorhaben zu erleichtern, und er stöhnte. Seine Finger schlossen sich fester um ihre Brustwarze und zogen an ihr, was sie aufschreien ließ, als ihr Geschlecht nach einer ähnlichen Aufmerksamkeit schrie. Sie wollte, was er gestern Abend auf dem Ball mit seiner Hand getan hatte.

Er streifte sein Hemd ab und entblößte seine breite muskulöse Brust. Sie sehnte sich danach, ihn zu berühren, jeden Flecken neuer Haut zu erforschen, aber seine Hand lag auf ihrem Geschlecht und rieb sanft über ihre Schamlippen.

Plötzlich schob er seine Hände unter sie und legte sie aufs Bett, sodass ihr Kopf auf den Kissen lag. Er ließ sich auf seinen Knien zwischen ihren Beinen nieder. Sie beobachtete, wie er auf sie herabblickte, sein Blick verweilte auf ihren Brüsten, dann fixierte er ihr Geschlecht.

Jetzt fühlte sie ein erstes Anzeichen von Schüchternheit. Ein Schauder tanzte über ihre Haut.

»Spreize deine Beine weiter«, wies er sie in einem dunklen, heiseren Tonfall an.

Sie erfüllte seine Forderung und öffnete sich, um ihm eine eingehendere Betrachtung zu ermöglichen. Er legte seine Fingerspitze auf ihre Klitoris – dieses Wort hatte sie gelesen und wusste nun, wie wichtig sie für das Vergnügen einer Frau war – und zog sie langsam zu ihrer Scheide, bevor er sie sanft in sie hineinschob.

Sie brauchte mehr. Gwen hob ihre Hüften und lud ihn ein, seinen ganzen Finger in sie zu stecken.

Doch er ging nicht auf ihr Angebot ein. Er reizte sie mit weichen, sanften Streicheleinheiten. Dann senkte er seinen Oberkörper und sein Mund ersetzte seinen Finger.

Gwen schrie auf, und sie hielt seinen Kopf umklammert, den sie in ihrer besinnungslosen Hingabe an sich drückte. Ja, genau das hatte sie gewollt, und sie hatte nicht einmal realisiert, dass es möglich war. Er leckte an ihrer Knospe und ihren Schamlippen, ehe er dann seine Zunge in sie einführte. Was gestern Abend bei seinen Liebkosungen scheinbar eine Ewigkeit gedauert hatte, brach nun, einer riesigen Welle an einem Strand gleich, über sie herein.

Er streichelte ihre Knospe und labte sich an ihrem Fleisch, wobei eine Hand ihren Hintern festhielt, als wolle er sie in seinem Mund gefangen halten. Als hätte sie sich überhaupt wegbewegen können. Aber sie bewegte sich – ungezähmt kreisten ihre Hüften, als sie ihre Erlösung suchte. Sie stand so kurz davor. Jetzt stieß er mit seinem Finger in sie, während seine Lippen und seine Zunge sie an den Rand der Ekstase trieben.

Dann krümmte er seinen Finger und berührte eine Stelle in ihr, die sie zum Wahnsinn trieb. Dunkelheit erfasste sie, dann ein schwindelmachendes Licht, als sich ihr Körper anspannte und gleich darauf explodierte. Sie könnte seinen Namen geschrien haben. Sie hatte keine

Ahnung, was geschah, außer dass sie eine reine Glückselig-
keit erlebte.

Allmählich wurde sie langsamer, aber er hörte nicht
auf, ihr Geschlecht zu streicheln. Er küsste ihre Schenkel,
dann ihre Hüfte. Dann war er ganz verschwunden.

Sie schlug die Augen auf und sah, dass er seine Hose
aufknöpfte. Sie öffnete sich, und er befreite seinen Schaft.
Er war lang und hart, und wunderschön. Ohne nachzudenken, berührte sie die Spitze.

Er legte seine Hand auf ihre und dirigierte sie an der
ganzen Länge entlang, um dann ihre Finger mit sanften
Druck darum zu legen. Er führte ihre Hand zur Spitze
zurück und zeigte ihr, wie sie ihn streicheln konnte.

»Das gefällt dir?«, fragte sie eifrig, denn sie wollte ihm
gefallen, und zudem war sie von erotischer Neugierde
überwältigt.

»Ja.«

»Willst du deine Hose nicht ausziehen?«

»Willst du das?«

»Das ist nur gerecht«, sagte sie. »Zieh sie aus. Jetzt,
bitte.«

Er lächelte. »Du kannst mich gerne herumkom-
mandieren.«

»Wenn du sagst, ich gehöre dir, meinst du auch im
Schlafzimmer?«

»*Besonders* im Schlafzimmer«, sagte er mit einem
verführerischen Tonfall.

Sie musste ihn loslassen, als er sich der Hose entledigte.
Als er zu ihr zurückkehrte, umklammerte sie ihn erneut.
»Darf ich auch meinen Mund auf dich legen?«

»Ja, aber nicht jetzt. Ich werde eine schreckliche Sauerei
anrichten, wenn ich zum Höhepunkt komme, ehe ich eine
Chance habe, meinen Schaft in deinen Spalt einzuführen, und
ich fürchte, das geht einfach nicht.« Sein Blick blieb mit ihrem

verhaftet. »Es sei denn, du würdest das bevorzugen. Ich habe ja gesagt, du könntest nach Belieben über mich verfügen.«

Gwen leckte sich über die Lippen. »Dann will ich deinen Schaft in meinem Spalt. Jetzt.« Sie beschloss, das »Bitte« wegzulassen.

Er stöhnte. »Gwen, du übertriffst weiterhin all meine kühnsten Erwartungen. Zieh die Beine an, Liebes.«

Sie stützte sich mit den Füßen auf der Matratze ab, als er seine Hand wieder um ihre legte und seinen Schaft dann zusammen mit ihr zu ihrem Geschlecht führte. Er drückte die Spitze an ihre Öffnung und stieß langsam zu. Dann nahm er seine Hand fort, und sie tat dasselbe.

Es gab keinen Schmerz, sondern nur eine unangenehme Anspannung, als sich ihr Körper an ihn gewöhnte. Er streichelte ihre Knospe, und sie entspannte sich, als ihre Erregung wieder erwachte.

Dann beugte er sich über sie und stützte sich mit einer Hand ab. »Schlinge deine Beine um mich.«

Sie schlang ihre Beine um seine Hüften, worauf er noch tiefer in sie drang. Die Stelle, an der er sie mit seinem Finger berührt hatte, vibrierte nun, als sein Schaft damit in Kontakt kam. Gwen warf ihren Kopf zurück und stöhnte, als eine intensive, neuartige Lust sie durchströmte.

Lazarus küsste sie, wobei er mit seiner Zunge tief in ihren Mund eindrang, während er langsam anfing, seine Hüften zu bewegen. Er zog sich fast vollständig zurück und drang dann mit kontrollierter Präzision in sie ein. Sie spürte, dass er mit Bedacht vorging, da er sie nicht verletzen wollte.

Die Reibung, die er in ihr erzeugte, war köstlicher, als sie es sich je hätte vorstellen können. Sie bewegte sich mit ihm und freute sich, als er schneller wurde. Aber er hatte immer noch alles fest im Griff.

Er hörte auf, sie zu küssen, als sie sich schneller bewegten. Sie bewunderte das Gefühl seiner Muskeln unter ihren Beinen und fuhr mit ihrer Hand über seinen nackten Rücken bis zur Wölbung seines Hinterns hinunter. Sie umklammerte ihn, während sie ihre Hüften ruckartig nach oben bewegte.

Stöhnend stieß er fester und schneller zu. Sie küsste ihn auf die Wange und bewegte ihren Mund zu seinem Ohr. »Ich will, dass du die Kontrolle verlierst. Ich will spüren, wie du explodierst, so wie ich es getan habe. Das ist ein Befehl.«

Er holte scharf Luft. »Du musst mit mir kommen«, knurrte er. »Wenn du kannst. Bitte, sag, dass du kannst. Ich will spüren, wie du dich um meinen Schaft zusammenziehst.«

Er griff zwischen sie und massierte erneut ihre Knospe, wobei er seine Finger schnell und präzise bewegte. Wieder spürte Gwen, wie sich das Vergnügen und der Druck in ihr aufbauten. Sie wusste, dass sie loslassen musste, und das tat sie auch. Sie presste ihre Fersen in ihn, während sie in ihrer Erlösung stöhnte.

Nach ein paar weiteren Stößen schrie er auf, dann spürte sie, wie er sich anspannte, sein ganzer Körper wurde steif. Seine Bewegungen verlangsamten sich, und sie küsste seine Wange, seinen Kiefer, seinen Hals. Er eroberte ihren Mund und küsste sie mit einer zärtlichen Leidenschaft, die sie zum Lächeln brachte.

Er hob den Kopf und schaute auf sie herab. »Du bist großartig.«

»Du bist spektakulär«, antwortete sie kichernd.

Er zog sich von ihr zurück, rollte sich auf die Seite und zog sie mit sich, sodass sie sich gegenüberlagen. »Ich kann es kaum erwarten, bis wir verheiratet sind.«

»Die Zeit bis dahin wird eine unendliche Qual sein, jetzt wo ich weiß, was mich jede Nacht erwartet.«

»Nachts, täglich, nachmittags, wann auch immer«, sagte er und liebkoste ihren Hals, bevor er sie küsste.

»Ich kann nicht mehr lange bleiben«, sagte sie. »Ich muss zurück zu Min und dann nach Hause.«

»Du wirst doch keinen Ärger bekommen, oder?«

Sie schüttelte den Kopf. »Meine Eltern denken, ich bin den ganzen Nachmittag bei Min. Was ich natürlich auch bin.« Sie lächelte ihn an, und er lachte.

»Natürlich.« Er wurde nüchtern. »Weißt du, was Jo tut, um etwas über den Tanzlehrer herauszufinden?«

»Ich weiß es nicht, aber ich weiß, dass sie uns beide benachrichtigen wird, sobald sie etwas erfährt.«

»Ich bin so erleichtert über die Information, die sie über ihn und Miss Worsley hatte. Trotzdem tut mir Miss Worsley leid. Er hat sie verführt, selbst wenn sie in ihn verliebt war, hätte er sich zurückhalten sollen.«

»Ich frage mich, was passieren wird. Es scheint, dass ihre Familie nicht will, dass sie ihn heiratet, aber welche Wahl werden sie haben?«

Er strich mit den Lippen über Gwens Stirn. »Sie werden Miss Worsley weit weg schicken, um Verwandte zu besuchen, die es nicht gibt, und hoffen, dass niemand jemals erfährt, dass sie ein Kind geboren hat.«

»Und ihr Kind wird ihr weggenommen und sie wird es wahrscheinlich nie wiedersehen.« Gwen blutete das Herz beim Gedanken an die arme Frau. »Das ist so ungerecht. Und schrecklich traurig.«

Lazarus setzte sich auf. »Komm, wir ziehen dir wieder deine Verkleidung an. Zuerst musst du dich säubern. Er ging zum Waschtisch in der Ecke, um ein Tuch nass zu machen, und reichte es ihr dann.

»Vielen Dank. Das ist sehr rücksichtsvoll.« Sie strich

mit der Hand über seine Brust und beugte sich vor, um einen Kuss auf seine Brustwarze zu drücken. »Nächstes Mal möchte ich diesen Bereich erkunden.« Sie küsste seine andere Brustwarze. »Und diesen hier.«

»Ich kann es kaum erwarten.« Er küsste sie erneut, und sie spürte ein weiteres Ziehen ihres Verlangens. Es schien, als würde sie seiner nie überdrüssig werden, woran sie nicht den geringsten Zweifel hatte.

Sie zogen sich an – und berührten und küssten sich, wodurch es länger als nötig dauerte – und dann begleitete er sie die Treppe hinunter. »Bist du zu Fuß hierhergekommen?«, fragte er.

»Ich habe eine Mietdroschke genommen, und ich kann auch so zurückkehren.«

Seine Augen wurden ganz rund. »Den Teufel wirst du tun. Ich begleite dich zurück.«

»Wir dürfen nicht zusammen gesehen werden«, sagte sie.

»Du bist wie ein junger Mann gekleidet, hast du das vergessen?« Er schüttelte den Kopf. »Ich werde den Skandal riskieren. Zufälligerweise haben wir angeblich schon eine Affäre.«

»Nicht *angeblich*.« Sie wackelte mit den Augenbrauen, während sie lachte.

»Nein, nicht angeblich«, sagte er dunkel und sinnlich. »Und ich kann es nicht erwarten, bis du öffentlich zu mir gehörst.«

»Sehr bald, mein Liebster«, sagte sie. »Morgen schon, hoffe ich.«

Sie betete nur, dass Jo den Beweis finden würde, den sie brauchten.

Lazarus brachte es auf keinen Fall fertig, untätig zu Hause zu sitzen und darauf zu warten, von Jo etwas über Tremblay zu erfahren oder darauf, dass Sheffords Mann aus Haverstock Hall zurückkehrte. Bei seiner Ankunft im Siren's Call war er ängstlich und ungeduldig, aber nicht so angespannt, wie anzunehmen gewesen wäre. Einen glücklichen Nachmittag mit der Frau zu verbringen, die er liebte, und ihr Versprechen, dass sie ihn heiraten würde, konnte jeden trösten.

Daran hielt Lazarus sich inmitten des Meeres aus Unbekanntem fest, das ihn derzeit umtrieb. Er konnte Gwens Lächeln sehen, ihr freudiges Lachen hören, ihren elektrisierenden Kuss spüren. Und bald würde sie ihm allein gehören.

Schon jetzt gehörte er selbst ganz ihr, wenn er auch noch nicht ihr Ehemann war.

Als er den Schankraum mit seinen Blicken absuchte, konnte er Jo nicht entdecken. Ihm stand nicht der Sinn danach, sich in den Spielsälen nach ihr auf die Suche zu machen, und so sprach er Becky an und fragte, wo er Jo finden könne.

»Sie ist nicht hier«, antwortete Becky in ihrem starken Dialekt, während sie ein Tablett mit vier Humpen Ale balancierte. »Ich rechne aber damit, dass sie bald kommt. Wahrscheinlich jedenfalls.« Sie zuckte mit den Schultern und ging los, um das Ale zu servieren.

Frustriert stieß er die Luft aus, doch dann beschloss er, zu warten. Als er sich zu dem Tisch aufmachte, an dem er mit seinen Freunden zu sitzen pflegte, kam Shefford herein und setzte sich zu ihm.

»Bevor du fragst, mein Mann ist noch nicht zurück«, brachte Shefford hervor, als er sich setzte. »Ich hatte gehofft, ihm würden Flügel wachsen. Vielleicht ergeht es dir ebenso.«

Lazarus gluckste. »Das wäre hilfreich.«

Shefford legte den Kopf schief und musterte ihn eingehend. »Du wirkst bemerkenswert entspannt. Was ist hier los? Hast du etwa Neuigkeiten erfahren?«

»Das habe ich tatsächlich.« Allerdings war Gwen der Hauptgrund für Lazarus' gehobene Stimmung. »Bevor ich aber dazu komme, möchte ich dir mitteilen, dass ich seit heute Nachmittag verlobt bin. Ich fürchte, du hast einen weiteren Freund an den gefürchteten Traualtar verloren.«

Shefford sog scharf die Luft ein und er erbleichte. »Du kannst Miss Worsley nicht heiraten! Das ist Unsinn.«

»Gott, nein! Ich heirate Miss Gwendolen Price. Ich hoffe, das ist ihrem Bruder nicht unangenehm.«

Shefford lehnte sich auf seinem Stuhl zurück und ließ seine Schultern zusammensacken. Er sah beinahe besiegt aus. »*Ich* finde es unangenehm. Aber nicht wegen Miss Price. Sie ist reizend.«

»Das ist sie, und ich liebe sie über alle Maßen.«

»Ich bin schockiert, das gebe ich zu. Nie hätte ich vermutet, dass dir so etwas passieren würde.«

»Warum nicht?«, fragte Lazarus daraufhin mit aufrichtiger Neugier.

»Du schienst nie an einer Heirat interessiert zu sein«, entgegnete Shefford mit einem leichten Schulterzucken.

»Es ist weniger so, als wäre ich nicht interessiert, sondern ich habe vermutlich nicht danach gesucht.« Lazarus dachte einen Moment über seine Antwort nach und erkannte den Grund dafür, der wohl darin bestand, dass er nicht ganz er selbst gewesen war, ehe er Gwen kennengelernt hatte. Das war er nicht einmal bei seinen Freunden gewesen. Gwen gegenüber hatte er sich über

Dinge geäußert, die er vor allen geheim gehalten hatte, und sich damit eine Blöße gegeben. Er lächelte.

»Du siehst widerwärtig glücklich aus.«

Lazarus lachte. »Ganz recht. Aber ich will dir auch noch den anderen Grund für meine Erleichterung nennen. Gwen war vorhin bei ihren Freundinnen, und Jo hatte eine höchst interessante Information.«

»Gehört Jo jetzt zu ihrem Zirkel?«, fragte Shefford.

»Ich bin mir nicht sicher, aber sie war jedenfalls da.«

»Das ist verwirrend.« Shefford schüttelte den Kopf. »Ich kann mir nicht vorstellen, woher die beiden sich überhaupt kennen könnten.«

»Das ist mein Verschulden«, entgegnete Lazarus. Becky näherte sich ihrem Tisch und brachte ihnen ihr übliches Ale. Sie tauschte ein paar Höflichkeiten mit den beiden Stammgästen aus, ohne sich aber lange bei den beiden aufzuhalten.

Shefford trank einen großen Schluck, ehe er Lazarus wieder anschaute. »Wieso ist das deine Schuld?«

»Jo hat für mich die Teilnahme an einem literarischen Salon arrangiert, und ich brachte Gwen als Gast mit. So haben die beiden Frauen sich getroffen und kennengelernt.«

»Du warst mit Miss Price bei einem Salon ... *Wie?*«

»Äh, es ging nur mit einer Verkleidung. Sie wollte einen literarischen Salon besuchen, und ich wollte sie glücklich machen.«

Shefford stieß einen Atemzug aus. »Du *bist verliebt*. Was ist das für eine unschätzbar kostbare Information, die Jo besitzt?«

»Zufälligerweise war Miss Worsley letzten Herbst in ihren Tanzlehrer verliebt. Seine Dienste wurden beendet, und er wurde dafür entlohnt, sich darüber auszuschweigen. Und wir wissen, dass dieser Tanzlehrer zumindest ein bisschen ein Frauenheld ist, weil er erst kürzlich in den Diensten von Gwens Mutter stand und er Gwen unerwünschte Avancen gemacht hat. Lazarus wollte den Mann noch immer eine Tracht Prügel verpassen.

Shefford starrte ihn an. »Wieso hast du ihn nicht zur Rede gestellt?«

»Jo sagte, sie wolle herausfinden, ob Tremblay – der Tanzlehrer – der Vater des Kindes sei.« Lazarus hielt inne und dachte über Sheffords Frage nach. »Da hast du allerdings ein gutes Argument. Vielleicht sollten wir uns auf die Suche nach ihm machen.«

»Das sollten wir wirklich«, bestätigte Shefford, ehe er einen weiteren Schluck von seinem Ale trank.

Lazarus konnte es kaum erwarten, den Mann ins Kreuzverhör zu nehmen. Und ihm einen kräftigen Hieb in sein Gesicht zu verpassen. Vielleicht nicht in dieser Reihenfolge. Dann trank er einen letzten Schluck aus seinem Humpen, bevor er sich vom Tisch erhob.

Er ging allerdings nicht auf die Tür zu, weil Jo gerade hereinkam. Dann machte er winkend auf sich aufmerksam, und ihr Blick blieb an ihm haften. Sie nickte und kam auf direktem Wege zu ihrem Tisch, wobei die dunklen Röcke ihres Ausgehkleides um ihre Knöchel schwangen, als sie zielstrebig dahinschritt.

»Josephine, gibt es etwas, das du nicht weißt?«, fragte Shefford mit einem schiefen Lächeln, nachdem er sich ebenfalls erhoben hatte.

»Vieles, aber das meiste kann ich herausfinden.« Sie erwiderte sein Lächeln, wobei das ihre jedoch ein wenig schelmisch ausfiel. Sie setzte sich an den Tisch. Lazarus und Shefford nahmen ihre Plätze wieder ein.

»Hast du mit Tremblay gesprochen?«, fragte Lazarus.

Sie schüttelte den Kopf. »Ich habe ihn nicht finden können. Aber ich habe mit seinem musikalischen Assistenten gesprochen. Er heißt Nott und spielt die Musik bei Tremblays Tanzstunden.«

Shefford, der Jo gegenüber saß, beugte sich vor. »Und was hat er gesagt?«

»Er bestätigte, dass Tremblay und Miss Worsley eine Affäre hatten und Tremblay Geld dafür erhielt, sich darüber auszuschweigen«, antwortete Jo, wobei sie die beiden Freunde aufmerksam musterte. »Er wusste *nicht*, dass Miss Worsley schwanger war. Ich frage mich, ob Tremblay überhaupt weiß, dass er Vater werden wird.«

Lazarus schlug mit der Handfläche auf den Tisch. »Ich wusste, dass ich es nicht war.«

»Wie kannst du sicher sein, dass es Tremblay gewesen ist?«, fragte Shefford. Er warf einen Blick auf Lazarus. »Es tut mir leid, dass ich Zweifel äußere, aber wir sollten bei unseren Ermittlungen wirklich auf Nummer sicher gehen. Vielleicht hatte sie noch andere Liebhaber.«

»Das ist vermutlich möglich ist, aber laut Nott war sie über alle Maßen in Tremblay verliebt. Sie schrieb ihm Briefe, die Tremblay dann mit spöttischer Stimme Nott vorlas.« Jo schnitt eine Grimasse. »Es tut mir so leid für Miss Worsley, denn es hat allen Anschein, als ob ihre Zuneigung nicht erwidert wurde.«

»Und doch war er so unverfroren, mit ihr zu schlafen«, brachte Lazarus angewidert vor. Er war wahrhaftig ein Verwerflicher. War es da ein Wunder, dass sie lieber einen anderen heiraten würde?

»Die Zeitwahl ist auch perfekt, da die Affäre mit der Fuchsjagd zusammenfällt«, fuhr Jo fort. »Die Affäre mit Tremblay fand von Ende Oktober bis Dezember statt. Offenbar reiste er zusammen mit Nott in der ersten Dezemberwoche nach Haverstock Hall, um Miss Worsleys Unterricht fortzusetzen. Dann wurde er entlassen. Nott vermutet, dass die beiden erwischt wurden, aber Tremblay hat ihm keine Einzelheiten mitgeteilt.«

»Aber hat Tremblay ihm nicht erzählt, dass er für sein Schweigen bezahlt worden sei?«, fragte Shefford.

»Ja, denn er hat Nott einen Teil abgegeben, um sein Schweigen zu sichern. Allerdings scheint es sich um einen *sehr* kleinen Teil gehandelt zu haben, denn Tremblay hat sich bis vor kurzem einen ziemlich üppigen Lebensstil geleistet. Vielleicht sind ihm jetzt die Mittel ausgegangen. Nott schien einen leichten Groll zu hegen.«

Shefford drehte seinen Kopf zu Lazarus. »Ich schlage vor, wir fahren mit unserem Plan fort, Tremblay zu suchen.«

»Einverstanden.« Lazarus konnte es kaum erwarten, den Mann ausfindig zu machen. »Jo, wo können wir ihn finden?«

»*Wenn* ihr in finden könnt, aber vielleicht habt ihr an einem seiner üblichen Treffpunkte rund um den Leicester Square ja mehr Glück. Er wohnt in der Gerrard Street.« Sie nannte ihnen die Hausnummer seiner Wohnung und nannte ihnen auch Notts Adresse.

»Jo, du bist ein Wunder.« Lazarus beugte sich vor und küsste sie auf die Wange.

»Du darfst keine anderen Frauen mehr küssen«, rügte Shefford ihn in einem spöttisch schimpfenden Ton. Er blickte zu Jo. »Er ist vergeben, denn er hat sich verlobt.« Dann verdrehte er theatralisch die Augen.

Jo grinste. »Glückwunsch. Ich war bei Gwens Rückkehr heute Nachmittag nicht mehr anwesend, aber ich nehme an, dass sie die frohe Botschaft mit Min und Ellis geteilt hat, die auch dort waren.«

»Sobald ich diese Situation bereinigt habe, werde ich ihren Vater aufsuchen«, verkündete Lazarus und wünschte sich, damit nicht noch warten zu müssen. »Hoffentlich ist das morgen der Fall.«

Shefford erhob sich wieder. »Ich wüsste nicht, was dagegen spräche. Da du Miss Worsley morgen einen Heiratsantrag machen sollst, weil sie sonst ihren Vater und Großvater informiert, müssen wir in dieser Angelegenheit einen Abschluss erreichen.«

Als Jo sich erhob, tat Lazarus es ihr gleich und ihre Blicke trafen sich. »Ich kann dir nicht genug für deine Hilfe danken. Du bist in so vielerlei Hinsicht eine große Hilfe. Ein Mann wird sich glücklich schätzen, dich eines Tages zur Frau zu bekommen.«

Ein dunkles Lachen perlte aus ihrem breiten Mund. »Diesen Mann gibt es nicht. Ich bin genauso entschlossen, so unverheiratet zu bleiben wie Shefford dort.« Sie nickte ihm mitfühlend zu, und er erwiderte die Geste.

»Solidarität«, raunte er in leisem Ton. Er blickte zu Lazarus. »Komm, unsere Beute wartet.«

Lazarus konnte seiner Ergreifung kaum erwarten.

KAPITEL 19

Weder Tremblay noch Nott waren in ihren Wohnungen anzutreffen gewesen, noch hatten Lazarus und Shefford sie gestern Abend anderswo ausfindig machen können. Einige Stunden nach Mitternacht hatten die beiden endlich ihren Heimweg angetreten.

Heute Morgen wollte Lazarus es noch einmal versuchen, aber Tremblay war noch immer nicht zu Hause anzutreffen. Es war auch niemand zu finden, den Lazarus um Auskunft hätte bitten können, wo er war oder wann er zurückkehren würde.

Völlig frustriert machte sich Lazarus auf den Weg zu Notts Unterkunft und hoffte auf ein besseres Ergebnis.

Der Mann lebte in einer kleinen Wohnung über einer Apotheke. Lazarus stieg die zwei Treppen in den zweiten Stock hinauf und klopfte laut an die Tür. »Mr. Nott?«

Lazarus war sich ziemlich sicher, dass er drinnen Geräusche gehört hatte, und war bereit, die Tür aufzubrechen, falls der Mann nicht öffnete. Zum Glück tat er das.

Erleichtert atmete Lazarus aus und versuchte, seinen

Groll beiseitezuschieben. Er würde mehr aus dem Mann herausbekommen, wenn er charmant wäre oder zumindest ein höfliches Betragen an den Tag legen könnte. Er rang sich ein Lächeln ab. »Guten Morgen. Entschuldigen Sie meine Störung zu dieser frühen Stunde.« Als er über den Kopf des kleinen, schmächtigen Mannes blickte, sah Lazarus eine Reisetasche in der Zimmermitte stehen. Wollte er irgendwo hin? Er begegnete Notts Blick und ihm entging die Besorgnis nicht, die in den Tiefen seiner blauen Augen erkennbar war. »Ich bin Lord Somerton.«

»Guten Morgen, Mylord.« Er zuckte nervös mit den Schultern. »Es ist noch früh, und ich muss eine Kutsche erwischen.«

»Ich verstehe. Und wohin wollen Sie? Sind Sie vielleicht auf dem Weg zu einem Verwandtschaftsbesuch?« Er versuchte, den Anschein zu erzeugen, es handele sich um eine müßige Unterhaltung, aber er wollte wissen, warum der Mann ausgerechnet jetzt inmitten all dieser Ereignisse abreiste. Hatte Jos gestriger Besuch ihn zu dem Entschluss veranlasst, London zu verlassen?

»Ach genau. Ein Verwandtschaftsbesuch.«

»Wie schön. Nun, dann werde ich Ihre Zeit nicht allzu lange beanspruchen, aber ich brauche ein paar Minuten.« Lazarus schob sich mühelos an dem Mann vorbei in die Wohnung. Die Unterkunft war ordentlich, wenn auch schäbig, und mit einer spartanischen Ansammlung von Mobiliar eingerichtet.

Lazarus drehte sich um, als Nott die Tür schloss. Er stand daneben, die Stirn gefurcht und die Mundwinkel herabgezogen.

»Da Sie es eilig haben, werde ich gleich auf den Punkt kommen«, sagte Lazarus fast fröhlich. »Wie ich höre, sind Sie Zeuge einer Liebesaffäre zwischen Ihrem Auftraggeber, Mr. Tremblay, und einer seiner Schülerinnen, Miss

Melissa Worsley geworden.« Lazarus hielt inne, als der Mann ein wenig blasser wurde. »Ja, also ist es wahr«, fuhr er einem kleinen Lächeln fort. »Ihnen ist glaube ich bekannt, dass Miss Worsley ein Kind erwartet. Leider hat sie beschlossen, mich in diese geschmacklose Situation zu verwickeln und zu behaupten, ich sei der Vater des Kindes. Wie Sie sich denken können, bin ich nicht daran interessiert, mich in dieser Falle fangen zu lassen und Miss Worsley zu heiraten.«

»Nein, das sind Sie glaube ich nicht«, entgegnete Nott mit wachsamem Blick. »Was wollen Sie von mir?«

»Ich versuche zu verhindern, dass mein Name in diesen Skandal hineingezogen wird, und ich hoffe, Sie können mir dabei helfen, indem Sie mich zu Mr. Worsley und vielleicht zu Lord Haverstock begleiten, um die Angelegenheit klären, deren Zeuge Sie waren.« Das hielt Lazarus für die beste und wahrscheinlich einzige Möglichkeit, die sich ihm derzeit bot. Miss Worsley und ihre Mutter würden diesen Herren heute eröffnen, dass Lazarus jenes Kind gezeugt hätte, und wenn Nott seine Kenntnis des Gegenteils bezeugen würde, dann ging Lazarus davon aus, dass Haverstock und Worsley nicht auf einer Eheschließung bestehen würden.

Aber Nott wurde mit einem Mal ganz grau. Er warf einen Blick auf seine Reisetasche, dann faltete er die Hände fest vor sich. »Ich muss wirklich gehen. Ich werde meine Kutsche verpassen. Ich fürchte, ich kann Ihnen nicht helfen.«

Das Lächeln, mit dem Lazarus ihm darauf antwortete, war dieses Mal geradezu boshaft. »Und ich fürchte, das müssen Sie trotzdem tun.« Er erinnerte sich an Jos Bericht über diesen Mann, der sich über die Höhe seines Schweigegeldes im Vergleich zu dem seines Auftraggebers geärgert hatte. Und jetzt wollte er mit einem Mal die Stadt verlassen. »Hat Mrs. Worsley Sie bezahlt, damit Sie gehen?«

Notts Augen wurden groß. »Woher wissen Sie das?«

»Ich war mir nicht sicher, aber ich habe es daraus abgeleitet, dass Sie anscheinend unbedingt gehen wollen. Da ich weiß, dass Sie gestern in dieser Angelegenheit aufgesucht wurden, habe ich vermutet, dass die beiden Ereignisse zusammenhängen könnten. Sind Sie zu ihr gegangen, nachdem meine Freundin mit Ihnen gesprochen hat?«

Die Schultern des schmächtigeren Mannes sackten in sich zusammen. »Ja.« Dann richtete er sich wieder auf, als hätte er sein Rückgrat wiedergefunden. »Da Mrs. Worsley Tremblay bereits für sein Schweigen bezahlt hat und mich nicht, habe ich beschlossen, auch eine Geldsumme von ihr zu verlangen. Sie können nicht erwarten, dass ich weiter für diesen Wüstling arbeite. Ich hatte bereits beschlossen, dass ich mir eine andere Arbeit suchen muss. Ich werde mein Glück in Bath versuchen.«

»Wie gut, dass Sie endlich ein Gewissen haben.« Lazarus musste daran denken, wie dieser Mann über Tremblays Umgang mit seinen Schülerinnen hinweggesehen haben musste. »Wie lange haben Sie sein groteskes Verhalten beobachtet und nichts gesagt?«

Notts Kiefer arbeitete, obwohl er nicht viel Kinn zum Bewegen hatte.

»Ich weiß nicht, was die Worsleys Ihnen für Ihr Schweigen bezahlt haben, aber ich werde Ihnen mehr zahlen, wenn Sie reden. Tun Sie sich nur selbst einen Gefallen und überhöhen Sie den Preis nicht. Ich werde Mrs. Worsley fragen, was sie Ihnen bezahlt hat.« Er blickte Nott von oben herab an. »Außerdem bin ich sicher, dass ein Empfehlungsschreiben eines Viscounts viel dazu beitragen wird, Ihre zukünftige finanzielle Sicherheit in Bath zu gewährleisten.«

Er nickte wütend. »In der Tat, so wäre es, Mylord. Ich wäre Ihnen sehr dankbar. Sie hat mir zwanzig Pfund bezahlt, aber mit einem Empfehlungsschreiben würde ich gerne zehn von Ihnen annehmen.«

»Wie großmütig.« Lazarus zog die Scheine aus seiner Tasche. »Sie können das Geld jetzt haben, und das Empfehlungsschreiben erhalten Sie, nachdem Sie vor Haverstock und Worsley Zeugnis abgelegt haben. Sollen wir gehen?«

»Jetzt?« Nott fummelte an den Knöpfen seiner Jacke herum.

»Gibt es einen besseren Zeitpunkt? Außerdem müssen Sie, wie Sie gesagt haben, Ihre Kutsche erwischen.«

»Ich muss eine spätere nehmen«, antwortete er mürrisch.

»Dann werden Sie aber um einiges reicher sein.« Lazarus ging auf die Tür zu. »Kommen Sie, Mr. Nott.«

Als sie die schäbige Unterkunft des Mannes verließen, verspürte Lazarus eine wohltuende innere Ruhe. All dies würde sehr bald vorbei sein. Dann konnte er Mr. Price aufsuchen und die Weichen für seine Zukunft stellen.

~

Den ganzen Morgen hatte Gwen das Gefühl, über einen mit dünnem Eis überkrusteten Teich zu laufen und auf dessen Brechen zu warten. Oder in diesem Fall eher darauf, dass etwas passierte. Entweder würde Lazarus vorsprechen, und ihre Verlobung konnte offiziell bekannt gegeben werden, oder Markwith würde zum Aushandeln eines Vertrags für eine Ehe erscheinen, die nicht zustande kommen würde.

Gestern Abend hatte sie einen Versuch unternehmen wollen, das Thema mit ihrem Vater zu besprechen, um ihm zu sagen, dass sie Markwith nicht heiraten konnte, doch er war noch nicht nach Hause zurückgekehrt, als Gwen zu Bett gegangen war. Ihre Bemühungen, stattdessen mit ihrer Mutter zu sprechen, waren ebenfalls gescheitert, da diese sich mit Kopfschmerzen früh zur Ruhe begeben hatte. Ihre Kammerzofe hatte ihr anvertraut, dass die Aufregung wegen des Eberforce-Gerüchts seinen Tribut forderte.

Gwen hatte ein furchtbar schlechtes Gewissen deswegen. Hätte sie Lazarus nicht heimlich bei Tamsin getroffen, würde Eberforce diesen Klatsch nicht verbreitet haben.

Bevor Gwen es für angemessen hielt, ihren Vater zu stören, was irgendwann vor Mittag der Fall war, wurde sie in sein Arbeitszimmer gerufen. Sie hoffte inständig, dass sie dort nicht schon Markwith vorfinden würde.

Während sie die Treppe hinunterging, überlegte sie, was sie zu Markwith sagen sollte, für den Fall, dass er hier wäre. Er war ein überaus liebenswürdiger Gentleman, den sie nur ungern enttäuschen oder verletzen wollte. Sie besann sich darauf, dass sie mit keinem Wort oder Handlung darauf hingedeutet hatte, ihn heiraten zu wollen. Bis jetzt hatte sie es genossen, mit ihm zu tanzen und einen Spaziergang zu unternehmen. Das war nicht mit einer umfänglichen Brautwerbung gleichzusetzen, die zu einer Ehe führen würde.

Insbesondere deshalb nicht, weil sie ihn nicht liebte.

Ihre Liebe zu Lazarus war allerdings so stark und leidenschaftlich, dass sie Lust hatte, zu hüpfen, was aller Wahrscheinlichkeit nach verhängnisvolle Folgen nach sich ziehen würde. Oder zu singen, was für die Menschen um sie herum sicherlich in die reinste Qual ausarten würde.

Stattdessen schritt sie gemächlich zum Arbeitszimmer ihres Vaters und spähte durch die halb geöffnete Tür. »Du wolltest mich sprechen, Papa?« Ein kurzer Blick in das

Innere zeigte, dass er allein war. Erleichterung machte sich in ihr breit.

»Komm herein, Gwen«, forderte er von seinem Platz am Schreibtisch aus. Er stand auf, als sie eintrat. »Markwith hat gerade eine Nachricht geschickt. Er will heute Nachmittag vorbeikommen.« Papa lächelte. »Er war ganz begeistert von der Aussicht auf die Heirat.«

Gwen sank zusammen. »Ich hatte gehofft, noch gestern Abend mit dir sprechen zu können, aber du bist erst nach Hause gekommen, als ich mich bereits zurückgezogen hatte. Hätte ich gewusst, dass du heute Morgen hier bist, hätte ich dich aufgesucht.« Im Nachhinein betrachtet hätte sie seinem Kammerdiener ausrichten sollen, dass sie ihren Vater heute gleich sehen wollte, sobald er Zeit hatte.

Er runzelte die Stirn. »Ist etwas nicht in Ordnung?«

»Mir ist bewusst, dass du mich gern mit Mr. Markwith verheiratet sehen willst, und er ist sehr angenehm.« Sie ließ die Hände sinken, richtete ihr Rückgrat gerader auf und hob die Schultern, als würde sie damit größer werden. Sie könnte ein Bär oder ein Hirsch sein, etwas von beeindruckender Statur. »Aber ich habe mich in jemand anderen verliebt. Dieser Gentleman hat mir sogar schon einen Heiratsantrag gemacht, und ich habe ja gesagt.«

»Was zum Teufel soll das?« Papa wurde selten wütend, aber jetzt schien er es zu sein. Sein Gesicht hatte sich verfinstert, und seine Augen verengten sich. »Du hast gestern nichts von einem anderen Gentleman gesagt, als wir dir mitteilten, dass du Markwith heiraten wirst.«

»Seinen Heiratsantrag habe ich danach bekommen«, antwortete Gwen. Als sie sah, wie ihr Vater den Mund aufmachte, war sie sicher, dass er nach dem Zeitpunkt fragen würde. »Ich bin ihm gestern zufällig in Henlow House begegnet.«

Ihr Vater sah fast finster drein. »Und wer ist dieser Gentleman?«

»Lord Somerton.«

Während Papa zu verhindern versuchte, dass ihm die Augen aus dem Kopf fielen, hörte Gwen ihre Mutter hinter sich sprechen.

»Somerton? Der Mann, mit dem du angeblich eine Affäre hast?« Mamas Stimme klang rau.

»Schau, was du deiner armen Mutter angetan hast.« Papa eilte an Mamas Seite und half ihr auf einen Stuhl. Gwens Mutter sah tatsächlich sehr blass aus.

»Es tut mir leid, Mama«, entschuldigte sich Gwen, eilte zu ihr und nahm ihre Hand, die reichlich kühl war.

»Das wird einen furchtbaren Skandal geben«, jammerte ihre Mutter. »Ich habe neulich auf dem Ball so viel Zeit damit verbracht, den Leuten zu sagen, dass du dich nicht mit Somerton bei Lord Droxford getroffen hast und alles nur ein Zufall war.«

Gwen spürte den Blick ihres Vaters, der auf ihr haftete, während er die Lippen stark geschürzt hatte. »Und wir sollen glauben, dass du ihn zufällig in Henlow House angetroffen hast? Hast du kein Schamgefühl?«

Bei der Heftigkeit der Worte ihres Vaters zuckte Gwen zusammen und kaute an der Innenseite ihrer Wange. Es war schlimmer, als sie erwartet hatte.

»Ich schäme mich nicht, mich für Somerton entschieden zu haben. Ich liebe ihn, und er liebt mich.«

Ihre Mutter starrte sie an. »Wie kannst du nur so naiv sein? Männer wie Somerton sind keine guten Ehemänner.«

Gwen ließ ihre Hand los. »Du schienst von seinem Interesse begeistert zu sein, als er anfing, mir Aufmerksamkeit zu schenken.«

»Als Verehrer ja«, meinte ihre Mutter und wirkte

verärgert. »Aber nicht zum Heiraten. Markwith ist eine viel bessere Wahl. Du musst dir das noch einmal überlegen, meine Liebe. Er verkörpert alles, was wir uns für dich erhofft haben.«

»Ich liebe ihn allerdings nicht«, antwortete Gwen.

»Noch nicht, aber das wirst du wahrscheinlich mit der Zeit«, meinte Papa schroff. »Du wärst töricht, Somerton den Vorzug zu geben – wenn er dich wirklich heiraten will. Der Mann hat sich nicht einmal die Mühe gemacht, mir einen Besuch abzustatten.« Papa schniefte verächtlich. »Uns geht es nur um dein Glück.«

Es schmerzte Gwen, dass ihre Eltern Lazarus als unaufrichtig verurteilten, aber sie kannten nur seinen Ruf, und nicht den Mann, der er wirklich war. »Ich weiß, ihr haltet mich für hoffnungslos. Ihr wolltet mir nicht einmal eine Saison gewähren, aber ich habe euch schließlich zermürbt. Dann wäre es beinahe zu einer Katastrophe gekommen, denn ich bin ungeschickt und tollpatschig. Aber wisst ihr, wer mir die Saison gerettet hat? Lord Somerton. Er schenkte mir öffentliche Aufmerksamkeit, was andere Gentleman dazu veranlasste, ihr Interesses an mir zu bekunden, und er traf sich mit mir im Haus seiner Cousine, um mich zu beraten, wie ich am besten einen Ehemann anlocken könnte. Ohne seine Hilfe hätte ich nicht einmal Markwiths Aufmerksamkeit erregen können. Dank ihm war ich Ballkönigin im Phoenix Club. Warst du an diesem Abend nicht stolz auf mich, Mama?«

»Du hast dich mit ihm getroffen?«, flüsterte ihre Mutter. Etwas anderes hatte sie nicht gehört?

»Ja, aber nicht, um eine Affäre mit ihm zu haben. Wir haben uns zwar ineinander verliebt, aber das war nicht der Auslöser für unsere Beziehung. Wir haben unsere Gefühle zueinander erst begriffen, als wir bereits beschlossen hatten, uns nicht mehr zu treffen. Somerton war fest entschlossen, dass ich ihn nicht mehr brauchte. Er befürchtete, dass seine weitere Aufmerksamkeit und Hilfe meinem Ruf schaden könnte.« Sie konnte die Wahrheit über ihre Treffen nicht preisgeben – denn das war Lazarus´ Geheimnis, und nicht ihres.

»Wenigstens hat er so viel Anstand besessen«, murmelte ihr Vater. »Ich kann diese Ehe nicht unterstützen, Gwen. Er ist kein geeigneter Ehemann.«

Gwens Mutter sah sie flehend an. »Du musst wissen, dass er dich unglücklich machen wird. Er mag sagen, dass er dich liebt, aber ich bezweifle, dass er dir treu sein wird. Er wird dir das Herz brechen, mein liebstes Mädchen.«

»Nein, das wird er nicht. Ich weiß nicht, wie ich dir erklären soll, dass er mich liebt und es nicht ertragen kann, wenn ich einen anderen heirate.«

»Manche Männer wollen, was sie nicht haben können«, sagte ihr Vater düster. »Vertrau uns, Gwen. Du musst dich für Markwith entscheiden.«

Wieder richtete sie sich so hoch wie möglich auf und versuchte, eine einschüchternde Gestalt zu verkörpern. »Das kann ich nicht tun. Ich habe mich bereits für Somerton entschieden. Ich bin volljährig, und er ist der Mann, den ich heiraten werde. Ich bedaure zutiefst, dass Ihr nicht einverstanden seid, und hoffe, dass Ihr Eure Meinung ändern werdet.« In diesem Moment wusste Gwen, dass sie niemanden zwischen sich und Lazarus kommen lassen würde – ihre Eltern nicht und ganz bestimmt nicht Miss Worsleys Lügen. »Außerdem müsst ihr Markwith sagen, dass er sich in meinen Gefühlen geirrt hat. Ich habe ihm nie etwas versprochen, also muss die Entschuldigung von euch kommen.«

Das Gesicht ihres Vaters hatte wieder seine normale Farbe angenommen, aber jetzt rötete es sich wieder. Er holte tief Luft, und Gwen beschloss, dass sie gehen sollte, bevor sich die Lage weiter verschlechterte.

»Wo willst du hin?«, blaffte er, als sie die Tür erreichte.

»Ich gehe jetzt, bevor jemand etwas sagt, was er lieber nicht gesagt hätte. Ich bitte euch beide, auf mich und meine Gefühle Rücksicht zu nehmen. Ich habe einen wunderbaren Mann gefunden, den ich liebe und der meine Liebe erwidert. Ich werde eine Viscountess sein, aber was noch wichtiger ist, werde ich geschätzt und verehrt werden. Habt ihr euch das nicht am meisten für mich gewünscht?«

Beide starrten sie schmallippig an. Gwen drehte sich um und ging, ehe sie noch in Tränen ausbrechen würde. Sie hatte keine Zeit für Tränen oder Selbstmitleid. Außerdem gab es keinen Grund, sich selbst zu bemitleiden, nicht wenn sie kurz vor dem wahren Glück mit dem Mann stand, den sie liebte.

Schniefend beeilte sie sich, ihre Sachen zu holen, um Miss Worsley aufzusuchen. Es war an der Zeit, dass die junge Frau ihren betrügerischen Plan aufgab, Lazarus in die Falle zu locken, und sie der wahren Liebe den Sieg überließ.

KAPITEL 20

Lazarus stand mit Mr. Nott im Salon der Worsleys und wartete auf das Erscheinen von Mrs. Worsley. Er hatte die Antwort des Butlers, dass sie nicht kommen würde, nicht akzeptiert. Vielmehr war Lazarus hineingestürmt, hatte dem Butler seinen Titel an den Kopf geworfen und gesagt, es handele sich um eine Angelegenheit von großer Bedeutung.

Der Butler hatte ihn ohne Zögern in den Salon geführt.

Nott stand etwa abseits und wirkte noch nervöser, als bei Lazarus' Eindringen in seine Wohnung. »Haben Sie sich hier gestern mit Mrs. Worsley getroffen?«, fragte Lazarus.

»Nein«, antwortete Nott. »Ich bin kein Viscount. Man hat mich nicht durch die Eingangshalle gelassen. Ich brauchte viel mehr Überredungskunst, um eine Audienz zu bekommen.«

Lazarus zog eine Augenbraue in die Höhe. »Überredung oder Drohung?« Er ging von Letzterem aus, denn warum sonst hätte Mrs. Worsley einem Treffen mit ihm zugestimmt?

Anstatt einer Antwort richtete Nott den Blick auf den Boden.

Einen Moment später kam Mrs. Worsley in den Salon. Ihr Blick blieb zuerst auf Nott hängen. »Was machen Sie denn schon wieder hier?« Dann fiel ihr Blick auf Lazarus, der mehr in der Mitte des Raumes stand. »Sind Sie zusammen gekommen?«

»Das sind wir«, antwortete Lazarus wohlwollend. »Wir hatten vorhin ein informatives Gespräch, und ich habe ihn eingeladen, mich zu begleiten. Ich weiß, dass Sie ihn dafür bezahlt haben, nicht mit mir zu sprechen, aber ich habe ihm mehr bezahlt.«

Sie holte tief Luft und ihre Wangen färbten sich feuerrot. »Ich kann mir nicht vorstellen, warum Sie ihn hierher bringen. Sind Sie nicht gekommen, um Melissa einen Heiratsantrag zu machen?«

»Auf keinen Fall.« Mit welcher Genugtuung Lazarus seine Antwort genoss. »Ich finde ihre Denkweise amüsant, wenn man berücksichtigt, worüber Mr. Nott Bescheid weiß. Oder dachten Sie, ich hätte ihn aus einem anderen Grund mitgebracht? Vielleicht sind wir ja Freunde.« Er lachte und bemerkte, dass Nott sich ein Schmunzeln verkneifen musste.

Lazarus ernüchterte allerdings gleich wieder, als er seinem Ärger über die Machenschaften dieser Frau und ihre anhaltende Streitlust Luft machte. »Ich bin nicht hier, um Ihrer Tochter einen Heiratsantrag zu machen, denn ich bin nicht der Vater ihres Kindes. Das ist ein Tanzlehrer namens Tremblay, und diese Tatsache ist Ihnen sehr wohl bekannt.«

Sie starrte ihn an, ohne jedoch etwas zu sagen.

»Wo ist er?«, fragte Lazarus leise. »Wir, und damit meine ich mich und mehrere andere Personen haben ihn gesucht, aber er ist nirgends zu finden.«

»Ich bin sicher, dass ich das ebenfalls nicht weiß. Sie haben sich diese ganze Geschichte ausgedacht. Sie geben zu, dass Sie diesen Mann bezahlt haben. Haben Sie ihn bezahlt, damit er lügt und sagt, dass dieser Tanzlehrer der Vater von Melissas Kind ist?«

»Ich habe Ihre Intrigen satt«, brach es nun laut aus Lazarus heraus, denn seine Geduld war erschöpft. »Sie wissen sicher, dass Mr. Nott hier Tremblays musikalischer Assistent ist – oder war. Ich hoffe, Sie wissen auch, dass Tremblay eine Affäre mit Ihrer Tochter hatte, als er ihr Tanzlehrer war.« Nun trat Lazarus näher an Mrs. Worsley heran. »Ich weiß, dass Sie ihn entlassen und für sein Schweigen darüber, was zwischen ihm und Ihrer Tochter vorgefallen ist, bezahlt haben. Worauf ich allerdings keine Antwort habe, ist die Frage, warum Sie beschlossen haben, mir die Schuld an der Situation Ihrer Tochter anzulasten.«

Sie öffnete den Mund, aber Lazarus fuhr fort: »Und denken Sie gar nicht daran, irgendetwas zu leugnen. Bitte vergessen Sie nicht, dass ich Mr. Nott als Zeugen habe, und er ist bereit, Ihrem Mann und Ihrem Vater, Lord Haverstock, die Wahrheit zu sagen.«

Alle Farbe wich ihr aus dem Gesicht. »Sie würden meine Tochter ruinieren«, flüsterte sie gebrochen.

»Ich bin gegenüber den Problemen Ihrer Tochter nicht rücksichtslos, Mrs. Worsley, aber mich einzubeziehen, ist wahrhaftig nicht der richtige Weg, sie zu lösen.« Lazarus empfand aufrichtiges Mitgefühl mit dem Mädchen, und das insbesondere bei einer berechnenden Mutter wie Mrs. Worsley. »Ich gehe davon aus, dass ich nie wieder etwas von Ihnen oder ihr hören werde. Ich wünsche Ihnen allen viel Glück.«

Lazarus neigte den Kopf in Richtung Nott und ging um Mrs. Worsley herum zur Tür. Auf dem Weg zur Treppe drehte er sich nicht um.

»Das war sehr beeindruckend«, bemerkte Nott, als sie hinabstiegen. »Ich musste nicht einmal etwas sagen.«

»Ihre Anwesenheit allein hat gereicht«, entgegnete Lazarus. »Ich schulde Ihnen ein Empfehlungsschreiben.« Welches er nicht ohne erhebliche Anstrengung zu Papier bringen konnte. *Verflucht.*

Sie gingen von der Treppenhalle in die Eingangshalle, und Lazarus blieb kurz stehen. In der Mitte stand Gwen. Bei seinem Anblick formte sie ihre Lippen zu einem glücklichen Lächeln.

»Was machst du hier?«, fragte er und ging auf sie zu. Er freute sich so sehr, sie zu sehen, und konnte es kaum erwarten, ihr zu eröffnen, dass ihrem weiteren Weg kein Hindernis mehr im Wege stand.

Nun, er hoffte jedenfalls, dass ihr Weg frei war. Er fragte sich, ob sie Neuigkeiten über ihren Heiratsantrag an Markwith hatte.

»Ich bin gekommen, um mit Miss Worsley zu sprechen«, antwortete Gwen. »Ich habe meinen Eltern gerade mitgeteilt, dass ich dich heiraten werde, und da wurde mir klar, dass ich das andere Hindernis aus dem Weg räumen muss, das uns im Weg steht – Miss Worsleys unverschämte Behauptung. Ich hatte gehofft, sie würde ihre List aufgeben, wenn ich ihr erkläre, dass wir beide uns aufrichtig lieben.«

Nott stand linkes neben Lazarus und schniefte. »Das ist so schön«, murmelte er.

Lazarus lächelte, als Mrs. Worsley hinter ihm aufschrie. »Sie werden nicht der Ruin meiner Tochter sein!«

»Lazarus!«, kreischte Gwen und schubste ihn grob.

Der Schuss einer Pistole schallte in der Halle, und Lazarus sah mit Entsetzen, wie Gwens Gesicht den Schock registrierte. Sie umfasste ihren rechten Oberarm, als sie zusammenbrach.

Lazarus schaffte es irgendwie, nicht selbst zu fallen – sie hatte ihn sehr hart gestoßen –, sprang auf sie zu und fing sie auf, bevor sie zusammenbrach. »Gwen!«

Ein weiterer Schrei ertönte, und Lazarus sah, dass Nott Mrs. Worsley die Pistole entrissen hatte und auf sie gerichtet hielt.

»Es sind keine Kugeln mehr drin«, fauchte sie.

»Das ist mir egal«, entgegnete Nott mit zitternder Stimme. »Jetzt fühle ich mich besser.«

Ein Lakai war in der Nähe der Tür gewesen, der sich aber beeilt hatte, Gwen zu helfen. Lazarus sah ihn an. »Laufen Sie und holen Sie einen Arzt!«

»Es geht mir gut«, versicherte Gwen, als Lazarus sie in seine Arme schloss. »Es tut kaum weh.« Aber sie zuckte dennoch zusammen.

Lazarus blickte sich nach einer Stelle um, wo er Gwen hinbringen konnte. »Ich brauche ein Zimmer mit einem Liegestuhl oder einer Chaiselongue.«

»Hier drinnen«, sagte Miss Worsley und führte sie in einen Raum links von der Eingangshalle. Irgendwann musste sie erschienen sein.

»Ich muss mich nicht hinlegen«, beteuerte Gwen. »Es ist nur mein Arm.«

Lazarus trug Gwen zu einer Couch und setzte sie vorsichtig darauf ab. Mit der Linken stützte sie ihren rechten Arm. Ihr Ärmel war rot vom Blut. Er kniete sich neben das Sofa, löste seinen Krawattenschal, zog ihn vom Hals und schlang ihn vorsichtig um ihren Arm.

»Wir müssen das auf die Wunde drücken«, sagte er leise, während er ihren Arm hielt und dabei die Wärme ihres Blutes an seiner Handfläche fühlte, das durch das Tuch sickerte.

»Hol Wasser und Verbandszeug«, sagte Miss Worsley zu jemandem. »Mutter, komm her.«

Einen Moment später taumelte Mrs. Worsley mit aschfahlem Gesicht ins Wohnzimmer. Nott folgte ihr, wobei er die leere Pistole weiter auf sie gerichtet hielt.

»Setz dich«, fuhr Miss Worsley ihre Mutter an.

Die Frau tat wie ihr geheißen, was Lazarus überraschte. »Wie konnten Sie nur auf meine Verlobte schießen?«, brüllte Lazarus.

»Ich habe versucht, *Sie* zu erschießen«, murmelte Mrs. Worsley.

»Mama!« Miss Worsleys Schultern wurden von einem Beben erfasst, und ein leises Schluchzen drang über die Lippen. »Wie konntest du dich nur dazu hinreißen lassen?«

»Ich hatte keine andere Wahl.«

»Natürlich hatten Sie eine Wahl«, meldete Gwen sich zu Wort, wobei sie zusammenzuckte, als sie sich gegen die Rückenlehne des Sofas zurücksinken ließ.

»Was gerade passiert ist, tut mir so leid«, beteuerte Lazarus und gab Gwen einen Kuss auf die Schläfe. »Was hast du dir nur gedacht, mich aus dem Weg zu schubsen?«

»Ich dachte, ich wollte dich lieber heiraten anstatt zu Grabe tragen. Wenn du dich nicht bewegt hättest, hätte dich ihre Kugel genau in den Rücken getroffen.«

»Das kannst du nicht wissen.«

»Du auch nicht«, gab Gwen düster zurück. Dann bekamen ihre Gesichtszüge eine weichere Form und er dachte schon, sie würde weinen. »Ich könnte es nicht ertragen, dich zu verlieren.«

»Auch ich kann dich nicht verlieren.« Zärtlich fuhr Lazarus mit seinen Lippen über die ihren. Doch dann richtete er seine Aufmerksamkeit wieder auf Mrs. Worsley. »Warum haben Sie auf mich geschossen?«

»Weil Sie sich geweigert haben, Melissa zu heiraten. Sie *muss* heiraten.«

»Dann verheiraten Sie Ihre Tochter doch mit Tremblay«, konterte Lazarus.

»Er wollte mich nicht heiraten«, flüsterte Melissa leise. »Seine Liebe zu mir war nicht so stark wie meine zu ihm. Als meine Mutter ihn in Haverstock Hall entließ, prophezeite ich ihr, dass er zu mir zurückkommen würde. Das hat er aber nicht getan, weil sie ihn dafür bezahlt hat, mir fernzubleiben.«

Mrs. Worsleys hatte ihren Kiefer fest zusammengepresst und die Adern an ihrem Hals traten deutlich hervor.

»Sie hat ihn auch dafür bezahlt, Schweigen über den Vorfall zu bewahren«, fügte Nott hinzu.

»Warum haben Sie mich in die Sache hineingezogen?«, fragte Lazarus.

Mit Tränen in den Augen erwiderte Melissa seinen Blick. »Als ich meiner Mutter von dem Baby erzählte, war es bereits März. Ich war schon einige Monate schwanger. Ich war so töricht, dass ich nicht begriffen hatte, was passiert war. Mama berechnete die Daten und entschied, dass jemand von der Fuchsjagd als Vater in Frage kommen könnte, obwohl das Kind ein paar Wochen vorher gezeugt worden war. Sie entschied sich für Sie, weil sie Sie eines Nachts beobachtet hatte, wie sie in einem sehr betrunkenen Zustand zurückgekommen sind. Dann hat sie behauptet, dass es einfach wäre, einen Mann wie Sie davon zu überzeugen, dass das Kind von ihm stammt.«

Lazarus verengte seine Augen auf Mrs. Worsley. »Wie haben Sie mich gesehen? Shefford und ich sind bei Tagesanbruch zurückgekehrt.«

»Sie hat sich aus dem Zimmer ihres Liebhabers gestohlen«, meinte Miss Worsley bitter und warf ihrer Mutter einen bösen Blick zu. »Aber *ich* bin die Unmoralische.«

»Was Sie da versucht haben, ist verabscheuungswürdig«, brachte Gwen hervor und blickte Mrs. Worsley vorwurfsvoll an.

»Und wo ist Mr. Tremblay?«, fragte Lazarus. »Haben Sie zufällig auch auf ihn geschossen?«

»Nein.« Mrs. Worsley warf Nott einen höhnischen Blick zu. »Nachdem ich Nott gestern bezahlt hatte, ging ich zu Tremblay. Ich habe ihm mehr Geld gegeben, damit er London sofort verlässt.«

»Wen werde ich jetzt heiraten, Mama?«, fragte Miss Worsley lachend, und Lazarus fragte sich, ob es nun endgültig um ihrem Verstand geschehen war.

»Niemanden«, fauchte Mrs. Worsley. »Du wirst aufs Land gehen und das Balg zur Welt bringen. Dann kommst du in der nächsten Saison zurück. Wenigstens ist dein Zustand nicht allgemein bekannt geworden.« Sie blickte zu Lazarus und Gwen. »So ist es doch?«

»Ich habe keine Sterbenswort gesagt«, antwortete Lazarus. »Ich möchte Miss Worsley keinen weiteren Schaden zufügen. Schwieriger wird allerdings die Tatsache vor der Öffentlichkeit zu verbergen sein, dass Sie auf Miss Price geschossen haben.«

»Das denke ich nicht, solange keiner hier ein Wort darüber verlauten lässt.« Mrs. Worsleys Augen bekamen einen durch und durch machiavellistischen Ausdruck.

»Ich denke, Sie sollten jemanden zur Bow Street schicken«, sagte Nott zu Lazarus.

»Das dürfen Sie nicht tun!«, entrüstete sich Mrs. Worsley.

»Nein, das können wir nicht«, stimmte Gwen zu. Sie streckte ihren unverletzten Arm aus und berührte Lazarus mit ihrer Hand am Arm, ehe sie dann flüsterte: »Denken wir an Miss Worsley. Sie hat bereits unter schlimmen Konsequenzen für ihre Taten zu leiden. Es würde mir sehr widerstreben, wenn sie dann auch noch für die Taten ihrer

Mutter zu büßen hätte. Ich werde behaupten, ich hätte mir diese Verletzung von einen herabfallenden Buch zugezogen. Oder etwas Ähnliches.« Sie schenkte Lazarus ein schwaches Lächeln.

»Du bist weitaus großherziger als ich«, murmelte er und küsste sie auf die Stirn. »Allerdings kann ich wirklich nicht widersprechen, dass Miss Worsley schon genug zu erdulden hat.« Damit drehte er seinen Kopf zu Mrs. Worsley. »Um Ihrer Tochter willen werden wir Bow Street aus der Sache heraushalten. Keinesfalls um Ihretwillen«, fügte er scharf hinzu.

»Sind Sie sicher, dass Sie das tun wollen?«, fragte Nott. »Die Frau ist eine Bedrohung.«

»Meiner Verlobten und mir ist daran gelegen, Miss Worsleys Kummer nicht noch schlimmer zu machen.« Lazarus richtete seinen schmalen Blick wieder auf Mrs. Worsley. »Wenn Sie jedoch in Zukunft meiner Frau noch einmal zu nahe kommen, werden Sie das bereuen. Ich rate Ihnen, eine sehr lange Zeit mit Ihrer Tochter auf dem Land unterzutauchen.«

Mrs. Worsley nickte bei seinen Worten ohne jedoch besonders erfreut darüber auszusehen.

»Ich danke Ihnen, Mylord«, meinte Miss Worsley. »Ich weiß Ihre Großzügigkeit sehr zu schätzen.«

Gwen sah zu Miss Worsley auf. »Ich bedauere, dass Sie an einen wahren Halunken geraten sind, mit dem Sie sich dann eingelassen haben. Dafür gibt es Regeln. Ich werde Ihnen eine Kopie davon für Ihre Zukunft schicken.«

Miss Worsley schien darüber verwirrt zu sein.

»Später bekommen Sie von ihr eine Erklärung«, versicherte Lazarus Miss Worsley.

Der Arzt traf kurz darauf ein und versorgte Gwens verwundeten Oberarm mit einem Dutzend Stichen. Er verschrieb ihr Laudanum oder starken Alkohol gegen die

Schmerzen und ordnete an, sie solle den Arm für den nächsten Tag hoch lagern.

Als er gegangen war, wandte sich Gwen an Miss Worsley. »Ich werde den Leuten sagen, ich hätte Sie aufgesucht, nachdem ich Sie neulich auf dem Ball getroffen habe, damit wir uns besser kennenlernen. Als ich dann hier bei Ihnen war, waren Sie so freundlich, mir Ihre Bibliothek zu zeigen – haben Sie denn eine Bibliothek?« Auf Miss Worsleys Nicken hin fuhr Gwen fort. »Bei dem Versuch, ein Buch aus einem der höheren Regale zu nehmen, habe ich dabei versehentlich einige verrutscht, die mir dann auf den Arm gefallen sind. Niemand wird sehen können, dass ich eine Wunde habe, die zu dieser Beschreibung gar nicht passt.«

»Diese Umstände würden Sie sich für mich machen?«, fragte Miss Worsley ein bisschen ungläubig. »Nach allem, was ich Ihrem Verlobten anzutun versucht habe?«

»Ich verstehe, dass Sie aus Verzweiflung gehandelt haben und wahrscheinlich Ihrer Mutter gefallen wollten. Ich weiß, wie es ist, wenn wir danach streben, unsere Eltern stolz auf uns machen zu wollen. Das ist einerseits ein sinnvolles Bestreben, aber andererseits ist es letztendlich wichtiger, auf sich selbst zu hören und auf die Entscheidungen stolz zu sein, die man selbst trifft.«

»Ich bin auf meine Taten in den letzten Monaten wirklich nicht stolz«, meinte Miss Worsley leise aber mit scharfer Bitterkeit.

»Sie können einen neuen Anfang machen«, entgegnete Gwen. »Ihr Verhalten in der Vergangenheit muss Ihre Zukunft nicht bestimmen.« Als sie zu Lazarus blickte, wurde ihm ganz eng um die Brust. Wie hatte er nur so viel Glück verdient, eine Frau wie sie zu finden, geschweige denn ihre Liebe zu gewinnen?

»Gehen wir, Liebste«, forderte Lazarus sie auf. »Ich werde dich auf meinen Armen zur Kutsche tragen.«

»Das ist nicht nötig.«

»Das ist es ganz bestimmt.« Behutsam hob er sie hoch und trug sie nach draußen. Nott folgte ihnen, und Lazarus bot ihm an, ihn in seiner Kutsche mitzunehmen.

»Danke, aber ich werde mir eine Droschke nehmen«, meinte Nott mit einem Lächeln.

»Ich schulde Ihnen dieses Empfehlungsschreiben«, meinte Lazarus. »Und wahrscheinlich noch mehr Geld.«

»Ganz und gar nicht. Es war mir ein Vergnügen, zu helfen.« Nott sah Gwen an, die sich in Lazarus' Arme schmiegte. »Ich hoffe, Sie sind bald wieder wohlauf, Miss. Und darf ich mich für Mr. Tremblays Verhalten und meine mangelnde Einmischung entschuldigen?«

»Für Mr. Tremblays Betragen müssen Sie sich nicht entschuldigen«, entgegnete Gwen herzlich. »Die andere Entschuldigung werde ich allerdings akzeptieren. Ich danke Ihnen.«

Lazarus trug Gwen zur Kutsche und ließ sie vorsichtig auf die Sitzbank sinken. Sie zog eine leichte Grimasse, obwohl sie vorher einen Schluck Rum getrunken hatte, denn als der Arzt sich anschickte, ihre Wunde zu nähen, hatte Miss Worsley ein kleines Glas für sie bereitgestellt.

»Was soll ich nur meinen Eltern sagen?«, fragte Gwen, als die Kutsche vor ihrem Haus vorfuhr.

»Wahrscheinlich solltest du ihnen besser nichts davon sagen, dass du angeschossen wurdest. Sie werden entsetzt sein.«

»Von einer Kugel gestreift«, korrigierte Gwen. »Keinesfalls kann ich mit gutem Gewissen sagen, dass es sich um eine echte Schusswunde handelt.« Sie begegnete seinem Blick allerdings voller Sorge, und sein Lächeln schwand aus seinem Gesicht. »Meine Eltern *sind* entsetzt, dass wir heiraten werden. Sie sind felsenfest davon überzeugt, dass du mir das Herz brechen wirst, obwohl ich ihnen das Gegenteil versichert habe.«

»Das würde ich nie fertigbringen«, schwor er. »Unsere Herzen sind jetzt vereint, und wenn deines zerbricht, wird auch meines zerbrechen.«

Sie hob ihren Blick zu ihm. »Jetzt klingst du wie ein romantischer Dichter.«

»Du inspirierst mich zu Worten der Liebe und der Schönheit.« Er küsste ihre Schläfe. »Wenn du lieber mit der Heirat warten möchtest, damit sich deine Eltern an den Gedanken gewöhnen können, habe ich keine Einwände.«

»Nein!« Die Vehemenz ihrer Antwort schockierte ihn.

»Gib acht, sonst machst du noch die Näharbeit des Arztes zunichte«, riet Lazarus.

»Wir wollen so bald wie möglich heiraten. Wann genau kann das sein?«

»Ich kann die Lizenz morgen erwirken. Heute möchte ich nicht von deiner Seite weichen.«

»Ich würde ja vorschlagen, dass du sie auf der Stelle beschaffen musst, aber ich habe nichts dagegen, dass du bei mir bleiben willst. Sollen wir die Zeremonie für Mittwoch ansetzen?«

Das wäre zwar das Beste, da er nicht bei den Lords sein musste – wo er in Kürze erscheinen sollte, aber nicht zwingend musste –, aber er wusste, dass seine Mutter am Boden zerstört wäre, wenn sie bei der Hochzeit nicht dabei sein könnte. Über den Umstand, dass ihr Sohn heiratet, wäre sie schon schockiert genug. Auf keinem Fall würde sie dies versäumen wollen.

»Meine Mutter wird hier sein wollen«, sagte Lazarus. »Wenn ich sie sofort benachrichtige, könnte sie vielleicht am Mittwochnachmittag eintreffen. Sie ist noch immer in Kent bei meiner mittleren Schwester.«

»Die, die vor kurzem das Kind zur Welt gebracht hat«, meinte Gwen mit einem Nicken. »Ja, wir müssen auf deine Mutter warten. Sagen wir Freitag, nur um sicherzugehen?«

»Donnerstag sollte genügen.« Das war allerdings der Tag, an dem er seine Rede halten sollte. Sie konnten am Morgen heiraten, wie es von ihnen erwartet wurde. Vielleicht würde ihm das Glück bringen.

Sie holte tief Luft, und er befürchtete schon, sie litte große Schmerzen. Doch dann sagte sie: »Du wirst am Donnerstag deine Rede halten. Wir sollten bis Freitag warten.«

Er küsste sie. »Nein. Donnerstag ist perfekt.«

»Hast du die gesamte Rede auswendig gelernt?«, fragte sie.

»Ich glaube schon, aber ich muss gestehen, dass ich sie in den vergangenen Tagen nicht als Priorität erachtet habe.«

»Dann werden wir genau das tun, und zwar von heute an«, erklärte sie entschlossen.

»Glaubst du, deine Eltern lassen mich so lange in deiner Gesellschaft verweilen?«

»Das werden sie, wenn sie an unserer Hochzeitsfeier teilnehmen wollen.« Ihre Augen verengten sich ein wenig.

Er legte eine Hand an seine Brust. »Meine geliebte Ehefrau in spe, du kannst gehörig furios sein.«

Mit ihrer freien Hand streichelte sie seinen Kopf. »Wenn es um dein Wohl geht, tue ich alles Notwendige, und zwar auf jede erforderliche Art und Weise.«

Er antwortete ihr mit einem verschmitzten Lächeln. »Wie ich diese herrische Seite an dir liebe.«

Ihre Augen funkelten verheißungsvoll. »Ich weiß.« Sie blickte aus dem Fenster. »Wir sind angekommen, leider.

Lass uns gehen und ihnen die zweitschockierendste Nachricht des Tages überbringen.«

Lazarus lachte. »Ich liebe dich, meine süße Gwen.«

»Hoffentlich hörst du nie damit auf.«

Er küsste sie kurz, aber leidenschaftlich, und als er ihr dann wieder in die Augen sah, schwor er: »Das werde ich niemals tun.«

~

Lazarus entstieg der Kutsche und hob die Arme. »Ich bin bereit.«

Gwen schüttelte den Kopf. »Du wirst mich nicht ins Haus tragen. Das würde meine Mutter in helle Aufregung versetzen. Du darfst mich begleiten.«

Er runzelte die Stirn. Tief. »Es ist mir egal, was deine Mutter denkt oder macht.«

»Um ehrlich zu sein, besteht keine Notwendigkeit, dass du mich trägst«, erklärte Gwen. »So reizvoll das auch ist. Bitte lass mich einfach zu Fuß gehen. Wenn ich mich schwach fühle, werde ich es dir sofort sagen.«

Seufzend ließ er die Arme sinken. »Gut. Aber ich bin anderer Meinung.«

Gwen konnte sich ein Lächeln nicht verkneifen. »Zur Kenntnis genommen.« Sie reichte ihm die Hand ihres unverletzten linken Arms und erlaubte ihm, sie im Grunde aus der Kutsche zu heben.

Er legte seinen Arm um ihre Taille und stützte sie, als sie zur Tür gingen. »Alles in Ordnung?«

»Ja.« Ihr Arm schmerzte immer noch, aber so schlimm war es nicht. Der Rum hatte wahrscheinlich geholfen. Das Laudanum, das sie vom Arzt erhalten hatte, wollte sie nicht unbedingt einnehmen, also würde sie sehen, welche Alkoholika sie von ihrem Vater bekommen konnte.

Lake öffnete die Tür und schnappte sofort nach Luft, wobei sich seine buschigen grauen Brauen zusammenzogen. »Meine Güte, Miss Price! Was ist denn passiert?«

»Nur eine kleine Verletzung«, sagte sie lächelnd.

»Sie muss sich ausruhen«, sagte Lazarus.

Gwen nahm ihren Hut ab und reichte ihn Lake. »Bitte sagen Sie meinen Eltern, dass ich mich in meinem Zimmer ausruhen werde. Wenn sie mich besuchen möchten, sind sie herzlich dazu eingeladen.«

»Ist Gwen wieder da?« Die Stimme ihrer Mutter drang in die Eingangshalle, kurz bevor sie sie betrat. Ihr Keuchen klang lauter als das von Lake, und sie schlug sich die Hand vor den Mund, während ihre Augen groß wie Untertassen wurden. »Was ist passiert?« Sie blickte zu Lazarus.

»Es geht mir gut, Mama«, antwortete Gwen, die nach ihrem früheren Gespräch wenig Geduld für sie aufbrachte. »Lazarus wird mir in mein Zimmer helfen, wo er so lange bei mir bleiben wird, wie ich es für richtig halte. Morgen früh wird er unsere Heiratslizenz einholen.«

»Herzlichen Glückwunsch, Miss«, gratulierte Lake mit freudigem Blick.

»Danke, Lake«, meinte Gwen, die froh war, überhaupt von *jemandem* unterstützt zu werden. »Lazarus, lass uns nach oben gehen.«

Er half ihr zur Treppe, die an der Rückseite der Eingangshalle lag, und langsam gingen sie hinauf. Gwens Mutter folgte hinter ihm. »Lake, holen Sie bitte Mr. Price. Gwen, was ist passiert?«

In der Kutsche hatten sie beschlossen, ihren Eltern die Wahrheit zu sagen. Gwen wollte sie nicht anlügen. »Es ist eine überaus unschöne Geschichte, aber alles ist gut ausgegangen. Ich bin außer Gefahr und gesund, und Lazarus und ich werden am Donnerstag heiraten.«

»Donnerstag?«, stammelte ihre Mutter.

Als sie den Treppenabsatz erreichten, bat Gwen Lazarus um eine kurze Verschnaufpause und fügte hinzu: »Nur noch eine Treppe.«

»Zum Teufel damit«, murmelte er, als er sie in seine Arme nahm und die nächste Treppe hinauftrug.

Gwen hielt ihren rechten Arm über ihre Mitte und wies ihm den Weg in ihr Zimmer. Drinnen angekommen, setzte er sie auf die Bettkante. »Ich danke dir.« Sie traf seinen Blick und ihr war schwindlig vor Liebe und der Liebe, die sie in seinen Augen widergespiegelt sah.

Lazarus begann, ihre festen Stiefel aufzuschnüren, während ihre Mutter ihn anstarrte.

»Gwens Kammerzofe kann das übernehmen«, sagte ihre Mutter und schien entsetzt zu sein.

»Ihre Kammerzofe ist im Moment nicht anwesend«, entgegnete Lazarus freundlich. »Als ihr zukünftiger Ehemann stört es mich nicht im Geringsten, diese Aufgabe zu erledigen.« Er warf Gwen einen vielsagenden Blick zu, und sie wünschte sich sehnlichst, ihre Mutter wäre nicht anwesend.

»Was höre ich da von einer Verletzung und einer Hochzeit?«, dröhnte die Stimme von Gwens Vater, als er das Schlafzimmer betrat.

»Das werde ich erklären«, erbot sich Gwen, als Lazarus ihre Beine auf das Bett hob und Kissen in ihrem Rücken platzierte, damit sie sich an das Kopfteil lehnen konnte. Dann begann sie ihren detaillierten Bericht über den Versuch der Worsleys, Lazarus zu einer Ehe zu nötigen. Als sie zu der Stelle kam, in der es darum ging, dass Tremblay der Vater des Babys war, musste sich Gwens Mutter auf einen Stuhl neben dem Kamin setzen.

»War das nicht dein Tanzlehrer?«, fragte Gwens Vater.

»Kurzzeitig«, sagte Gwen. »Allerdings hat mir sein

Verhalten nicht gefallen, und ich habe Mama gesagt, dass ich ihn nicht wiedersehen möchte.«

»Ich hätte nach der ersten Stunde auf dich hören sollen«, sagte Mama, deren Gesicht einen beinahe grauen Farbton angenommen hatte.

Gwen sah Lazarus an, der neben dem Bett stand, während seine Hand neben ihrem unverletzten Arm auf der Bettdecke ruhte. »Du kannst dich setzen, wenn du willst«, sagte sie leise zu ihm und neigte den Kopf in Richtung eines Stuhls, den er an das Bett heranziehen konnte.

»Wenn sie gehen«, flüsterte er mit einem Augenzwinkern.

»Du hast deine Verletzung noch nicht erklärt«, bemerkte ihr Vater mit einem strengen Stirnrunzeln.

»Erlaubst du mir, diesen Teil zu erzählen?«, fragte Lazarus an Gwen gewandt. »Ich denke, dein Heldentum wird mehr glänzen, wenn ich das Erzählen übernehme.«

Gwen grinste. »Ganz bestimmt.«

Lazarus berichtete von seinem Besuch bei Tremblays musikalischem Assistenten, was für Gwen neu war. Sie hatte sich gefragt, warum der Mann dort war, aber es war keine Zeit gewesen, diese Frage zu stellen. Dann erklärte Lazarus, wie er Mrs. Worsley mitgeteilt hatte, dass er ihre Tochter nicht heiraten würde. Sie war verärgert, aber Lazarus hätte nie vermutetet, dass sie zu Gewalttätigkeit neigte. Dann erzählte er weiter, wie er dort Gwen begegnet war und was danach geschah, als Mrs. Worsley auf sie geschossen hatte.

Gwen fürchtete um ihren Vater, dessen Kopf zu platzen drohte. Sie hatte sein Gesicht noch nie so rot gesehen. Und zitterte er etwa?

»Was hast du dir dabei gedacht, dich so in Gefahr zu begeben?«, fragte er erbost.

»Ich habe sie das Gleiche gefragt«, meinte Lazarus.

»Gut«, grunzte ihr Vater.

»Papa, ich bin sicher, du hättest dasselbe für Mama getan. Wir denken nicht nach, wenn wir den Menschen, den wir am meisten lieben, in Gefahr sehen. Wir handeln einfach.« Sie zuckte kurz mit den Schultern, doch dann fuhr sie zusammen, als ein Schmerz in ihren rechten Arm schoss.

»Oh, mein armes Kind, du musst dich ausruhen«, brachte ihre Mutter eindringlich hervor.

»Wir müssen nach einem Arzt schicken.« Ihr Vater ging zur Tür.

»Das ist nicht notwendig«, bemerkte Lazarus. »Sie wurde bereits untersucht, genäht und mit Rum beruhigt.«

»Genäht?«, fragte ihre Mutter mit leiser Stimme.

»Mir geht es gut, Mama. Wirklich. Es tut kaum weh.«

Lazarus blickte auf Gwen herab. »Du musst dich ausruhen.« Dann hob er den Kopf und wandte sich an ihre Eltern. »Wir haben beschlossen, Bow Street nicht zu benachrichtigen. Niemand will einen Skandal, und Miss Worsley hat schon sehr viel gelitten.«

»Sie hat versucht, Sie zur Heirat zu zwingen«, merkte Gwens Vater an. »Ich würde nicht so wohlwollend sein.«

Gwen sah zu ihrem Vater. »Papa, wir möchten einfach einen Schlussstrich darunter ziehen. Wir wollen uns nur auf unsere bevorstehende Hochzeit konzentrieren.«

Lazarus sah ihren Vater unverwandt an. »Wir hoffen, dass Sie sich für uns freuen.«

Ihr Vater warf Lazarus einen bösen Blick zu. »Ich erwarte, dass Sie sie glücklich machen, und zwar nicht nur kurzfristig, bis Ihr Interesse an meiner Tochter erlischt.«

Gwen spürte, wie Lazarus sich anspannte, und nahm das schnelle Pochen seines Pulses an seinem Nacken wahr. »Papa, das wird nicht passieren.«

»Bei meinem Leben nicht«, schwor Lazarus. »Ich liebe

Gwen mit allem, was ich bin. Ich hätte mir nie vorstellen können, einmal eine Frau zu finden, die so wunderbar ist wie sie, und ich werde meine Tage damit verbringen, mir ihre Liebe zu verdienen.«

Gwens Mutter lächelte, doch dann schniefte sie. Das Stirnrunzeln ihres Vaters glättete sich.

»Mama, würdest du bitte die Vorbereitungen für die Hochzeitszeremonie am Donnerstagmorgen treffen? Wir werden nicht frühstücken können, da Lazarus an diesem Tag eine wichtige Rede bei den Lords halten muss. Wir können ein Abendessen oder eine andere Feier zu einem anderen Zeitpunkt veranstalten.« Gwen wusste, wie wichtig das für ihre Eltern war.

Ihre Mutter erhob sich und nickte. »Ich werde mich um alles kümmern, auch um ein neues Kleid.«

»Mama, ich brauche kein neues Kleid«, entgegnete Gwen, wobei sie versuchte, die Augen nicht zu verdrehen.

»Natürlich braucht du ein neues Kleid. Es ist deine Hochzeit.« Ihre Mutter kam auf die andere Seite des Bettes und beugte sich darüber, um Gwen auf die Stirn zu küssen. Dankbar sah sie zu Lazarus hinüber. »Danke, dass Sie sich um unsere Tochter gekümmert haben.«

»Das ist jetzt mein wichtigster Lebensinhalt.«

»Mehr können wir uns nicht wünschen«, sagte ihre Mutter. Sie blickte zu Gwens Vater, der unmerklich nickte.

Einen Moment später waren ihre Eltern gegangen, und Gwen schloss kurz die Augen. »Gott sei Dank«, flüsterte sie. Mit einem Blick auf Lazarus fügte sie hinzu: »Ich habe mir Sorgen gemacht, dass es eine Szene geben würde.«

»Ich bin froh, dass das nicht passiert ist – um deinetwillen.« Er strich ihr eine Haarsträhne hinters Ohr. »Bevor ich gehe, sollte ich dir noch sagen, dass ich ein Empfehlungsschreiben für Nott verfassen muss. Er zieht nach Bath um und wird sich dort um eine Stelle bemühen. Das war einer der Gründe, wie ich ihn überredet habe, mich zu Mrs. Worsley zu begleiten. Aber nachdem er mir heute geholfen hat, bin ich gerne bereit, es zu verfassen.«

»Aber du machst dir Sorgen wegen des Schreibens«, sagte Gwen und nahm seine Hand. »Ich werde dir helfen, obwohl ich es auch nicht schreiben kann, wegen meines Arms. Zumindest nicht heute. Du musst es selbst schreiben.«

»Jetzt kommandierst du mich schon wieder herum.« Er grinste. »Bitte hör nie wieder damit auf.«

KAPITEL 21

Sie alle gaben sehr überzeugende Gentlemen ab, jedenfalls aus Gwens Sicht. Dass sie in wenigen Stunden von der Braut zum verkleideten Gentleman geworden war, amüsierte sie sehr. Aber sie hätte alles getan, um Lazarus bei seiner Rede zu sehen. Dazu war es notwendig, sich als Mann zu verkleiden, denn Frauen durften im Oberhaus nicht auf die Galerie.

Es überraschte sie nicht, dass ihre Freundinnen – Tamsin, Min, Ellis und Jo – darauf bestanden hatten, bei ihrem tollkühnen Plan dabei zu sein. Nun würden sie also warten, bis Lazarus seine Rede hielt, wann auch immer das geschehen würde. Da das Parlament bis tief in die Nacht arbeiten konnte, hoffte Gwen, es würde nicht zu spät werden.

»Wir hätten dir wenigstens eine Blume ans Revers stecken sollen«, meinte Min, als sie zusammen mit einer Gruppe von Mitgliedern des Unterhauses hinter der Barriere ihre Plätze einnahmen. »Ich kann nicht glauben, dass du so deinen Hochzeitstag verbringst.«

»Etwas Besseres kann ich mir gar nicht vorstellen«,

meinte Gwen daraufhin ernsthaft. Ihrer Meinung nach war das wirklich perfekt.

»Ich wünschte, ihr hättet alle gesehen, wie hübsch Gwen aussah«, sagte Tamsin. Als Lazarus´ Cousine war sie die einzige von Gwens Freundinnen, die eingeladen worden war. Gwens Mutter hatte darauf bestanden, dass nur die Familie teilnehmen durfte. Gwen war nur froh, dass Lazarus' Mutter noch rechtzeitig angekommen war. Seine älteste Schwester, die in der Nähe von London lebte, war ebenfalls bei der Zeremonie anwesend gewesen.

»Ich verstehe, warum wir nicht eingeladen wurden, aber ich bin trotzdem ein bisschen traurig darüber.« Min schniefte.

»Meine Mutter plant für nächste Woche eine Dinnerparty, zu der ihr alle eingeladen seid.«

»Mich eingeschlossen?«, fragte Jo mit einem schiefen Lächeln. »Ich werde nicht im Geringsten beleidigt sein, wenn ich keine Einladung erhalte.«

»Du stehst auf jeden Fall auf der Liste der geladenen Gäste«, versicherte Gwen ihr. »Ich hoffe, du kannst kommen. Ich weiß, dass du an den meisten Abenden im Siren's Call bist.«

»Ja, aber meine Mutter wird wahrscheinlich darauf bestehen, dass ich die Einladung annehme, wenn ich ihr davon erzähle. Ihrer Ansicht nach verbringe zu viel Zeit im Siren's Call.« Jo zuckte mit den Schultern.

Ellis beugte sich um Min herum und sah Jo an. »Würdest du das nicht tun, wärst du vielleicht nicht so hervorragend gewappnet gewesen, um Gwen und Somerton bei diesem schrecklichen Debakel mit den Worsleys zu helfen.«

In der Kutsche auf dem Weg nach Westminster hatte Gwen die gesamte Worsley Affäre erläutert, was bei ihren Freundinnen Empörung und Entsetzen hervorgerufen hatte. Auf keinen Fall wollte sie ihren Freundinnen die Wahrheit vorenthalten.

»Ich kann immer noch nicht fassen, dass sie auf dich geschossen hat«, brachte Tamsin mit einer leichten Grimasse hervor. »Und auch nicht, dass du drei Tage später eine frisch verheiratete Frau bist.«

»Oder dass du Mrs. Worsley davonkommen lässt«, fügte Jo hinzu.

»Das geschah, weil es das Richtige für Miss Worsley war. Sie hat schon genug auszuhalten und muss noch ein Baby zur Welt bringen«, meinte Gwen.

»Wie geht es deinem Arm?«, fragte Min.

»Es ist eigentlich nicht schlimm.« Gestern hatte ihr der Arm doch sehr wehgetan, und Gwen war froh, dass der heutige Tag für die Hochzeit festgelegt worden war. Heute fühlte sie sich bereits weitaus besser. Die Wunde war mit einem frischen Verband unter ihrem Unterhemd verbunden.

Als die Sitzung begann, verstummten sie alle. Es sollte eine Debatte über ehemalige Soldaten geben, und Lazarus erhob sich, um seine Rede zu halten.

Eine Bewegung auf der rechten Seite weckte Gwens Aufmerksamkeit. Einige weitere Gentlemen waren eingetreten. Einer darunter war ihr Vater. Sie drehte sich so, dass er sie nicht sehen konnte, dann flüsterte sie Tamsin zu, sie solle sich auf ihre andere Seite stellen, damit ihr Vater sie nicht sehen konnte.

Mit großen Augen schob sich Tamsin in ihre neue Position. Dann hob sie ihre Hand und schien dahinter leise zu kichern. Gwen konnte sich ein Grinsen ebenfalls nicht verkneifen – es war ein schreckliches Risiko, das sie hier eingingen aber eines, das sie gerne auf sich nahm.

Nach seiner Begrüßung an die Parlamentsmitglieder sprach Lazarus eine Widmung aus. »Ich widme die Rede,

die ich gleich halten werde, meiner reizenden frisch ange-
trauten Frau, Gwendolen. Ja, seit heute Morgen bin ich
nicht mehr der rücksichtslose Halunke.« Es gab Gemurmel
und Gelächter.

»Ich bin der Beweis, dass die Liebe einen Menschen
verändern kann. Als ich Gwen kennenlernte, fand ich nicht
nur eine brillante Ehefrau, sondern eine echte Partnerin in
allem. Sie hat meine Hoffnung geweckt, wo ich kaum
welche hatte, denn ich habe mein ganzes Leben lang mit
dem Lesen zu kämpfen gehabt.«

Gwen holte tief Luft, schlug sich aber schnell die Hand
vor den Mund. Was tat er da?

»Einige haben mich als unseriös angesehen oder mir
eine mäßige Intelligenz nachgesagt und ich glänzte in
diesem schönen Saal eher durch Abwesenheit. Doch heute
widme ich mich erneut meiner Pflicht und teile mit Ihnen
allen die Herausforderung, der ich mich lange Zeit nicht
gestellt habe.«

Er holte tief Luft und blickte kurz zu Boden, bevor er
fortfuhr. »Ich hatte schon immer Probleme mit dem Lesen.
Ich kann lesen, aber nur sehr langsam, und es ist mühsam.
Als ich noch ein Kind war, hat mein Vater alles in seiner
Macht Stehende getan, um mir zu helfen. Ich machte lang-
same, aber stetige Fortschritte. Nach seinem Tod habe ich
mich in diesem Bereich nicht weiter verbessert. Er war der
einzige Mensch, der um meine Defizite wusste und sie
verstand. Aber er hat mir nie das Gefühl gegeben, unzu-
länglich zu sein.«

Gwen merkte, wie ihr die Tränen über die Wangen
liefen. Hastig wischte sie sie ab, damit niemand den
sonderbaren Gentleman weinen sah.

»Als ich vor kurzem meine geliebte Frau besser
kennenlernte, beschloss ich, mich ihr mit meinen Schwierigkeiten anzuvertrauen, denn sie ist außerordentlich bril-

lant. Sie kann mehrere Bücher an einem Tag lesen.« Er lächelte, und Gwen hatte das Gefühl, ihr würde das Herz zerspringen.

»Es überrascht nicht, dass sie eine Methode ersonnen hat, die mir helfen sollte, meine Lesefähigkeit zu verbessern und auch sicherzustellen, meine Rede heute hier zu halten. Ich habe sie auswendig gelernt, doch wenn ich aus dem Konzept geraten wäre und auf mein schriftliches Exemplar hätte zurückgreifen müssen, wäre die Katastrophe perfekt gewesen.«

In den letzten Tagen hatten sie seine Rede in kleinen Abschnitten auf verschiedene Papierstücke geschrieben, damit er sich leicht zurechtfinden konnte. Er hatte unzählige Male geübt, und Gwen war noch nie so stolz gewesen.

Es gab noch mehr Gemurmel und ein wenig Gelächter, und Lazarus lächelte erneut. »Das Bemerkenswerteste an meiner Frau war jedoch das Risiko, das sie einging, um mich zu unterrichten. Sie hat sich mit mir im Haus meiner Cousine, Lady Droxford, verabredet.«

Gwen hörte Tamsin neben sich leise keuchen und streckte die Hand aus, um ihren Arm zu berühren. Sie hätte ihre Hand gehalten, was sie aber in ihrer derzeitigen Verkleidung nicht wagen durfte.

»Bei diesen Treffen hat sie mir geholfen, mich darin zu üben, flüssiger zu lesen, und sie hat damit dafür gesorgt, dass ich mich heute nicht zum Narren mache. Wir hatten keine Affäre, wie dieser Dämlack, dessen Namen ich nicht nennen will, behauptet hat. Er wollte sich lediglich an Lady Somerton rächen, nachdem sie ihn bei Almack's versehentlich mit Orgeat bespritzt hatte. Es war eine grässlich geschmacklose Weste, und sind wir mal ehrlich, können Sie sich eine bessere Verwendung für dieses Getränk vorstellen?«

Daraufhin brach die Menge in lautes Gelächter aus.

Gwen legte den Kopf ein wenig zurück, um hinter Tamsin zu schauen, und blickte zu ihrem Vater. Er lächelte, und der Mann neben ihm lachte schallend.

Sie richtete sich auf und konzentrierte sich wieder auf ihren großartigen Mann. Wie er den Mut gefunden hatte, all das zu sagen, war erstaunlich. Sie konnte es kaum erwarten, ihn heute Abend zu Hause zu sehen.

»Allerdings verhielt es sich dann so, dass ich mich in Gwen verliebte, als sie mir so großzügig ihre Freundlichkeit, ihre Klugheit und ihr Vertrauen entgegenbrachte. Ohne sie wäre ich nicht der Mann, der ich heute bin. Und jetzt sollte ich wohl meine eigentliche Rede halten, obwohl ich Ihnen versichere, dass dieser Exkurs weitaus interessanter war.« Damit ließ er sein wohlbekanntes schelmisches Grinsen aufblitzen, und Gwen verliebte sich auf ein Neues in ihn.

Schnell legte Tamsin Gwen einen Arm um die Taille und drückte sie sanft. »Danke, dass du meinem Cousin geholfen hast. Ich hatte keine Ahnung, dass er sich abmühen musste, oder dass ihr euch zu einem so edlen und wunderbaren Zweck getroffen habt.«

»Es war ein Geheimnis«, flüsterte Gwen. »Ich bin in der Tat schockiert, dass er es auf diese Weise preisgibt.«

»Aber vielleicht hilft es ja anderen Menschen«, bemerkte Tamsin.

»Das hoffe ich.« Wieder spürte Gwen ihren Stolz aufwallen. Und ihre Liebe. Beides wuchs noch mehr, als Lazarus seine Rede nahezu perfekt vortrug. Sie beobachtete, wie er das Papier in seinen Händen vorsichtig bewegte, während er sprach, sodass er den Teil, den er sagte, immer in Sichtweite hatte. Er musste nur einmal auf seine Notizen schauen und geriet kaum ins Stocken.

Als er fertig war, gab es einen kräftigen Applaus. Und

dann begann die Debatte. Es überrascht nicht, dass sein Plädoyer hier weniger populär war als im Unterhaus.

Gwen und ihre Freundinnen hörten eine Weile zu, doch dann beschlossen sie, sich zu verabschieden. Draußen lachten sie alle, beglückwünschten Gwen und staunten über Lazarus´ Enthüllung.

»Wie wunderbar, dass er auch Eberforce zu Fall bringen konnte«, sagte Ellis lachend.

Jo lächelte. »Das war der Teil seiner Rede, die mir am liebsten war.«

Gwen sah in die Runde ihrer liebsten Freundinnen. »Ich danke euch allen für eure Unterstützung. Denn sonst wüsste ich nicht, wie ich die letzten Wochen überstanden hätte.«

»Wir werden immer füreinander da sein, und das gilt auch für Persey und Pandora. Auch wenn sie gerade nicht persönlich hier sind, so sind sie doch im Geiste bei uns«, bemerkte Min. »Und ich habe Persey vor ein paar Tagen besucht, um sie über all die Ereignisse zu unterrichten, die gerade vor sich gehen. Sie war ganz aufgeregt.«

»Hoffentlich werden wir sie bald wiedersehen«, meinte Gwen. Und Pandora würde ihr sicherlich bald eine Antwort schicken – Gwen hatte ihr von der Hochzeit geschrieben. Sie hatte auch die Ereignisse der letzten Tage akribisch zu Papier gebracht, was sich am Ende wie ein Skandalroman aus der Feder einer anonymen Lady lesen würde.

»Sollen wir uns dieser Kleidung entledigen?«, fragte Tamsin. »Ich finde, meine Hose sitzt ziemlich eng.« Sie kicherte, und sie machten sich auf den Weg zur Kutsche.

Noch nie war Gwen so dankbar gewesen. Ihr Herz quoll über.

Es war nach Mitternacht, als Lazarus praktisch die Treppe zu seinem Schlafgemach hinaufrannte. Er war so erpicht darauf, seine Frau zu sehen, dass er Hut und Handschuhe achtlos beiseite geworfen hatte. Vermutlich würde der tüchtige Diener die Accessoires dort einsammeln, wo sie in der Eingangshalle gelandet waren.

Die Debatte hatte Stunden angehalten, und dann war noch anderes zu tun gewesen. Lazarus hatte beschlossen, die morgige Sitzung ausfallen zu lassen, um seiner Frau alle Aufmerksamkeit zu schenken, die sie verdiente und auf die sie heute hatte verzichten müssen. Er fühlte sich schrecklich, weil er in ihrer Hochzeitsnacht so spät nach Hause kam.

Er stieß die Tür zu seinem Schlafzimmer auf und schloss sie sodann fest hinter sich, ehe er sofort anfing, sich seiner Kleidung zu entledigen. Er suchte das Schlafzimmer ab, aber er sah Gwen nicht. Es war furchtbar spät. War sie eingeschlafen? Würde sie verärgert sein, wenn er sie weckte? Er hatte keine Ahnung, was für Schlafgewohnheiten sie hatte.

Nur mit einer Hose und einem Hemd bekleidet, schritt er auf nackten Füßen auf das Bett zu. Der Anblick, der ihn erwartete, ließ ihn erstarren.

Gwen lag inmitten der zerknitterten Bettwäsche und trug nichts weiter als einen ... Krawattenschal? Hatte sie das angezogen, weil sie neulich so gekleidet gewesen war, als sie zum ersten Mal miteinander geschlafen hatten?

»Es tut mir so leid, dass ich zu spät bin«, entschuldigte sich Lazarus, dessen Körper vor Begierde angespannt war.

Sie formte ihre Lippen zu einem verführerischen Lächeln, das seinen Schaft zucken ließ. »Das habe ich erwartet.«

»Und warum der Krawattenschal?«, fragte er und zog sein Hemd aus.

Ihre Augen weiteten sich ein wenig, als sie einen Moment lang auf seine Brust starrte, und sie strich über die Spitzen ihres Krawattenschals. »Den habe ich vorhin getragen, als ich das Oberhaus besuchte. Ich dachte, du würdest gerne sehen, wie ich darin aussehe.«

Er starrte sie an. »Du warst heute da?«

»Das war ich. Zusammen mit Tamsin, Min, Ellis und Jo.«

»Alle wie Männer gekleidet. Weil ihr das natürlich musstet.« Er schüttelte den Kopf. »Ich hatte keine Ahnung. Aber ich habe deinen Vater gesehen.«

»Ich war nicht allzu weit links von ihm – aus deinem Blickwinkel.« Sie strich weiter über den seidigen Krawattenschal, was Lazarus sehr ablenkte. Sein Schaft wurde irgendwie noch härter.

»Du musst das Tuch in Ruhe lassen, wenn du von mir erwartest, ein Gespräch mit dir zu führen.« Er holte tief Luft, aber der Schleier der Lust hielt sich beharrlich. »Nur gut, dass ich dich nicht erkannt habe. Sonst wäre ich noch stärker als jetzt gerade abgelenkt gewesen.«

Sie hielt ihre Hand still und setzte sich auf. »Ich kann nicht glauben, was du heute gesagt hast.« Ihre Augen leuchteten vor Bewunderung. »Ich bin so stolz auf dich.«

»Du kannst dir nicht vorstellen, wie viel mir das bedeutet«, raunte er leise. »Als ich meinen Vater verlor, hätte ich nie gedacht, noch einmal jemanden zu haben, der mich so unterstützt, wie du. Das Wissen, dass du stolz auf mich bist, ist das allerschönste Geschenk.«

Ihre Blicke trafen sich und versanken ineinander. »Ich *kann* es mir vorstellen. Ich wollte mit dieser albernen Saison nur erreichen, dass meine Eltern stolz auf mich sind. Ja, ich wollte heiraten, aber hauptsächlich, weil meine

Eltern sich das für mich wünschten. Ich wollte ihre Anerkennung und ihr Lob, aber ich weiß, dass ich mich vor allem nach einer eigenen Liebe sehnte. Die hast du mir beschert. Und jetzt erzähl mir, warum du heute bei den Lords über deine Leseprobleme gesprochen hast. Du hättest nichts davon erzählen müssen.«

»Ich weiß, aber ich wollte es. Vor allem, weil ich möchte, dass die Welt weiß, wie brillant du bist und wie sehr ich dich bewundere. Ich möchte nicht, dass jemand daran zweifelt, dass ich dich jemals entehren oder verletzen würde.«

»Die Chancen dafür halte ich zwar für gering, aber nie würde ich alle Zweifel daran ausschließen. Du hast heute so wunderbar geklungen. Deine Rede war hervorragend.«

Er grinste. »Unser Plan mit den kurzen Passagen war der Schlüssel zu meinem Erfolg. Und das habe ich dir zu verdanken. Wie hatte ich nur das Glück, dich zu finden? Dazu noch, dass du mich erwählt hast?«

»Ich habe mir in der vergangenen Woche verschiedene Male dieselbe Frage gestellt. Denken wir nicht mehr daran. Wir beide sind glücklich, und wir haben uns füreinander entschieden, weil wir füreinander bestimmt sind.«

Lazarus schlug das Herz höher. »Wie ich sehe, hast du eine Verführung im Sinn, und dagegen habe ich nichts einzuwenden.«

»Es ist unsere Hochzeitsnacht«, erinnerte sie ihn.

»Wie geht es deinem Arm? Hochzeitsnacht hin oder her, ich werde dir keine Schmerzen oder Unannehmlichkeiten bereiten.«

Sie lächelte ihn keck an. »Das wirst du nicht, denn ich werde oben sein. Ich glaube, du hast gesagt, ich könnte dich reiten, ist das richtig?«

»Ja«, raunte er und machte sich in aller Eile daran,

seine Hose aufzuknöpfen. Er stieg zu ihr auf das Bett und küsste sie, wobei er sanft ihr Gesicht streichelte.

Sie drehte sich und schob ihn ein wenig zurück, nicht dass er eine Anweisung oder Ermutigung gebraucht hätte. »Ich erinnere mich, dass ich bei unserem letzten Zusammensein gesagt habe, ich wolle diese herrliche Brust erforschen.«

»Das hast du gesagt«, bestätigte Lazarus, obwohl sich sein Verlangen nach ihr zu einem Crescendo steigerte. Wie hatte er nur vier Tage ohne sie aushalten können? Er war sich nicht sicher, wie er die nächsten vier Minuten überstehen sollte.

Dann schloss er die Augen und konzentrierte sich auf ihre Hände, die sich über ihn bewegten, wobei jede Liebkosung seine Lust noch weiter anfachte. Dann folgte ihr Mund, mit dem sie Küsse auf seiner Haut verteilte und ihn mit ihrer Zunge leckte, um ihn zu schmecken.

Als sie ihre Hand um seinen Schaft legte, öffnete er die Augen und sah sie durch geschlitzte Lider an. Als sie ihn streichelte, wallte ihr dunkles Haar über seinen Oberschenkel und die Enden ihres Halstuchs kitzelten seine Haut. Wie elektrisiert zuckte er als Reaktion auf diese Empfindung und hob seine Hüften vom Bett. Als Antwort legte sie ihre Lippen um seine Eichel.

Lazarus stöhnte und schloss noch einmal die Augen, aber nur kurz, denn er wollte zusehen, wie sie seinen Schaft saugte. Dann öffnete sie ihren Mund und nahm ihn zaghaft in sich auf, wobei ihre Zunge über seine Haut glitt. Gleicht darauf löste sie sich wieder von ihm und suchte seinen Blick.

»Mache ich das richtig?«

»Es gibt eigentlich keinen falschen Weg.« Seine Stimme klang höher als sonst, denn sie bewegte ihre Hand gerade an seinem Schaft entlang, bis sie seine Hoden umfasste. »Ah, das ist wirklich perfekt.«

»Ich bin froh, das zu hören. Ich bemühe mich, eine gute Schülerin zu sein.« Dann nahm sie ihn wieder in den Mund, wobei sie diesmal mit mehr Selbstvertrauen zu Werke ging, und sie umspielte seine Spitze mit ihrer Zunge, während sie seine Hoden sanft liebkoste.

Lazarus grub seine Finger in das Bettzeug und ballte sie dann zu Fäusten, als sie allmählich schneller wurde. Wenn er sie nicht aufhielt, würde er sich in ihrer Kehle erlösen.

Er umfasste ihren Kopf mit einer Hand. »Gwen, du musst aufhören, bevor ich dich schockiere.«

Ganz langsam ließ sie seinen Schaft aus ihrem Mund entweichen, und ihre Lippen glänzten, als sie zu ihm aufblickte. »Wie?«

»Ich werde mich in deinem Mund erlösen.«

»Sollte das etwa nicht geschehen?«, fragte sie und blinzelte.

»Das *ist* schon richtig, aber du solltest damit einverstanden sein, wenn ich das tue.«

»Ich bin absolut einverstanden«, entgegnete sie ohne zu zögern. »Und was passiert mit deinem Samen? Werde ich ihn schlucken?«

»Wenn du möchtest.« Ihre Neugierde war sowohl bewundernswert als auch erregend. Das ganze Gerede darüber, in ihrem Mund zu kommen, fachte seine verzweifelte Begierde nach ihr noch weiter an.

»Das würde ich gerne.« Sie wollte ihren Mund wieder über seinen Schaft stülpen, aber er zog sie sanft an den Haaren.

»Wenn es dir nichts ausmacht, würde ich heute Abend lieber auf traditionelle Weise kommen. Es ist Zeit für dich, mich zu reiten.«

Sie erhob sich und setzte sich mit gespreizten Beiden

auf seine Hüften. Ihre Brüste ragten hoch und stolz hervor, die Brustwarzen waren straff. Lazarus griff mit beiden Händen nach oben und streichelte sie, indem er mit seinen Daumen über ihre Brustwarzen rieb.

Sie fasste ein Ende ihres Tuchs. »Ich nehme an, das brauche ich nicht mehr.«

»Lass es an«, entgegnete er schnell. »Es gefällt mir, wenn die Spitzen zwischen deinen Brüsten hängen. Wenn du dich bewegst, kann die Seide deine Haut liebkosen. Vielleicht erregt dich das.«

»Das hört sich verlockend an.« Sie ließ ihre Hüften über seine wandern. »Zeig mir, was ich tun soll.«

Lazarus führte eine Hand zu ihrem Geschlecht und rieb ihre Knospe. Er schob einen Finger zwischen ihre Schamlippen und fand sie heiß und feucht. »Führe meinen Schaft in dich ein. Du musst dich dazu ein bisschen aufrichten.«

Sie hob ihre Hüften und legte eine Hand um seinen Schaft, den sie in ihre Öffnung einführte. Er benutzte beide Hände, um ihre Schamlippen zu teilen, während sie ihn in sich aufnahm.

Lazarus legte die Hände um ihre Hüften, als sie sich über ihn beugte, und stöhnte wollüstig. Als ihre Schenkel auf seine trafen und er ganz tief in sie eingedrungen war, sah er ihr in die Augen. »Nimm dir Zeit, dich daran zu gewöhnen, aber dann wirst du das Tempo bestimmen.«

Sie wippte leicht nach vorne und drückte ihre Knospe gegen sein Becken. »Oh, das ist schön.«

»Wenn man sich schneller bewegt, wird die Reibung dort exquisit sein.«

Er lenkte ihre Bewegungen – auf und ab – und hielt ihre Hüften, was sie dann schnell begriffen hatte. Sie stieß heftig zu, und Lazarus wurde von Ekstase durchdrungen. Er schrie ihren Namen, während er seine Finger in sie grub. »Reite mich, Gwen. Heftig.«

Sie gehorchte, indem sie ihr Tempo erhöhte und sich an ihm rieb, sodass ihrer Knospe die Aufmerksamkeit zuteilwurde, nach der sie verlangte. Lazarus schaffte es, seine Augen offen zu halten, und beobachtete, wie ihre Brüste schaukelten, und wie die weiße Seide gegen ihre Brustwarzen wogte, während sie sich leicht nach vorne neigte. Es war der erotischste Anblick, den er je genossen hatte.

Dann begann sie, ihn mit einer derartigen Präzision zu reiten, dass er sich auf nichts anderes mehr konzentrieren konnte als auf die sich in ihm aufbauende Verzückung. Gemeinsam bäumten sie sich auf und keuchten, während ihre Körper nach Erlösung lechzten.

Sie gab schrille, unsinnige Laute von sich und ihre Bewegungen wurden immer hektischer. Lazarus schob eine Hand zwischen sie und rieb ihre Knospe mit festen, schnellen Bewegungen. Die Muskeln ihres Geschlechts verkrampften sich um ihn, und er spürte, wie sich ihre Schenkel anspannten.

Sie schrie seinen Namen wieder und wieder, während ihr Körper bei ihrem Höhepunkt um ihn herum erzitterte. Lazarus stieß noch ein paar Mal in sie, bevor auch er mitgerissen wurde.

Als ihre Körper allmählich wieder zur Ruhe kamen, hob er sie vorsichtig von sich herunter legte sie auf das Bett, wobei er ihren verletzten Arm behutsam behandelte. Sie atmete schnell, ihre Brüste hoben und senkten sich schwer. Jetzt riss sie sich das Tuch vom Hals und ließ es zu Boden fallen.

Lächelnd sah sie zu ihm hinüber. »Wie habe ich mich geschlagen?«

»Du warst spektakulär. Du verdienst die Bestnote.« Er küsste ihre Schulter, dann sprang er vom Bett und holte ein Tuch, um sie zu säubern.

Als er sich ihr von der anderen Seite des Bettes näherte,

reinigte er sie von seinem Samen und legte das Tuch in die Schüssel zurück. Dann säuberte er sich selbst und legte sich wieder zu ihr ins Bett.

Ihr Bett. Nicht mehr nur seins. Alles, was er besaß, würde er nun mit ihr teilen. Mit Freude. Eifrig. Für alle ihre Tage.

Er half ihr unter die Bettdecke. Sie lag auf dem Rücken, und er drückte sich an ihre Seite. »Ich werde morgen nicht nach Westminster fahren.«

»Ist das in Ordnung?«

»Ich habe selten viel Zeit dort verbracht«, entgegnete er trocken. »Niemand wird mich vermissen.«

»Das werden sie nach dem heutigen Tag. Ich wage zu behaupten, dass du mit dieser Rede bei allen einen großen Eindruck hinterlassen haben. Mich hast du auf jeden Fall beeindruckt. Und meinen Vater, glaube ich. Er hat über deinen Scherz mit dem Orgeat im Almack`s gelacht.«

Lazarus lächelte. »Hat er? Das ist schön zu hören. Ich weiß, dass er seine Vorbehalte gegen mich hat, aber ich werde ihm jeden Tag beweisen, dass ich würdig bin, dein Ehemann zu sein, denn ich werde dich zur glücklichsten Frau der Welt machen.«

»Schon geschehen«, entgegnete sie mit einem Seufzer. »Ich bin neugierig, was Eberforce von deiner Rede gehalten hat. Vermutlich wird ihm jemand davon erzählt haben. Du hast seine Pläne durchkreuzt, mich zu ruinieren.«

»Wenn er dir gegenüber irgendetwas Unpassendes tut, werde ich dem sofort ein Ende setzen. Ich habe sogar vor, ihm bei der ersten Gelegenheit mitzuteilen, dass ich dafür sorgen werde, dass er nie wieder eine modische Weste in London kaufen kann, falls er dir Kummer bereitet oder dich in irgendeiner Weise verleumdet. Er wird lernen müssen, seine Westen selbst zu schneidern.«

Gwen lachte. »So viel Macht kannst du gar nicht haben.«

Er sah sie mit hochgezogener Augenbraue an. »Ich bin bereit, das herauszufinden.«

Sie beugte sich vor, um ihn zu küssen, und ihre Augen leuchteten. »Danke, dass du dich für mich eingesetzt hast, von dem Abend bei Almack's bis heute in Westminster. Keine Frau auf Erden kann sich glücklicher schätzen als ich.«

»Wir haben unser Glück bereits als Tatsache festgestellt«, sagte er nüchtern. »Ich danke dir, dass du dich auch für mich eingesetzt und mich an meinen Wert erinnert hast. Ich bedaure nur, dass mein Vater nicht hier ist, um dich kennenzulernen. Ich glaube, er würde dich fast so sehr lieben wie ich.«

»Er lebt in dir weiter, mein Liebster«, sagte sie mit einem strahlenden Lächeln, das jeden reizvollen Aspekt ihres Wesens widerspiegelte. »Und er wird in unseren Kindern weiterleben, sollten wir mit ihnen gesegnet sein.«

»Das will ich hoffen. Du wirst ihnen eine ausgezeichnete Mutter sein.« Er küsste sie erneut, und sein Körper fing von Neuem an, sich zu regen.

»Und du wirst ein großartiger Vater sein.« Sie erwiderte seinen Kuss, wobei sie ihre Zunge an seiner entlanggleiten ließ, während sie seine Brust streichelte.

»Wir sollten schlafen«, sagte er.

»Was ist, wenn ich lieber einen weiteren Ritt unternehmen möchte?«, fragte sie.

»Es ist noch früh, und du bist ein Neuling im Bettsport. Vielleicht wecke ich dich mit einer anderen Methode des Liebesspiels, bei der dein Arm nicht belastet wird.«

Ihre Stirn zog sich in Falten, als sie ihn mit unbändiger Neugierde ansah. »Und wie geht das?«

»Du legst dich auf deinen unverletzten Arm.«

Sie rollte sich auf den linken Arm, um ihm den Rücken zuzuwenden. »So?«

Verdammt, damit würde sie ihn jetzt gleich in Versuchung führen. »Ja. Und ich werde dein oberes Bein so anwinkeln.« Er bewegte ihr Bein in die richtige Position und öffnete ihr Geschlecht. Er fuhr mit den Fingerspitzen an der Rückseite ihres Oberschenkels entlang und streichelte über ihre Schamlippen. Sie war wieder feucht, und jetzt war er verloren.

»Ich wollte dich eigentlich auf diese Weise wecken, aber jetzt werde ich dir wohl auf diese Weise gute Nacht wünschen«, raunte er leise, während er seine Finger in ihre begierige Scheide einführte.

»Ich kann mir keine bessere Art vorstellen, einzuschlafen.« Sie bewegte ihre Hüften mit seinen Stößen.

Lazarus küsste ihren Hals und flüsterte: »Bist du bereit für mich, meine Liebe?«

»Immer.« Er drang von hinten in sie ein und stieß tief in sie, während er ihren Schenkel festhielt.

»Ich liebe dich«, stöhnte sie, als sie erneut in Ekstase gerieten.

EPILOG

Zehn Tage später
Dinnerparty zur Feier der Hochzeit

Nach dem Dinner versammelte sich Gwen mit ihren Freundinnen in der Bibliothek ihres Elternhauses. Die anderen Frauen waren in den Salon gegangen, während die Männer ihren Portwein zu sich nahmen. Gwens Freundinnen hatten darauf bestanden, dass sie ein paar Minuten für ein privates Gespräch – und ein Geschenk – brauchten.

Das Beste an dem Abendessen war die überraschende Anwesenheit von Persephone und Pandora. Für Persephone war es der erste gesellschaftliche Auftritt seit der Geburt ihres Kindes und wahrscheinlich der einzige für den Rest der Saison. Sie wollte sich die Feier nicht entgehen lassen.

Aber dass Pandora aus Bath angereist war, betrachtete Gwen als das größte Geschenk. Gwen war begeistert, dass alle zusammen waren, was auch das neueste Mitglied der Gruppe, Jo, mit einschloss. Pandora und Jo waren bereits gute Freundinnen geworden.

»Es ist Zeit für dein Geschenk, Gwen«, sagte Pandora mit einem breiten Lächeln. Sie reichte ihr ein eingepacktes Präsent, aber Gwen wusste schon, was darin war.

Als sie das Papier aufriss, war sie begeistert, ihr eigenes gesticktes Exemplar der Regeln für Halunken darin zu finden. Das Muster war mit Büchern verziert. »Natürlich hast du Bücher in die Ecken gestickt«, sagte sie und versuchte, ihre Tränen vor Rührung zurückzuhalten.

»Natürlich«, sagte Pandora. »Und wie viele davon hast du mit Somerton gebrochen?«, fragte sie mit einem Augenzwinkern.

Gwen überflog die Regeln schnell, die sie ja auswendig kannte, und sagte: »Alle bis auf die letzte.« Es gab keinen Grund, Lazarus zu ruinieren, denn es war nie zu befürchten, dass er sie ruinieren würde.

»Wie ungehörig!« Pandora zwinkerte ihr zu, während sie lachte, und alle stimmten mit ein.

»Wirst du in London bleiben, Pandora?«, fragte Ellis.

Pandora nickte. »Eine Zeit lang. Ich wäre schon bei Jonathans Geburt gekommen, aber ich hatte länger bleiben wollen, also bleibe ich zumindest für ein paar Wochen bei Persey und Wellesy. Aber bittet mich nicht, an irgendetwas teilzunehmen. Ich werde *nicht* in die Gesellschaft eintreten.«

Gwen konnte ihre Beweggründe verstehen. Dennoch hoffte sie, dass Pandora eines Tages einen Mann finden würde, den sie lieben konnte, der sie schätzen und ehren würde, wie sie es verdiente.

Persephone blickte zu Min. »Wie geht Sheff mit dem Verlust eines weiteren lieben Freundes um, der dem Traualtar zum Opfer gefallen ist?«

»Schrecklich«, antwortete Min mit einem Schnauben. »Man könnte meinen, Somerton sei *gestorben*.« Sie wurde plötzlich blass und wandte den Blick von allen ab.

»Was ist los?«, fragten Persephone und Tamsin fast unisono.

Ellis tätschelte Mins Arm und sah alle an. »Es ist das Beste, wenn wir nicht darüber reden.«

»Ist jemand gestorben?«, fragte Gwen, da sie dachte, dass das Wort »gestorben« Mins Reaktion hervorgerufen hatte.

»Ja«, antwortete Min leise. »Aber niemand, den du kennst.«

»Du solltest es ihnen sagen«, sagte Ellis. »Auch Pandora.«

Gwen warf einen Blick auf Pandora, deren Kinn sich versteifte.

»Wer ist gestorben, Min?«, fragte Pandora.

Min begegnete ihrem Blick. »Banes Frau ist vor kurzem bei der Geburt des Kindes gestorben.«

»Wie furchtbar«, brachte Persephone hervor und griff mit versteinerter Miene nach der Hand ihrer Schwester.

Pandora umarmte sie und schluckte. »Das ist wirklich traurig. Es tut mir leid für ihn. Was ist mit der Kleinen?«

»Sie ist auch gestorben«, sagte Ellis. »Wir haben es erst gestern erfahren und uns gefragt, ob wir etwas sagen sollen. Dies ist ein freudiger Anlass, und außerdem ist es Bane.«

»Er verdient trotzdem unser Mitgefühl«, meinte Tamsin.

Alle schienen zaghafte Blicke in Pandoras Richtung zu werfen. Sie nickte einmal. »Ja, so ist es.« Sie atmete tief durch und setzte ein heiteres Lächeln auf. »Aber lasst uns das auf ein anderes Mal verschieben. Heute Abend geht es um Gwen und Somerton und den Beginn ihres glücklichen gemeinsamen Lebens. Wir sollten in den Salon zurückkehren, um auf ihre Hochzeit anzustoßen.«

Alle stimmten ihr zu und sie erhoben sich. Gwen betrachtete noch einmal ihre Stickerei, und dann umarmte sie Pandora innig. Ihr Arm tat immer noch ab und zu ein wenig weh, aber die Fäden waren entfernt worden und der Arzt hatte erklärt, dass alles gut heilte.

»Danke, Pan«, flüsterte Gwen leise. »Ich mag es sehr. Und dich.«

»Ich freue mich so für dich«, entgegnete Pandora. Sie trennten sich lächelnd, und Gwen hoffte, dass die Nachricht von Banes Frau und Baby ihre Freundin nicht zu sehr aufwühlen würde.

Sie kehrten in den Salon zurück, als die Männer gerade aus dem Speisezimmer kamen. Es wurde angestoßen, und als Gwen und Lazarus sich auf den Heimweg machten, war sie schon etwas beschwipst.

»Hast du von Banes Frau gehört?«, fragte sie, während sie sich an ihren Mann schmiegte.

»Das habe ich«, sagte er mit leiser Stimme. Er drückte ihr einen Kuss auf die Schläfe. »Es war eine ziemlich ernüchternde Nachricht. Er tut mir wirklich leid.«

»Mir auch. Halunke oder nicht, das hat niemand verdient.«

»Das sehe ich genauso. Ich frage mich, ob er nach London zurückkehren wird. Nur Sheff hat ihn gesehen, seit er nach seiner Hochzeit in den Norden gezogen ist, und das war letzten Sommer.«

»Ich denke, das wird sich zeigen«, sagte Gwen. »Macht es dich nervös, dass ich unser Kind bekommen soll?«

»Ich würde lügen, wenn ich nein sagen würde, aber ich wäre trotzdem nervös. Es ist eine große Zumutung, ein Kind auszutragen und zu gebären. Es ist ungerecht, dass die Frau die ganze Last auf sich nehmen muss.«

Gwen lachte. »Ich bin sicher, dass wir einen Weg finden können, wie du mir einen Teil davon abnehmen kannst. Aber wir haben ja Zeit, das zu klären. Oder auch nicht. Wenn wir so weitermachen, bin ich vielleicht schon nächsten Monat schwanger.«

Lazarus grinste. »Ich hoffe, das ist keine Beschwerde.«

»Ganz und gar nicht. Wenn die Fahrt zu unserem Haus nur ein bisschen länger wäre, würde ich gern ausprobieren, wie ein Liebesakt in der Kutsche sich anfühlt.«

Stöhnend küsste Lazarus sie innig. »Ich werde für Mittwoch einen Ausflug nach Richmond planen. Wir werden uns in der Kutsche und beim Picknick und unter einem Baum lieben.«

»Baum?«

Lazarus küsste ihren Hals. »Senkrecht.«

Gwen kicherte. »Ich kann es kaum erwarten.«

Sind Sie bereit für die nächste Folge der Regeln für Halunken?

Von seinen Eltern unter Druck gesetzt, sich eine Frau zu nehmen, wählt Clive Halifax, Earl of Shefford, die unpassendste Braut, die er finden kann: die unverblümte Tochter einer Spielhöllenbesitzerin.

Versäumen Sie die Geschichte von Jo und Sheff nicht:
Wie es dem Grafen beliebt!

Ich danke Ihnen sehr, dass Sie Untadelig gelesen haben. Ich hoffe, es hat Ihnen gefallen!

Möchten Sie erfahren, wann mein nächstes Buch verfügbar ist? Sie können sich für meinen Deutscher Newsletter anmelden, mir auf Amazon.de folgen und meine Facebook-Seite liken. Alle Newsletter-Abonnenten erhalten exklusive Bonus-Geschichten, die sonst nirgends erhältlich sind.

Rezensionen helfen anderen, Bücher zu finden, die für sie geeignet sind. Ich schätze alle Bewertungen, ob positiv oder negativ. Ich hoffe, dass Sie erwägen werden, eine Bewertung bei Ihrem bevorzugten der Seite Ihres bevorzugten Internet-Netzwerkes abzugeben.

Ich mag meine Leser so sehr. Danke!

Sind Sie an weiterer Regency-Romantik interessiert? Schauen Sie sich meine anderen historischen Serien an:

Der Phönix Club
Die exklusivste Einladung der feinen Gesellschaft ...

Willkommen im Phönix Club, in dem Londons waghalsigste, anrüchigste und intriganteste Ladys und Gentlemen Skandale, Erlösung und eine zweite Chance finden.

Die Unberührbaren
Geraten Sie ins Schwärmen über zwölf der begehrtesten und schwer fassbaren Junggesellen der feinen Gesellschaft und die Blaustrümpfe, Mauerblümchen und Außenseiterinnen, die sie in die Knie zwingen!

Die Unberührbaren: Die Prätendenten

In der faszinierenden Welt der Unberührbaren spielend, handelt die Saga von einem Geschwistertrio, die sich darin auszeichnen, sich als jemand auszugeben, der sie nicht sind. Werden ein unerschrockene Bow Street Ermittler, ein niedergeschmetterter Viscount und eine desillusionierte Dame der feinen Gesellschaft es schaffen, ihre Geheimnisse zu lüften?

Chroniken der Ehestiftung

Der Pfad der wahren Liebe verläuft niemals geradlinig. Manchmal ist eine Hausparty zur Ehestiftung vonnöten. Wenn Paare sich auf einer Hausparty kennenlernen, ereignen sich provokative Flirts, heimliche Rendezvous und Verliebtheit im Überfluss.

Ruchlose Geheimnisse und Skandale

Sechs unglaubliche Geschichten, die sich in den glamourösen Ballsälen Londons und den herrlichen Landschaften Englands abspielen.

Die Liebe ist überall

Herzerwärmende Nacherzählungen klassischer Weihnachtsgeschichten im Regency-Stil, die in einem gemütlichen Dorf spielen und von drei Geschwistern und dem besten Geschenk von allen handeln: der Liebe.

Der Club der verruchten Herzöge

Sechs Bücher, geschrieben von meiner besten Freundin, Erica Ridley, und mir. Lernen Sie die unvergesslichen Männer von Londons berüchtigtster Taverne, dem Verruchten Herzog, kennen. Verführerisch attraktiv, mit Charme und Witz im Überfluss, wird eine Nacht mit diesen Wüstlingen und Filous nie genug sein …

Die Bräute von Marrywell

Kommen Sie nach Marrywell, im schönen England, denn
hier findet schon seit Hunderten von Jahren alljährlich das
Maifest zur Partnerfindung statt, bei dem hoffnungsvolle
Romantiker zusammenkommen. Die Herzöge und
Halunken des Regency-Zeitalters begegnen hier
temperamentvollen und bezaubernden Ladys, die ihnen
ihre Herzen stehlen könnten.

BÜCHER VON DARCY BURKE

Historische Romantik

Regeln für Halunken

Falls der Herzog es wagt

Frohsinn für den mürrischen Baron

Wenn der Viscount lockt

Wie es dem Grafen beliebt

Der Phönix Club

Ungehörig: Das Mündel des Earls

Leidenschaftlich: Eine zweite Chance für das Eheglück

Intolerabel: Die Schwester des besten Freundes

Unschicklich: Eine Vernunftehe

Unmöglich: Eine Schöne und ein Scheusal im Liebesglück

Unwiderstehlich: Eine Scheinehe mit dem Spion

Untadelig: Eine geheime, verbotene Affäre

Unersättlich: Der geläuterte Lebemann und die unwillige
Debütantin

Die Unberührbaren

Ein Earl als Junggeselle (prequel)

Der verbotene Herzog

Der wagemutige Herzog

Der Herzog der Täuschung

Der Herzog der Begierde

Der trotzige Herzog

Der gefährliche Herzog

Der eisige Herzog

Der ruinierte Herzog

Der verlogene Herzog

Der betörende Herzog

Der Herzog der Küsse

Der Herzog der Zerstreuung

Der unverhoffte Herzog

Der charmante Marquess

Der verwundete Viscount

Die Unberührbaren: Die Prätendenten

Geheimnisvolle Kapitulation

Ein skandalöser Pakt

Des Gauners Rettung

Chroniken der Ehestiftung

Der verstockte Herzog

Ein Earl als Junggeselle

Der ausgerissene Viscount

Die unechte Witwe

Die Bräute von Marrywell

Ein Herzog wird verzaubert

Erbin dringend gebraucht

Die Heiratsvermittlerin und der Marquess

Ruchlose Geheimnisse und Skandale

Ihr ruchloses Temperament

Sein ruchloses Herz

Die Verführung des Halunken

Verliebt in eine Diebin

Die Schöne und der Halunke

Einmal Halunke, immer Halunke

Die Liebe ist überall

(eine Regency Weihnachtstrilogie)

Der Earl mit dem flammendroten Haar

Das Geschenk des Marquess

Eine Freude für den Herzog

Der Club der verruchten Herzöge

Eine Nacht zum Verführen by Erica Ridley

Eine Nacht der Hingabe by Darcy Burke

Eine Nacht aus Leidenschaft by Erica Ridley

Eine Nacht des Skandals by Darcy Burke

Eine Nacht zum Erinnern by Erica Ridley

Eine Nacht der Versuchung by Darcy Burke

ÜBER DIE AUTORIN

Darcy Burke ist die USA Today Bestsellerautorin für sexy, emotionale, historische und zeitgenössische Romantik. Darcy schrieb ihr erstes Buch im Alter von 11 Jahren – mit einem Happy End – über einen männlichen Schwan, der von der Magie abhängig war, und einen weiblichen Schwan, der ihn liebte, mit nicht sehr gelungenen Illustrationen. Schließen Sie sich ihr an newsletter!

Darcy, die in Oregon an der Westküste der Vereinigten Staaten geboren wurde, lebt am Rande des Wine Country mit ihrem auf der Gitarre spielenden Ehemann und ihren beiden ausgelassenen Kindern, die das Schreiben geerbt zu haben scheinen. Sie sind eine nach Katzen verrückte Familie mit zwei bengalischen Katzen, einer kleinen, familienfreundlichen Katze, die nach einer Frucht benannt ist, und einer älteren, geretteten Maine Coon, die der Meister der Kühle und der fünf-Uhr-morgens-Serenade ist. In ihrer ›Freizeit‹ ist Darcy eine regelmäßige ehrenamtliche Mitarbeiterin, die in einem 12-stufigen Programm eingeschrieben ist, in dem man lernt, ›Nein‹ zu sagen, aber sie muss immer wieder von vorne anfangen. Ihre Lieblingsplätze sind Disneyland und das Labor Day Wochenende in The Gorge. Besuchen Sie Darcy online unter https://www.darcyburke.de.

facebook.com/darcyburkefans
instagram.com/darcyburkeauthor
pinterest.com/darcyburkewrites
goodreads.com/darcyburke

IMPRESSUM

Deutsche Erstausgabe von:
Darcy E. Burke Publishing
Zealous Quill Press
13500 SW Pacific Hwy., Ste. 58-419
Tigard, OR, 97223
USA

Für die Originalausgabe:
Copyright © WHEN THE VISCOUNT SEDUCES, 2024
by Darcy Burke, All rights reserved.

Für die deutschsprachige Ausgabe:
Copyright © 2024 by Petra Gorschboth
Redaktion: Nicole Wszalek
Umschlaggestaltung: © Dar Albert, Wicked Smart Designs.

ISBN: 9781637262108

www.darcyburke.de